廊桥梦密码

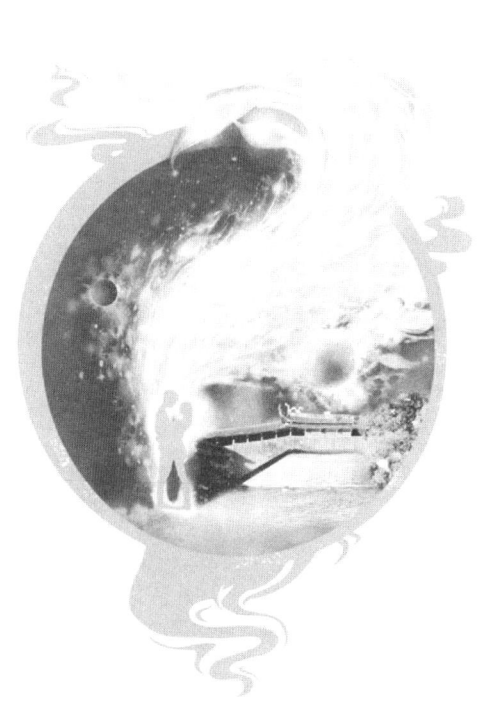

陈酿 著

浙江文艺出版社

目　录

001	引子
005	第一章　千年奇梦
016	第二章　廊桥遗梦
031	第三章　酒曲小神
042	第四章　情系红尘
057	第五章　千年虹桥
068	第六章　死别生离
079	第七章　红尘千年

090	第八章	古桥所在
102	第九章	涅槃焚身
113	第十章	丹心不毁
124	第十一章	白露桥立
135	第十二章	秋分桥上
147	第十三章	火热溪里
158	第十四章	霜降立冬
170	第十五章	巧换悬鱼
183	第十六章	冬酿美酒

195	**第十七章** "大雪"无雪
208	**第十八章** 小寒桥上
220	**第十九章** 古桥崩断
232	**第二十章** 畲乡秘境
244	**第二十一章** 碇步舞龙
256	**第二十二章** 天官赐福
268	**第二十三章** 伐木择吉
280	**第二十四章** 廊桥密码
293	**尾声**

引子

仙界。

天地之间九万里,层云之上,那"碧沉沉琉璃造就,明幌幌宝玉妆成"的离卦南天门,突然间金光万道滚红霓,瑞气千条喷紫雾。南天门两边数十员镇天元帅,持钺拥旄;十数个金甲神人,执戟悬鞭。天兵天将皆当胸抱拳、躬身俯首,因为诸神知道凌霄殿前,天帝起驾了!

须臾间,八龙驱动,一架"八景銮舆"从紫微宫腾空而出!南天门外的金光凌霄之上,銮舆中的天帝目光如电,扫视凡界。座下的"八景銮舆"所对应的八种凡间景物——渔村落照、远浦帆归、江天暮雪、潇湘夜雨、平沙雁落、山市晴岚、洞庭秋月、烟寺晚钟——也瞬间应声而动。

南天门的喧嚣,惊扰了西王母娘娘的小憩。她翻了个身,只一声轻轻的长叹,身边的青鸟已经心领神会:"娘娘,您好些时候没去瑶池的蟠桃园了。听说园子里的蟠桃越发喜人了呢,那香气都快飘到九界天了!眼看着又到七月七,凰仙领着仙鹊儿们正演练搭这最后一次彩虹桥呢。您看,那地上的牛郎盼了一千年的日子也快盼到头了!"

王母一听,理了理稍稍有点歪斜的云鬓:"哦,这时光也真过得不慢呢!这事儿你若不提个醒儿,我还真差点疏忽了!我也算没有白疼你这只小青鸟!"

西王母口中的小青鸟颔首一笑，一如万千年来她的内敛含蓄。虽只是王母的"青鸟"，但她自开天辟地时就与天帝、王母同在，论辈分与太上老君的青牛、太乙救苦天尊的九灵元圣可是同辈，更何况青鸟是王母最贴身的女仙侍，天界的众仙诸神对这翩翩而飞、气度不凡的小青鸟也是从不敢小觑的。

见王母动了身子，青鸟依然气定神闲地在旁轻声细语："当初悟空那只小泼猴闹了您的蟠桃会，蟠桃园里也闹得凌乱不堪。娘娘独具慧眼，看中凤神才干非凡，这些时日，凤神已经将那些蟠桃树的枝条修剪得妥妥的了，园子也被他打理得井井有条，您不妨去园子里走走，看着那些个蟠桃果子，一定会生欢喜心呢！"

王母娘娘听从了小青鸟的建议，移步去了蟠桃园。

那三千六百株蟠桃树，果然整整齐齐，长势喜人！

按王母当年栽仙桃的天律，前面一千二百株小桃，三千年一熟，凡人吃了得道成仙。中间一千二百株中桃，六千年一熟，凡人吃了霞举飞升，长生不老。后面那一千二百株大桃，是王母的最爱，紫纹细核，九千年一熟，凡人吃了与天地齐寿、日月同庚！

此刻的大蟠桃树前，叽叽喳喳好不热闹！

王母娘娘手搭凉棚，放眼一看，不觉心中一喜：那个美丽的凰仙正操练一千只喜鹊上下翔飞，练习为牛郎织女搭最后一次鹊桥呢。

眼见着凰仙兢兢业业把交给她的搭桥任务年年完成得天衣无缝，王母心中甚是欣慰。当年狠心拔下云鬓上的金簪，在织女身后划下那道银河，也实属无奈。织女虽为自己宠爱，但犯了天条，不加整治惩罚，如何让自己母仪九天，规治四方呢？只是见着回天宫后的织女日日沉闷、郁郁寡欢，年年期盼七月初七全家团圆这一日，王母心中常动恻隐之心，但为了动了凡心的众仙班不再重蹈织女的覆辙，再犯天条，也只好狠狠心了，自己由此在天、地、人三界背负了一个"狠心"的骂名，也是有苦难言。幸亏凰仙不负重托，年年凡间的七月初七，总能把小仙鹊儿们操练得井然有序，在银河上搭好那条七彩绚丽的彩虹桥,让牛郎织女欢喜相会,这让王母心中宽慰了许多,对凰仙更是喜爱有加。

毕竟是九天王母,天地间的两性情思,她一眼便能洞穿!

王母知道凤凰二仙相恋多年,从来是凤神玩心大,不似凰仙对凤神情深似海,一片痴心。王母想着天帝万千年来,心思也常在南天门外,自己常落得暗自叹息,何况那年轻的凤神,天职不高,束缚更少,只怕自己早早允了凤与凰的美事,会辜负凰仙的一片痴心,落得终身为情所缚,不得快活。如此这般,更得为凰仙着想,再替乖巧顺情的凰仙多多考验凤神,免得让好姻缘有怨气,相知心成怨偶。

王母一边这么思忖着,一边怜爱地打量着风姿卓绝的凰仙。突然间,被凰仙一眼瞥见了,只见凰仙撇下叽叽喳喳的仙鹊儿们,赶紧上前来盈盈一屈膝,向王母道了个万福。王母含笑示意免礼,青鸟赶紧上前将凰仙扶直了身子,一边打趣道:"凰仙儿,忙着给牛郎织女架鹊桥呀,顾不上自己的凤神哥哥了,这会儿他会不会生你气呀?"

凰仙粉脸一红,娇啐了青鸟一口:"他修剪好了蟠桃树后,就潜心跟着他师傅千足大仙学筑桥技艺,哪有闲工夫理我呀!"

王母笑了:"跟那只蜈蚣精学筑桥?那倒是好事啊,蜈蚣精每一条腿都是一根神桥柱子,日常从事建筑倒也专注,唔……凤神给他当徒弟倒也不错!"

凰仙一听,赶紧给王母道谢:"承蒙娘娘慧眼恩准,感恩不尽!您看这会儿,他正把从千足大仙那儿学来的技艺用起来,在瑶池那边给您筑桥呢!"

顺着凰仙的玉指,王母和青鸟的目光穿越三千六百株蟠桃树,停留在瑶池边上。

瑶池上有一柱"凌云钟乳",色彩瑰丽,钟乳下方的池水平静如镜。"凌云钟乳"吸收天地精华,百年方得凝聚一滴圣水。圣水经过百年过滤,纯洁无瑕。这瑶池就从洪荒开天之时起,由滴滴圣水集聚而成。

天界诸神众仙都知道这西天的瑶池是王母的珍爱之地，但并不知也是王母的伤心地，只有贴身的青鸟略知一二。

不知何时，凡界天子周穆王姬满，曾坐八匹日行三万里的骏马，万里迢迢，经王母点化神授，沿天山到瑶池来幽会。

那一日，盛装以待的王母站在瑶池边上，瑶池如镜，绿草如茵，娘娘心中吹笙鼓簧，芳心翱翔。神波浩渺，如天镜浮空的仙池奇异风光，使周穆王如痴如醉，乐而忘归。

然而，欢乐的日子总是短暂的，周穆王不得不东归回凡乡。那一日，又是在瑶池旁，娘娘饯别穆王，离席起舞，赠歌离别：

"白云在天，山陵自出。道里悠远，山川间之。将子无死，尚复能来？"歌声如行云流水却哀怨缠绵。

周穆王一听，郑重举酒，即席唱和："予归东土，和治诸夏。万民平均，吾顾见汝。比及三年，将复而野！"

订下以三年为期的天约后，王母娘娘与穆王依依惜别。走前周穆王在瑶池旁亲手栽下一棵相思树，以寄相思。

三年的"天约"须臾而过，只可惜周穆王一去不复返。而那棵相思树却吸天界仙露和风，顺势而长，在瑶池边开枝散叶，亭亭如盖。即便是天界的王母，也陷入了凡间小儿女无尽的情思！只是这份"天约"无处可诉，王母只得常常流连于这棵苍翠如玉的相思树下暗动凡心……

小青鸟曾经贴心耳语王母："娘娘，我本是您的信使，是否衔您仙笔修书，飞去东土……"

王母听后，一声叹息："这天上人间，仙班也好、俗子也罢，凡是薄情之郎，皆不可期，不值啊不值！罢了！"

蕙质兰心的青鸟听得王母这般言语，也叹了一口气。但娘娘那胸中的无限惆怅却听得分明，往后便更加悉心照料那棵相思树。本指望那棵相思树天长地久，与日月同辰，但今日，想不到一桩大事却由这相思树而起，如山崩地裂，让王母娘娘勃然大怒！

第一章
千年奇梦

如果按中国的农历计算,今天应该是七月初六。

美国东海岸,波士顿的盛夏,阳光耀眼。

查尔斯河畔一座白色房子里,阳光透过纱窗,照在病榻上蔡虹同样白色的脸上,白色的床单似乎罩着一个轻如鸿毛的身体。但是蔡虹的丈夫乔木却惊讶地发现,蔡虹的两颊忽然渐变红润,似乎有两朵红云从天外飞来,停留在她已苍白多日的脸上。

她双目紧闭,但是,俊俏的眉头却是舒展的,嘴角轻轻上扬。此刻,蔡虹正在做一个深深的奇梦!

梦里,蔡虹回到了她魂牵梦萦的中国,回到了那个美丽的畲族山乡……

按理说,农历七月初六的夜晚,这个地处浙南闽北交界处的千年畲族古村,不应该是如此明晰透亮的。

毕竟离月圆之时还有那么八九天。但是,号称"江洲藏区"的安泰山城的远山深处,此刻的天空却云谲波诡!翻腾的重重乌云,像千万匹脱缰的烈马,从天际直扑重峦叠嶂:翻滚、奔驰、跳跃、撞击!有的怒目圆睁、昂首嘶叫,有的扬蹄甩尾、俯首猛冲。它们如此暴烈张狂,似乎就要将这个叫"鹤渡"的小山村撕裂!

然而,就在重云炸裂之下的万物似乎瑟瑟发抖、绝望闭目等候崩溃之际,天际一道金色的祥光似一把巨大的利剑,耀眼炫目,破云而来!顿时,就如千军万马忽然鸣金收兵、偃旗息鼓,万千乌云瞬间土崩瓦解、灰飞烟灭!一瞬间,天空露出了如洗的青白,没有任何杂质,宁静而辽阔……

然后,星星出来了,漫天的星辉让整个苍穹变成了一大块镶满钻石的丝绸幕布。再然后,"幕布"渐渐退开,一弯上弦月如娉婷仙子,冉冉从天际升起。当月亮从远处如黛的山岗跃然而出的时候,七月初六浙南大地的万物瞬间熠熠生辉!这清透的亮光,照亮了鹤渡古村的一草一木、一山一涧,也照亮了一田一畴、一瓦一石,更照亮了蔡虹那一张并不年轻但是依然皎洁如月的脸庞。

其实,刚才天上那一番玄秘而震撼的动荡,并没有干扰到这个小小的千年古村里的老老少少。因为夜已深,大部分村民已经酣然入眠。只有少数的几个老妇人和小媳妇还在亮灯的屋内,一边梳理赶织手中的彩线,一边轻声细语探讨关于明日如何为孩子们乞巧求智的琐事。她们所有的注意力都在手中的彩线和剪纸上,压根儿没有感知到窗外上空那一场无声又炸裂的风云际会,因为她们心中想的、口中念的,都是一件事:明天,又是七夕了,一年一度的乞巧节又来了!

在这个遗世独立的畲族小山乡,七夕节似乎专属于女人和孩子们。蔡虹感觉自己太幸福了,因为此刻她觉得自己已经回来了!

她清晰地记得,自己的母亲从来不说"七夕节",而是将七月初七唤作"乞巧节"。"乞巧节"是童年蔡虹最快乐的记忆。那时候,每年从端午节开始,便有村里最"清头"(方言:清秀干净)、最巧手的小媳妇给蔡虹母亲送来一小捆五色丝线,耐心又细致地教蔡母把这五彩丝线搓拧成一股股细细的小线绳,系在蔡虹嫩藕似的小手臂上,然后再三叮嘱:"关老师,千万别系错了,女娃娃右臂男娃娃左臂,男左女右哦!"

于是,和村里的其他农人家的小女孩一样,关老师那粉雕玉琢的宝贝女儿蔡虹的右臂上就多了一圈彩虹似的丝线圈。这丝线圈儿一直缠裹在蔡虹的右臂上，直到迎来当年的七月初七——七夕节。

那一个夜晚，将是鹤渡村女人和孩子们最甜蜜最开心的专属节日。与别处不同，那一夜，鹤渡村人口中的"乞巧节"是以一种别开生面的形式在柳月星辉下进行的。这个别致的节日不像中秋节那样在自家屋里或者院子里过，而是在一个特别的地方拉开序幕直至完美落幕，那个地方就是与蔡虹、关老师、鹤渡村以及浙闽老百姓生死相依的别致空间——木拱廊桥！

年幼的蔡虹，并不知道这有桥屋的木拱桥，多年以后会因远在美国的一个叫麦迪逊县的一条小河上的厢式木桥而名声大噪，然后浙南闽北那些个有桥屋的木拱桥随即也被泛称为"廊桥"。她觉得村中老人口中的"蜈蚣桥"或者"厝桥"才是这些木拱古桥的正确称谓，它们是如此安静却又灵动，这般轻巧却又坚固地横跨在村头或者村尾那一条条翠绿的潺潺清流之上。

浙南百里山峡的俊秀山涧里，有多少座这样的"廊桥"，年幼的蔡虹当然不知道，但是，她知道童年的乞巧节一定是和母亲们、小伙伴们在那座气势如虹、雕梁画栋的"厝桥"上度过最快乐的时光。那座在青山碧水间的木质拱桥，有一个蔡虹很着迷的名字，叫作"安澜桥"。

弯月刚上柳梢头，女人们便在那座用小青瓦覆盖着红漆木身桥屋的安澜桥上摆好瓜果糕点、彩线红纸。当然，身边还有一个盛放针线剪子的金漆盂盒或者竹编扁圆篓。这时候，母亲便会在巧媳妇的示范下，点上一炷清香，向廊桥神龛里的观音大士拜三拜，再躬身向东西南北各拜三拜。然后回身将蔡虹手臂上的五彩丝线圈取下来，一边嘴里喃喃道："换巧、换巧！大慈大悲观世音大士、天上织女、地上巧姑，千恩万谢，谢你们替我家阿乔祛毒辟邪！愿你们赐我家阿乔心灵手巧、慧聪智达！"

这个在童年蔡虹眼里神秘而又颇为神圣的仪式叫作"换巧"。换了"巧"后，孩子们便可以分到七夕才能吃到的"巧食"，四处玩耍。然后，桥屋里，小媳妇、大姑娘便开始互相斗巧，一起穿针引线、剪纸绣花，比比谁是十里八乡最巧的那个"巧女子",欢声笑语直到星月西沉……

乞巧的孩童们和斗巧的姑娘媳妇们带着满心的欢喜或者一丝丝小小的不服和遗憾,各自散去归家入眠。睡梦中,他们期待着来年的乞巧节能早日到来。

今年的乞巧节就这么热热闹闹过了,人们坚信鹊桥上牛郎和织女正甜蜜相会。此刻,周遭清冷,月朗星稀。

露水渐起,蔡虹把纤瘦的手指伸出来,摊掌在空中。梦中的她,似乎觉得应该调整一下自己的身体,让薄如纸片的身躯更加舒服地斜靠在安澜桥桥头的美人靠上。渐渐地,手掌便一点一点滋润了起来,似乎也滋润到了日渐干涸的蔡虹的心田里。

桥边两岸的山石上,分别有两棵大树。左岸那棵是香樟,大概有三四百年了,树冠亭亭如盖,亲水而长,远处的树枝几乎一躬身就能掬起一捧清流。右岸则是一棵树干苍劲的乌桕树。此刻,乌桕正枝繁叶茂,长串的嫩绿花朵吐蕊在枝头,与深绿的树叶浑然一体,并无惊艳之感。

但是,蔡虹并不在意乌桕花是否绚丽,此刻,她是欣喜的。她蓦然发现:清透的月色下,这原本长在两岸的两棵树,今夜,居然在空中相握,它们的树冠神奇地搭成了空中廊桥!蔡虹再一次惊喜发现:众鸟在它们的枝条里跳跃,游鱼在它们的投影里聚集!世界顿时无声地喧嚣了!

在这华丽的安静里,一个老妇人的声音却魔幻地传了出来,由远而近、由浊而清,直击蔡虹的耳膜:"吾侪夫妇拙如鸠,莫羡邻家乞巧楼。但愿白头长守拙,卿能织布我牵牛!"

蔡虹倏然惊醒:"竹婆婆、竹婆婆,是您吗?"

从山间的古道上,疾步走来一位鹤发童颜的老妇人。古道、清涧、山岚、晨露,似乎都在她的脚下和身旁稍纵即逝!她就这样飘然而至,停留在安澜桥上,停留在美人靠前昏沉的蔡虹的眼前!

而此刻,躺在波士顿查尔斯河畔那张白色病榻上的蔡虹根本没有醒,她在梦中等待她的一双儿女的到来,带上她一同回到那个不寻常的中国山乡去！她完完全全沉浸在这个深深的迷梦之中。

这，不是一个寻常的梦，这是蔡虹即将西去极乐的绝尘之梦！这一梦，事关一个千年的廊桥"梦密码"……

梦中的蔡虹并不知道，天上一日、地上一年，此刻，西天瑶池边上风云突变，凡界正是牛郎织女七夕鹊桥相会的第九百九十九年之际。

狠心划出银河后的王母娘娘曾经许诺织女：如果人间的牛郎情比金坚，每年都准时赴七夕的鹊桥之约，那么第一千年，便赐福牛郎得道成仙，升天与织女同宿共飞、永浴爱河！

谁也不曾想到，人间的九百九十九年过去了，在最后关键的时候，西天瑶池却闹出了如此大事，一直深受王母信任和疼爱的凰仙却在这个时刻先斩后奏，让王母下不了台！

此刻，青鸟在一旁不断给王母打扇，依然不能让王母心头的烈烈怒火将息下来，她的眼前闪过了刚才让自己又气又急、又惊又恼的一幕！

就在此前，顺着凰仙的玉指，娘娘和青鸟的目光穿越由小及大的三千六百株蟠桃树，她们惊讶地发现那瑶池上的一柱"凌云钟乳"变了模样！以钟乳为中间轴，平静如镜的瑶池上，竟然凭空架起了一座神木拱桥！

这突如其来的神木拱桥让王母心头一震！细打量，只见它与众不同——桥形通汉上，峰势接云危！通体巧妙绝伦，气度不凡！虽然桥身崭新，但娘娘觉得眼熟，掐指一算，心中"呀"了一声：这不是下界赵宋开封府京都的"汴水虹桥"吗？怎么会移行凭空出现在西天的瑶池上？

正思忖着，凰仙拉着凤神已跪拜在王母跟前："娘娘万福！"

王母习惯性回了一句"平身"，心思还在那座突兀而来的神木拱桥上，那边凤神已经抬头向王母禀报："娘娘万福！看娘娘关注这瑶池上的这座新桥，容在下向娘娘禀来！

下界汴京有汴水，水上建有虹桥。那可是一座巧夺天工的神桥啊！那神桥为单孔木拱桥，造桥居然是无支架施工，没有榫头，不用钉子，全部木架捆绑结扎，连成一片。桥的两旁有木拱，拱梁两端，雕狮刻虎……"

看着凤神眉飞色舞自说自话，周遭众神一片静寂，凰仙吓得赶紧拽了拽他的袖子，青鸟也紧张地偷偷看王母的脸色。果然，王母面露愠色："凤子，念你才智卓绝、心灵手巧，这么多年来修园有功，但你可知未经通报，在瑶池上随意动工，该当何罪？"

凰仙一听，拉着凤神赶紧连连磕头："娘娘恕罪！娘娘恕罪！他是个不知深浅的混沌物，生性愚钝，不懂规矩，请娘娘饶过他一回！"

青鸟在一旁吓得大气不敢出，她想不到这凤神真的就是凰仙口中的那个不折不扣、不知深浅的"混沌物"！青鸟只恨自己平日里只是暗暗喜欢这个愣头青，却没有点化他识一点仙班世道，懂得如何做个走常道的小神仙以避飞来横祸……

正当青鸟心中懊悔不已时，想不到那混沌物居然敢在王母脚下再次抬头张嘴开口："金贵无上的娘娘啊，臣想凡界子民建汴水虹桥，那赵宋皇帝每逢节日，常登汴水桥与民同乐。桥上搭青竹架，再将松树、柏树的枝叶扎在上面，还将各色花朵插在上面，郁郁葱葱又艳丽多姿。正月十五日元宵节，桥上张灯结彩，灯火辉煌。到了晚上，扶老携幼上虹桥来，欢声笑语、普天同乐！臣跟着千足大仙学得筑桥技艺，手正痒痒。此番斗胆建桥，就是想给娘娘一个惊喜，娘娘母仪九天，与诸神同乐，娘娘惠普三界、仁心八荒呀！"

王母一听，脸上的愠色减去了大半。青鸟趁机怯怯进言："娘娘，这凤子没心没肺，心如这瑶池的池水般通透澄明。他与诸位小神不同，平日里就只理桃树、修园子、学筑桥，痴痴迷迷、疯疯癫癫的，念他痴心手艺，忠心耿耿为娘娘修园，您就……"

王母听了，眉头又舒展了一些，看着脚下的凰仙花容失色，心中不觉怜意渐起，暗叹一声，正想息事，猛然间，发现瑶池边的那棵相思树不翼而飞："凤子，你你你！你造桥，用的是什么木材？"

当王母明确得知这小小凤神胆大包天，眼前这座瑶池虹桥居然用的就是那棵相思树的神仙木材时，瞬间，在王母娘娘不可名状的盛怒之下，乌云翻滚、风暴骤起！眼看风神凶多吉少，青鸟、凰仙、诸神以及一千只仙鹊泣血恳请，风神才逃过一死。怒气难消的王母丢下这么一番话拂袖而去："既然你这么爱造桥修桥，那就即日逐出天庭，贬到人间！千足蜈蚣身为师父，未尽师父职责，一并逐出天庭，贬为凡身肉胎！修好一千座彩虹桥后，再做定论！"

一切来得迅雷不及掩耳，任凭凰仙痛断肝肠，风神转瞬已经被逐出南天门打入凡界！他那可怜的师傅——千足大仙蜈蚣精，一并莫名其妙跟着他坠入红尘！

顿时，仙水碧波的瑶池上，那座相思木筑成的彩虹桥茕茕独立，无声无息……

瑶池边的建桥风波暂时平息，事情却还远未了结。当差点背过气的王母缓过神来的时候，銮殿之外，小青鸟神色异常地前来禀报："启禀娘娘，寻不着凰仙了！"

这天地之间似乎有个定律：不顺或者快乐的时候，时间总是过得特别快。转眼，风神被贬下凡已经过去"天历"二十多天了。

这"天历"二十多天的日子里，本该抓紧为一千年的"牛郎织女鹊桥会"抓紧演练搭鹊桥的凰仙，却整日魂不守舍，消极怠慢，无心当差。

王母得知凰仙怠工的消息，正怒不可遏，要拿凰仙是问之时，忽然，銮殿之外，小青鸟神色异常地前来禀报："启禀娘娘，寻不着凰仙了！"

王母陡然立起，大喝一声："来呀，天兵天将听令……"

恰巧见得织女的身影从殿外娉婷飘过，王母忽觉得心中猛然一抖：当年就是因为我金簪一划，那小牛郎舀不尽滔滔银河水，才让有情人受了这千年的相思苦。如今，那相思树魂断瑶池桥，我虽贵为九天娘娘，不也尽尝这无处可说的相思苦吗？凤与凰原本天生一对，凤子已被我谪贬人间做那造千桥的苦役，那痴情的凰仙儿必定是下凡寻他而去了。如今要是再让天兵天将将凰仙儿捉拿回天庭，不又是活生生让我拆散一对恩爱情侣吗？

将心比心，再不能做这种薄情事了！

想到此，王母颓然坐了回去，双目一闭，无力地挥了挥玉手："也罢，且让她去吧……"

一切似乎渐渐安静了下来，小青鸟却忐忑不安，她终于轻声细语向王母开口了："娘娘，那七夕的鹊桥，还得有个领头的领着那一班仙鹊儿搭起来呢！"

一句话点醒了有些消沉的王母！

她强打精神，掐指算了一回，缓缓起身，说："有了，原本在东土南中国的山乡，有个蕙质兰心的红尘女子，与彩虹桥有不解之缘，本可以顶替凰仙儿领头搭这千年的鹊桥。只可惜阎王爷已经在生死簿上勾了她的姓名，我们不好随意破生死规矩，且待我托梦与她，由她向凰仙转告我的懿旨吧！"

青鸟怯怯问："娘娘，您真是大慈大悲、宽宏大量呢！多谢您放过凰仙儿……"

王母叹了一口气，幽幽地说："好歹也得罚她的，此刻她已经奔向华夏大洋彼岸，与那个女子结缘去了！"

波士顿盛夏的夕阳像金子一般闪烁在蔡虹微微泛红的脸颊上。此刻，她依然双目紧闭。

但是她的丈夫乔木却发现她的呼吸越来越急促，双手伸向空中，当然，他完全不知道，此刻妻子蔡虹的梦境，正瑰丽奇特、波谲云诡！

此刻，梦中的蔡虹正梦见自己飞身回到魂牵梦萦的南中国那个千年古村里，来到安泰畲乡那座美丽的安澜桥上。这时候，她正在桥上焦灼地来回走着，却找不到自己要找的一切！她只好将身子斜靠在安澜桥的美人靠上，以便于更好地细听廊桥两岸树叶轻轻相触的呢喃声……

在这安静又喧哗的世界里，一个老妇人的声音却直击蔡虹的耳膜，由远而近、由浊而清："吾侪夫妇拙如鸠，莫羡邻家乞巧楼。但愿白头长守拙，卿能织布我牵牛！"

蔡虹一惊，连忙回头："竹婆婆、竹婆婆，是您吗？"

从山间的古道上，疾步走来一位鹤发童颜的老妇人。古道、清涧、山岚、晨露，似乎都在她的脚下和身旁稍纵即逝！她就这样飘然而至，停留在安澜桥上，停留在美人靠前昏沉的蔡虹的眼前！

"小虹，快走吧，虚空里罡风正起，只怕有不测从天而降，快走吧！"

蔡虹迷迷瞪瞪被竹婆婆拉起身子，突然间一道七彩祥光探照而来，蔡虹和竹婆婆瞬间寸步难移！

蔡虹和竹婆婆抬起头，只见一朵巨大的祥云从西天飘至头顶，一个庄重而威严的声音穿云而来：

"凡子蔡虹，且慢！且慢走！"

蔡虹抬头凝望，只见西天王母娘娘凤銮舆乘凌空云端，威仪传话："我知你平生情深义重，于人于物都有情有义。于物，你牵挂故国廊桥却不得见；于人，你思念恋人却难知音信。你所有的不得，所有的苦痛，皆因用情太深！你可知一句话：情深不寿？不过，你阳寿虽尽，却是好事，且随我来西天，做一件千载难逢的好事——为牛郎织女搭起第一千年的鹊桥，让他们跨越银河天堑，终修良缘！"

蔡虹大吃一惊："娘娘，红尘中芸芸众生，为何唯独相中我？"

王母回话："普天之下，唯有你与上天彩虹桥有千年缘分，又与人间廊桥有不解之情缘，实属难得！来吧，跟我走吧，上天来，续你千年的桥缘吧！"

"娘娘，天地间承蒙您懂我，三生有幸。我愿跟您走，为牛郎织女搭千年鹊桥。只是我还没见我一双儿女最后一面，且容我再等待一时！"

娘娘欣然应允。

紧紧跟随在王母身边的小青鸟无不惋惜地看了蔡虹一眼，长长地叹了一口气。正跟着娘娘驾起祥云，等着蔡虹告别丈夫儿女回西天，忽然，她看到阎王爷拿着生死簿匆匆赶来。

"娘娘，实在懊恼啊！"阎王跪地叹气。

"阎王爷为何懊恼？"青鸟替王母问话。

阎王爷拍了拍生死簿说："本来只勾了娘娘相中的这个蔡虹，想不到近来手指越来越粗，越发不灵活，笔抖了一下，就将她女儿也连带勾上了！这一勾着实不该，可我身为阎王，又不能坏了天地轮回生死的规矩，不好改回去，岂不懊恼！"

娘娘一听，一挥手说："还是应了那句话：情深不寿！蔡虹的女儿乔巧，也是个深情种，勾了就勾了吧，跟她母亲一并来搭鹊桥，岂不母女也团聚了吗？"

青鸟和阎王一脸惊愕，却又不敢吭声。

……

此刻，查尔斯河畔那座白色房子前，一个年轻挺拔的男人正急匆匆打开大门，直奔蔡虹的病榻前！只见他拉住蔡虹的手，轻声呼唤："妈妈，您坚持住，一定要挺住啊，妹妹很快就会来到您身边！"

说话的是蔡虹的养子，名叫蓝卵。

蔡虹一听，倏然睁开了眼睛，那深邃的眼睛里，全然是对女儿的期待！但是她却不知道，此刻，蓝卵口中的妹妹，正在经历她短暂人生的生死劫！

蓝卵心里明白养母对妹妹的期待，他放开了蔡虹的手。此刻，与他风流潇洒的外形截然相反的是，他正心乱如麻，不仅仅是担忧对他有养育大恩的母亲时日不多，更是自己的财务危机置他于悬崖边上，随时都有跌下万丈深渊粉身碎骨的危险！

蓝卵年少时并没有听从养父母的意见去学习人文艺术，不知道是不是骨子里的东西，他似乎天生对金钱感兴趣。当然，学习金融、进入华尔街是他少年时的梦想。当他成功实现了少年梦想后，养父乔木正为他的稳定感到高兴，想不到他辞职去做了一名文化艺术品投资商。养父为他的跨行业感到担忧，养母蔡虹却非常高兴，她认为蓝卵回归到了他基因里喜爱的东西——世界文化。

之后的蓝卯，常常给养父母和妹妹带来好消息：他赚了大钱，成富翁了！但是，他却从来不向家人详细介绍自己生意的具体内容，直到有一天，他的养父发现经常有陌生人在他们家附近出没，神情可疑，不禁心生疑虑，怀疑是否被人跟踪监视。多次询问蓝卯，问他是否在外面有麻烦事，蓝卯却矢口否认。

　　事实上，蓝卯在离开华尔街后，尝到了几次冒险能快速带来财富的甜头后，就梦想自己能拥有更多的财富，成为世界巨富的念头在他心中不断膨胀，他对自己的解释是：这是他的东方故乡基因在起作用，因为南中国那个不起眼的小地方走出来的人，被世界称为"东方的犹太人"。人世间的所有险恶在金钱和财富面前最容易彰显其丑陋凶残的本性，而在年轻的蓝卯看来，快速积累财富就是一场冒险，因此，当他发现走私文物能带来巨大利润时，他毫不犹豫地选择了这个行当。

　　在疯狂追逐财富的过程中，虽然得到了短暂的暴富的兴奋和快感，但是很快他就不幸"翻车"了。他破产了，甚至他的家人都面临着巨大的危险，因为欠下国际走私集团巨额的债务，蓝卯陷入了一个似乎无解的困局。而更令他担忧的是，养父养母和正在外地旅行的妹妹，也会因此受到牵连。

　　此刻，病榻上奄奄一息的养母、忧心忡忡的养父，以及焦头烂额的他，都没有想到：妹妹乔巧像鲜花一样正在阳光下怒放的生命，却被一场大火无情吞噬了！

第二章
廊桥遗梦

仙界，银河边。

一千只搭鹊桥的仙鹊儿，叽叽喳喳，都快把银河吵沸腾了。

此刻，仙界喜鹊们一个个也愁眉苦脸的：他们最爱的凰仙姐姐此刻正哭得梨花带雨。

凤和凰是这一班小仙鹊儿们最最羡慕的神仙眷侣：凤神风流倜傥、才华横溢，虽然平日里带点小痞，但是那手艺，不管是修剪蟠桃园的蟠桃树，还是筑仙桥，什么难活到了他手里，最后都是一等一的漂亮，让多少小雌鹊成了他的迷妹。

而这凰仙姐姐，容貌更胜凤神哥哥不说，还蕙质兰心、性情温柔、心底敦厚、贤良通透。平日里带着小仙鹊们在天庭做起事来也是井井有条、干脆利落，在娘娘面前也从来没有丝毫差池，因此他们跟着凰仙姐姐，也常得娘娘的封赏和赞许。如今，眼看着凤神被娘娘谪贬跌入红尘，还连带上他那个可怜的师傅千足大仙，真是闹心哪！

看着这么乱糟糟的场面，仙鹊们也无心去搭牛郎织女的鹊桥了。这仙鹊儿班里头，有一对兄妹，哥哥长尾叫长哥哥，妹妹短尾叫短妹妹。这对兄妹特别聪明，也特爱来事儿，平日里就数他俩话多、主意多，遇到事儿还特别爱琢磨爱讲究。这俩兄妹和凰仙特别好，眼见着凰仙姐姐如此肝肠寸断，怎能袖手旁观！他俩就一个劲儿给凰仙出主意，怂恿凰仙下凡去找凤神。

短妹妹说："这天地间，谁不说你们凤与凰是神仙眷侣呀！如今一个天上、一个地下，还怎么让我再相信这天地间有真爱呢？不行，不行！凤与凰必须是天造地设的一双，不能就这么分开来！凰仙姐姐，你快下凡去找凤神哥哥吧！"

长哥哥说："你个傻妹子，真不知道天高地厚，娘娘的天律是吃素的吗？你忘了这银河是怎么来的吗？忘了织女姐姐和牛郎哥哥受的这千年相思的苦吗？"

短妹妹不示弱："这天地间，哪有什么比真爱更有力量？娘娘不也答应千年之际让牛郎哥哥得道成仙上天和织女姐姐团圆吗？不就是因为坚贞的爱才赢得这永浴爱河的果吗？凰仙姐姐，勇敢一点，下凡去找凤神哥哥！快点啊！"

凰仙抬起婆娑的泪眼，弱弱地说："谢谢你们兄妹的暖心话。只是刚才娘娘盛怒之下，我在意乱神慌之间，根本没有分辨出凤神和千足大仙被娘娘贬谪到凡间的哪一处，我上哪儿去找他们呢！"

长哥哥闪了一下自己的翅膀，说："娘娘不是谪贬凤神哥哥下凡界去筑桥吗？那咱就可以找这人世间最有名的桥梁呀！"

短妹妹听了连连点头："对对对，我哥就是聪明，我哥说得对！我知道这凡间最有名的桥在大宋汴河之上，不知道是华夏大地上哪里的能工巧匠，不用一钉一卯，就能在宽阔的汴河上建造出一座大拱桥来，那拱桥可美了，就像咱们这里的彩虹一样美，凡间百姓就叫那座拱桥为彩虹桥呢！"

长哥哥听了，忽然耷拉下翅膀，眉毛也耷拉成八字形了："你傻不傻，那大宋的汴河彩虹桥早就塌了，如今只存在一个叫张择端的大画家的画作里了！人间哪还有这巧夺天工的彩虹桥！"

短妹妹不服气："我不信，那汴河的彩虹桥是塌掉了，但是华夏大地那么多的能工巧匠，一定又建筑起同样精巧绝伦的彩虹桥了！"

长哥哥说:"别天真了,那样的桥哪有那么方便就建出来呀?人世间早已绝迹了!"

短妹妹说:"我说有就有!"长哥哥:"没有!"短妹妹:"有!"

长哥哥:"那咱俩打赌,若还有,我拔身上十根最美的羽毛给你。若没有,你拔身上十根最美的羽毛给我!"

短妹妹头一仰:"赌就赌,凰仙姐姐作证!"

见兄妹俩打赌,凰仙哭笑不得:"你俩不是帮我出主意吗,怎么自个儿打起赌来了?"

长哥哥说:"哎呀,对哦,咱俩咋忘了姐姐的正事儿呢!"

短妹妹说:"姐姐,别犹豫了,要勇敢去追寻自己的爱!"

长哥哥说:"对对,为牛郎织女搭千年鹊桥这边的事儿,有我们兄妹先给姐姐顶着。以姐姐的卓绝聪慧,很快就能在凡间将凤神哥哥找回来,何况仙界一天,人间一年。你放心去吧!"

凰仙为难:"苍茫大地,我去哪儿找我的凤神哥哥呢?"

短妹妹说:"凰仙姐姐,你且让我替你拨开云层往红尘探看一番!"

短妹妹一双仙翅儿一扇,将南天门的层层云团扇将开来,她探身一望,忽然望见红尘中大洋的西端红光冲天!一团红光中,一座美丽的廊桥若隐若现。顿时,她兴奋大叫:"姐姐姐姐,我替你找到啦,找到红尘最美彩虹桥了,你快快去吧!"

不由分说,和长哥哥一合力,就将凰仙儿推到了南天门的云端!

凰仙儿一个趔趄,好不容易在一团祥云上站稳了身子。她探身放眼向下界望去。果然,大洋西端有一团耀眼的红光,那红光中似乎也真有一座长桥。凰仙儿赶紧揉了揉眼睛,但是,下界却并非如那个马虎的小仙鹊儿所说的那样。

凰仙见到的是:

年轻华人蓝卯美丽的妹妹乔巧姑娘正走在美国麦迪逊郊外的一片草地上。此刻,她的心情和云端上的凰仙截然不同,对于一个致力于世界桥梁研究的年轻学者来讲，今天她来到《廊桥遗梦》中那座著名的木桥旁，一睹母亲常常挂念的"廊桥"风采，心中是何等快乐和兴奋，但是，她却不知道，她年轻的生命即将终结在这座美名远扬的"赛德桥"上！

后来世上著名的媒体是这样报道的：

1992年，罗伯特·沃勒在其小说《廊桥遗梦》的封面上使用了这座桥的照片。这部具有传奇色彩的爱情小说前后共用几十种语言发行了一千二百多万册，后来又被拍成了风靡一时的动人电影，这座原本普通的木桥也因此而"美名远扬"，每个月都要吸引数千游人慕名前来瞻仰。这座廊桥真名叫作"赛德桥"，始建于1883年，后于1998年花费十二万八千美元进行了必要的翻新工作，被称为"美国历史名胜"，每年秋天都要在其附近举行热闹非凡的"廊桥节"。后来，这座廊桥莫名其妙地被大火烧毁了，后来人们查明，那是一起"故意纵火案"。

云端上，凰仙和仙鹊兄妹拨开云层看见火光冲天的那一刻，正好是这个美丽的中国姑娘不幸意外葬身廊桥火海的那一刻。

凰仙目睹这一切，一股莫名的心痛直刺胸间。是的，她在那一团烈火中，看见了一座美丽的廊桥，可惜，如今已经成为一团灰烬。凰仙为那个美丽的姑娘惋惜，更为自己不知何处找寻凤神而黯然神伤……

正当凰仙呆立云端茫然不知所措之时，身边忽然传来一个轻柔的声音："姐姐，莫伤神呢，一起想想办法吧。"

凰仙猛一抬头，看见青鸟袅娜来到她的身边。凰仙感激地对青鸟苦笑了一下，便无语了。但是，她没有想到，这小青鸟接下来的一番话，让她在滚滚红尘有了一番非同寻常的不凡历程。

风正起，树叶将万道金光揉碎，瞬间，金光暗淡了下来！美国波士顿查尔斯河畔那座白色房子里，华人教授乔木惊讶地发现，病床上妻子蔡虹的身体依旧"薄如蝉翼"，但是此刻她的双颊更加绯红。

当养子蓝卯拉着她手，告诉她妹妹就要回来看她时，她紧闭多日的双眼忽然睁了开来。

女儿乔巧是她的骄傲，天生丽质又敏而好学，还善解人意、温柔可人。当女儿选择桥梁建筑作为自己终身职业时，乔木因女承父业而自豪，蔡虹在欣喜之余，更是五味杂陈。她这辈子，心头最放不下的，就是南中国那个叫安泰畲族山乡里的美丽廊桥。那里有她的纯真童年，有她的青春热血，更有她的人间至爱。

她知道，自己此生已无缘再见畲乡的廊桥，更无缘再见自己青春的挚爱。但是，她却有一个关于廊桥的奇梦，她要将这个奇梦尽快托付给自己的女儿。尽管丈夫乔木这么多年来一直认为她是痴人说梦，可她坚信，自己的血亲骨肉能懂她，能相信她的奇梦。由此，在弥留之际，她是多么热切地盼望在外游学已久的女儿快快回到她身边。

终于，门铃响了，女儿乔巧回来了。

可是，蔡虹何曾知道，此时站在她和家人眼前的乔巧，已经不是她的血亲骨肉，而是飞天而来的凰仙。

那一刻，在云端上的凰仙目睹了无辜的乔巧不幸葬身那座著名的"赛德桥"，不禁为这个年轻的生命深深叹息。而青鸟却告诉她："这是上天的安排，因为乔巧母女和天上的虹桥、凡间的廊桥都有着不解的三生情缘。如今你的凤神哥哥谪贬入红尘，也是因桥而起，那么，你只要沿着她们的人间足印和心路历程，一定能找到凤神哥哥，并且助他一臂之力，尽快筑好凡间的千座奇桥，早日赎罪，早回天庭。"

凰仙感激又困惑，最后，她依了青鸟的建议，借了刚刚化为一缕青烟的乔巧姑娘的肉身，在青鸟的引领下，直奔大洋西端波士顿的查尔斯河畔，在那座白色房子里的病床前，蔡虹几乎拼尽了此生最后的力气，紧紧抓住了"女儿"的手："我的宝，你终于回来了！"

就在蔡虹最后的时光里，一个奇绝的"梦"就像是一道金光，照亮了凰仙，哦，不，此刻，她已经是凡间的"乔巧"了，是的，"母亲"蔡虹的奇梦，像一道金光，照亮了乔巧的心房，更照亮了"哥哥"蓝卯的心间！

世界似乎在那一刻停止了所有的运动，只有母亲在诉说着一个惊天的秘密——

在南中国的畲族山乡，母亲的人生挚友掌握着一个独门奇巧绝技：他是如今天下无人能比的巧匠，这个世上只有他，能解锁一千多年前那位名叫张择端的著名画师画笔下的那座"彩虹桥"的造桥密码。只要找到"彩虹桥——畲乡廊桥密码"，就能解开《清明上河图》中消失了千年的那座汴河彩虹桥复原的全部技术秘密。

母亲拉着乔巧的手，殷殷地对乔巧说："这是妈妈最后的愿望，也是妈妈平生唯一的夙愿——孩子，回去吧，回到南中国那个畲乡去，去找他！去找他！找到他，不仅能圆妈妈平生不甘之梦，更能圆这世上的奇巧良缘。"

凰仙听了暗自称奇，心中暗叹：看来我们凤与凰，还真是与这南中国的畲乡奇桥有着不解之缘，更有着千丝万缕的情缘。这一次入红尘，原来是为了结一段千年桥缘而来。也罢，我从此就是那乔巧姑娘，我就替这位母亲在红尘走一趟，一来圆她未圆之梦，二来了我自己未了之缘吧。

站在一旁的蓝卯听了，更是心跳加速、手脚冒汗：虽然不太相信世界上如今还存在像北宋汴梁虹桥那样的廊桥，但是他非常敏锐地意识到，如果真的能找到母亲口中的"廊桥密码"，那么、那么、那么……哈哈哈哈！

正思忖着，蔡虹向蓝卯艰难地伸出手来："阿卯，来，是时候让你知道你从哪里来了……畲乡那个筑桥巧匠……就是你的亲生父亲！我是你的亲生母亲！"

凰仙听了，吃了不小的一惊，她赶紧摇了摇蔡虹的手："妈妈，这，到底是怎么一回事？"

蓝卯更是睁大了眼睛："妈妈！我的父亲还在世？您为什么一直不对我说真话？这到底是为什么？我的父亲有筑桥密码？他能再建大宋的汴梁彩虹桥？妈妈，您快说！您快说呀！"

"乔巧"回头瞪了蓝卯一眼："哥哥，你不看看妈妈现在什么样子吗？"

蓝卯紧紧盯着蔡虹的眼睛！

此刻的蓝卯，忽然觉得眼前气若游丝的母亲如此陌生！虽然自己对初来人世的事情完全一片混沌，但是，母亲对他全身心的爱，他是清楚的。但是此刻，他觉得这些已经不重要了，因为母亲提醒了他：自己的财路未绝，而且就在自己的生身父亲那里。天不绝我！天不绝我！

蓝卯大喊一声："妈妈，快告诉我，我的故乡在哪里？我的父亲在哪里？我要去找他！"

蔡虹点了点头："蓝卯，带上你的妹妹，回去吧！你去找你的父亲！乔巧，妈妈拜托你，跟着哥哥回去，替妈妈找回丢失在畲乡那座廊桥上的遗梦吧。"

"妈妈、妈妈！"兄妹俩齐声呼唤着蔡虹。

乔木悄悄进了房间，站在妻子的床前。他看到妻子的目光开始放空、放空……远去、远去……他知道，离别的时刻真的到了。

乔木拉起兄妹的手，说："让你们的母亲安心地走吧！你们也走吧，回到畲乡去，寻找你们母亲的廊桥，当然，那，也是我的廊桥……"

就在母亲如一片白色羽毛在红尘飘然而去之后，蓝卯转身去找了他原来生意上的伙伴。那一刻，他一扫这些日子来的卑微和恐慌，他甚至理直气壮地和对方开了价码。因为他觉得自己已经拥有绝世宝物，他马上就能找到遗失了千年的世界瑰宝：重建人类历史上最具文明价值的奇桥密码！

想不到对方很快答应与蓝卯合做这一笔诡异而奇绝的生意，当然，是有条件的。对方愿意先借一笔钱给蓝卯，帮他暂缓目前的财务危机，并资助他回他的东方故乡寻找"廊桥密码"。如果一年之内，蓝卯真能找到并走私出国到达他们手中，那么付给巨额报酬。如果找不到或者没能走私到他们手中，则蓝卯归还所有借款并支付高额利息。

谁也不知道，这份罪恶的协议里，还有一个人成为他们这笔生意的赌注，那就是蓝卯的养父。这位国际著名的桥梁建筑专家乔木教授，将是这次合作的人质。

蓝卯在那个森严的山庄里签下那份不寻常的协议，这一切，恰好都被云端那两只小仙鹊看见了。短尾仙鹊说："长哥哥，这事儿真的好有意思啊，咱们的凰仙姐姐能不能和她现世的蓝卯哥哥找到那个'奇桥密码'呀？我好想知道结果呀！"

长尾仙鹊说："嗯嗯嗯嗯，我也觉得有意思，真的好好玩！短妹妹，咱们也溜吧，悄悄跟着凰仙姐姐，哦，不，乔巧姐姐，一起参加这个好玩的游戏吧。"

短尾鹊有点犹豫："可是，长哥哥，牛郎织女那千年的鹊桥还等着咱们去搭呢？"

长尾鹊说："就你那死脑筋！到时候，凰仙姐姐不也得回到银河带咱们搭鹊桥吗？咱跟着回就行了。"

"哦哦哦，哈，嘘！走走走……"

于是，在这对好奇心十足的仙鹊兄妹的注视下，化身乔巧姑娘的凰仙，跟着现世的哥哥蓝卯，开始了一段卓绝瑰丽的红尘之旅。

南中国，一个叫安泰的山城。

离城区不到几十公里的地方，藏着一个叫鹤渡村的千年畲族古村。

昨夜，穿过村中的卵石小径，山乡人眼中半痴半癫的"桥痴子"蓝念远将那千年的古戏台抛在了身后。一夜的红男绿女在台上出将入相，锣鼓铙钹撩拨着山乡戏台下的男男女女，一股莫名的暧昧气息似乎在戏台下氤氲着、蔓延着……

蓝念远的心底是抗拒这种气息的。他独自从戏台下起了身，快步转身，从村中穿过。拐个弯，似乎进入了一个鹅卵石的世界。这个叫"鹤渡"的小村庄几乎就是一座鹅卵石堆砌而成的小城堡：阡陌纵横的是卵石小径，小径两侧的民房是卵石垒墙。一踏进鹅卵石的世界，不管外面的世界如何嘈杂，都会让人心瞬间安静下来。墙角不知名的小花与世无争地暗自芬芳；一抬头，卵石矮墙的上方，那一方素木的窗棂下，几块手绣的淡雅绢帕在迎风招摇。恍惚间,巷子尽头一把油纸伞闪过,但看不清是谁,那个娉婷的身形已经不见踪影……光滑的卵石路、深深的旧时光,一切都是蓝念远从酒酣痴癫之中瞬间清醒的缘由。

此刻,他已经走出村子,来到一座有廊屋的古廊桥前,停了下来。

这里,是他的家!

山乡的夜,气息是如此清冽而醇厚。这里是南中国浙闽交接的山间,是浙南的最南,安泰全域呈"九山半水半分田"之态势,境内洞宫山主脉呈西北向东南入境,南雁荡山支脉自东北向西南延伸。两大山脉交叉,形成了崇山旷谷、交错回环的中山地貌,世称"浙南屋脊"。由于地势从西北向西南倾斜,此地有大大小小数百条山中溪流纵横交错,形成了独特的"小江源"水系。唐代有一位叫罗隐的诗人曾在此地逗留,蓝念远自小便熟悉罗隐诗人描状山道的诗句:"遥闻前山相对语,跨溪绕涧数里程。"这鹤渡村,就是安泰山乡众多溪谷里,依水而建的一个古村,虽说与最近相隔的另一个叫"筱库"的村庄直线距离并不遥远,但是,大山深处,群山万道,山和水的分割,两个村子似乎也就天各一方了。

蓝念远在这畲乡差不多已经安住了大半辈子。他和自己的祖先一样,如若外出,主要是依靠崇山里的千年古道,但是由于水系丰沛,在大雨涨水时,也靠水运。小木帆船顺流而下,半日便可抵达筱库,再经由筱库换大船南下,前往东瓯城区。崇山峻岭间,溪谷回流中,安泰的先人们要出行,逢山开路、遇水架桥便是再自然不过的事情了。世间的山径大都相似,但是,各方的桥梁却不计相同。苍茫华夏大地,东西南北,石桥、木桥、铁桥、拱桥、平桥、索桥不计其数。但是,安泰崇山溪谷中,却有着一种别致的桥梁——廊桥。

其实,不管在蓝念远的口中还是心里,他并不称这些独特的桥叫作"廊桥",他像自己的祖先和父辈那样,依旧执拗地称呼它们为"蜈蚣桥"。

当然,后来"廊桥"被广泛接受并被传播,还是引起了出身造桥世家的蓝念远很大的好奇,他曾经偷偷看过那部全世界闻名的叫作《廊桥遗梦》

的美国电影。不看还好，看了以后，他大失所望：那座几块木板搭起来的大木箱子罩住的木平桥叫"廊桥"？他们以为桥上有廊屋的就可以叫"廊桥"？啧啧啧！

当然，蓝念远是有充分理由表达他的不解与不屑的。因为在安泰山乡，就曾经有几百座这种有廊屋的木拱桥分布在崇山峻岭中，经由他蓝家祖孙三代建筑的那多座廊屋桥，哪一座不是飞檐屋脊、雕梁画栋？

这一夜，蓝念远从村中的戏台下蓦然折返，回到他多年来独居的这座叫"安澜桥"的桥墩前，已是深夜。

安澜桥是浙闽交界处的畲族山乡鹤渡小村的风水桥，意为村中人接过上天赐予的好风水后，波澜不惊，在此地安居乐业。

这是南中国赣、皖、浙、闽交界方圆千里最奇巧的一座蜈蚣桥，也是造桥世家蓝家唯一传人蓝念远半世人生中所建筑的最后一座桥。他对儿子蓝桦把这座世代称为蜈蚣桥的桥改称为"廊桥"，曾经表达执拗而强烈的抗议。但是，谁也没有把他的抗议当成一回事，因为在世人眼里，他已经是半痴半癫的桥疯子，他只懂他的乌衣红曲酒，对于桥，如今人们更愿意尊重他儿子蓝桦的意见，因为蓝桦是安泰山乡第一位攻读研究文物、桥梁的大学生。而他，似乎和这年久失修的安澜桥一样，垂垂老去，不再有多少发言权了。

那晚的弦月在夜空舞蹈，似乎是唐朝的胡姬长袖翻舞，又疑是贵妃醉酒后，晚唐的箫声渐渐散去。安澜桥上，蓝念远不再侧耳细听，他取出一把长柄的铜钥匙，打开廊屋门上那把已经长了铜绿的七两绍锁，蓦然发现，自己寒舍里已是茶凉酒冷。心中腾起一股凉意，他顺手在那一方乌木的小桌几上，拿了一壶高度的烈酒，踱出门，走到桥墩边，对着石狮子开怀独饮。

端着酒杯，蓝念远的目光从石狮子身上收回，扫视了蜈蚣桥廊身内的一切，这里，他太熟悉了。

安泰山乡曾经有过的大大小小几百座蜈蚣桥，自古就承载着比别处桥梁更多的内容。它们是各处山乡乡民的通行要道，更是看得见和看不见的人生驿站。这些木制的拱桥,既为乡民遮风挡雨、避暑纳凉,又是四里八乡交流交易的商贸场所,当然,还是乡民们寄托精神的一方宝地。

此刻,蓝念远的目光停留在安澜桥的神龛上。这神龛并没有设在木拱桥正中央,而是偏在桥头,以神力威武,可挡路冲。安泰山乡各座大一点的蜈蚣桥的廊身上,一般都有这种佛龛。蓝念远知道,安泰各地的乡民其实挺随性,并没有强制统一要祭拜哪个神灵,各村桥上祭祀的对象五花八门:有观世音菩萨,有门神神荼和郁垒、尉迟恭与秦琼,也有义薄云天的关帝爷,以及能给读书人带来好运的文昌帝和帮人发财的财神爷赵公明。更有一些当地人祭拜自己心中崇拜的人物,如陈十四夫人、马仙姑、忠烈王等。甚至祭祀传说中掌管现实生活各个方面的杂神和半神,乡民也虔诚地给他们烧香磕头。蓝念远最喜欢的就是这种随性,单纯又真诚!

但是,今天晚上,他感觉到自己的心忽然一阵一阵地发紧。壶中的酒不知不觉已经被他喝得差不多见底了,他觉得眼皮开始有点沉重。忽然,他听见树叶摇晃的声响,但是,他并没有感觉到起风。他使了一下劲儿,抬起眼皮,发现桥头旁那五棵古老的红豆杉发出了奇怪的声响,明明没有风,红豆杉的枝条却在跳舞。

一个玄衣红脸的精悍身姿从高高的枝头跳跃出来,一双眼睛在黑夜里,也能发出狡黠的亮光。蓝念远还没缓过神来,那个短小的身姿已经从千年红豆杉的枝头一跃而下,站在了蓝念远的眼前,他晃了一晃手中的一个沉沉的大酒瓶子,对蓝念远嘿嘿一笑:"来,蓝兄,酒不够了吧,我就知道,看,这是什么?"

蓝念远眼前一亮,一把抢过酒瓶子:"哈,乌衣红曲酒!"

玄衣红脸男子把酒瓶子往身后一藏,又是一声嘿嘿:"好酒在这,但你依旧还得给我讲你祖先当年造蜈蚣桥的故事。"

蓝念远一个飞身:"给我吧,你个小曲神,又调皮了!"

一高一矮,两个身手矫捷的男子在深夜的新月下像孩子似的为一瓶陈酿的乌衣红曲好酒打闹着……

忽然，蓝念远戛然而止，他对身边的曲神"嘘"了一声，曲神顿时心领神会，和蓝念远一起屏住了呼吸。他听见一声呼唤，从蓝念远嘴里长叹而出："小虹，小虹，是你吗？"

乔巧没有想到，他们兄妹平生第一次从大洋彼岸飞回东方的故乡，会是在这样的一个深夜，踏上母亲平生魂牵梦萦、念念不忘的梦中廊桥！

而让蓝卯更没有想到的是：这个深夜，在这种蹊跷诡异的气氛中，他见到了自己的生身父亲、传说中廊桥技艺最后的传承人蓝念远。不，这不重要，重要的是，这位陌生的父亲，能帮他找到千年彩虹桥的密码，帮他破解难题帮他渡过人生的灾难。

虽是夏之夜，安澜桥周遭的空气却很清透。晨雾渐起，新月西沉，并没有风，本来，夜应该是更静了，但是，桥头那几棵红豆杉，却发出一阵簌簌的声响。

蓝念远猛一回头，望见了竹婆婆站在身后，而竹婆婆的身边，站着一男一女两位风姿气度卓尔不凡的年轻人！

竹婆婆上前说："阿远，酒醒醒，你看看，谁来了！上天给你送大儿子回来了！"

"大儿子？"蓝念远嘴里喃喃着，但是他的双眼连看也没有看一下蓝卯，却是紧紧盯着蓝卯身边的乔巧。

"小虹、小虹，是你吗？真的是你吗？让我看看你，快让我看看你！"蓝念远的双手伸向空中，急切呼唤。

乔巧一听，心想：青鸟姐姐说得没错，这个桥痴子还真是个痴情种！

竹婆婆也暗自叹了一口气："唉，痴情人还在梦里！"迎面对着蓝念远高声说："阿远，该醒醒了！你的小虹当年不是你亲手送走的吗？这是蔡虹的女儿，唤作乔巧，她陪你的大儿子蓝卯回来了，是她爸爸、那个乔木先生让他们先找到我，我不敢耽误，连夜就给你带过来了。"

蓝念远不理会竹婆婆，依旧盯着乔巧。蓝卯见了，快步来到蓝念远的眼前，双手紧紧抓住了蓝念远的胳膊："爸爸，我是蓝卯，是您儿子啊！"

蓝念远这才回过头来，双眼在蓝卯的脸上端详许久，似信非信，一脸混沌。

乔巧看着蓝念远、蓝卯父子，心中忽然为之一动。这时候，乔巧知道蓝念远的心思早已飞越了眼前的一切，浓密的红豆杉树叶丛中，一声只有乔巧能听得见的轻叹，如钟似鼎，直击蓝念远的心房。

"是的，念远哥哥，是我！可是，你见不到我了！此生你也再见不到我了！今日就此别过，你我之间的情缘也就了了。只是有一事，我还放不下，因此特意来与你一说！"

"你看看这茫茫星空，人世间的男欢女爱不过空空，何悲何爱、何恨何怨，又何必去愁去苦？你我儿女之情，又何足挂齿！于你来说，为儿女私情，让人世间蜈蚣桥的绝技在你手中断送，难道你真的忍心又甘心吗？如今上天凤神被罚凡间造桥，会按人间各朝历代的顺序寻找各大名桥。安泰地域自古就是千桥之乡，想必是他必来之地。他一身怨气而来，恐怕千年安泰将难安宁，你们蓝家造桥传世，想必也难逃凤神的干扰。你且做好准备，快为安泰众多的虹桥想好万全之策。切记切记！"

蓝念远听了，万分诧异："如果这凤神按人世间各朝历代寻找名桥，神州大地，自古到今，排名第一的应是宋代开封的汴水虹桥呀，轮不到咱们安泰这穷乡僻壤的素木蜈蚣桥。"

"你又糊涂了！大宋气数已尽，开封汴水虹桥，不是千年之前早就土崩瓦解、灰飞烟灭了吗？你不是发誓要找回那座彩虹桥的筑桥密码，在你手中让千年前的汴水虹桥重现人间吗？"

"啊，啊！汴水虹桥塌了，又与我何干！我只要你回来！小虹、小虹，天塌了我也不管！我等几十年了，如今，你来了，我再也不放开你的手了！"蓝念远向空中竭力伸出双手。

不管蓝念远怎么想办法紧紧攥住，他都抓不住冥冥之中的那一双素手！红豆杉枝头树影婆娑，留下了幽幽的声音："往后余生，你若念我，且帮你眼前的这一双年轻人！念远哥哥，你我此生，就此别过吧！且以心外心遣苦中苦、情中情寄尘外尘！来生可再见，亦可再不见，以身外身做梦中梦吧！"

在年轻的蓝卯看来，这一夜，比他有生以来任何一夜都深，深到不可探测，深到无穷无尽。

见父亲根本无视自己，蓝卯正尴尬又焦灼之时，随着一声朗笑，一位玄衣红脸、身材精干的年轻男子，出现在大家的眼前。

"曲胜，又是你，哄阿远喝那么多的乌衣红曲酒。你看看，喝得连亲生儿子都不认了！"竹婆婆嗔念道。

竹婆婆口中的这位曲胜，是鹤渡村中的一位卖酒郎。曲胜出生在鹤渡村一户有名的酿酒人家，按他自己的话来说，他是在父亲乌衣红曲的曲房里"熏"大的。

美酒天下处处有，但是，鹤渡的乡酿美酒却与众不同。天下美景也处处有，江南从来就不缺让人惊喜的古镇古村。但是，鹤渡村不一样，因为安泰的鹤渡是中国五十六个民族中独特的畲族古村落。畲乡甘泉酿美酒不奇怪，但是，神就神在这里的美酒，是用一种神奇的曲种——乌衣红曲酿制而成！而巧的是，曲家非但姓曲，恰好就是独握这神奇酒曲的传承人！

从小到大，曲胜都觉得自己与别人不一样，因为他们家是鹤渡村的独姓人，曲家并不是畲族人。曲胜从未从父亲的嘴里得知自己的祖宗到底来自何方，但是他从小就处处感受到作为村中独姓人家所带来的一种莫名的受排挤感和孤独感，幸亏还有宽厚的蓝桦待他亲如兄弟。

感知自己家族的来路不明，并不好学的曲胜上学时唯独对史地课程感兴趣。以他并不丰富的史地知识，他对畲族倒是有一定的了解。他从课本上知道："畲族是我国人口较少的民族之一，散居在我国福建、浙江、江西、广东、安徽省境内，其中百分之九十以上居住在福建、浙江的广大山区。畲族是我国典型的散居民族之一。他们自称'山哈'。'哈'，畲语意为'客'，'山哈'，即指居住在山里的客人。但这个名称，史书没有记载。

南宋末年，史书上开始出现'畲'和'拳民'的族称。'畲'，意为刀耕火种。根据2000年第五次全国人口普查统计，畲族人口数为709592。畲族使用畲语，属汉藏语系苗瑶语族。无本民族文字，通用汉文。畲族原分布在闽、粤、赣三省接合部。元、明、清时期，从原住地陆续迁徙到闽东、浙南、赣东等地的山区半山区。先来为主，后来为客，先来的汉人就把这些后来的畲民当为客人。畲族自称'山哈'，是与他们的居住环境、迁徙历史有关……"

同所有的山乡手艺人一样，在物资贫乏的年代，曲家在鹤渡村的生活也是相当拮据。安泰山乡山多地少，大米产量很低，何况酿乌衣红曲酒需要上好的糯米。那高山糯米更是粒粒贵如珍珠，少有人家请曲家酿制，因此，靠着几分薄地，曲家艰难养家糊口，曲胜上完小学便辍学，那是再自然不过的事情了。

不去学校了，曲胜整天在村中游荡，常惹得村里鸡飞狗跳，特别是与他年纪相仿的有女儿的人家，常常是上门告状，说曲胜如何对姑娘家不正经。曲胜的父亲一怒之下，便把他关进了专门制作红曲的曲房里。黑咕隆咚的曲房又闷又热，曲胜在里面快长出绿毛来了。多亏蓝桦路过，偷偷地将他放了出来。逃出曲房的曲胜连夜坐上鹤渡的古渡竹排，顺流而下，跟着一个过路的闽北生意人一路到了南方。

几个年头过去了，蓝桦走出大山上了大学，又回乡当上了文博馆的干部，而谁也不知道曲胜在南方到底是赚没赚到钱，总之，他也回乡了。乡人倒没见他怎么风光过，依旧还是那副年少时的混账模样。

而让曲胜自己也没有想到的是，就是这畲乡独特的乌衣红曲，让他眼前这一对刚刚踏上故土的年轻人，开启了一段变得越发扑朔迷离的玄幻旅程……

第三章
酒曲小神

东方开始露出了鱼肚白，天渐渐亮了。

晨曦中，一个颀长的身影渐渐升起在安澜桥那一头的山岗上，步履矫健而轻巧。金色的晨光从他的背后射来，逆光使得他浑身罩上了一个闪闪发亮的金光罩。

这耀眼的光芒照得安澜桥上几乎所有的人睁不开眼，除了乔巧！

"凤哥哥！"乔巧的心就像被电击了一样，脱口喊了出来。但是，那个矫健的身体压根儿就没有反应。她的双脚就像被钉子钉在了安澜桥上，一动也不能动！她像一尊石像立在那里，眼睁睁地看着那个轩昂俊朗的身姿大踏步地向安澜桥这一边走来。

"凤哥哥！是我！"乔巧不顾一切，再一次脱口而出。

然而，她眼前的凤神却从她身旁飘然而过，根本没有听见她的呼唤，甚至连看都没有看她一眼。

"嘿，蓝桦，又起来那么早找你爹学绝技呀？"

乔巧听得身边那位黑面玄衣的精干男子朝着她的凤神高呼了一声。乔巧的心再一次被狠狠撞击，她下意识地伸出右手，攥住了自己胸口的衣服：天哪，真的是他吗？

乔巧的身子向后晃了一晃，差一点摔倒，那个如今被唤作"蓝桦"的凤神身手敏捷，伸手挡住了乔巧的后腰，乔巧顺势差点栽倒在他的怀里。

一刹那，乔巧立定身子，抬头望了望天："青鸟姐姐，真是他对吗？你指引我到这个小小畲乡，到这座安澜桥，就确定他是我的凤神哥哥对吗？可是，他真的已经把我忘了！"

西天彤云闪耀，忽然飞来两只小喜鹊，一只长尾、一只短尾。它俩在乔巧的肩头盘旋，乔巧听得分明："是他，是他！凰仙姐姐，如今你是乔巧姑娘呢，凤神哥哥已是凡胎肉身，他叫蓝榫，他怎么能认得出姐姐你呢？别着急哦，姐姐慢慢来哦！"

乔巧低下了头，神情恍惚。哥哥蓝卯关切地拉起乔巧的手："妹妹，哪里不舒服吗？着凉了吗？"

在一旁的竹婆婆上前来看了看乔巧，说："不碍事不碍事。只是你们这洋兄妹一下子不习惯山乡清晨的山岚气而已。这个早晨可真是不寻常呢，几十年未见的父子、兄弟就这么重逢了。这莫非是上天特意安排好的巧事儿吗？"

见蓝念远还一直傻立在一旁盯着乔巧，竹婆婆嗔笑着说："阿远，你的梦还没醒啊！今天儿子团聚、兄弟相认，是好事，赶紧去将你那坛埋了几十年的乌衣红曲酒搬出来，分大家喝了给你道喜呀！"

蓝念远定了定神，再看了看眼前玉雕般的乔巧，回到安澜桥廊屋中，拿了一把锄头出来，快步走向桥尽头的那五棵红豆杉。不一会儿，他捧回了一个沉沉的酒坛子，那酒坛子的坛身沾满了红土。

蓝念远在廊桥上坐下来，用手一点一点清理干净酒坛上的陈泥，坛身露出锃亮的光泽。蓝念远对竹婆婆说："婆婆，快三十年了，当年蓝卯落地时，是您亲手酿的乌衣红曲酒……"

竹婆婆笑了："你们看看，谁说阿远疯癫？这会儿不是最清醒吗？来来，阿远，开坛吧！"

蓝念远听了竹婆婆的话，忽然往后大退一步："不不不不！我不能喝，不能喝！我绝对不能喝这酒！"

乔巧、蓝卯疑惑地回头望着竹婆婆。婆婆一脸无奈："乔巧，蓝卯，这酒、这廊桥……唉，故事太久，又太绕了，婆婆也不知从何说起啊！"

正在纳闷中，两只小喜鹊忽然又飞来，在乔巧的肩头盘旋。乔巧听得分明：

"姐姐你快看，快看那酒坛子的后面！"

乔巧凤眼一聚，分明看清了冥冥之中，一个玄衣黑面、短小精悍的男子紧随着那一坛陈年的红曲酒，朝安澜桥这边奔来。

"酒曲神！他怎么也在这里？"

乔巧认得这个男子，他就是那座终日荫翳沉闷的曲家秘制乌衣红曲房里的酒曲神。

在畲乡人心目中，红曲酒不仅是好酒人的心头所好，还有行药势的功能，有杀百邪、通血脉、活经络、厚肠胃、润皮肤、散温气、消宿食、御风寒的作用。畲乡人把农历十月二十日称为酒的生辰，而曲胜刚好是农历十月二十日出生，那一日，许多老人不禁心头纳闷：难道这曲家真的生了一个酒曲神？

乔巧当然知道曲胜不是酒曲神。这个清晨，长哥哥短妹妹兄妹俩，在廊桥边与西天瑶池失踪多年、深藏不露的酒曲神不期而遇。

仙鹊儿兄妹飞来畲乡，第一次见到安澜桥，震惊了！

长尾哥哥说："看哪看哪，这桥真是别致啊！但凡天上人间的桥梁，两端桥墩都是平直对称的，这桥居然一边连接青山、一端探入平畴，奇了绝了，就是咱们凤神哥哥大概也猜不到人世间会有巧匠依山傍水顺势而为架出这样的拱桥吧！"

短尾妹妹不服气："这天下哪有我们凤神哥哥没见过的奇巧物？"

你一句、他一句，两只小仙鹊叽叽喳喳吵了起来。

吵了一会儿，争不出个子丑寅卯来。长尾鹊对短尾鹊说："短妹妹，当年那幅人间珍宝——《清明上河图》里的汴河虹桥塌了之后，我赌人间再无虹桥，你赌人间必定还会重现虹桥。如今一千年马上要过去了，咱俩的千年之赌也该揭谜底了，得找个证人看看到底谁输谁赢呀。"

"哈哈哈，你们要找的证人远在天边、近在眼前。"

一阵诡异的笑声传来，仙鹊儿兄妹吃了一惊："酒曲神，原来你偷喝了娘娘的蟠桃酒，一直躲在这人间仙境呀！"

酒曲神一听，脸一黑："你们两只不懂事的小鹊儿，这上千年来只知道在银河边嬉闹快活，也不替整日闷在那间潮湿阴暗的曲房里的曲神哥哥分点忧。哈哈，当年在西天瑶池，仗着有才有颜，凤神总瞧不起我，总是让我在众仙面前出丑，如今，他也有被贬人间的一日。"

短妹妹一听，生气了："你这个黑脸鬼！在西天瑶池，你总是教唆那些小仙班喝酒误事，我凤神哥哥正直侠义，教训你们有错吗？你把自己和凤神哥哥相提并论，你想笑死我呀！"

曲神哼了一下，不屑地说："好，我不用和你的凤神哥哥比，只用看看谁更惨：好歹我还有仙道，他呢，如今是个凡胎肉身，早就忘了自己是谁了？"

长哥哥听了，冷笑一声："你就是还有神仙神力，不也回不了西天瑶池吗？"

曲神说："不用你们俩瞎操心！千足大仙跟我说过一个惊天秘密，别以为有你们这班小仙鹊，就能搭起千年的银河鹊桥。这第一千年的鹊桥遇到一个大难题喽！"

长哥短妹听了大吃一惊："啥？"

曲神说："千年的银河鹊桥需要一个定桥神器，没有这定桥神器，即便你们将鹊桥搭起来也依旧会塌，牛郎织女还是相会不了。有了这定桥神器，你们再也不用年年辛苦，那银河上就有一条永久的彩虹桥，让有情人自由相会了！"

短妹妹的十万个为什么来了："真的吗？千足大师告诉你是什么样的神器了吗？"

酒曲神白了她一眼："说你是只小傻鹊一点没错！就是因为不知道，所以我才在人间等了上千年。如今终于明白了：我这些年终究没白等，你们看，如今凤神不是来了吗？这位蓝桦就是凤神在人间的凡胎肉身，如今他哥哥蓝卯来了，他们帮我来了，这定桥神器就快找到了，我也快回仙界西天了！哈哈哈，好戏开始了！"

山乡清晨的阳光如成色绝好的金子，从那个颀长俊逸的身体上倾泻而下。可是，这个年轻人的一双剑眉下，那深邃的眼睛中并没有阳光灿烂，倒反显得有些沉郁。

他是蓝桦，是这畲族山乡人人爱慕赞赏的年轻人。这不仅仅因为他是畲乡上百年来唯一的名牌大学出来的古建筑学博士，也不仅仅是他的先辈包括父亲在内，曾是方圆几百里架桥的顶级巧匠，更不仅仅是因为他那引人注目的龙姿凤仪。几年前，他从名牌大学读完博士后，出乎所有人的意料，他没有留在首都的古建研究机构，而是选择了回到家乡，在当地文博馆谋了公职。有人猜他是孝子，放不下家中半痴癫的老父亲；有人猜他是义士，舍不得畲乡的故园恩情；也有人猜他是情种，断不了老家的恋人情分……总之，大家都说得没有错，他是回来了。

回乡后的蓝桦，以他的博学谦逊、睿智温良、能干厚道赢得了所有人的敬重。可是，谁也没有想到的是，当他意气风发地回到家乡没多久，不幸却不期而至。

早在当年蓝桦还在家乡的中学读书，情窦初开之时，在畲乡三月三的大节上，当一个戴着银项圈、银手镯、银耳环，挽着高高"凤髻"（畲乡独特的女性发髻）的少女站在安澜桥的桥头，那一双明眸如山泉般流过少年蓝桦的眼前时，小小少年蓝桦仿佛如石人一样顿时立定，不能动弹。他确定那不是一般的畲乡姑娘，而是跌落红尘的天上凰仙子，爱的种子从此撒在小小少年的心间，深深扎根。

带着这颗种子，蓝桦一路考学，往后的岁月里，不管到哪个校园、哪个城市，各类风华娇美的俏姑娘，都吸引不了他的目光，他的心思，一直在家乡三月三的那股清泉上。终究，学业有成的蓝榫从大城市、从那些爱慕他的姑娘不舍并略带哀怨的眼光里，带着他专攻的"闽浙编梁木拱桥"研究课题头也不回地走了，回到家乡来了。这一回头，为父亲、为故园，更为年少时就深深扎根心中的那颗爱的种子。

造化没有辜负他的深情。他等了这么多年，他的那个凤仙子原来也一直在等着他。然而，造化也终究还是辜负了他，而且辜负得很惨绝。正当爱的种子在蓝榫和他的凤仙子心中发芽、开花之际，两个人浓情蜜意、你侬我侬之时，一场意外，让凤仙子撒手人寰，离他而去。

蓝榫心痛欲裂，当他亲手为姑娘戴上凤冠霞帔、合上棺木的那一刻，他仰天长啸："天妒我！天妒我！"之后便不省人事，当他醒来时，躺在竹婆婆的竹榻上，竹榻前，竹婆婆为他煎的药还袅袅飘着浓郁而古怪的味道。

乡人曾一度忧心忡忡，担心这个受全乡人呵护敬重的年轻博士经不住这样惨烈的打击，会一蹶不振，但是，他们欣喜地发现，竹婆婆的妙手，不仅让他重新从病榻上站了起来，还让他很快回到了工作岗位。只是从此，大家发现，蓝榫那一双剑眉下流星般的双眼，已经蒙上了一层别样的哀伤，平时难得一笑，即便偶尔笑了，那笑容也带着一种淡淡的忧郁。乡里读过外国文学的年轻语文老师被这种"忧郁之笑"迷得不能自已，她说自己以为原本这世上，"忧郁王子"只存在莎士比亚的笔下，想不到一张俊美而忧郁的脸就活生生地在她的身边。她曾经千方百计想靠近他、温暖他，但是，蓝榫似乎已经成了一块冰冷的石头，这世上似乎再也没有哪一双玉手能焐热他。

只有竹婆婆知道，蓝榫心中还是尚存温暖的，这种温暖，是给已成疯魔的父亲蓝念远的，是给他热爱的学术研究的，是给自己万世难离的故土畲乡的……蓝榫不说，竹婆婆也不说，直到这个清朗暖阳的清晨，蓝榫从未谋面的同父异母的哥哥蓝卯远道而来，还带来一个叫乔巧的妹妹，竹婆婆通灵突现，她似乎感觉到了异样。

对于蓝榫来说，今天更是个不寻常的日子。因为今天是自己的"凤仙子"阴寿三周年的祭日。今日他早早起床,踏着山岚晨曦匆匆而行,就是打算去鹤渡铁索桥对面的山头,去陪自己的"凤仙子"说说话。

可是,他没有想到,当自己踏上安澜桥桥头那一刻,目光穿过长长的廊桥,阳光下,正是他的"凤仙子"亭亭玉立在廊桥的那一头。

蓝桦差点惊呼出口,但是,一阵风过,似乎带来了对面姑娘的一声娇唤:"凤哥哥!"

蓝桦的呼唤戛然而止,因为他心爱的"凤仙子"从未喊过他"凤哥哥"。那,断然不是他的"凤仙子"。他顿了一顿,大踏步继续往前走,因为那姑娘和"凤仙子"实在太像了。他想到她面前来,仔细看看她的脸,看看是不是他的"凤仙子"真的回来了。

然而,竹婆婆的话,让他一切的梦想都烟消云散:"快来蓝桦,今天可是巧了!你做梦也不会想到,你的亲哥哥回来了,从海外回来了,还带来了他的妹妹。来来,快来认识一下亲人!"

蓝桦疑惑地看了自己的父亲一眼。只见父亲蓝念远蹲在一旁那坛乌衣红曲酒的酒坛旁边玩泥巴,已经全然没有刚才清醒的神情。

竹婆婆叹了一口气:"唉,本来是感天动地的认亲场面呢,你爹这糊涂劲儿又犯了!蓝卯,快来,这就是你的亲弟弟!虽然你们俩是一个爹生的,一样俊俏,但毕竟一洋一土,这浑身的气性和神情还真的不一样哦!"

在竹婆婆的喋喋不休中,这对不同寻常的兄弟,都带着异样的眼光,打量着对方。也许真的是血浓于水,这茫茫人世间,他们从未谋面,但是此刻,他们彼此之间,忽然觉得一股温暖的气息扑面而来,穿越了彼此的身体和灵魂。

蓝卯立在原地,他感觉到了那股强烈的气息穿身而过,他感觉到自己从来是得到这股气息的滋养的,哪怕离开它这么多年的后,它也是始终存在的,只不过此刻,忽然被激活了。

蓝桦也立在原地,他也感觉到了那股强烈的气息穿身而过,他感觉到自己一直以来是被这股气息滋养的,只是这么多年来,总觉得是自己独占这股气息，一直盼望着与人分享，此刻，忽然觉得这股气息有了双倍厚重的力量感。

兄弟俩彼此对视。此刻，他们都忽略了身边的乔巧。

而此刻的乔巧，眼睛里已经没有了色彩，耳朵里也没有了万籁之音，她的心绪之门似乎被瞬间堵住了。眼前的这个披着金光而来的蓝榫，却对她的一声"凤哥哥"充耳不闻。他，到底是不是他的凤哥哥？是！那凤仪容姿，分明是！但是，那眉眼，是，却又不是！她的"凤哥哥"那一双凤眼何等潇洒明丽，甚至稍有花哨，而这一双眼，分明冷似寒星。

一瞬间，乔巧思绪大乱，气滞郁结，头晕目眩，腿一软，身子向后仰将而去。忽然，只觉得一双大手伸来，挡在了自己后腰，一顺势，乔巧栽在了他的怀里。一霎时，双目相对，彼此看出了许多莫名的东西，但是，乔巧和蓝榫都不知道，他们互望的双眼里，在期盼的到底是谁。

与蓝榫四目相对时，乔巧心中似有万马奔腾，忽然，冥冥中一个声音在她耳畔沉沉响起：

"无情事、有心人，有情人、无心事！儿女情事莫强愿，世道轮回循规矩。莫急莫急，你且抬头看看眼前的廊桥：桥上桥下、时空流转，神风月色、尽揽怀间。学它，且看这眼前的世界，它有心，却不发一言，笃定淡然。这里繁衍生息的一切，都按天伦常理有条不紊行进着。你且慢慢融入他们，走进这人间的市井烟火，品品这人世间的苦乐年华，与他们互为相识、相知，等有了岁月赐予你的阅历和气度，终究有一日，会得到你想要的答案。"

这个穿云而来的声音，从乔巧的耳畔飘过，不作任何停留，随即盲穿廊桥的桥身而去。紧紧跟随着这个声音，乔巧的目光开始仔细打量眼前这座不同寻常的古桥。

与其说眼前的是一座桥，不如说是一个长长的水上阁楼。这有廊的"阁楼桥"，肯定已经年深日久了，乍一看，乔巧觉得它老旧、拙笨，心想：

这难道就是那遗落在红尘的人间彩虹桥？此刻，她的心中不免生出些许失望来。

这时候，蓝卯关爱地从蓝桦身边扶过妹妹，依旧关爱地对她说："妹妹，在这有盖的古桥里，我也有点晕呢，来，咱们到桥外的空旷地里透透气吧。"

乔巧再次深深看了蓝桦一眼，直起了自己的身子。她低着头，跟着蓝卯转身从桥身里往后退出好多步，向空旷的地方走去。当她将身子立在桥外的田畴里，再一次抬头仰望眼前的这座古桥时，不禁惊呆了：

这座蹲踞在清澈山溪上的古桥，确实与众不同。两端的桥头，一边连接的是青色的山峦，一边却伸向平坦的水田，青黑色的泥瓦之下，是显得油漆斑驳的朱红的木质桥身。桥上的廊屋已经被岁月打磨出了包浆，却凭空生出了几分底气，平添了几分沉着，显得格外端庄沉稳，一派大家闺秀遗世独立的风姿。再定睛一看，却发现廊屋的檐角飞扬，很是灵动。乔巧让自己的视线再在屋檐上走一遍，发现廊屋的檐中央，还雕刻了二龙戏珠。阳光下，这红桥黑檐、蓝天白云、青山碧水，是怎样一幅绝美的人间田园美景画啊！

这些都还不算奇绝，更让乔巧惊讶的是，从天上到人间，她没有见过这样两端不对称的桥梁：木拱桥的两肩桥墩并不对称平直，而是朝向山岗的一侧略高，朝向田野的一端略低，远远望去，这古桥就像一条顺势蛰伏的卧龙，跃跃欲试，似乎随时要腾飞。

乔巧正暗暗叫绝，身边的蓝卯也发现了这古桥的奇绝："妹妹，你看这桥，难道这是中国桥梁中的'比萨斜塔'吗？"

兄妹俩在田畴那一边认真打量着这座奇桥。蓝卯说："妹妹，你研究了世界上那么多奇桥，和爸爸也探讨过那么多怪桥，我的耳朵也听过不少。你一直说瑞士琉森的卡佩尔廊桥是世界上最迷人最美的廊桥。可是，今天我觉得你的专业研究有点狭隘哦。不过不奇怪，那是因为我们在见卡佩尔廊桥之前，还没有见过眼前的这座廊桥。太不可思议了，妈妈讲得没有错，咱们的中国家乡，原来真的还藏着这世界奇珍之宝啊，太棒了！"

此刻的蓝卯，他的激动之心，几乎不能用言语来表达，他似乎看到了希望的曙光已经出现在前方！他想拉着乔巧奔向父亲和弟弟，尽早验证自己的所思所想。但是，当他们再一次将视线投向安澜桥桥檐下的桥身时，又发现了和刚才不同的一番景象：

随着太阳越升越高，山乡的一切似乎快速醒来了。刚才颇显清冷的廊桥已经渐渐热闹：畲乡的清晨一旦醒来，几乎所有的老老少少都要穿过一道时空之门，从这座廊桥开始，开启他们有滋有味的一天。

蓝卯拉着乔巧返回廊桥的桥身时，一切看得更加明晰：原来这廊桥，不仅仅是一座桥梁，还是山乡百姓的会客聊天厅堂、交易的市场、路人的歇脚处、学生上学的出发集合地……小贩们已经开始随意在桥上摆开摊位，热情地招呼着，吆喝着自己的买卖；农耕的老农已经牵着耕牛健步穿过桥身，远去在田畴尽头；年轻的妈妈背上背着一个孩子，手里还牵着另一个稍大一点的孩子，来到小贩的摊位前采购一日所需。

蓝卯朝乔巧挤了挤眼："哇，原来我的东方家乡也有跳蚤市场，似乎比诺丁山的市场要早得多哦！"

乔巧看着这一切，忽然有了莫名的感动：这人世间的烟火气，原来这么"活色生香"。这古廊桥，看尽悲欢喜乐却如此平和笃定，底蕴和气魄都藏在沉默里。那座早已不在人世间的汴河彩虹桥，千年前也和眼前的这廊桥一般，日日演绎着非同寻常又如出一辙的一种奇美吧。它们是古旧的，它们是不耀眼的，但却又是鲜活生动的。它们有前尘往事，能让人生出一种复杂的牵挂和眷恋，这种牵挂和眷恋到底叫什么，乔巧并不知道，竹婆婆给出了答案。

"你们两个假洋人，傻傻地看了半天，你们知道自己到底看到了什么吗？你们这是看到了自己的根基和乡愁了呢！来，阿榫，带上你的哥哥和哥哥的妹妹，回村子里去，且安顿好他们吧，他们这么大老远回来，肯定是有顶顶重要的大事要做，估摸着要住些时日了。"

蓝卯一听，不觉笑了："婆婆您的表达好有意思，'哥哥和哥哥的妹妹'，嗯，婆婆厉害，没毛病！"

当乔巧和蓝卯跟在蓝桦身后，踏进鹤渡村的那一刻，忽然有了一种非同寻常的感觉。这个村子，有一种无声的气度，与在前面给他们带路的蓝桦身上散发出来的那种气度高度契合。

这个被石头垒起来的村庄，房子的颜色都不是很明丽，甚至有些暗沉。弯弯曲曲的石头小路，一直引领着乔巧兄妹俩踏进旧宅老屋。这里好安静啊，跨过门槛、踏进大院，这座老宅显得有些空阔。老宅的院墙下面都是石头垒起来的石筑，而上侧则是以木板为隔墙，那些木质的隔墙非常精美，上面雕刻了许许多多的人物、瑞兽祥禽和草木虫鱼。

站在这老屋的木质雕刻前，乔巧忽然感觉到自己站在了一个旧时光与新世界的连接处。她有点恍惚，她抬头看了看天空，忽然眼前一亮：这古宅里的天空并不开阔，因为院子里栽种着两棵大树，竟然是这南中国山乡少见的巨大的梧桐树。乔巧心中觉得奇巧：一切难道真的都是上天注定的吗？我和我的凤神哥哥命中注定要双宿双飞在此地？那么，到底还需要多少时日呢？

一阵叽叽喳喳传来，两只喜鹊在高大的梧桐树枝头跳跃着，一只长尾、一只短尾。

竹婆婆在一旁叨叨着："都说梧桐引凤凰，今天怎么迎来了两只小喜鹊呢？虽然叽叽喳喳有点嘈杂，但小喜鹊叫唤，总归是两只报喜鸟吧！"

"对对对，婆婆讲得对，我妈妈常常跟我们说，在中国，喜鹊是吉祥鸟，就是来给大家报喜的！"蓝卯在一旁听了，喜笑颜开。

也确实，离别将近三十年，蓝卯第一次踏上故土，第二天，就发生了一件让他喜出望外的好事情。

第四章
情系红尘

  阳光穿过院子里那两棵梧桐树宽大叶子的缝隙,洒落在蓝桦未曾舒展的眉宇间。他眯起眼睛,回头再一次悄悄打量了这个刚才在廊桥上差点倒在他怀里的姑娘。

  那一刻,他差一点就紧紧地拥抱了她。他以为他那远去极乐西土的凤仙子回来了。可是,就在最接近的那一刻,这姑娘身上的那种气韵,又与他的凤仙子不一样。他敏锐地感觉那不是凤仙子,可是,她们又是如此相像!

  带着姑娘和他们共同的哥哥蓝卯回家的路上,蓝桦有点尴尬。在上天忽然送给他那个传说中的哥哥之前,他似乎从来没有思考过父亲年轻时的情史以及由此产生的后果,但是,竹婆婆告诉他,他的哥哥回乡来了,居然还带着一个妹妹同来。那么,这个完全陌生的姑娘,按理说,应该也是他的妹妹。

  蓝桦还在努力整理自己有点蒙的思绪,只听得身后蓝卯说:"哇哦,巧,这是中国最美乡村吗,你看这些雕刻精美的木结构的房子。"

  蓝桦回头说:"稍微纠正一下:乡邻们不太习惯称房子,而是喜欢将房子叫作'厝'。老房子叫'旧厝',新房子叫'新厝',依此类推,地势高一点的上头房子叫'上厝',下头的就叫'下厝'。"

蓝卯一听,来劲儿了:"哦哦,这个好玩!那咱们家这么大的房子,就叫大厝?"

乔巧听了,扑哧一声笑了:"大厝?哥哥真逗,房子还有大错特错的吗?"

"哈哈哈,是呢是呢。这妹妹说得对,在咱们鹤渡村,老辈人常说你们蓝家的这座老厝一直差错不断,这么大的房子如果你们不来,常年只有蓝桦一个人孤零零地守着呢,如今你们来了,这'大厝'就啥错也没有了。现在明白了,原来'大厝'就是一直等着你们来的呀。"

蓝卯一回头,还是清晨那个跟着来的黑面玄衣的精干男子。听着蓝桦叫唤了他一声:"曲胜哥,又送酒来?"

只见这个唤作曲胜的男子,手里拎着一个锃亮但不大的酒埕,一脚迈进了院子。

"哇哦,早听说过鹤渡好山好水酿好酒。巧,这曲胜老兄手中提的莫非就是妈妈常常挂念的乌衣红曲?"蓝卯的兴奋似乎感染了蓝桦,他朝哥哥点了点头。那边,曲胜说:"蓝家兄弟今日久别重逢,理当好好庆祝,所以我回家拿了陈年的红曲酒来助助兴。"

蓝卯一听,手舞足蹈:"巧,想不到啊,我的家乡就是懂我。这个,我喜欢、太喜欢了!"

蓝桦闻声回头看了哥哥一眼,心想:难不成我们蓝家好酒这个特性真的是浸润在血脉里的吗?

曲胜双手一拍:"呀呀呀,这可是应了血浓于水那句老话了!你们蓝家,不愧个个是酒仙!今日可以印证了。走走走,跟我来,这个老厝里没个下酒的好菜,跟着我,带你们去一个神仙地方。"

说罢,曲胜就拉着蓝卯蓝桦兄弟,抬脚出了蓝家老厝的院门。蓝桦回头把眼神递给了乔巧,乔巧自然而然就跟着三个男人出了门。

很快,四个年轻人出了村子,来到村尾两条小溪汇集交界的一片田垟里。乔巧惊讶于眼前这片田垟的开阔,在山乡,居然还有这么一马平川的开阔地方!

拎着那个锃亮的酒埕,曲胜边走边说:"嘿,蓝家老弟,你这个假洋鬼子,你可知道眼前的这片开阔地叫啥名字?它叫'太平洋',哈哈哈!"

"太平洋?真逗,我们刚刚飞过太平洋,咋不见停机坪呢?"蓝卯大声说着笑。但是,他环顾四周,还真是吃了一惊:只见这个山旮旯里,三面环山、一面向垟。眼前开阔的田垟里绿意盎然,绿色的田畴夹杂点缀着朵朵野花,香气袭人。虽然这一番村野的美景,与太平洋彼岸的那一端他生活了二十多年熟悉的地方截然不同,但这个昨天才刚刚触摸到的地方,让他丝毫没有陌生感,反倒极度想亲近它。

蓝桦并没有理会这位空降而来的哥哥对故园一再表达的惊叹和好奇,他埋头径直往前走。乔巧跟在后面,发现眼前两条交错的小溪,将开阔的"太平洋"一分为二,这让她一下子想到了"银河"。但是此刻的乔巧,她并不知道正是这两条缠绕交错的小溪,从高山发端,一路九曲回环,奔腾向东,才冲击出这山间的一片开阔的扇形平畴。

这两条交错奔流的小溪流经这段最开阔的田畴时,合二为一,汇聚成了一股水源,这里,成了最宽阔的水面,但是,乔巧并没有见到水面上有任何桥梁。再仔细看看水面上,她却惊喜地发现这水面平滑如缎,只是轻薄地铺在一大片被溪流冲击而出的浅浅的石滩上,那一层漾过石滩的水面,在阳光下熠熠发光,就像天上撒下了大把大把的碎银。看着别样的美景,乔巧正思索着人们是怎么涉过溪水到对岸的,蓝桦向她伸出了手:"来,跟上,踩着这里的琴桥过水,小心点,第一次走,会有点头晕!"

哦,原来在溪水中,一直向对岸延伸的那四排紧密排列、高出水面的方石块有这么一个诗意的名字——琴桥!

乔巧放眼望去,宽阔的水面上好似一个个的石头桩子浮在水面,原来蓝桦嘴里的"琴桥",是一种涉水的石头碇步。眼前的这石碇步共有二百二十三步,每步由两块平整条石砌成,平行分高、低两级,可供两人交会而过。

乔巧并没有将手伸向蓝榉,她轻轻巧巧就如蜻蜓点水般翩翩落在了对岸,一回头,只见蓝卯困在半路,不敢抬脚,在那里大叫:"不敢过了,好晕!"

"哈哈哈,远看一条线,近看像拉链,细看是琴键,好像楼梯浮水面,一个大男人晕石头琴键,也真是醉了!"

在曲胜的牵引下,摇摇晃晃的蓝卯终于踏过了那条长长的"琴桥"。

没过多久,便峰回路转,完全是另一番天地。蓝卯兄妹的眼前出现了一整座的茶山。横亘在那座向阳而修的茶山梯田前面,又是一条不小的山涧溪流。与前面"太平洋"上平和的浅滩不同,这条山间溪谷却汹涌澎湃,水流激荡在两边的崖石上,和着两岸的松涛、竹浪,似乎在演奏一曲壮丽雄伟的山间交响曲。

蓝卯睁大了眼睛:"哇哦,没见过这么雄壮的山间美景!喂,兄弟,有个问题:怎么才能到达水对面的那片茶山呢?"

曲胜回头一笑:"是有点麻烦,一直沿着这山崖石阶向上盘绕,是能绕道上茶园的。今天我带了一埕好酒,还要带你们去找好吃的。加油哦,兄弟!"

不知道又转了几道弯,当一直坚持健身的蓝卯都感觉自己双腿快要发抖的时候,转过一个偌大的峭壁,眼前豁然开朗!只见一座修剪得整整齐齐的茶山梯田魔幻般出现在他们的眼前。

蓝卯和乔巧停下了脚步,正想好好打量眼前这一片茶山,忽然,一阵清脆的歌声传来,犹如仙乐飘飘:

"溪水清清溪水长,溪水两岸好呀么好风光。哥哥呀,你上畈下畈勤插秧;妹妹呀,你东山西山采茶忙。姐姐呀,你采茶好比凤点头;妹妹呀,你摘青好比鱼跃网。一行一行又一行,摘下的青叶箩里装,千箩万箩千万箩呀,箩箩新茶发清香……"

仲夏的午后,南中国的大地应该是一年中最炎热的时候。但是,此刻,在安泰畲乡的这座古老茶山中，蓝卯他们并没有体验到七月的炎热之感。

或许是因为苍山翠峨，或许是因为茶山山径间的山泉悬瀑，都给这凡俗间的茶园笼上了红尘之外的仙风灵韵，让人心生清灵，毫无燥热之感。此刻，蓝卯的目光被一位妙龄女子深深吸引住了。

如果说整座茶山就是一个碧水荡漾的绿色海洋，那么这绿海中一垄垄饱满的茶畦，壮硕得如同一条条绿色的长龙。一个白衣纱裙、白帽纱巾的姑娘犹如御龙的神女，紧贴"龙脊""腾龙出海"。

原本以为是哪位霸气骄横的辣妹子，却不想，一阵清灵悠扬的《采茶曲》随风飘来，"绿龙"上的那位姑娘，眉清目秀，雪肌柔骨，似是一杯新茶的香气腾腾而上，眨眼之间，已经袅袅娜娜来到众人的面前。她一声轻呼："蓝榫哥、曲胜哥，日头要偏西了，还以为你们今日不来了呢！爬山过水的，累吧？"

"哇哦！"蓝卯忍不住吹了一个口哨，在他三十年的人生历程中，似乎从没有听过一个女子有如此让他瞬间不能自持的声音。这声音柔柔糯糯，但并不是软而无骨的，似乎有一种清洌的风骨隐匿在其中，能让人瞬间过滤掉进入耳朵的所有杂质，只愿意全身心仔细捕捉那个声音自带的每一个音符，不可随意亲近却又妙不可言。

"婷妹妹，今天这么重要的日子，你蓝榫哥哥没有忘记，我又怎敢忘记呢！来来，给你介绍一下两位客人：蓝榫从天而降的哥哥和妹妹。哦哦，不算客人，因为也是你的哥哥妹妹。"

听着曲胜的介绍，蓝卯一脸困惑。蓝榫转过头来，脸上并没有太多表情地对乔巧和蓝卯说："这是我们父亲的干女儿，叫蓝婷。"

蓝卯一听就笑了："你这介绍，毫无逻辑呀，什么'我们父亲的干女儿'，不就是我们兄弟俩的干妹妹吗？哈哈，蓝婷，真好听的名字！来，我是蓝卯，是蓝榫的美国哥哥，这是我妹妹乔巧，对了，你俩谁大谁小？谁是姐姐？"

"呀，今天怎么啦？这是什么样的巧日子呀？好的坏的都撞一起了呢！"

蓝婷绕过站在一旁双眼紧紧盯住她的蓝卯,径直来到一直安静立在一旁的乔巧身旁,拉起她的手说:"这么好看,你可是天上下凡来的神仙姐妹?我是七夕节生的,今天是我生日,我也老大不小了,舍不下家乡的这片茶山,刚读完书就急着回乡来了。你呢?"

乔巧的心头一震,忍不住再一次打量眼前这个清风明月般的姑娘:"怎么天地间会有这般的缘分啊!她居然和我、和那个可怜的巧姑娘都是同一天的生辰!"

乔巧对蓝婷莞尔一笑:"你应该是姐姐,可我觉得我比你大好多呢。"是啊,乔巧一边说一边想:"真的比她大好多啊!这个'好多',哪是眼前这个姑娘能想得出、算得着的呀!也罢,既然是天地缘分,且让我珍惜眼前这有缘人吧!"

还没等蓝桦说什么,蓝卯在一旁又是一声惊叹:"好巧啊,两个妹妹居然是同一天生日!草率了草率了,早知道昨天直接带个大蛋糕过来了!"

曲胜一听,忍不住捅了捅蓝桦的胳膊:"这天地间怎么会有这么巧的事,简直写天书一般。不知我当说不当说?"

乔巧看到蓝桦转过头,沉郁地对蓝婷说:"阿婷,抓紧点吧,再晚点,太阳真的要下山了!"

乔巧只听得蓝婷轻声应和道:"哥,都准备好了的,一会儿咱就去!看你们几个一路越岭过水的,一定又饥又渴,你们先吃点吧。"

蓝桦回话道:"我不饿,让他们先吃点吧!"

蓝婷心疼地看了看蓝桦,转身从随身带来的一个大竹篮里,拿出了几样食物。

曲胜叫唤道:"喂喂,你俩兄妹有口福了,快来看看阿婷给我们准备了什么好吃的!"蓝卯忽然闻到一股沁人心脾的青草香气,赶紧上前,他的眼前,是一个白底隐花的高脚瓷碗,里面盛放着一碗青翠欲滴、晶莹剔透的食物:"这是什么?"

蓝婷给蓝卯递上了一只细长秀气的竹匙,让他学着自己的样子,在那碗翠绿的食物上轻轻敲了一敲。这一敲，让蓝卯像个孩子般地来了劲儿：因为这碗绿果冻一般的食物，小竹匙一敲，便摇头晃脑，太可爱了！

乔巧拉住了蓝卯的手，说："再敲就要被你敲成碎末了！对了，姐姐，这是什么？"

蓝婷从碗里挖了一小竹匙，送进乔巧的嘴里。顿时，一种清甜爽口、丝般顺滑的感觉沿着齿间化开，直入心胸，一股清新的草香再由胸间向外弥散，让人顿时感觉耳清目明。

"妹妹，这叫'雪溪绿豆腐'，是用我们这山间一种叫'观音柴'的草药做的，清凉爽口、入口即化，可咸可甜，能清凉解毒又能败火祛湿，是咱这山乡盛夏里防暑降温的佳品呢，好吃吧！"

乔巧直点头，心生赞许，那边蓝卯又嚷嚷了："蓝婷，你这竹匙太小了，这么好吃，来不及一匙一匙挖着吃。好着急！"说着，就端起碗，倒了一半进了他的口。

蓝婷忍不住笑了：在她眼里，这个刚刚见面的洋哥哥蓝卯并不比曲胜年轻，但是他的身上有一种蓝桦和曲胜身上都没有的气质，是什么？自由？开放？幽默？调皮？蓝婷一下子没有想明白，看着蓝卯不停地砸巴着嘴巴，蓝婷觉得滑稽又好笑。

但是，蓝婷并没有笑出声，因为她不经意一回头，看见蓝桦的眉宇间，忧伤如茶园渐起的薄雾，渐生渐浓，蓝婷的心也跟着紧了起来。她直起身子，重新收拾了竹篮子，将一对蜡烛、一副碗筷、一只酒杯和一把清香放了进去，盖上竹篮的盖子，回头轻轻地对曲胜使了个眼色，曲胜心领神会，轻声对蓝卯说："刚才那雪溪绿豆腐先垫一垫肚子，你俩跟着我们先办点正事，回头再吃正餐。蓝婷那里可有好多好吃的呢！"

这边曲胜话音刚落，那边乔巧见蓝桦低着头，已经迈步前行。他的步履虽然大，但是并不轻松，他径直从茶园的茶畦间往前走，蓝婷提着那个竹篮子紧紧跟在他的身后。周遭的气氛瞬间变得很凝重。蓝卯不解地看着曲胜，问："刚才你说有话不知当讲不当讲，你到底想要说什么？"曲胜努了努嘴:"跟着我们走就明白了!"

蓝卯赶紧拉了还立在原地的乔巧,跟随着他们快步穿过一垄一垄被修剪得整整齐齐的茶畦,从茶园的梯田间一丘一丘向下奔走。他们走得那么快,盛夏本该有的热浪似乎被他们随风的脚步扑了下来,满山茶园里微润的气息打湿了他们的衣角。

乔巧感觉到衣袂摩挲、肉身呼吸之间充斥着的一种勃勃生机,她第一次真切感受到:这是人世间的生命气息!她喜欢这个被这种浓郁气息包裹着的别样的山间。但是,当她跟着他们快速走出这一爿向阳的茶园,来到背阳的山涧时,却发现了完全不同的一番景象!

这个雄踞在鹤渡古村村北几里地的北高峰茶山,名叫筱竹峰。南坡的梯田何时成了茶山,据说是有据可查的,但是,除了向阳而生的茶园,茶园的山背,却是无从考证的一片竹海和松林。

阳光已经躲到背后,眼前一条沿山而建的古道,紧依古道,只需探头,脚下便是一条紧随山势奔流而下的山涧溪流。这汹涌湍急的溪水,来自高高的筱竹峰,在一路追随山崖千回百转后,一如醉汉莽莽撞撞、踉跄而下。所到之处,有的挂涧成瀑,有的触石成潭,有的拍崖成雪。面对这山涧里的这股激流,乔巧着实有点意外:这看似超凡脱俗的一方茶山,背后竟然暗藏着如此一种莫名的不安与躁动,它究竟要去向何方?意欲何为?是什么,让它在寻找一种能量的出口,它到底怎么了?

乔巧抬起头,天如水洗过一般,蓝得发光,云儿也白得发亮。她看了一会儿,前面蓝婷回头呼唤了她:"妹妹,你还好吧?走得动吗?"

乔巧把本想放得更远的目光收了回来,双脚轻轻一踮,便轻巧又快速地来到了蓝婷的身旁。蓝婷挽起她的胳膊,轻柔地说:"妹妹,你长久生活在海外,我看着你不习惯这山乡的桩桩件件,感觉你还真有点别扭哦。别着急,有啥感觉不对的,尽管跟我这土生土长的姐姐说哦!我那蓝桦弟弟在外人面前,有学问、有本事,性情好,啥都好,但是在人后,他的性情可是有点怪的呢，心思深着呢，妹妹别见怪，过一些时日就会习惯的。"

乔巧听蓝婷讲这一番话的时候，一股不可名状的感觉瞬间涌上心头：这绝不是一个普通姐姐所要表达的那种关心。她侧过脸，看见与她并肩而行的蓝婷目不斜视，双眼紧紧盯着前面大步而行的蓝桦，似乎除了那个挺拔俊朗的身姿，她的眼里别无他物。

乔巧心中顿时明白了什么，不禁黯然神伤。风袭过，只听得松涛阵阵。风再起，竹林飒飒，乔巧觉得浑身生出了凉意……

乔巧没有想到，踏上这片土地没有多久，便遇上一条不羁甚至愤怒的山间狂水，她更没有想到，与一股油然而生的寒意不期而遇。正怅然间，转过一个大山弯，眼前陡然耸立着另一座壁立千仞的高峰。它与自己身处的筱竹峰似乎脸贴着脸，中间间隔的，仅仅就是这条不甚宽阔但却狂放不羁的山间溪流。水至此处，似乎要将所有的狂躁全部释放出来，在两峰最狭窄之处，掀起了千层浪。

乔巧越发诧异，往后退了几步。蓝桦刚好回头，见状，对乔巧开了口："别怕，前面这是天开顶，和筱竹峰是这里最高的双子峰。过了天开顶，就是通向山外大世界的阳关道了。"

曲胜也上前来说："哈哈，崇山峻岭惊到你们两位'洋人'了吧！但是你们一定想不到，这筱竹峰和天开顶'双子峰'可是我们畲乡一对天成的大门呢！为打开这'天门'，畲乡多少先人曾在此处架起多少道廊桥啊，你们蓝家就不知道在这虎啸溪上修过几座桥呢！"

蓝卯一听，竖起了耳朵："这叫'虎啸溪'？太形象了！我家祖先在这里建过廊桥？什么样的桥？木桥？石桥？平桥？还是拱桥？现在在哪？"

蓝婷笑了："蓝卯哥哥，你是幼儿园的小朋友吗？十万个为什么呀？你往后退几步，看，以前蓝家先人建的廊桥的桥墩还在你身边呢！"

蓝卯和乔巧同时后退了几步，同时把目光伸向了前方两峰之间溪流的最窄处，当然也是水流最狂野之处。但是，这里并没有任何廊桥的痕迹。

蓝桦叹了一口气说："这里曾有一座我们蓝家先人建造的廊桥。父亲清醒的时候，曾经明确地提到过，是我们祖先当年用了三根巨木跨溪为桥，所以就干脆取名为'三木桥'。后来我多方考证，推测'三木桥'应该是一座编梁木拱廊桥，呈西北、东南走向。如果按筱竹峰和天开顶此处两岸的间隔宽度，那么此桥全长应该是二十六米左右，单孔净跨应该是二十一米左右。"

蓝卯很意外自己能在这里见到家族先人的杰作，但是，他很遗憾："老弟，可惜啊！这桥到底长什么样的？如今见不着了！"

"它应该就似《清明上河图》上的那虹桥吧！"蓝桦话音刚落，乔巧和蓝卯同时睁大了眼睛。

蓝桦的脚在脚边的崖石上踢了踢，只见他身边的石壁上有三个古桥柱柱洞："这里，应该就是当年架桥的立柱柱洞。"

蓝卯更激动了："老弟，想你一个学桥梁建筑的博士，不会糊弄我的吧！这个这个……有据可查吗？"

"有的。"蓝桦肯定地说，"据清代《分疆录》记载：此地多桥，而三木桥最古，长数十丈，上架屋如虹，俯瞰溪水，拆旧瓦有'贞观'年号。这么说来，三木桥就是我们这里有文献记载以来，历史上最早的桥梁，是一座唐桥，没有同期的桥梁可相伴，又在这冷僻之处，大概就是中国境内最孤独的廊桥了吧。"

蓝卯接话说："这个你得问我妹妹，我家乔巧可是世界顶级大学桥梁专业毕业的高才生，和你是同行，她可是专门研究全世界廊桥的！"

听了蓝卯的介绍，蓝桦这时候才抬头重新认真看了看眼前这位从天而降的洋"妹妹"，只这一眼，他的心忽然又一阵刺痛：这分明还是他那个已经西去的凤仙子啊！

可是，理智又将蓝桦从这种无言的心痛当中拉了回来：不，她不是，不是我的凤仙子，她是刚刚从大洋彼岸飞过来的一个陌生人。不，她只是蓝卯的妹妹。

他颓然地靠在身旁承载着千年廊桥桥柱的大岩壁上，眼里升起了无尽的悲凉。

乔巧不知蓝桦的悲凉由何而起,她转头望向了蓝婷,果然,从蓝婷那里,她看到了答案:

只见蓝婷不知何时,已经在虎啸溪前的一个大平石上摆上了祭品、酒盅和碗筷,中间还放着一个香炉。

蓝卯不解:"你们这是要干什么?"

曲胜悄悄拉了蓝卯的衣袖:"唉,一个大男人陷入情网,无可救药的。蓝桦有一个女朋友叫凤仙子,两个人好得已经像一个人似的。蓝桦这几年为了研究廊桥,常在这筱竹峰和天开顶里寻找古桥遗址。三年前的今天,那个凤仙子为了和蓝桦团圆过个七夕节,独自上山来,想不到在这虎啸溪前,一失足成千古恨,跌入这深涧一命归西。喏喏,前面就是她失足的地方,每年的今天,蓝桦都要来祭奠一番,为她烧上三炷清香。他还发誓,一定要把你们蓝家先辈建彩虹桥的技艺搞清楚,在这里把那座已经坍塌了千年的'彩虹桥'重新建起来,为他的凤仙子……"

在一旁的乔巧听了曲胜一番话,不禁心生悲凉:凤神哥哥,仙界才离别这几日,你却已经在红尘有了如此一番风流生死缘。你可曾想到过我?我就是你的凤仙妹妹啊!如今,我来了,我来了呀!你抬头看看我,我就在你的眼前,你真的一点也不记得了吗?

一阵山风吹来,香烟缭绕,乔巧的眼泪也随风飘然而去……

蓝卯全然没有顾及乔巧的悲伤,他对曲胜刚才描述的悲情故事并不是很感兴趣,哪怕是他亲弟弟的爱情,因为他的所有注意力都被其中的一个点吸引住了:"你说什么?蓝桦能重建千年'彩虹桥'?乔巧,你听,千年'彩虹桥'!"

蓝卯急忙回头找妹妹,可是,刚才还在身边的乔巧,忽然不见了人影。

盛夏畲乡的傍晚是喧闹的,那是因为夏天的夜晚不仅有萤火虫可以追逐,更因为安澜桥上阿远爷爷的胡子里,藏着无数个让鹤渡村孩子们着迷的神奇故事。

其实鹤渡村的大人们知道，孩子们口中的"阿远爷爷"并不老，顶多也就五十出头，叫他"爷爷"，那是因为"阿远爷爷"蓄着一撮白白的山羊胡子。当他坐在安澜桥桥头乘凉时，任由孩子们爬上他高高的膝头，用小手将他的山羊胡子编辫子，编了拆、拆了编，他也一点不恼怒。按理说，人们是不放心让自家的孩子和一个脑子不清的几乎整日半梦半醒的怪老头如此亲近的，但是在鹤渡村，蓝念远就是一个神奇的存在。

鹤渡村北的山间有一条密林丛生、荫翳蔽日的古道。鹤渡村的先人们是如何从外界沿着这条古道来此地繁衍生息的，据说已经难以考证。如今，古道右边生长着数不清的古树名木，古道左边是流水，流水滑过光滑的巨石跌落水潭，于是古道有了一种天籁之声，好听极了。

那些大树的树龄都好几百年了，它们沉默无语，犹如虬龙。鹤渡村上古的传说，似乎都藏在了那些苍劲古朴的大树的年轮里。但是，孩子们惊讶地发现，自己的爸爸妈妈爷爷奶奶甚至太公太婆都讲不清的那些事情，他们都能在"阿远爷爷"的故事里得到答案。虽然孩子们的爸爸妈妈爷爷奶奶和太公太婆一直认为蓝念远的思维和记忆早已经因乌衣红曲酒喝坏了，但这一点也不妨碍那一个一个神奇的故事从那把白白的山羊胡子里蹦出来，深深地吸引着孩子们。于是，鹤渡畲乡的大人们并不认为蓝念远是在讲故事，而给他的"讲故事"定了一个带着神秘气质的名称——"讲古"。

往常夏日太阳下山后，第一颗星星升起的时候，安澜桥应该开始热闹了，这不仅仅因为孩子们照例要来听阿远爷爷"讲古"，还因为鹤渡村的这座廊桥"身兼多职"，承载着很多其他的功能。

与别处寻常遇水架桥用以交通的单一功能不同，安澜桥虽是一座木桥，但又是一座"桥"与"屋"紧密结合的独特建筑。桥上的廊屋既可以保护桥体的木结构不受风霜雨雪的侵蚀，又可为路人提供遮风挡雨、避暑纳凉、歇脚停担之处，这里是信息中心，是易换物资的市肆，也是乡村演艺的中心。更不可思议的是，鹤渡的乡民甚至把自己的精神寄托也请到了桥厝中来,恭恭敬敬地供奉了起来。

不知何时,乡人们请来了一尊观世音菩萨,他们为观世音菩萨在桥厝最吉祥的地方修了神龛,这里,便成了乡人们的祭祀中心。每年的正月十五,是祭祀最隆重的时候,那一日,廊桥的桥厝里,会摆上一整只的猪头,会供奉美酒佳肴、香茶佳果,乡人们会上几炷清香,磕头作揖、祷告祈福。虔诚的乡民既祷告廊桥的平安,又祈求来年的风调雨顺、合家如意。在安澜桥桥厝里的祭祀,已成为他们平淡生活的一部分,祭祀也已经不仅仅局限于元宵节,而是每月的初一十五,人们都可以来桥厝里,和菩萨说说心里话,请菩萨指点迷津。

此刻,夜晚的第一颗星星已经冉冉升起,在平日,桥头的廊屋门口,一群毛头孩子早已啪啪拍着那把七两重的纯铜绍锁,急不可耐地请阿远爷爷出廊屋来"讲古"了。但是今晚不同,太阳一下山,安澜桥上便一片寂静。对于这异常,蓝念远并不诧异,因为他知道,今夜是农历的七月半,也就是中元节。这一日,所有的母亲都不会让自己的孩子到安澜桥上来,哪怕阿远爷爷的故事讲得再怎么动听。

月亮升起来了,蓝念远打开廊屋的门,怀里揣着那把七两重的红铜绍锁,手里拎着一个大大的酒瓶子,当然,那里面依旧是他钟爱的乌衣红曲酒。

他踱出廊桥,前方依旧是那五棵高大的红豆杉,树下一方经年的老木桩,刚好是蓝念远的酒桌,他兀自坐将下来,抓起酒瓶子狂饮了一番。

夜更深了,周遭升腾起了一阵阵的雾霭,月亮似乎被蒙上了厚纱,蓝念远眼前的视线一片模糊……

是的,他入梦了。梦里,他又见到她了。时隔二十多年,在这个中元节的夜晚,短短的时间里,蓝念远再一次在梦里见到了遥远却镌刻在心上的蔡虹。

这一回,蓝念远不想听蔡虹多说什么,只怕她一开口,就惊醒了他的好梦。他只想紧紧抓住蔡虹的双手,但是任他怎么努力,他却再也握不住那双冰冷的玉手。他只感觉到蔡虹往他的手中递过一样小物件后,那个薄若蝉翼的身影便轻飘飘地跃上红豆杉高高的枝头,任凭他在身后撕心裂肺地呼喊:"小虹,别走……你别走……"

枝头树影婆娑,留下了蔡虹幽幽的声音:"往后余生,你若念我,且看看你手中之物,那就是我们当年一起建造那座风雨廊桥时,你亲手为我雕刻的那块木悬鱼,对,就是双鱼云草纹的那一块。"

蓝念远的双手擒空,痛心跪地,热泪长流。

不知道过了多久,蓝念远醒来,他伸手摸了摸自己已经一半花白的头发,竟然是一头的冷汗。

他抬头看了看周遭,天已经大亮,那个大酒瓶已经底朝天孤独地被甩在一边。当蓝念远艰难地站起来时,竟然发现,一块精雕细琢的木悬鱼从自己的胸口掉了出来。他赶紧接住,捧在掌心。震惊之余,他再一次拍了拍自己的脑袋,发现自己是清醒的。

他端详着手中的这块木悬鱼,是的,没错,正是当年自己亲手用一块上好的黄杨古木雕刻的云草纹双鱼。那两条小小的鱼儿双尾相交,底下是两朵盛开的莲花,其中有一朵莲花的花瓣雕得有点歪,那是他托着小虹妹妹的玉手有点使不上劲儿才雕歪了的。可是虹妹说就是喜欢那样有点小歪的,显得更加灵动。

这木悬鱼,本不是什么定情之物,原本是安泰山乡房屋正脊上一种装饰用的木构体,一般用于悬山顶和歇山顶的建筑上,安装在山墙两侧博风板正中的连接处,悬垂而下,起到保护檩头和加固博风板的作用。不知从何时开始,安泰山乡自从有了蜈蚣桥,每座桥的桥头,也都有一块镇邪的木悬鱼。老人们说,金克木、木克土、土克水、水克火,蜈蚣桥都是木质的,木怕火,而水能克火,鱼为水中物,将鱼悬于又高又醒目的地方,就好比有一汪池水相伴,相安无忧。

这黄杨木小悬鱼,是一件小玩物,也是蓝念远和蔡虹的定情之物,此刻,居然神一般地再现在自己手中,蓝念远百思不得其解。他轻轻摩挲着,心中又是一团乱麻。

蓝念远不知道，九霄云外，刚刚从鹤渡村外奇险的虎啸溪飞回西天瑶池的凰仙，也正对着自己的知心好姐妹青鸟在清泪滴滴、长吁短叹。看着红尘中的蓝念远如此一番彻骨悲情，姐妹俩又被凡间如此蹊跷而奇绝的情事给弄糊涂了……

第五章
千年虹桥

西天,瑶池。

碧池上,依然神波浩渺。

看着凡尘的蓝桦对他的凤仙子一往情深,乔巧心中一股凉意骤然而起,她实在没能忍得住,双脚一点地,腾空而起,驾起一朵祥云,翻身来到了瑶池边,找自己的好姐妹青鸟倾诉。

坐在凤神擅自砍斫相思树而建的那座单孔神木拱桥上,轻轻抚摸着桥头精雕细刻的神兽雕像,此刻恢复凰仙身份的乔巧,语未出,泪先流:"青姐姐,你说这天地间,神也好、人也罢,多情总被无情恼。难道这天地间最薄情的是儿郎吗?你看看当年在这瑶池边一别而去的周穆王,害得我们娘娘为此痛恨男子薄情,差点成了铁石心肠,划出了这舀不干的滔滔银河,更害得织女姐姐和她的牛郎哥哥苦苦盼了一千年。这一系列的情天恨海,不都是因为薄情郎而起的吗?青姐姐,难道真的是'谁用情深谁受苦'吗?难道我也难逃这魔咒?你看看,这才别了几时几分,凤神他居然……居然!这哪里冒出来的凤仙子呢?"

青鸟听了,柔柔一笑,拉着凰仙的手说:"傻妹妹,你不必为红尘女子吃醋,和一个已经烟消云散的空名较什么劲儿呢?这天上几日,人间不知几年过去了呢!你的凤神哥哥被贬谪下凡,早已没有神力,更记不得前世今生，不经历几番磨难和苦痛，他又怎能修回仙道呢？你口中的莫名其妙的'凤仙子'，就是他诸多磨难中的一个呀，那个磨难叫作'失爱'！"

凰仙听了，更伤心了："我不是他的最爱吗？我不是活生生站在他面前吗？他怎么就认不出我了呢？难道人世间但凡要追求真情，都要历经一番悲情苦恋吗？青姐姐，你说凤神哥哥已入红尘忘了前世，那么，他今生凡胎的父亲，为何会和他心爱的人这么生离死别呢？难道这蓝念远也曾是薄情之人？负了人心，才落得如此薄凉境地吗？"

青鸟一听，忽然来了兴致："原本红尘这些纷纷扰扰嘈嘈杂杂，我倒真的不感兴趣，但你这么一说，倒勾起我的好奇了，何况是你红尘的家人哦！哈哈，来，咱们就来探究一番这些红尘俗事吧！"

凰仙一听，收了感叹，娇嗔地拧了一把青鸟的胳膊："姐姐，你好坏！"

青鸟一边笑，一边说："还不是替你解这千回百转的愁肠吗？妹妹且往这神木拱桥的桥下看……"

只见青鸟双羽一振，原本澄明如镜的瑶池顿时荡起了一圈一圈的涟漪。不一会儿，涟漪的中心，显出了一个太虚空灵的镜面，凰仙探头一看，镜面里出现了凡间一个山清水秀的小小山乡。山乡春天的茶园里，青茶碧绿，三个小小的身影在茶畦间嬉闹，孩童银铃般的笑声，随风飘上了云端……

太虚空灵镜里：红尘，畲乡鹤渡。

时光倒退了四十年。

这里是一片绝美的世外桃源，数百年来，山清水秀，阡陌交通，鸡犬相闻。古有山间官道通往外界，而这大山之间、溪水之上，正是一座座独有的蜈蚣桥，架起了水路交通。而蓝家祖上，就是建造这些奇巧蜈蚣桥的大师傅。

畲乡将主持营造蜈蚣桥的大师傅叫"绳墨师傅"，因为掌握着筑桥的独到绝技，乡人们几乎淡忘了蓝念远父亲的本名，十里八乡的人都尊称他为"蓝绳墨"。

少年蓝念远是鹤渡村畲族小学的小学生。这个出生在鹤渡古村筑桥世家的小男孩英气勃勃，眼角眉梢时时透露着山乡孩子少有的灵动。这个有灵气的孩子，读书出类拔萃，对父亲也非常敬仰。在他十岁的那个暑假，他跟着父亲去毗邻的福建，看父亲和福建的筑桥师傅一起重建一座始建于明朝，后来因为洪水毁于清末的木拱桥时，小小少年被深深震撼了。

一架木滑轮，就能将一根根重达千斤的横梁架到半空中，然后，假以时日，一根根大木梁就像变把戏一样，在父亲的手里，变出了一座精巧绝伦的木拱桥，而建筑那么一座大木桥，居然没有用到一根钉子，全凭榫卯连接。

父亲告诉他，那些支撑木桥的一根根桥腿像蜈蚣足，因此，厝桥也就叫"蜈蚣桥"。

这个暑假，有一颗种子，深深地埋在了小阿远的心中：长大后要像父亲一样建筑一座神奇精巧的蜈蚣桥。

可惜的是，这颗种子埋在阿远的心中很久很久，也没能发芽、拔节，至于开花结果，更是遥遥无期。因为，他的生命历程，遭遇了一场突如其来的"文化浩劫"。在这场"浩劫"中，因为政治和贫困的原因，村人再无力造桥，父亲的筑桥手艺几乎成了屠龙之技。在重建福建那座拱桥后，父亲无桥可筑，那一身好手艺眼看着要被湮灭在岁月之中了，然而，命运就是这么奇特，在这个非常的时期，这个只知筑桥而斗大字不识几箩筐的乡间巧匠，与来自大城市的著名大学的桥梁学教授相遇在畲乡古厝里，不可思议地成了邻居。

少年阿远不知道当年那场文化浩劫为何而起，他只知道他们的小畲乡，某一天忽然热闹了起来，因为来了许多从大城市"下放"来农村劳动锻炼的大干部和大知识分子。蓝家偌大的古厝里，忽然有一天来了两个差不多和阿远同龄的洋气孩子，一男一女，男孩子姓乔，叫乔木，女孩子姓蔡，叫蔡虹。他们分别是乔家和蔡家的孩子，乔家的父母是名牌大学的教授，蔡家的父母据说以前是大官，而让蓝绳墨感到惊讶的是，乔教授居然是专门研究桥梁的大教授！

乔教授某一天忽然发现在这个小小畲乡，一座名叫"安澜"的编木廊桥像一道优美的彩虹横跨于大溪之上，日暮时分，夕阳照在廊桥廊屋上，温暖而静谧，仿佛周边都聚拢了山水灵气。

啊，廊桥，编梁木廊桥！在这里，居然就在这里！教授狂喜不已："难道消失千年的宋代汴梁彩虹桥，还真的悄悄盘踞一隅遗世独立吗？"更让他狂喜的是，居然还有一个身怀绝技的编木筑桥的民间大师像活化石一般地生活在村子里，而这个人竟然是他的新邻居——筑桥木匠蓝绳墨。

乔教授如获至宝。他立马拜访蓝绳墨，接下来便日夜与他促膝长谈，如痴如醉地谈蓝师傅熟知的蜈蚣桥。两人一见如故。但是，没有多久，两个人却觉得越来越遗憾，因为再怎么谈，关于蜈蚣桥的完整筑桥流程，都是纸上谈兵，无法实地重新建筑一座蜈蚣桥。两个大男人正为此伤神不已，但却被小小少年蓝念远一语点醒："爹爹，这事儿不难办呀。您以前建的蜈蚣桥不是大木筑建的吗？如今没地方建大桥，那么，咱们想办法建小小桥呀，在咱老厝里就可以建呀！"

乔教授拍案叫绝："对，筑模型、桥模！蓝师傅，咱俩咋没想到呢，阿远真是小小天才啊！"

于是，在蓝家那座古意盎然的老厝里，一个伟大的计划在中国最专业的古桥梁建筑教授和最优秀的民间筑桥巧匠之间达成了默契：乔教授决心通过蓝绳墨的绝门手艺，将蜈蚣桥的所有筑桥技艺通过桥梁模型复原、描摹并且记录下来，有朝一日有机会再见宋人张择端的《清明上河图》时，仔细对比研究，到那时，已经消失千年的开封汴梁彩虹桥一定能重现人间。那将是世界桥梁建筑史上何等重要和荣光的伟大实践啊！

就这样，一个名为"千年彩虹桥"的伟大计划，在这个名不见经传的小畲乡一座古旧安静的老厝里开始了，组成人员除了独具慧眼、高瞻远瞩的乔教授、身怀绝技的民间巧匠蓝绳墨，还有蓝家小小少年蓝念远。然而，小小少年不满足这三人小组，他极力想发展自己的两个小伙伴进组，一起和父辈开创这宏图大业，但出人意料的是，遭到了意想不到的阻力。

山乡的傍晚，阳光依旧明丽。站在鹤渡村村北的筱竹峰茶园里，小小少女蔡虹放眼望去，被眼前的美景感动，心中想道：哇，为什么这里这么美呀，早知道叫爸爸妈妈早点带我来了呢。

夕阳在茶园的上空铺开了万道金光。

所有茶叶上，似乎一片不落地被镶上了一道金边。以蔡虹小小的身量，这碧绿的茶园，肯定是一眼望不到边的，但是，她能看见远处蔚蓝的天空和绿色的茶园融为一体，微风在唱歌，白云在伴舞，小蔡虹欢快地将自己融进了茶园里。

一条弯弯曲曲、高低不平的石头小路贯穿着郁郁葱葱的茶园。茶树长得和她的小肩膀差不多高，挨挨挤挤，整整齐齐，找不到一丝杂草。她将自己凑近了那些茶树，呀，原来"绿"还分很多种呢：老茶的叶子是墨绿色；长大了一些的嫩叶是浅绿色；而刚抽出来的芽尖儿，那是最漂亮的嫩绿色。一阵微风吹来，茶树开始摇摆，就像绿色的海面上泛起了阵阵的涟漪。阳光下，一棵棵茶树宛如一个个绿色的小精灵，闪烁着迷离的光点，散发着沁人的清香……

一切都是那么陌生，但一切都已经那么熟悉！这个在地图上几乎找不到名字的小小畲乡，让这个跟着父母刚刚从大城市转学到此的洋气小学生激动不已，她像一只小鸟一样，张开翅膀在茶园飞了一小圈，又张开翅膀，飞到她的两个同班同学身边，一个是同时和她从城里随父母一起到这个小山乡的乔木，另一个就是他俩共同的新邻居，一个木匠的孩子，他有一个奇怪的名字，叫蓝念远。

世间事总有那么巧，来鹤渡村之前，乔木的父亲是城里的桥梁学专家，蔡虹的父亲是城里管交通的领导，而他们在山乡的新房东，刚巧是曾经对山乡交通起着重要作用的筑桥巧匠。

男人们很容易因为关联度很高的职业而志趣相投，但是，女人们却不一定。乔教授的夫人一直对命运安排他们来到这莫名其妙的山乡耿耿于怀，她看不惯周围的一切。她无奈来到此地，是因为还要生存下去，但是她严格捍卫自己在城市里的生活理念，决不允许丈夫和儿子的生活或者思想受到更多的乡村愚昧与野蛮的侵蚀。而不幸的是，她的丈夫并不是一个典型的"妻管严"，乔教授表面上应付着她，暗地里却与蓝绳墨以及蓝家小小少年开始了一个伟大的"千年彩虹桥"计划。教授夫人把对丈夫失败的管控，转到与蓝家少年同龄的儿子乔木身上，结果就是：除了上学，乔木几乎不被允许与山乡的孩子有更多的接触。

而另外一家新邻居蔡家的夫人，不仅与教授夫人属于同一阵营，甚至还更胜一筹，因为她的丈夫虽说曾经是个出色的城市领导，但却是个典型的"妻管严"。两个城里来的夫人不约而同地认为他们两家在此地只是暂时的逗留，丈夫们怎么可能在一个乡野粗夫的引领下，研究出什么伟大工程呢？于是，蓝家小小少年希望拉自己的两个小伙伴入"千年彩虹桥"计划组的计划失败了。

虽说两个城里夫人对孩子们有严格的管控，但是那也阻止不了孩子们纯真的友谊像春茶一般，在春风春雨的沐浴滋润下，快速发芽、拔节。很快，三个孩子成了好朋友，放学后，为了避开母亲严厉的管控，他们仨就来到茶园，在茶园里写作业、做游戏、畅想未来，当然，还有放声高唱新学的《采茶舞曲》。

此刻，对着眼前阳光下绿油油的新茶，蔡家美丽的小姑娘蔡虹在认真纠正蓝家小小少年的跑调："蓝念远，好好的一首采茶歌，快被你扯成破布了！你能好好学吗？老师说了，这可是周总理教导我们都要好好学的歌呢，是一位叫周大风的著名作曲家写的。"

蓝念远笑嘻嘻地说："我哪有扯歌，我这不是唱得好好的吗？溪水清清溪水长，溪水两岸好呀么好风光……插秧插得喜洋洋，采茶采得心花放……"

"乔木你听你听，蓝念远又跑调了，他还不承认。"听着蔡虹的"责备"，旁边的乔家少年宽容地笑了笑："大家都没有你唱得那么好听呢！"

当三个少年在茶园里尽情开心后，一起回到蓝念远家的古厝，正好是炊烟袅袅而起的时候。当老农荷锄牵牛走过村头的安澜桥时，蔡虹停住了脚步，发出了轻轻的赞叹："哇，老伯伯的蓑衣箬笠上金光闪闪，老牛身上也金光闪闪，你们快看，安澜桥的桥屋上，也金光闪闪呢，好神奇哦！"

看着蔡虹娇俏的侧脸，少年蓝念远第一次感觉到心怦怦跳了起来……

日子并没有像两个夫人想象的那样，这个看似遗世独立的山乡并没有像表面上那么平静，他们也裹挟在时代的洪流里，难以自拔。转眼，他们两家在这里已经生活了整整十个年头，三个孩子就像田间的甘蔗一样，随着春风节节拔高，如今，已经齐刷刷长成了双十年华、风华正茂的年轻人。这十个不寻常的年头里，乔木和蔡虹在母亲的教育监督下，一直没有放弃在文化知识上的学习和积累，身上依旧洋溢着知识所带来的独特气质。而与他们两个不同，随着生活的历练，木匠蓝绳墨的儿子蓝念远身上不羁的气质越发显现了出来，因为这十年之间，生活给了他太多的磨难。

首先是他失去了久病的慈母，这对他打击很大。因为母亲常年有病，蓝念远并没有兄弟姐妹，他对母亲特别担心，也特别依赖母亲对他专一独有的慈爱。在他失去母亲最痛苦的日子里，青梅竹马的蔡虹给了他最温暖、最温柔，也最纯真的爱。这种爱，蓝念远视若珍宝，又如野马狂奔。因为爱的种子已经在他心里埋藏了很久，在荷尔蒙爆棚的时候，又处在最无助孤独的时候，蓝念远对蔡虹的爱表现得无比狂热。

对蔡虹而言，蓝念远和乔木都是青梅竹马的好朋友，随着年纪一点点长大，情窦初开时，她便接收到温文尔雅的乔木传达给她的爱的信息，蔡虹觉得乔木什么都好，但就是不知道为什么，有一股神奇的力量，强烈地吸引自己把更多的视线投向出身、性情与他们截然不同的蓝念远的身上。

也许是从蓝念远那双明亮的眼睛里散发出来的野性和纯净杂糅在一起的一种独特气韵，也许是从蓝念远手上表达出来的奇巧和能干，也许是蓝念远口中那些讲不完的幽默而古老的民间传说，也许……不，所有的也许，都抵不上蓝念远对她强烈而直接的爱的表达，甚至有些粗鲁，但是，她喜欢,她就是喜欢这种与山乡的山石古树一样毫无造作、不加修饰的爱。在最美的年华里,蔡虹在这种与山风一样清透、与山泉一样甘洌、与山峦一样厚重的爱里,沦陷了。

当蔡虹的母亲发现了女儿的情思后,那种震惊不亚于天崩地陷:蔡家高贵的女儿怎么可以成为这穷乡僻壤的一个农妇?绝对不可以!

蔡虹和蓝念远的爱情,理所当然遭到了不可撼动的巨大阻力。当然,爱,也给了两个倾心相爱的年轻人以无比的勇气,正当他们打算以最大的力量去抗争的时候,一场灾难突如其来……

　　

仙界,瑶池。

凰仙目不转睛地盯着碧池中心的"太虚明镜",莫名感觉到一阵眩晕,只见镜中忽然一阵雾霾升腾、瘴气滚滚。

"姐姐,这是怎么啦?"凰仙紧张地拉着青鸟的衣袖。

青鸟轻轻叹了一口气:"唉,这大概就叫'世事难料'吧!"

凰仙的手心都快出汗了,她睁大了双眼,继续盯着"太虚明镜"里的那一团雾霾,终于,她分辨清楚了里面的画面,但是,她却不忍相看。

那是一个烈日暴晒的盛夏,太阳炙烤着大地。正走在浙闽山间的乔教授和蓝家父子虽然挥汗如雨,但是,他们却毫不在意,因为此时此刻,在浙闽交界的大山深处的一条大溪上,他们如获至宝,有了一个重大的发现——一座古朴肃穆的廊桥如一位千年长者,在此等候他们多时。

乔教授惊呆了:这就是那座他梦中见了千百次的"虹桥"!

他舍不得直接把眼光聚焦在这座"梦中桥"上,而是先环顾了一下四周。他忽然觉得这里不像是他生活的世界,他的耳边升腾起了一种不寻常的声音:如海涛翻腾,低沉浑厚;如蛟龙在潭,困顿挣扎;如困兽挣笼,跃跃欲斗!

他听得心中狂乱,干脆往前奔。随着山势的陡峭,这种声音越发狂放不羁。然后,让他感到非常惊讶的是,当他深一脚浅一脚奔向那座古桥时,忽然，那种狂躁的声音戛然而止，整个世界似乎进入了一种静默的状态，靠近古桥，似乎所有的声音都被屏蔽了，整个山涧的生灵瞬间进入了一种安静的状态，似乎那股巨大的能量被瞬间吸收，藏匿在那座无名的古桥之中。

紧紧跟在乔教授身后的蓝家父子，也感受到了这场关于声音和能量变化的诡异，他们不时抬头向四处张望。忽然，只听得前面乔教授大喊：

"蓝师傅，阿远，你们快来！快看，虹桥！消失了千年的虹桥再现了！"

蓝念远三步两脚跟了上来："教授，您确定？"

乔教授大口喘着气："没错，一定没错！我可以断定，这是一座宋桥。而且，这就是一座已经消失了一千年的宋代虹桥，与宋代画家张择端画笔下的'虹桥'如出一辙。天哪，千百年来，多少桥梁专家苦苦探寻而不得，今天在这鲜为人知的山涧里藏着的一座千年宝贝被我寻着了！哈哈哈！"

这时候，比乔教授更激动的是已经子承父业、对一切充满好奇的年轻人蓝念远。他有一百个问题要请教乔教授，乔教授已经拉着他和他父亲前前后后、左左右右、上上下下、里里外外地研究那座被乔教授称之为"世界上最孤独的珍宝虹桥"了。

"你们看，这桥形制不算大，为全木结构，目测大概三十米左右，净跨二十米左右吧。桥北端建三重檐歇山顶钟楼，南端桥亭与中央廊屋都是重檐歇山顶，南端桥亭三面辟门，廊桥中央设神龛。廊屋中间顶部施藻井，如意斗拱层层叠加，如此精良的制作绝非出自今人之手。"

年轻的蓝念远不解："教授，从外观看，这桥与我们鹤渡的安澜桥并无二致啊！"

"年轻人，问得好！"乔教授向蓝念远投去赞赏的目光，"宋人张择端的名作《清明上河图》，有很多不同的版本。据有关考证，他笔下的汴水虹桥为单孔贯木拱桥，桥长16.8米，宽4米。从《清明上河图》的画面可以看出至少是三节贯拱的木结构拱桥。有人提出采用捆扎技术施工的观点，但在力学结构上难以成立。特别是汴京需要交通流量很大的桥梁，它必须有桥梁谐振消除设计。

"从绘画角度看，张择端的画作并非完美，在汴京虹桥的描绘上，桥面与桥梁结构部分的衔接有偷工减料之嫌。事实上，按照他的画面是无法造出如此结构的桥梁的。当然，艺术只需要突出虹桥的气势，至于结构另当别论。但直观的画面使我们确信汴京虹桥是一座至少有三节贯木拱的木贯拱桥。

"来来，你们爷俩仔细看看，这桥是大跨度的三节贯拱廊桥，结构与汴京虹桥几乎完全相同。它这三个结构无疑是令人惊讶的：一是由一组四节的贯木拱和一组七节的贯木拱交叉组合在一起，构成虹桥结构；二是在七节贯木拱的结构处理上，在桥中心两端有一节较短的贯拱，使支点处位于相交叉的另一组贯拱木材的头部和尾部，在此部位，木柱的抗弯能力是最强的，所以桥梁的抗载能力要比其他结构高很多；三是所有的木柱贯拱连接，两组贯拱交叉后不会因为振动发生单组位移。

"这座古廊桥隐藏了虹桥的结构，实质是一座在虹桥上加载的廊桥，它是中国古代虹桥现存的活化石啊。天哪，我研究追寻大半辈子，居然在这里能寻找到它！你们看哪，人类桥梁史上的活化石、人类文明的瑰宝、世界现存最美的虹桥就这样横空出世了！但是，它是如此的平淡朴素，就这样毫不张扬地在这里静穆独立了上千年，不可思议啊！"

看着乔教授如此激动，蓝念远父子也跟着热血沸腾。但是，随即他们看到了教授脸色有点变化："可惜，如今这种形势下，我还没有办法将这伟大的发现公之于众，更遗憾的是，我现在没有相机，拍不了研究图片……"

蓝绳墨转头对儿子说："阿远，教授没有相机，我们这个小山乡哪里有相机啊！你能帮教授解决这个问题吗？"

乔教授一听，顿时来了精神："阿远，你能画下来，那可得好多天呢！"

蓝念远仔细看了看桥身，没有多久，站起身对两位长辈说："应该可以，不用纸笔绘画，我用心把他们记到脑子里去。"

乔教授将信将疑，但是，回头看到蓝绳墨一脸的信任，再看看眼前的蓝念远，那一双明亮的眼睛中，闪烁着一种难以用语言描述的神采与光芒，就像冥冥之中听到了某种神灵的召唤一般，乔教授没有理由不相信眼前这个年轻人天赋异禀，能过目不忘，将这座集楼、亭、桥为一体的古桥上所有的木梢、卯榫、构件等印刻在自己的大脑里。

于是，在接下来的几个烈日下，在当年最伟大的古桥研究学者和最伟大的民间筑桥巧匠的合作下，这座千年虹桥的一柱一梁、一卯一榫、一梢一苗，都如后来的扫描仪一样，扫进了年轻工匠蓝念远的脑海里。谁也未曾料到，在这次非同寻常的研究中，蓝念远有了一个惊人的发现。他在这座廊桥的大梁上，看到还异常清晰地留着几个大字：三木虹桥，鹤渡蓝家绳墨。也就是说，这座教授口中遗世独立的"虹桥活化石"，就出自蓝念远家族先辈之手。

这人世间，大概乐极生悲是常理吧。就在那个大功告成的午后，忽然天色大变，瞬间狂风大作、乌云翻滚，他们迎来了此地五十年一遇的最强台风。

或许就是为了等候最后相知的人，这座世界上最孤独的虹桥，在人世间孤立苦撑了一千年以后，在这场巨大的狂风和暴雨中，带着万般的不舍，轰然倒塌。不幸的是，跟随它卷入滔天的洪流之中的，还有那两位最懂它的人间智者——一位是大学教授，一位是筑桥大匠。

而年轻的蓝念远，在最后的轰鸣声中，被一股神奇的力量推回了山崖，他抓住了崖边的一棵古黄杨，逃过了一劫。

当这个魂飞魄散的年轻人被山民救回来的时候，等候他的，却是另一场灾难。

第六章
死别生离

看着"太虚明镜"里，一会儿云蒸霞蔚，一会儿乌烟瘴气，一会儿天朗气清，一会儿又风狂云怒……青鸟不禁叹了一口气："原来红尘短短几十年，有风有雨、有福有祸，在凡间为人，也真是不容易啊！可是，不管有多少的磨难，我还是羡慕世间的爱情，有千万种美好的姿态呢！"

凰仙听了，不太赞同："姐姐，既然人世间两情相悦这么美好，那为何要为难一个小匠人呢？你且看……"

凡间，鹤渡村。

夏日的午后。

盛夏的蝉鸣惊扰了蔡虹的美梦。

竹床上的蔡虹撑起了慵懒的身子，朝堂前看了看。山风穿过老旧的堂前，带来了前山竹园的清香，因此，蔡虹并不觉得燠热。但是，她看见坐在堂前那把同样老旧的樟木太师椅上的母亲，打着扇显得还是那样焦灼。她知道，母亲的心中依旧怒火未消，因为，她给母亲出了一个天大的难题。

蔡虹不知道母亲是何时知道她与蓝念远的儿女私情。她一辈子也忘不了，当母亲得知自己像珍宝一样呵护长大的独生女儿，并没有如自己预设的那样与门当户对的乔木成双结对，而是倾情于一个畲乡小木匠的时候，从母亲口中发出的那一声鄙夷的笑声。

但是，年轻人炽烈的爱，哪能由长辈的一声冷笑而停止？一开始蔡虹与母亲据理力争，指望在大学里教授诗歌的母亲能理解他们纯粹的爱情，她对母亲说了很多母亲习惯的语言，希望能诗意地打动母亲：

"妈妈，能在这桃源之境与阿远相遇，是上苍给我的最好礼物！"

"妈妈，爱情不能如同一枚干枯的蝴蝶标本，悬挂在他人的故事里，让我艳羡，我需要自己最真实的爱情！"

"妈妈，我不能放弃这与众不同的浪漫，丢失让我颤抖的心动！"

在一个姑娘陷入热恋、人生最甜蜜的时刻，身处一个偏远的山乡，以此诗意表达心中之爱，似乎不是很合乎时宜，但是，蔡虹被自己的诗心感动了，她甚至幻想母亲也会被感动，而她没有想到，母亲只是以她的冷笑坚持了她反对的决心："这里不是湘西的边城，没有沈从文幻想出来的爱情。爱情再美好，终会败给现实。你还是现实点吧，我们和乔教授一家很快就要一起回城了。我熬了这么多年，我是真真受够了！"

"妈妈，您不是向往桃花源吗？"蔡虹惊讶地看着母亲。

母亲回答："在这愚昧落后的蛮荒之地，没有精神生活，整日只为稻粱谋，这种精神的煎熬，哪里是你一个小姑娘能理解得了的？你的成长是一种无奈，我决不允许你的下一代再一次去品尝这种无奈。和那个小木匠，就当是你人生的一种体验吧，乔木才是你爱的归宿。现在形势变了，用不了多久，我们就可以回到原来的生活中了。你做好准备吧！"

这世上，几乎所有炽烈的感情遇到强大的阻挠时，逃不出两种宿命：一是棒打鸳鸯两头散；二是像弹簧一样，越压反弹越强烈。而蔡虹的母亲很不幸，她的女儿就给了她第二种答案，不仅没有听从她的安排，而且给了她一个目瞪口呆的结果——居然怀孕了！而孩子的父亲，理所当然是那个小木匠！

蔡虹肚子里的小生命一天天大起来，母亲越发焦灼，她当然想到过极端的处理方式，但是在这小小山乡，母亲又怎敢相信这里的医疗条件！无奈之下，她只有将蔡虹禁锢在家，心中苦苦等待那个来接他们全家回城的消息早一天到来，但是，不知为何，一等再等，还是杳无音信。

而让她稍微宽心一点的是，那个对自己的专业走火入魔、对古桥痴迷的乔教授无意之中帮了她一点忙：为了寻找古桥，他带着那一对筑桥木匠父子已经离开家好几个月了，这让她有足够的时间去考虑该如何在他们全家返回城里之前，以最好的办法妥善处理这个孩子。

如果不是特殊的原因，蔡夫人是断不会与村里那个神神道道的竹婆婆有半点往来的。但是，这几天，那个竹婆婆的影子，不断在她脑子里徘徊。

当年在蔡虹还是个半大孩子的时候，有一天月黑风高，蔡虹不知为何扭伤了脚，脚背肿得像馒头一样。蔡夫人急得不知如何是好，情急之下，敲开了往常她几乎不愿意往来的房东蓝绳墨的房门。听闻缘由，老木匠急急忙忙披上蓑衣拿上斗笠，就提灯外出了。没过多久，老木匠回来了，他手中的那盏马灯后，站着一个不高的黑影。蔡夫人吓了一大跳，很快，一个轻柔的声音安抚了她的惊慌失措："不用担心，我是竹婆婆，我带了'贼药'来了。"

昏黄的灯下，蔡虹和母亲都看清楚了，那是一个面目慈祥的山乡老妈妈，花白的头发，所有的头发都往后梳，在脑后梳成了一个同样花白的大发髻，而发髻上，罩着一个黑色的网兜，除了罩上所有的白头发，还在发根处插着一枚雕花的银簪。这枚银簪在马灯的照射下，非常耀眼。而与她的发簪一样耀眼的，是与那张布满皱纹的脸极不相符的一双眼睛。那位老妈妈的眼睛，透亮、明晰，似乎能一眼将人和物都看穿。

蔡虹认识她，她叫竹婆婆，是远近闻名的土郎中。这一次，随着穿着千层底布鞋的竹婆婆来来回回走了几遭，那"贼药"在蔡虹的脚背敷了几回，蔡虹就回到活蹦乱跳的状态来了。蔡夫人好奇那"贼药"到底是什么神药，竹婆婆没有给出直接答案，而是轻描淡写地说："那是小蛮贼日常备在身上的草药，小蛮贼伤了筋骨皮肉时，嚼嚼后敷在伤处，敷上几天准好。"

从此往后，竹婆婆成了蔡夫人唯一来往比较密切的鹤渡村本土的乡民，因为蔡虹从小到大体弱多病，少不了经常用到竹婆婆为小蔡虹配的各种草药，贴的，抹的，喝的，还有扎针。蔡夫人很惊讶自己为何会信任深山村野里的一个土郎中，但是每次看着自己的宝贝女儿都因为竹婆婆手到病除，也就对她另眼相看了。

忽然，蔡夫人日思夜梦的那一纸全家回城的通知某一日从天而降。蔡夫人一直下不了的决心，在那一刻终于下定了：找竹婆婆，将蔡虹身上的血脉以肉身归尘的方式，永远留在这片土地上。

但是，蔡夫人没有想到的是，她的请求遭到了一向慈眉善目的竹婆婆的断然拒绝："我不做这种断子绝孙的事情！"

正当蔡夫人放下身段在竹婆婆面前反复恳请的时候，忽然罡风大作。乔木匆匆赶来，说蔡虹为了等蓝念远，趁母亲去找竹婆婆时，飞奔到安澜桥的廊屋里，想不到急产，马上要临盆了。竹婆婆二话不说，也飞奔到安澜桥的廊屋，就在风雨大作之时，为蔡虹接生。蔡虹产下了一个不足月的男娃娃。

谁也不知道，就在孩子呱呱坠地，发出平生第一次啼哭的时候，那座遗世独立了不知多少年的"虹桥"在那场罕见的台风中轰然倒塌，一起被洪流卷走的，还有那位乔教授和蓝绳墨。当然，年轻的新爸爸蓝念远侥幸捡回了性命。

当蓝念远在外养了几天伤，感觉身体稍微好一点，匆匆回到鹤渡村的时候，等待他的又是一场人生最痛苦的诀别。

那个夜晚，天上挂着新月，才刚刚显露出柳叶眉的模样。

晚风吹过，安澜桥桥头的五棵红豆杉发出簌簌簌簌的声音，如泣如诉。

然而，此刻的蓝念远，面对着满脸期望的蔡虹，除了侧耳倾听桥头红豆杉发出的簌簌声外，并没有多少言语。这和原来那个情感炽烈、能强烈表达内心想法的阿远似乎判若两人。而沉浸在自己情绪中的蔡虹对阿远此刻模样的理解是：情到深处、爱到痛处，又痛失父亲，情感变得深沉了而已。

可是,她却没有想到,对童年丧母、与父亲相依为命长大的蓝念远来说,父亲的突然离世,对他的打击有多大!她高看了自己的爱!

她要急切地告诉心上人阿远,自己有了人生最大胆最重要最疯狂的决定。她之所以要在这新月之夜,绕开一切障碍将阿远约到这安澜桥的桥屋里,那是因为这桥屋,就是他们初尝禁果,第一次交付给彼此的神仙地、温柔乡。

此刻,伸手触摸到廊屋门上那一把历经岁月已经发出金色毫光的七两重的老绍锁,蔡虹的心又一次狂跳。

她的手中有一把和这老绍锁配对的钥匙,这不是普通的钥匙,这把长长的同样闪着金色毫光的铜钥匙后面,悬着一块老黄杨木精雕而成的木悬鱼,刚好是蔡虹手掌心那么大小,上面刻着两条交尾的锦鲤,其中一条尾巴刻得有点歪。看着这歪尾巴,蔡虹的脸上腾起了红云,那是阿远哥哥寻来了百年黄杨老木头,亲自为她刻的。

那一个夜晚,阿远哥哥在这安澜桥的廊屋里,面红耳赤地将这块精致又别致的小悬鱼塞到她手中,抱着她气喘吁吁地说:"小虹,来,木悬鱼在你手里,锁也在你手里,我的心早已被你打开!今晚,哦,就是今晚,我等了那么多个夜晚了,今晚木悬鱼给你,钥匙给我,我要打开你……"

蓝念远不止一次问过蔡虹:乔木为人厚道,长相也挺好,从小到大循规蹈矩,深得蔡虹父母喜爱。在他们三人之中,大家都心知肚明,乔木也深深喜欢蔡虹,为什么蔡虹一直没有接受所有人都认为门当户对的乔木,而选择自己呢?

蔡虹说:"你不也特别喜欢'凤求凰'的故事吗?那你说,当初卓文君为什么就是喜欢司马相如呢?我知道自己的血脉里,有一种东西谁也改变不了。我喜爱天地自然的各种造化,我喜爱万物本真淳朴的样子。在畲乡,我喜欢的东西很多,但是,我最喜欢的就是这廊桥了!在我眼里,它不仅是一座桥,它是故事,是历史,它承载着人们最本真的梦想和寄托,但它却又是人间烟火，那是多么令人着迷呀！缘分就是那么巧，你的身上，刚好就有我最喜欢的灵性、纯粹和拙巧。这种特质，哪是随便谁身上都有的？喜欢廊桥，就是我对这世界表达热爱的最纯粹的方式，而你，就是我心中的那座'廊桥'！"

蔡虹的一番话，唤醒了蓝念远沉睡在心间很久的一股力量，但是他似乎一直没有弄明白那力量到底是什么，而蔡虹的话如醍醐灌顶，他的心似乎豁然开朗，他找到了他的"人生使命"：尽快向父亲学好、学精所有的筑桥技艺，有朝一日为自己心爱的蔡虹筑一座新桥，在桥上迎娶她！

但是，这几十年来，能筑蜈蚣桥的老师傅一个个相继离世，自己的老父亲也已经几十年无桥可造，整天只为营生接一些大小木作的活计，成了一个彻头彻尾的普通木匠。阿远担心再无桥可建，父亲的那一手造桥绝活，自己就得不到真传。于是，他着了魔似的向父亲学艺，一有空就去安澜桥，让父亲将当年的筑桥技艺一点一滴传授给他。而巧的是，那个博学又专业的乔教授似乎就是上天派来帮他的，他和蓝家父子无声又默契地组成了"蜈蚣桥研究小组"，终于在那一天，他们三人冒着酷暑，进山寻桥去了。

在山间如此辛苦，但是，蓝念远却乐此不疲，他觉得那个使命越来越清晰。特别是这一路，他原来在理论和实践上的一些筑桥难题，在乔教授和父亲的实地解答下，一个一个迎刃而解。他就像一个习武之人，突然间功力精进，俨然已经是一个集大成的武功高手了。

然而，谁承想，一场山乡罕见的超强台风，打破了他澎湃的热情和所有。乔教授和父亲的突然离世，使他就像被一个浪头高高掀起又狠狠摔下，上天就这样毫无征兆地将厄运狠狠地甩向了他，让他年纪轻轻失去母亲后，瞬间又失去父亲，还失去了一位恩师。

"吧嗒"一声，廊屋的铜绍锁又被轻轻打开了，蔡虹轻盈地进了廊屋。

此刻，她并没有感觉到跟在她身后的阿远哥哥的脚步是沉重的。因为在蔡虹看来，死亡是要面对的，但也是必须忘却的，对未来的憧憬正升腾在廊屋这个他俩专属的温柔乡的每一个角落。

蔡虹觉得此刻是多么值得庆祝，因为她做出了平生最大的努力，与母亲做了这么久关于自由的斗争，终于马上就要有结果了。蔡虹与母亲据理力争：只要两个人相爱，为什么要有那么多的羁绊！自己想要的幸福，才是人生的未来。她要勇敢地和阿远在一起，她要带着这个新生的小生命，与阿远相守在这座古厝里，陪他实现他毕生的梦想：一定要将那座彩虹新廊桥筑建出来，在圆桥的那一天，在新桥上做他最美的新娘。

与所有宠爱孩子的父母一样，蔡虹母亲最后妥协了。她强硬的态度开始松动，只说了一句："我要听到那个小木匠亲口对你们母子的承诺……"

但是，让蔡虹万万没想到的是，那个夜晚的蓝念远，当听完蔡虹决心与父母决裂，带着新生儿留下来与蓝念远一起生活的时候，忽然语焉不详，神志恍惚。蔡虹的诧异无法用语言来表达，她极力想弄清楚蓝念远为何忽然会态度大变。她只听得阿远喃喃地对她说：

"这畲乡终究不是你的根！小小廊桥怎能容得下你这大世界来的白天鹅呢？我也不知道自己会不会当好一个爸爸……"

蔡虹只觉得手中平素如此轻巧的木悬鱼突然间有千斤重。那一个弯月的夜晚，她忽然觉得眼前的阿远很陌生，但是，她还是紧紧攥住了木悬鱼以及与之连为一体的那把铜钥匙。之后，就是好久的沉默……在阿远一句"让我们再好好想想"后，他们不欢而散。

而让阿远想不到的是，没出两天，蔡虹不知道用什么办法，使得她的母亲同意在没有任何仪式的情况下，任由蔡虹和孩子一起搬到了蓝念远的屋内，和他成了一家人。在手忙脚乱度过几个狼狈不堪的夜晚之后，在孩子的哭闹声中，年轻的父亲蓝念远居然不辞而别、落荒而逃。

是的，他逃走了。谁也不知道他去了哪里，差不多两个月之后，他又忽然回来了。

然而，当离家的蓝念远回到那间老厝后，发现家里已经空空荡荡，蔡虹和孩子，连同乔家，早已离去。

蓝念远就像一个宿醉多日的酒徒，忽然清醒了。他狂奔到竹婆婆那里，试图从竹婆婆那里找到答案,但是,竹婆婆只告诉了他八个字:"无故自去,有缘自来!"

蓝念远跑去安澜桥上,对着苍天大地高喊:"什么叫缘分?谁能告诉我?我的缘分注定就是走不出这大山!老天又何苦捉弄我,无端送我这个靠不住的缘分,还要了我爹爹和乔教授两条命!是谁?到底是谁?逼我做这一次又一次的生死离别!为什么?我到底做错了什么?……对,是桥,都是那该死的廊桥!为什么要筑桥?你不是在千年之前就该灰飞烟灭吗?我本就该让你湮灭的!"

南天门的暖风轻柔地吹,吹过西王母的蟠桃树,也吹皱了瑶池的一波碧水。

"太虚明镜"模糊了,但凰仙的心却更乱了。

"青姐姐,不是说人间真情都会感天动地吗?为何蔡虹和蓝念远如此相爱,而他们的真情还要如此艰难,甚至要遭此劫难?"

青鸟也叹了一口气:"妹妹,这天地之间的真情很可贵,但是,所有的真情都不是只为感动自己而来的。这份情,是否替别人想过?这蔡虹对木匠有真情,但那一刻她更多的是想到自己的爱,她没有替木匠想想他的丧父之痛。那木匠对蔡虹当然也是真情,但他更多想到的是情,却没有想过爱与责是并存的。这种缘分,注定遗憾啊!"

凰仙听了,心里更难受了:"青姐姐,既然如此,那何必要开启这生离死别的一段情呢?"

青鸟想了一下,说:"如果让你选择,面对一段自己倾心又相信的爱,你是选择躲避,还是选择全身心投入?哪怕不知最后结果。"

凰仙顿时热泪盈眶:"姐姐,你懂我!"说罢,她便匆匆起身盈盈起飞:"姐姐,为爱,我一定不枉去人世间走这一遭,哪怕风神哥哥再也记不得我!"

身后,青鸟望着祥云上已经远去的凰仙的背影,喃喃自语:"人间骄阳正好！人间风霜雨雪！妹妹，替姐姐走一遭吧，不枉我心中有你，更有凤神……"

当凰仙飞回南中国的畲乡鹤渡村时，在那座让蔡虹一辈子魂牵梦萦、柔肠寸断的安澜桥上，她见到了那个已经发须花白、半痴半癫的蓝念远。

依旧是夏夜满天的星星，安澜桥上，孩子们围着蓝念远，有的挽住他的手臂，有的压着他的肩背，有的爬上他的膝头，还有一个小女孩揪住蓝念远的山羊胡子撒娇："阿远爷爷，再说一个，再说一个，还没听够！"

"阿远爷爷，阿远爷爷，那汴河彩虹桥真的塌了吗？那怎么办呢？你快说呀！"

"阿远爷爷，您说那个山河神真的这么坏吗？为什么要发大水冲了咱们畲乡一千条蜈蚣桥呢？蜈蚣精怎么就惹恼他了呀？"

经不住孩子们的纠缠，蓝念远又讲了一个故事。

不知道从何时起，蓝念远成了鹤渡村里最怪的人。

他有家，但是，他娶了妻子就不在家里住，一个人搬到安澜桥的桥屋里，单方面宣布他就是安澜桥的守桥人，这一辈子也不离开这廊屋。他生了个儿子，取名叫蓝桦。蓝桦天资卓绝，考上了名牌大学成了博士，他却非得让儿子回到小山乡来不可。他这辈子只认儿子不认老婆，老婆去世时还问别人这棺材里躺着的是不是他的老婆。

谁都认为他已经疯魔了，但是，那是他不喝酒时的常态。只要他一端起乌衣红曲酒的酒杯，半瓶酒下肚，谁也没有他明白：他能从古到今融会贯通，天文地理无所不知。他最好的朋友除了孩子们，就是这壶中的乌衣红曲酒。平日里如果不喝酒，他几乎闷声不吭。但是，他却是畲乡对孩子们说话最多的爷爷，因为阿远爷爷的肚子里，永远有讲不完的精彩故事。当然，大人们根本不把他的故事当回事，因为大家知道那些都是蓝念远的"梦故事"，大人们总笑他脑子受刺激了瞎编瞎扯，但是，孩子们看着那些故事里的"凤"呀"凰"呀等形象在他的木匠刀斧下活灵活现地被雕刻出来，都为之着迷。

此刻，蓝念远的故事也吸引了刚刚下凡回到凡身的"乔巧"。她侧耳细听，只听得蓝念远一本正经地给孩子们说他梦里的故事：

"这一回，天上的娘娘真的生很大的气了，那可不得了了！她一声令下，大江大河掀起了滔天巨浪，我们人世间千万条石拱桥、木拱桥、虹桥、廊桥就一下子都被冲毁了！汴梁上的彩虹桥倒了，咱们畲乡一千座蜈蚣桥也被冲垮了！幸好幸好，有一个千足蜈蚣精很忠义，拼命伸出自己的一千条蜈蚣腿，才保下了咱们这座安澜桥呢！哦哦，你问蜈蚣精还有没有保下别的桥？嗯嗯……也许，有吧，也许……没有吧……这个……嗯，我正在找呢……不过，不着急，就算是所有的木拱桥都倒了也不要紧，为什么呀？哦哦，那是因为我的梦告诉我，蜈蚣精很聪明，它早已偷偷将修桥的密码一条一条刻了下来。嗯嗯，刻在哪里呢？我也不知道哇！只要遇到有心人、有缘人，蜈蚣精就会把这些修桥的密码告诉那个人！哦哦，谁是那个有心有缘人呀，我也不知道呢，我正在找呢！"

"阿远爷爷，那明天您能找到那个有心有缘人吗？"孩子们焦急地问。蓝念远捋了捋自己的山羊胡子，眯起眼睛说："你们看，阿远爷爷我困啦，很想睡觉啦，今天的故事讲完啦，你们赶紧回家吧，再不回去，阿妈要来打屁股了！"

孩子们依依不舍地从蓝念远的身上下来，一步三回头："阿远爷爷，说好了，明天继续讲故事，我们吃了饭就来的哦！"

"真是一个好故事！"躲在红豆杉后的乔巧也听得入迷。忽然，远处传来了竹婆婆急切的呼唤："阿远阿远，这些日子你有没有见着巧巧姑娘？她好好地跟着蓝桦、蓝婷他们上茶园，忽然就不见了。蓝卯、蓝桦和蓝婷他们寻了好多日也没寻到。"

乔巧一听，心想：坏了，我只顾心里气不顺上天找青鸟姐姐，才这一丁点的时辰，想不到……唉，赶紧想个办法圆一圆这说法。

正思忖着，只听蓝念远头也不抬慢悠悠地说："也许喝醉了在哪儿睡得香呢！"

竹婆婆啐了一口："你个酒头人（畲乡挪揄责备贪杯之人的称呼），只知道酒酒酒，一个黄花大姑娘家，哪像你天天只知道吃酒吃得云里雾里，分不清白昼黑夜。"

蓝念远这不紧不慢的一句话提醒了乔巧，当竹婆婆带着哥哥他们找到自己的时候，她就说自己在曲家的曲房里沉睡了好几日。

蓝卯一见妹妹，拉着她前前后后仔细看过，又心疼又生气："巧巧，你怎么这么任性！在虎啸峰还好好的，怎么我一转身你就不见了！害得大家找你这么多日，你居然在曲房里喝醉了！"

"哈哈哈，这说明我们曲家的红曲酒魅力无穷啊，能吸引一个洋姑娘沉醉在曲房里那么多日！乔巧，我们曲家的红曲酒可不是一般的老酒，因为酿酒的乌衣红曲是活物呢！捉摸这酒曲神可难了，我和它打了三十来年的交道，也没见过它的真模样。看来你也非等闲之人哪，刚回来这鹤渡村，哪儿也不去，偏偏在我们家的曲房里沉睡了这么多日，你可曾见着那个神秘莫测的酒曲神？"

竹婆婆听了，也啐了曲胜一口："都说你和阿远是一路的，看来没错！要不是你天天哄他喝红曲酒，他哪能如此半痴癫半疯魔？你没喝酒，怎么也说出这些半痴癫的话来呢？"

竹婆婆的一番话，其他人听了觉得只是寻常责备话，但乔巧听来觉得蹊跷。确实，这座神秘阴暗的曲房里，除了乔巧，另一个神秘的"影子"正开始醒来……

第七章
红尘千年

　　鹤渡村的夜，无声，却又充满各种嘈杂。

　　渐渐地，夏虫停止了呢喃，夜风终于随着星辉的暗淡平息了下来，但是，村尾曲家的那间不寻常的曲房里，却忽然有一股异样的能量开始骚动。

　　就像阿拉丁的神灯，曲房角落里那个存放曲种的瓦缸，在岁月的浸润下，已经黝黑锃亮。它似乎一直是安静的，但是，今夜，那股能量终于集聚完毕，它出动了。

　　当乌衣红曲酒神费力地从黑瓦缸的小口探出头时，他揉了揉自己的眼睛，然后，他又用尽全身的力量，把自己同样黝黑的身体全部从这个不大的瓦缸里挣脱了出来。

　　站在铺满曲种的地上，红曲酒神蹦了蹦，看看自己的手，摸摸自己的脚，再从头到尾把自己摸了一遍，忽然坐地失声痛哭："小青鸟，小青鸟啊，你害得我好苦！我喜欢你有错吗？你那么美，那么好，我喜欢你怎么啦？你生个气就生个气啊，叫我滚那我滚就是啦，为什么罚我一滚就滚下这红尘，憋在这鸟不拉屎的穷乡僻壤，憋在这小黑屋里，都快一千年了！你知道这一千年，我是怎么熬过来的吗？呜呜呜……啊，不不不，小青鸟，我不恨你，我恨的是千足大仙，他比我还丑，竟敢和我斗酒！"

　　如果不是那一场斗酒，乌衣红曲酒神是断不会在畲乡这个不见天日的曲房里闷这一千年的。

回望，西天。瑶池畔，有一座精巧绝伦的酿酒阁。

红曲酒神当年就舀出瑶池里的仙水，用天地之间第一妙的酒曲来酿酒，酿出的美酒堪比玉露琼浆，深受天帝、娘娘和众仙班青睐。而这些仙班里，最爱酒的应该算是住在蟠桃园里的凤神了。这凤神外貌神秀、风姿卓绝，但是，却有一大爱好——嗜酒！他除了日日琢磨如何建筑琼楼玉阁和筑桥架梁外，就是喜欢向红曲酒神讨酒喝。酒，当然是好东西，但也总让凤神误事儿。这让凤神的师傅千足大仙很是着急。

这千足大仙是西天负责营造天宫的大师傅，他有千条短足，据说每一条短足上，都有一种建筑的绝艺。他正一条一条地传授给凤神，发现徒弟虽然聪明绝顶，但是，因贪杯常惹事。

那一日，红曲酒神新酿的琼浆仙酒可以装坛了，禀报给了娘娘。娘娘很高兴，要亲自去尝尝新酿的仙酒品质是否比往年更好，于是带了青鸟前往瑶池畔的酿酒阁来品尝。新酒让王母娘娘很是满意，于是娘娘当日就在酿酒阁设宴庆祝。

琼浆宴上，美酒当前，为了表现自己酿酒的神功，红曲酒神挑战凤神斗酒。千足大仙眼看着爱徒凤神贪杯，担心他在娘娘面前失态，就为爱徒挡酒，亲自出面与红曲酒神斗酒。红曲酒神根本不是千足大仙的对手，不仅没喝赢，反倒因为喝多了，不断地撩拨娘娘身边的小青鸟。小青鸟被调戏得难受，忍不住轻轻吼了一句："滚！"一句"滚"却恰巧让娘娘听见，娘娘脸上挂不住了：一个小小的红曲酒神，敢借酒劲动心思到我的小青头上。这边娘娘心生恼怒，那边那个不识相的红曲酒神不仅不收敛，反将娘娘的琼浆专用玉杯打碎了，还割伤了小青鸟冰玉一般的手腕子，娘娘这下大为恼火，一声断喝："好个鲁莽的红曲酒子，罚你下凡界找个冷僻的酿酒曲房面壁思过去！思不好过，不用给我回西天！"

就这样，红曲酒神这一"滚"，便滚到了鹤渡这个小山村村尾那座阴冷潮湿、终日不见阳光的酒曲曲房里。刚下来的时候，他浑身的酒曲散落在地，体无完肤。他只好把自己散落的身体一点一点塞到墙角那个黝黑的瓦缸里去修炼。修炼了九百九十九年，他终于可以用散落的酒曲将自己拼起来了，可惜的是，毕竟还差一些功力，整个身子拼不齐全，还有半个上身和半张脸空着。他又高兴又怨恨：什么狗屁的"千足大仙"，还不是比我多修炼几百年的蜈蚣精吗？这一切，都拜你这蜈蚣精所赐，没有你，哪有我这一千年的郁闷和烦恼！有朝一日，让我遇见你这只蜈蚣精，呵呵，君子报仇，千年不晚！

红曲酒神怨恨凤神的师傅千足大仙，但是却向来喜欢凤神，因为凤神不是只贪杯，他还懂酒，在某种程度上，红曲酒神视凤神为知己，但是他又不喜欢凤神一直恃才自傲的样子，常常让他觉得自己是热脸贴冷屁股。因此，他对凤神的感情一直是复杂的。但红曲酒神却不知道，在他被贬下凡后没有多久，凤神对酒更是痴迷，以至于因酒惹祸，终究也难逃被贬的厄运。

当然，红曲酒神也不知道凤神到底比他幸运还是更加悲惨。同样是被贬，他只是散了自己这副骨架皮囊，散成了无数个活酒曲。他凭着这些活酒曲，为凡间百姓酿出了无数美酒。也许就凭这千年的赎罪，他终究能在修炼九百九十九年后，修回了自己的身体而不忘前世。而凤神被贬下凡，转世投胎，却几乎将前世忘得一干二净，甚至忘了自己的爱和那个一往情深的凰仙妹妹。

如此说来，酒，到底是好东西还是坏东西呢？这一回，连红曲酒神自己也讲不清楚了。

而让红曲酒神万万没想到的是，这自然造化，也真是无巧不成书。

俗话说，奇貌奇相有奇巧。

凤神的师傅蜈蚣精千足大仙虽然外貌丑陋，但他聪明能干，他的千足，能拿千锤百刨，能修筑琼楼玉宇、筑桥架梁。他成了仙界的建筑大师，修炼几千年后，成了千足大仙。同样痴迷筑巢建桥的凤神拜在他的门下，成了他最看重、最得意的弟子。想不到因为护徒心切，蜈蚣精千足大仙，因徒儿自大生祸，被连累一并被娘娘罚下了凡间。

　　当千足大仙与爱徒凤神一并被谪仙、投胎凡间成为肉身之际，那位向来与千足大师私交甚好的南斗星君前来与他道别。南斗星君是天庭掌管投胎的神，他深知千足大仙此次谪仙下凡，有两件事一定放不下：一是想要在人间筑彩虹桥；二是担心恃才自傲的徒儿被贬在人间，没有了他的管教，会遇到不测。于是，千足大仙拜托南斗星君两件事：一是让他下凡继续成为一位筑桥匠，二是请南斗星君在凡间找一个阳寿即尽的木匠师傅，借他的肉身，让自己成为凤神在凡间的父亲，凤神投胎转世，就可成为他凡间的肉身儿子，如此这般，可以续师徒深情，更能将筑桥手艺传承下来。

　　南斗星君遵循了好友千足大仙的嘱托，赶紧悄悄安排。仙力无敌的南斗星君旋即便在南中国犹如仙境的畲乡之地，找到了最适合他们师徒转世投胎的人家。于是，千足大师借了那位阳寿即尽的畲乡巧匠蓝念远的肉身，蓝师傅起死回生；同时，凤神跌入红尘时，投胎转世，成了蓝师傅凡间的儿子——蓝桦。

　　就在红曲酒神打算以自己好不容易才拼凑出来的镂空身子走出这闷了九百九十九年的曲房，到滚滚红尘中去"滚一滚"的时候，忽然发现这小小畲乡不一样了。因为那一日，他听见了那两只调皮的小仙鹊你一句我一句的叽叽喳喳，他终于听明白了：原来他被贬之后，千足大仙和他的爱徒还有这么一出后戏。哈哈，太好玩了！原来你这蜈蚣精也有这么一天，你这凤神现在见了我也神气不起来了吧。原本打算早点升天的他，忽然改变了主意，打算留下来好好陪他们玩一玩。

　　只可惜他发现自己零碎了上千年的身子还没有恢复元气，他只怕千足大仙和凤神哪一天忽然醒来，自己玩不过他们。于是他想：我得找个帮手。哈哈，想不到红尘还这么好玩。小青鸟，你叫我"滚"，那我这一趟"千年之滚"可不能白滚，我得好好玩一趟，再回西天找你玩。

　　谁都知道，雄踞在鹤渡古村村北几里地的筱竹峰，出产一种神奇的茶树。朝南的那一片茶山里，每年元宵节一过，迎着阳光和山岚，阳坡的茶树便开始悄悄长出叶芽。离清明还有个把月，这筱竹峰的绿茶便可以采摘了，比龙井的明前茶早了好多天。

如果单单是比龙井春茶早几天倒也没有什么稀奇的，筱竹峰的春茶，有着得天独厚的条件：重峦叠嶂，涧谷纵横；山高林密，云雾弥漫；雨量充沛，空气清新。在阳光雨露的滋润下，这块风水宝地的茶树叶芽也与众不同。每年元宵后，便可见芽梢叶色黄绿，随后满园皆黄，然后才渐渐变得青翠欲滴。其他地方的明前茶虽然也摘得早，但是却淡而无味，而筱竹峰的明前茶，外形条索细紧，毫锋显露，大小匀齐，色泽翠绿；沏水后，汤色绿艳明亮，叶底嫩绿鲜活，有似莲子蕊色；香气清幽，又含绿豆清香；滋味浓郁，鲜爽丰厚。一小撮绿茶，冲泡三次后香高味醇，爱茶人惊叹："冲了三杯还留醇香，实在神奇！"于是，筱竹峰的茶叶就被称为"三杯香"。早年"三杯香"的香韵飘出了山外，被皇帝也闻到了，于是，三杯香成了贡品。

但是，要去这筱竹峰采茶，可不是容易的事，因为筱竹峰和天开顶是鹤渡山乡天成的"双子峰"，在这双子峰下面，有一条狂躁的激流。这条紧随山势奔流而下的激流，就像一只怒虎，整日咆哮怒吼，因此，这里就叫虎啸溪。

为了跨过这怪异狂躁的虎啸溪上到筱竹峰采茶，鹤渡山乡的先人们曾经在溪上很多次架起廊桥，但是，几百年来，架一座毁一座。老人们说，这激流里的水伯前辈子犯下大事，心中怒气未消，一直在此地作怪，以消怒气。不知道送个老婆给他，能否压压他的戾气。

言者无意，听者有心，这句话，居然让住在这条激流里修炼的河伯怪听进去了。这河伯名叫水虎，他的内心瞬间热血沸腾，梦想着有朝一日，能再回到过去有美女相伴的好时光。

这水虎来头不小，他原本并不住在这小小畲乡的小山涧里，早在千年之前，他就是邺县黄河水中那个曾经被魏国西门豹制服的河伯。

想当年，他在邺县的黄河水段，经常兴风作浪，好不嚣张得意。邺县的女巫蛊惑百姓，时常找来美丽的女子，给她洗澡洗头，给她穿丝绸花衣，让她沐浴斋戒，还在河边上做好供女子闲居斋戒用的房子，张挂起赤黄色和大红色的绸帐。等到了日子，那个女子坐在那个绸帐的房子里，被推进河中送到了水虎那里。

可是自从那样的好日子被西门豹治邺狠狠击碎后，河伯水虎只好灰溜溜地从黄河一路狂奔，躲到了这穷乡僻壤的崇山深涧里，心中怒气难消，只好整日在深谷狂躁怒吼，这一吼，不知吼了多少个春秋。

但是，有一段时间，鹤渡村的乡人们忽然发现，这虎啸溪令人意外地平和了挺长一段时间，但很快又狂怒不止。

原来，那段平和的时间，就是河伯水虎每天盯着那些小心翼翼上山采茶姑娘的时候。终于，他看上了茶园里最美的采茶姑娘凤仙子。水流湍急咆哮，就是河伯看见凤仙子激动不已的时候。

那一日，凤仙子本想和自己的情郎哥哥蓝桦团圆过个七夕节，想不到在这虎啸溪前，被水虎一把拉下了急流。哪里知道，那个叫凤仙子的美丽的采茶姑娘，一被水虎拉进水里，便瞬间随着激流化为浪花，一路向东，消失得无影无踪。

这一切，让水虎瞠目结舌，更加懊恼无比。于是，平和了一段时间的虎啸溪又开始鬼哭狼嚎了。乡人们原本想劝蓝念远再次出山，在虎啸溪上再建筑一座廊桥的想法，也戛然而止，谁也不敢再提。

气急败坏的水虎没有想到，有朝一日，竟有人找上门来，与他说话、纾他怒气，并邀约他一起干大事，这正合了他多年之意，他觉得自己浑身的力气，总算有地方使了。他开心得狂奔乱跳。他觉得那个黝黑发亮的镂空乌衣红曲酒神简直就是他的恩人。于是，只要红曲酒神吩咐，他都不用经过脑子，就开始奔腾呼啸。那时，他觉得自己简直就是一个勇上战场、威震四方的大将军。

物色到这个"踏破铁鞋无觅处，得来全不费工夫"的无脑蛮夫水虎后，红曲酒神对自己满意地点了点头。他觉得该先好好享受一番，满足一下自己空了上千年的肚子。要知道，在西天，他最大的爱好，除了酿酒，那就是吃啊，酒和美食本来就是天定的绝配呀。

从虎啸溪转出来，红曲酒神用他黑豆似的小眼睛扫视了一番，合掌一拍："呀，妙啊，原来人间美味就藏在这深山峡谷之中。"

没错，就在筱竹峰的阳面山脚下，一片茂林修竹之处，他发现了一个清幽的客栈。当然，红曲酒神知道，现在的人叫"民宿"。在这个叫"仙客来"的民宿里，当他见到进进出出正在忙碌的蓝婷时，差点叫出了声："小青！"

当然，蓝婷不是西天那位让他又爱又恨的小青鸟。当他愣了神定定地盯着蓝婷时，蓝婷笑意盈盈地走了过来："你好，是来我们鹤渡古村旅游的吗？现在来鹤渡旅游的人多了起来，我是这里的主人，来尝尝我们畲乡独特的美食吧！"

没过多久，木质的小餐桌上，先上来了一杯香茶，然后，一盘别致的小菜让酒曲神舍不得放下手中的筷子，那道菜的名字叫"清溪薄荷螺"。

"仙客来"旁的溪水清澈透明，这清溪水里生长着一种溪螺，品质出众，颜色比别地的螺蛳更绿一些，无论如何烹饪，也绝无半点泥腥味。红曲酒神惊讶地发现，那个叫蓝婷的姑娘在这溪螺里加入了紫苏，于是，这盘螺肉不仅更加鲜美，还有一种薄荷清香。轻轻一吸，清香扑鼻，鲜美异常。

红曲酒神正沉醉在"仙客来"蓝婷亲手做的美食之中，忽然听得外面几声呼叫："蓝婷、蓝婷！"随后进来了一个老婆婆和一个洋气十足的年轻人。当那个老婆婆经过红曲酒神的餐桌前时，红曲酒神忽然感到老婆婆的目光像一道强光，犀利地扫向了他，与这个年纪的其他老妇人的目光完全不同，这让红曲酒神心中不禁一紧。然而，那个洋气的年轻人却毫无察觉，径直走向蓝婷："婆婆说今晚的中秋宴，好吃的都在你这里准备着，我等不及了，央求婆婆早点带我来看看。"

婆婆笑了:"蓝婷,你信你这个洋哥哥只是来看看吗?他被我说得流口水,巴不得早一点吃你做的特色菜,急不可耐地想来尝尝呢。"

正说着,忽然外面狂风大作,天色莫名就暗了下来。婆婆的脸色也变了:"刚才我们来时,这阳光还好好的,真是奇怪了!邪风起,没有好事啊!"

侧耳听了一下外面的风声,红曲酒神忽然跳了起来,心想:"不好,那个笨水虎,一定是按捺不住,提早给我惹事了!"

眼看着太阳即将偏西,畲乡唯一的博士、文保干部蓝榫整理好办公桌上的材料,正打算出门,又回头顺手拿了一个小木刨。

正如爱好书法的人喜欢在办公室摆放文房四宝一样,年轻的文保馆馆员蓝榫博士有一个与众不同的爱好,他的办公室里摆放着许许多多木匠的工具——斧、锤、凿、刨、锉、牵钻、墨斗。光角尺就有好几种:直角尺、三角尺、活动角尺,还有早已经不多见的雨伞尺。

在外人眼里,这位年轻英俊、风姿神秀的蓝家后代是可敬的大博士,但是,自从回到畲乡、回到鹤渡,蓝榫觉得自己已经回归到家族的宿命之中来了。当他执意要回到山乡当一个文保馆的馆员时,他的导师、同学无不为他感到惋惜,但是,他自己知道,他回到家乡,不仅仅是因为母亲病逝、父亲疯癫需要他照顾,更是因为他内心深处,有一个不可名状的使命在强烈地召唤着他——桥!那一座无形又有形、缥缈又实在、玄幻又真切的"桥"!

他知道,自己虽然并没有像村里的孩子们那样"从小桥下玩泥巴、长大桥上过家家",但是,祖辈多少代传承下来的手艺,已经深深烙印在他的心中,即便他从未拜师学艺,但从小到大,经他一双巧手,几根小木条就能搭出各种巧妙的小木桥。

作为一介书生,蓝榫拥有别人没有的一门绝艺,上学时,别的同学用卷笔刀刨铅笔,他居然能用斧头削铅笔芯。大学校园里,课外有各种趣味比赛，他除了斧头削铅笔，还能用斧头为同学们剥鸡蛋，快、准、狠，几十个鸡蛋没有被削掉一丁点的鸡蛋白！因此，在校园里，蓝桦不仅学术超群，还赢得了"斧头王"的美称。

不知道是什么原因，像蓝桦这样才貌双全的男子，在大学里愣是没有开启一段恋情，让校园里多少花季姑娘黯然神伤。但是，当他下定决心回到家乡后，刚踏上筱竹峰的茶园，便对清新脱俗的采茶姑娘凤仙子一见倾心。他说不出任何理由，但总觉得美丽的凤仙子就是他前辈子相识相爱的那个人。于是，一场让世人看不懂甚至觉得不般配的恋情，在一个博士和村姑之间无所顾忌地开始了。

蓝桦对这段感情极其投入，除了恍若隔世的亲近感，采茶姑娘凤仙子给了他山泉般纯净的爱和清风明月般的柔情。当然，这种干净得几乎不掺杂人间烟火的爱，有时候也会让蓝桦觉得不真实，但是，他发现自己根本难以自拔，他就这样陷入亦真亦幻的一场热恋。

这种爱情，对于他来说，甜蜜纯粹又有点玄幻。而对于父亲，蓝桦的感情很复杂。自从蓝桦记事开始，父亲就独自搬到安澜桥的桥屋里住了。邻居眼里、母亲口中，他早已经是个彻头彻尾的疯癫人，但是，蓝桦却发现，父亲并不全是世人眼中的痴子。父亲极其疼爱他，也疼爱一切看似弱小的东西，包括别人家的孩子，以及小狗小猫小羊小牛，在孩子们面前，他好像就是一个正常人。但是，只要有一个大人出现，父亲马上又变成了一个十足的痴癫人。

除了孩子和小动物，父亲最爱的就是酒。很奇怪，按理说，贪酒之人，只要是酒，来者不拒，多多益善，但是，蓝念远却从来只认一种酒，那就是蓝桦的童年好友、曲胜家的曲房里那乌衣红曲酿出的红曲酒。

之前，蓝桦常年只为父亲打酒，自己并不喝酒，他想把美酒放在新婚之夜与自己的新娘子举杯共醉。可是，造化却偏偏捉弄人，就在蓝桦下决心要迎娶凤仙子之时，那个七夕之夜，凤仙子就这样魂断虎啸溪，最后连遗骸都找不到。这让所有人感到奇怪，更让蓝桦非常伤心，他只好在虎啸溪旁,为凤仙子立了一个衣冠冢,年年七夕祭祀一番,以解心中痛楚。也就是从那一刻开始,父亲递给了他一杯乌衣红曲酒,蓝桦才骤然明白,原来古人说的真是有道理:"一杯解千愁!"

蓝桦发现,自己与这乌衣红曲酒,就如一个失散多年的知己,久别重逢一般,从此,他也酒不离口。但是,奇怪的是,蓝桦从来没有醉过。

今日,正好是一年一度的中秋节,中午时分,他提了红曲酒,到父亲的廊屋来,想在和那两位似乎从天而降的"哥哥妹妹"过节前,先来陪父亲对饮几盅。

与年轻时的蓝念远不同,蓝桦生性沉着、内敛。除了在他那早已香消玉殒的凤仙子那里,他几乎不在外人面前表达自己内心的情感。那一日,当他见到未曾谋面的哥哥蓝卯时,并没有多少震惊,因为母亲从小一直跟他说那个遥远的哥哥,他觉得迟早会有相逢的一天,只是这一天来得有点突然而已。但是,见到乔巧的那一刻,他差点失声:"凤仙子!难道是上天将他的凤仙子还给他了吗?天底下竟有如此相像的两个人!"

当然,很快,他的心就明晰地告诉他,她,不是凤仙子!她只是蓝卯的妹妹,她,是一个外人!蓝桦甚至对乔巧的出现,心中稍有不快:自己已经永失挚爱,却莫名其妙来了一个这么相似的人在身边,看到她,就想起凤仙子,是那种蚀骨的想。想而不得、思而无望,这种心痛、这种滋味,何尝是几句言语能表达的。

蓝桦觉得很无奈,他只好想尽办法躲着乔巧。但是,那乔巧姑娘,却总是让人捉摸不透,她有时候就像一个影子,会突然出现在自己的眼前,有时候,又会莫名消失得无影无踪。但是,只要相互遇见,蓝桦就能感觉到乔巧身上一种特别的气息,那种气息会围绕在他身边,挥之不去,又让人迷惑。

蓝桦不希望自己被这种气息和情绪所干扰。他曾如此投入地深爱过那个山泉一般的凤仙子,他的心里,觉得自己这一辈子再也不可能爱上别的姑娘了,他觉得自己早已丧失了爱人的能力。因此,凤仙子走后,他将自己所有的心思和精力，都放在了一件事情上：寻找、研究廊桥。

失去凤仙子后的这些日子里，历经那种撕心裂肺的痛苦后，忽然有一天，蓝榫似乎想明白了一件事：每个人来到这世上，使命是各不相同的。我的父亲来到人世间，上天就是让他来筑桥的。而父亲却因为儿女情债，成了如此这般的痴癫模样，以至于荒废了绝世的好手艺。那么我作为他的儿子，似乎也是难逃宿命吧：我蓝榫来到人世间，大概就是将父亲的那些绝技继承下来、传承下去。总有一日，我和父亲都将西去，而廊桥的绝技，一定会重现光芒！

想明白了这些，蓝榫便心无旁骛，除了父亲和廊桥，他似乎已经没有了七情六欲，他，几乎成了一个空心人。

今天，竹婆婆一早就过来，说父亲辛苦半生，如今大儿子从天而降，还带来了一个如花似玉的乔巧姑娘，今天恰逢中秋佳节，应该让他感受团圆之乐，也许对他的痴癫病有好处，所以，叫蓝婷备下好菜，晚上一起过个中秋团圆节。蓝榫同意了，于是，就先去曲胜那里取了几瓶陈酿好酒，来到了安澜桥父亲寄身多年的廊屋。

踏上石阶，穿过长长的桥身，远远地看到父亲在廊屋前忙碌着。蓝榫觉得有点奇怪。再走近，发现父亲居然在廊屋的门前贴了一对大红的对联。蓝榫无奈地摇了摇头：唉，又糊涂了！今天只是中秋，又不是除夕，贴哪门子对联呢！

走近一看，门口的那副对联，龙飞凤舞写的是：猛虎一杯山中醉，古桥两端海底眠。

蓝榫读了，不知为何，心中一股寒气升了上来。

第八章
古桥何在

蓝桦给父亲斟了一杯酒,但是,蓝念远端着酒杯,却有点心不在焉。蓝桦的目光透过窗户,抬头看廊屋的屋脊,原来那里立着两只叽叽喳喳的小喜鹊。

蓝桦说:"奇怪了,都中秋了,还这么热,这俩鸟儿是不是热烦了呀?"

话音刚落,只见父亲忽然放下酒杯,推门出来,三两步走到廊桥的桥头,对着那两只小喜鹊欢欢喜喜地吹起了口哨。蓝桦哭笑不得,也跟着出了门,看见那两只小喜鹊圆溜溜的脑袋、圆溜溜的眼睛,闪烁着别样的灵动,一只长尾巴,一只短尾巴,看见他,也不见生,还叽叽喳喳朝他叫个不停。

蓝桦觉得奇怪,抬头看看忽然乌云翻滚的天空,轻声地对小喜鹊说:"小鹊儿,今天天象有点奇怪,马上要下大雨了,你们赶紧回家吧,等天晴了,欢迎你们再来唱歌,好吧!让我先陪老爹好好喝两杯酒。"

可那两只小喜鹊非但没有离开的意思,反而手舞足蹈叽叽喳喳得更厉害了。蓝念远见了,立马也手舞足蹈:"哈哈,小鹊儿,来来来,一起一起,一起来干一杯。什么?要刮台风了?哦哦,来吧,让暴风雨来得更猛烈些吧,来来来,你们跟我来,哈酒哈酒。"

不知道为什么,蓝念远总爱将"喝酒"说成"哈酒",听起来就自带喜感。

蓝桦拉住父亲，哄着说："好好，明天咱们再请小鹊儿哈酒。"

"来的都是客，哪能等明天！来来，小鹊儿，来哈酒，来哈酒。"蓝念远跳回门前，干脆打开大门，想不到那两只小鹊儿真的紧紧跟着蓝念远，进了廊屋，在他面前左跳右蹦，叽叽喳喳叫得更响了。渐渐地，蓝桦见父亲的脸色严肃了起来，放下酒杯，对蓝桦说："快快，快找人，大水马上就要来了。小喜鹊说安澜桥……安澜桥要塌了！快快快！"

蓝桦一把拉住父亲："爸，还没下雨呢，哪来的大水。别闹，哈酒吧，等下我还要去蓝婷的溪山外那里呢，哥哥他们在等着我。"

蓝念远根本听不进，挣脱着说："小鹊说的，真的真的，大水马上就要来了，赶紧赶紧，我要叫蓝卯、蓝婷他们都来，对对对，还有赶紧让竹婆婆去叫人，快来护桥，护桥啊！快快快！台风、大台风就要来了！"

蓝桦抬头见那两只小喜鹊在一旁左跳右叫，恼怒又无奈地叹了口气，对着小喜鹊说："你俩看见了吧，我这老爹！唉，你俩捣什么乱呢！"

正说着，忽然天空一声炸雷，同时，一道强光划过天际，仿佛要把天空撕裂开来。蓝桦明显感觉到脚下的安澜桥晃了几晃。那两只小喜鹊吓得赶紧往蓝念远身上躲。

蓝桦还没来得及诧异和细想，雷声响过，大雨就像断了线的珠子一样不断地砸下来。瞬间，廊屋屋檐上的雨水就汇聚成一股股水柱冲向桥下的溪流中……

紧接着，一股狂风不知从何而来，急匆匆劈头盖脸直扑而来。

风呼呼吹着，大雨伴着大风，越来越急。

"不好，真要出大事了！"蓝桦拉起父亲，"老爸，赶紧走！这安澜桥年久失修，这样的狂风暴雨，恐怕凶多吉少！"

刚才还很清醒地叫蓝桦快叫人护桥的蓝念远此刻又犯糊涂了，他拿着手中的酒杯不放，嘴里叫着："我不走我不走，我要救桥，救我的桥！"

蓝桦见状，不由分说，拦腰抱住父亲，就往廊屋外冲，只见父亲挣扎着，冲回廊屋，手里抓了一个东西，才在儿子强有力的臂膀下，跟着出了廊桥，但是，迎面而来的风雨，差点让这两个大男人站不稳身子。

父子俩顶风冒雨冲到廊桥对岸山崖上的石头亭子里的时候，发现石亭里已经站了很多避风雨的人，所有人都对这突如其来的狂风暴雨感到不可思议，但是，此刻，他们没来得及细究这风雨到底是怎么来的，因为所有人的眼睛此刻都齐刷刷地盯着眼前的安澜桥，他们的心紧紧悬在半空中：天啊，安澜桥在晃，晃得厉害，千万别塌了呀！

可是，乡人们的祈祷声被狂风暴雨淹没了，就在大家的诧异和祈祷中，陪伴了鹤渡村几百年的安澜桥，轰然倒塌！

那一刻，蓝桦觉得自己的心就像被锥子狠狠扎了一下，那种痛，与他得知自己失去凤仙子的感觉一模一样。

石亭里，所有人都沉默了。眼前，山洪就像一头发了狂的猛虎，他们眼睁睁地看着安澜桥被汹涌的"猛虎"冲撞着、吞噬着，仅仅是抽一袋烟的工夫，疯狂的洪水一下子就漫上了安澜桥，里面夹杂着长廊、农具等各种大小物件横冲直撞。最后，安澜桥分崩离析，桥身的碎片被巨大的洪流裹挟着，悲哀又无助地翻滚着一路向东……

终于，风停了，雨住了，天地间一切都归于平静。

岸边的石亭里、岩石上、桥墩上，站满了鹤渡的男女老少。蓝婷扶着竹婆婆来了，蓝卯来了，曲胜来了，乔巧也来了。

空气中凝结着一股几乎不能用语言表达的窒息。忽然，蓝念远的一声痛哭，就像撕裂了所有人心头同一个伤口。

紧接着，村前的石匠哭了，上厝的油漆匠哭了，后村的泥水匠哭了，下厝的瓦匠也哭了……哭声汇成一片。乔巧和蓝卯都呆了：第一次，他们看见了一群大男人齐声号啕大哭！

蓝卯很不解，问身边的乔巧："妹妹，你是专家，你说这屹立数百年的廊桥为何就这样毁于一场莫名其妙的洪水？"

乔巧正寻思着如何回答，只听身旁的蓝桦已经接了话："原因有很多，最主要的原因是洪水突然暴涨，直接淹过桥面。如果水势没有那么迅猛，我们还能找些重物压在桥面上增重应急，但今天连反应都来不及。"

蓝念远听了，哭得更响了："这都是老祖宗留给我们的宝啊。早上你们还跟我说'中秋节快乐'，现在怎么快乐啊！"

石匠、瓦匠、油漆匠、泥水匠们又跟着哭开了。这时候，只见竹婆婆站出来，朗声说道："哭也哭了，大家都收住吧！哭有什么用，眼泪能把安澜桥哭回来吗？现在不是哭的时候，趁桥身的木构件还没有被水冲远，把村里的那几只竹筏弄出来，大家赶紧下水把那些老构件抢回来吧！"

竹婆婆一句话，点醒了所有人。

"对，竹婆婆讲得太对了，大家动作快点，能收多少就收多少，只要主体构件还在，就有希望把安澜桥建回来！"蓝桦对大家挥了挥手，领头就往桥下奔去。

一瞬间，男人们擦干眼泪，急急忙忙跟了上来，将搁置在桥下的两只竹筏挪了出来。

蓝卯也紧紧跟在他们身后，他平生第一次，参与了一场特殊的"救援行动"，没有警察、消防员，没有直升机、吊车，所有的一切，都只是靠着两只竹筏和男人们一双双粗糙但强壮的手。一路上，发现大构件、大木料，男人们就毫不犹豫地跳下水，一边游一边齐心协力将它们拉上来。有一股豪情从蓝卯胸中油然而生，他不知道那是什么，但是，他也和蓝桦一起，跳下了水……

终于，天空完全放晴了，安澜桥桥头的五棵红豆杉，也被冲走了两棵。两只小喜鹊站在树梢上，垂头丧气。短尾巴的那只说："唉，长哥哥，看来凤神真的啥都忘了，咱俩叫得这么响，他都听不见。"

长尾巴的说："短妹妹，现在你相信了吧，咱俩这赌注，我是妥妥打赢了。你看，这安澜桥也塌了，现在你相信了吧，这世上真的没有彩虹桥了吧。咱俩还是回西天吧！"

短尾喜鹊不服气："青鸟姐姐说过，不要相信你所看见的就是真的。我不相信这世上已经没有彩虹桥,你等着吧,我一定会赢的!"

　　月亮很圆,天是澄明的,但是,这一个中秋之夜,没有一个鹤渡村民有心思赏月举杯、阖家欢庆。愁云萦绕在所有人的心头,他们思念着安澜桥,就像思念一个刚刚离去的亲人、一位最爱的家人。

　　红曲酒神也很恼怒,当然,他的恼怒不是因为安澜桥毁了,而是因为那个莽撞无脑的水虎没有听他号令,而是擅自呼风唤雨、横冲直撞,稀里糊涂发大水将安澜桥给冲毁了。

　　这古桥的瞬间被毁,几乎毁了红曲酒神的千年怨气。

　　当红曲酒神得知千足大仙也跌落红尘那一刻,他哈哈大笑:蜈蚣精啊蜈蚣精,咱俩的两世恩怨,原本都是天注定的,这太好了!如今我是神怪、你是凡夫,我就陪你慢慢玩,在红尘好好捉弄你,让你尝尝人世间的各种苦痛后,我们再回西天。那时候,我就可以随便取笑你了!你害我粉身碎骨的千年憋屈,我也可以不再和你计较了。

　　在被贬的那一刻,太上老君曾经悄悄暗示过他:有朝一日,他和千足大仙会狭路相逢。原来,这狭路,就是凡间的畲乡古桥!但是,有一事却让红曲酒神挺费神:虽然上天注定让他和千足大仙在凡间狭路相逢,却不想这蜈蚣精投胎转世成了畲乡的筑桥老木匠,将前世在西天与自己的恩怨忘得一干二净,根本认不出自己了。

　　以前在西天,太上老君曾经告诉过他:像蜈蚣精那种痴迷于某一种技艺的"神痴",每一个仙魄里都浸润着自己修炼多时的技艺,三生三世也不会改变。只要用前世融进他精髓里的技艺不断召唤,应该就能唤醒他。蜈蚣精投胎转世成了筑桥木匠,终日守着这一座古旧的廊桥,说明他灵魂深处压根儿就没有忘本。那就好办:让他重拾安澜桥的筑桥技艺。

　　但是,对于自己的这个计划,红曲酒神还是觉得不是万全之策。因为就像一个中毒已深的灵魂,祛毒是个艰难的过程,他怕唤不醒蜈蚣精。很快,红曲酒神发现,原来蜈蚣精是护徒心切才被贬的,与他一起跌入红尘的还有那个爱酒的凤神。这让他有了希望，因为凤神比蜈蚣精修行浅，唤醒了他，就能唤醒蜈蚣精。想不到，那个向来恃才自傲的凤神，居然凡心更重、凡缘更深，他居然还结了一段凡间的情缘，这让他比师傅把前世忘得更加干净、更加彻底。

那怎么办？

红曲酒神觉得自己就像一个闭关修炼了九百九十九年的大侠，历经千辛万苦和侵蚀骨髓的孤独，终于修炼成功可以复仇了，想不到那两个家伙不认得自己了。这就如同自己狠了命铆足劲儿要打出去一记重拳，却一拳打在了一个烂木桩上，非但伤不着对方，还震痛了自己的手，心中那积累的怨气却出不了一丝一毫。

幸亏还有一座安澜桥，造化已经帮了他，使得那俩家伙和这古桥结了缘，那么，刚好可以将计就计，用筑桥的技艺慢慢刺激他们。对，那就将已是人间父子的师徒俩困在那座古桥上，让他们好好琢磨，等那个蜈蚣精将筑桥技艺想起来了，将精髓都传给凤神，他俩就能缓过神来了。到那时候，他俩回到前世的仙魄中来，再好好戏弄他俩、捉弄他俩，将来回到西天，就都乖乖听他的了。

虎啸溪的水虎破了凤神的红尘情缘，红曲酒神原本还以为自己毫不费力地就找到了帮手，想不到那个有勇无谋的蛮夫，没和他招呼一声，就横冲直撞毁了那安澜桥。这下可好了，没了桥，那师徒两个还怎么琢磨修炼技艺，怎么还回得了仙魄？他俩回不了仙魄，那自己这憋屈了千年的怨气怎么出？

红曲酒神越想越气，他恼羞成怒，奔向虎啸溪，一头扎了进去，揪住那个水虎就一顿揍："你这个不中用的蛮汉，你用点脑子办事好不好，气死我了！"

水虎被莫名其妙地揍了一顿，委屈地说："不是你叫我帮你对付那蜈蚣精和他徒弟的吗？他徒儿最爱的采茶姑娘，我已经帮你除掉了，如今他和他师傅一样最爱那廊桥，我也帮你冲毁了，有啥错？你还打我！"

红曲酒神打了水虎一顿后，心中稍微舒服了一点，他冷静了下来，对水虎说："你不知道那桥对我来说有多重要！"

水虎愣头愣脑地问："你只懂酿酒，你又不懂建筑，更不懂筑桥，那古桥与你何干？"

红曲酒神说："别问那么多，我说重要就重要！你平日里横冲直撞，流淌的地方也挺广，你知道这个山乡的崇山峻岭里，还有像安澜桥那样的古廊桥吗？"

水虎头一歪，瞥了红曲酒神一眼："不知道！"

红曲酒神一把揪起了水虎湿漉漉的胳膊："你还想不想我上天和太上老君求情，把你从这穷山恶水里超度出来上西天？"

水虎听了，缩回了脑袋："想当然想了，可刚才你打我这么狠，我不想这么便宜就告诉你！"

"好，有胆你就别说！"看着红曲酒神扭曲了的眼神，水虎夗了："我说我说。说实在的，我只知道一千年间，这畲乡的能工巧匠确实筑了许许多多像这样的廊桥。"

水虎的话，一下子让红曲酒神有了希望："你怎么知道的？"

"当年架在筱竹峰和天开顶之间的那座三木桥常年荒在那里，根本无人问津，和我一样孤独，我看着就心烦。那时候我也不认识那个蜈蚣精，那一天已经投胎成了蓝念远的蜈蚣精跟着他老爹带着那个大学来的乔教授来到三木桥，我压根儿没看见他们，正好那天，心中气不顺，就一拱身，将那座立了上千年的古桥给拱翻了，想不到把蓝念远他爹和乔教授那两个肉身给拱死了，也就是那一天才发现蓝念远不是一个凡夫俗子！"

"说你笨吧，也确实，怪不得到现在还困在这小溪涧里翻不了身。这么说，你是从他们那里听了许多关于古桥的事儿？"

"对对对，蓝念远的爹说，沿着筱竹峰和天开顶，一直向崇山峻岭里走，以前，他们的祖辈架了很多这样的古桥。先人们就是经过那些古桥才走到外面的天地去的。我记得当时他爹对那个教授说：'人间世道变了，如今人们出山，谁还走这些古桥呢？谁知道那些古桥还有没有遗存下来呢？'我困在这小溪涧里多年，听了他爹的话，也很想有朝一日能走出去呢！"

红曲酒神听了，拍了拍水虎的脑袋："这个大脑袋，也有不笨的时候，还能记住那么多话，不错不错！这么说，这个山乡里，像安澜桥那样的古桥一定还有，这太好了！我得想办法，让蜈蚣精带上他徒弟尽快去找，一定要找到，哪怕还有一座也好！"

水虎嘟哝着："是蓝念远和蓝桦。那么，他俩怎么去找呢？"

红曲酒神垂着头，在虎啸溪的岸边来来回回："嗯，说得对，他又认不得我，我又现不了全身，怎么安排他俩寻古桥呢？"

红曲酒神盯着水虎："你愣着干吗？快帮我想想！"

水虎赶紧在水中伏下身子："你看我干吗，我有啥办法！你回你自己的黑曲房去，再好好面壁想想吧！"说完，掀起一股浪花，溜得不见踪影了……

中秋月已经西沉，残断的安澜桥桥头，已回归安宁。

与蓝念远一起痛哭哀叹了好久的乡人，也带着无奈和心痛，各自转回家去了。

这个非凡的中秋，鹤渡村没有人是开心的，曲胜也闷闷地回家了。

那个晚上，曲胜翻来覆去，怎么也睡不着，于是，他干脆起身，去到自家曲房里，寻找乌衣红曲的陈酿老酒来给自己解解闷。

曲胜很难相信自己这辈子会撞到什么好运气：像他们家这样的"独姓人"在这里，没田没地没山林，靠父亲做酒曲的这点小手艺养活一家子，偏偏老父亲体弱多病，肩不能挑、手不能提，那酿酒曲是个体力活，曲胜只好小小年纪就辍学，在父亲的呵斥下，被迫钻进这昏暗的曲房里劳作，整天弄得灰头土脸。但是辛苦的劳作并没有获得多少的报酬，因为在曲胜年少的那个年月里，鹤渡山乡的老百姓生活窘迫，家里并没有多余的粮食剩下来去酿酒，所以曲胜家的酒曲生意很惨淡，靠那点手艺根本养不活一家人。

在那个黑曲房里，曲胜憋屈地长大，脾气也越发暴躁，青春期的荷尔蒙一旦骚动，无处发泄，于是邻家的姑娘们便遭了殃。曲胜成了村里有名的"赖伦客"（方言：小混混）。只要告状的一上门，曲胜便被父亲关进几近荒废的昏暗的曲房里。在曲房里无聊又痛苦，但是，幸好，还有红曲陈酿陪着他！

曲胜坚信：这世上，酒是最好的东西。遇好事，开心，喝酒；遇烦事，难受，也喝酒；遇到解不开的难事，更要喝酒！

这段日子，曲胜觉得自己是靠着酒撑过来的。当年他为了生计，在蓝桦的帮助下，走出大山，来到了南方。一开始，凭他的小聪明，踏踏实实干了几年工，也挣了点钱。但是，谁承想自己遇到了到国内做走私文物的黑帮，赚钱心切的曲胜，不知天高地厚，就卷进了一桩走私大案里，幸亏跑得快，不然当替罪羊进监狱的就是他。人是跑回来了，但是，自己还欠着那些人一大笔钱。虽然他们一下子还找不到自己，但这已经足够让曲胜整天提心吊胆的了。他只好把自己泡在酒里，只有醉了，才不会难受，更不用害怕。

今日，安澜桥垮了，看着自己的童年发小，那个聪明绝顶的蓝桦博士和他那个半疯半痴癫的老父亲黯然神伤，曲胜心里也不舒服。他觉得自己又帮不上什么忙，回到自家曲房里寻了一埕乌衣红曲陈酿老酒，提了出来，拿了一个瓯窑的粗碗，干脆靠着墙脚喝了起来。

几大碗酒下肚，曲胜觉得自己有点眩晕，他用力地甩了甩脑袋。对于平常酒量很好的曲胜来说，这点酒是根本不在话下的，但是此刻他确实觉得头晕目眩，眼皮渐渐地沉了下来……

"曲胜——小葫芦——曲胜！"

曲胜忽然听到身后有一个声音在呼唤着他。他赶紧努力把自己眼皮抬起来，回头看了一下，身后并没有什么。但当他眼皮又耷拉下来的时候，又一声"曲胜"在他的身后响起。

"谁……谁呀！谁在叫我！"曲胜忽然感觉到心中一阵慌乱，他赶紧用自己黑豆般的眼睛扫视了一番昏暗的曲房，昏暗之中，他猛地发现对面也有一双跟他一样黑豆般的眼睛，在朝他闪烁。

"你是谁？你怎么会在这儿？你你你，你想干什么？"曲胜大吃一惊，往后倒退了三步。

"不用怕，不用怕！呵呵呵，我是你，你也是我。我们是相守了千年的老朋友。我就是在你这酒曲房里修炼了九百九十九年的酒曲神。今天终于这样见面了，坐下来好好聊聊吧。"

"你怎么会是我？我怎么会是你？你看看你连个完整的样子都没有，怎么可能是我呢？但是你，你得告诉我你怎么会在这里？"

曲胜紧张地盯着对方：对面的这个汉子一会儿五官是完整的，一会儿又只出现一只眼睛，一会儿他的十个手指头是齐全的，一会儿又只出现一条胳膊。这奇怪的现象让曲胜张大了嘴，但是，他发现对面那个身形与自己真的非常相似。

对方又是呵呵笑了两声："你真的不用害怕，你就是千年之前我身上的一个酒葫芦。只是我在西天修仙功力还不够，犯了错被贬谪下凡，却没有功力投胎转世成为你。我被仙班里的蜈蚣精害得粉身碎骨，在这黑黢黢的曲房里闷了九百九十九年，如今眼看修炼到家，又可以回转天庭了，却发现害我的蜈蚣精和他的徒弟居然也在西王母的谪仙之列，喏喏，就是蓝家父子！"

曲胜听了，惊得又往后退了一步："凭什么我要相信你？"

红曲酒神说："你是不是右肋骨下的外皮上有一个很大的葫芦状的胎记？那就是你当年在太上老君的炼丹炉边上，太上老君给你烙下的印记，你这个大葫芦是我用来装酒孝敬太上老君的。可是太上老君太老了，他嫌我孝敬的酒不够，自己却已醉倒，在炉火旁打盹，稀里糊涂就把你从我身上解下来扔下了凡间，又没给你安顿好，所以让你在凡间的日子困顿又窘迫。"

曲胜摸了摸自己的肋下，大惊失色。只听得对面的那张面孔用半张嘴巴对他说了下面一番话："你转世成了酿酒人，却如此劳碌困顿。你不是前段日子赌钱欠人家一大笔债，逃到南方去走私倒卖文物，差点被抓住扔进监狱吗？幸亏你这小子还算机灵，溜得快。你现在算是逃回来了，但你整日提心吊胆，因为你知道那些人没有一刻不在找你。"

曲胜听了跌坐在地上："你你你，既然如此，你都知道了，为什么还不帮我？"

红曲酒神说："你没看见吗，我自己这破碎的皮囊还没修炼完整，怎么帮你？何况你的命运符在太上老君那里。好在我马上就修炼完成了，只要你乖乖听我的，我修仙回西天后，让太上老君喝得心满意足了，就能帮你了。再说，如今，你若听我的，我保证你在人世间走的这一遭，接下来的日子，享尽荣华富贵！享受完人间福分后，你就等我接你回西天吧！"

曲胜又摸了摸自己的右肋，问："那，你要我做什么？"

红曲酒神哈哈笑了："说难也难，说不难也不难。你只要帮忙，让蓝家父子重新筑回一座蜈蚣廊桥即可。"

曲胜面露难色："这可不容易啊！我听说如今这世上，想要再建一座蜈蚣廊桥，是需要一组很神奇的千古密码的。这密码，据说连巧匠蓝念远也没有见过。可你也知道，这蓝念远几十年来半痴半癫，根本不记得什么了，他儿子蓝槢，书是读得很高，可凭我和他从小一起长大对他的了解，我断定他也不知道密码。这是天大的难题啊！"

红曲酒神将若隐若现的半张脸凑了过来："这不是难题，沿着筱竹峰和天开顶，一直往崇山峻岭里面走，据说，还有廿四座巧夺天工的古廊桥，你只要带上他们父子寻到廿四座古桥，他们就一定能找回重建蜈蚣廊桥的密码！"

"你别扯了，他俩能听我的吗？一个半痴癫，一个可是大专家！"曲胜泄了气。但是红曲酒神一把抓住了他的胳膊："这由不得你，你是我腰间的小葫芦，不管你在哪里，不管你几生几世，你都得听我的，信不信我把你捏成碎葫芦？"

　　曲胜挣扎着，但是，他发现自己根本无法动弹。他继续拼命挣扎，一下子，酒醒了，人也醒了。他发现自己原来做了一个梦。

　　但是，当他起身推门往外走的时候，身后分明传来了刚才那个熟悉又低沉的声音："小葫芦，记得我刚才的话！接下来，看你的了！"

第九章
涅槃焚身

蓝婷不知道今天算不算是这一年当中最热的一天,她很纳闷:中秋都过去好几天了,还这么热,站在树荫下,滴滴香汗让她的秀发紧紧贴住了鬓角。

她抬头看了看天,太阳虽然已经偏西,但是烈日的余晖还在炙烤着大地。不远处,被冲毁的安澜桥那只剩半片由大石块垒成的桥墩上,她的义父蓝念远就像一座雕塑一样坐着,粒米不进,已经坐了整整三天了。

汗滴大颗大颗地从他发白的头发上往下流,滴到前襟,滴到后背,而蓝婷能做的,只是在他的身边放一大桶三杯香茶叶泡好的茶水。她知道自己无能为力了,因为这三天当中不管自己怎么哄怎么劝,甚至向他发火,他都不愿意离开那个破桥墩。

没有办法,又放心不下,蓝婷只好搬来一张竹床,支起来放在那幸存的三棵红豆杉的树荫下,面对面坐着,这样守着蓝念远。

不管这世上的人怎么看待蓝念远,说他傻、说他痴、说他半痴癫,但是在蓝婷的心目中,这世上没有比蓝念远更疼她、对她更好的人了。他是这世上自己最敬爱的、最佩服的亲人。虽然知道自己不是蓝念远亲生的,但在她的心目中,这辈子有这样的养父,知不知道生身父母已经不重要了。

蓝婷的父母是筱竹峰的茶农,祖上世代以在阳坡种茶为生,蓝婷不知道自己的父母包括家族遭遇了怎样的灭顶之灾，在自己才刚记事的时候，某一天，她被惊天的震雷震晕了过去，醒来后，发现已经躺在父亲的挚友蓝家的大厝里。人们没有告诉她发生了什么，她只是不断地听见了"泥石流""人全没了""命大"等几个简单却可怕的词。

之后，她便是大厝里蓝家的女儿，但是，她知道蓝家姆妈不喜欢她。为了她，那个没有孩子的蓝姆妈常常和蓝爸爸吵架。终于有一天，蓝爸爸在和蓝姆妈大吵一顿之后，就抱起她来到了安澜桥的桥屋，再也不回大厝去了。

再后来，蓝姆妈生下了弟弟蓝桦。忽然，蓝姆妈不断地来桥屋找她，说她是蓝家的"引窝蛋"，有了她来，才引来了弟弟，对她的态度有了一百八十度的转弯。蓝妈妈来廊屋找她，说着说着，经常声泪俱下，向她倾诉蓝爸爸对她的薄情和寡义。但是，常常一开始还是和风细雨，忽然就变成狂风暴雨，抓住蓝婷的头发又拉又踢，一通发泄后，然后自己倒地大哭。后来有时发展到要把蓝婷扔下安澜桥。在蓝婷眼里，疯癫的不是蓝爸爸，而是蓝姆妈。

在几次被蓝爸爸发现"险情"及时救下来后，蓝婷被蓝爸爸送到了筱竹峰山脚下开农家客栈的好友那里。在那个叫"仙客来"的农家客栈里，蓝婷学会了做一手好菜，更让人欣喜和意外的是，在蓝婷的精心打理下，当年筱竹峰南坡她自家的茶园，又郁郁葱葱、茶气飘香了。

不管这世界怎么变化，蓝婷总是淡淡的，她觉得人活一世，只要自己的内心是安定的，那么这世界无论怎么变化，都是可以接受的。只要自己看待世上的目光是柔和友善的，那么，这世界就不会恶意伤害到自己。

蓝姆妈在狂躁郁怒当中离开了人世，蓝婷并没有悲伤，因为她觉得那是蓝姆妈解脱了。弟弟蓝桦不仅长得龙姿凤仪，还善良聪慧，一路才情横溢，成了安泰山乡第一个名校毕业的博士，蓝婷也从来没有狂喜自傲，因为她觉得那是上天对蓝家的福报。当弟弟和她商量要放弃外面的大世界回乡当一名文保干部时，蓝婷也没有表达任何不解或者反对，因为她觉得一切都是最好的安排。

蓝婷的世界很简单：种茶、做菜、听风、看云。有时候她觉得这个世界上所有的嘈杂跟自己都没有关系，那些因为自己的美貌带来的干扰，她都置之一笑，能躲则躲，能避则避，实在无法，就回到廊屋陪蓝爸爸几日。这世上，她日日牵挂的，就是孩子们的故事爷爷，别人眼里曾经身怀绝技的木匠、如今的半痴癫。不管茶园和"仙客来"怎么忙，她都会隔三岔五，做好吃的送到廊屋来。每当蓝婷提着食盒跨上安澜桥的那一刻，总能见到蓝爸爸像个孩子似的欢天喜地地跑来迎接她。那一刻，她觉得自己不是女儿，蓝爸爸才是孩子。

可是，这一次不一样。如今，不管自己如何使出浑身解数，做了什么好吃的，都不能让蓝爸爸从那半个桥墩上走下来。蓝桦恳请过，请不动；父亲那些各路工匠师傅兄弟们来劝过，也劝不动。

蓝桦和蓝婷把竹婆婆请来，看看是否能把蓝念远从烈日下挪进阴凉处。竹婆婆绕着蓝念远看了三圈，说："此时此刻，他心中还有一团烈火在燃烧，就算硬将他从这残断的桥墩上抬下来，送进阴凉处，他心中那团烈火不仅不灭，反倒更旺。如此下来，非但不能让他清净，反倒损他阳寿，不妥不妥！"

"那也不能就这样让他坐在断桥墩上晒下去啊！"

众人更加焦急了！

竹婆婆说："唉，难哪！心病还需心药医啊。他这次犯病，还是因断桥而起，只有哪一日重建廊桥，他心头的那一股邪火才能泄。"

旁边的石匠也急得满头大汗："婆婆，你说得轻巧！自从蓝家祖上筑建了这安澜桥之后，这么多年，谁还见过蓝家人在我们畲乡再弹过那根筑桥的绳墨呢？阿远虽然年少时跟着蓝主墨远走福建筑建过廊桥，可几十年过去了，他又成了半痴癫，恐怕早忘掉他祖上的绝技了。"

旁边的油漆匠不同意，接话说："你也是匠人，可别瞎说！我们从小学的童子功会忘掉吗？我是绝对相信阿远还牢牢记住那些祖传的筑桥绝技的！"

"呵呵，那些绝技就算刻在他脑子里，如今他也是茶壶里煮饺子，有嘴倒不出啊！"一直没吭声的瓦匠忽然发了声。

竹婆婆听得嘈杂，就将双手举在空中，说："停停停，你们讲得都有道理。但是，不管怎样，如今畲乡这方圆几百里，还手握筑桥技艺的匠人，你们也知道，就剩下阿远一个了。咱们要想守护这门绝技，那就得护住阿远。想要重建廊桥，那也得把阿远唤醒。我求过菩萨了，菩萨让我们再耐心等待。不管现在他是痴是癫，总有他醒来的一日。菩萨通灵，说明日就会有转机，你们不等吗？"

听了竹婆婆一番话，众工匠们都点头："婆婆，我们相信你！"

蓝婷还是很焦急："婆婆，我还是很担心啊！真的好盼望能有'仙客来'，劝劝我的蓝爸爸。"

竹婆婆说："天地自有通灵。好孩子你放心，你每天用明前采摘的清茶和天开顶的清泉给你蓝爸爸泡三杯香，日头是灼不伤他的。只是我们得让他开口。只要他一开口，事儿就好办，我就有办法劝他下来。今天大家先散了，明日你们看，让阿远开口的天时就要来了！"

众人的喧嚣，丝毫没有干扰到断桥桥墩上盘腿端坐的蓝念远，他一手端着一个瓯窑老瓷杯，不时狂饮。不喝茶时，另一只手不断地摸索着一个光滑圆润的小物件。蓝桦仔细一看，那就是那天父亲在狂风暴雨中挣扎着冲回廊屋带出来的唯一的东西———枚黄杨老木精雕细琢的木悬鱼。

众人听竹婆婆胸有成竹的一番话后，都纷纷散去。蓝婷回头对蓝桦说："弟，你先守着，我回'仙客来'再去备些三杯香来，晚点再来和你换个班。明早，你再来。"

众人都在等着第二天，等着竹婆婆是如何让阿远师傅开口的。想不到，第二天一大早，当蓝桦从老厝匆匆赶过来的时候，发现断桥的半片桥墩上，早已不见父亲的踪影，连蓝婷也不见了。

往年的中秋月圆之夜，总是鹤渡村孩子们最快乐的时候，因为阿远爷爷白胡子里的故事，总是能从八月十五讲到八月十八。当然，除了阿远爷爷的故事，孩子们最开心的，是每年的这三个晚上，与爷爷故事里的月宫嫦娥一样美的蓝婷姑姑，还会做最好吃的月饼分给他们。

但是，今年，安澜桥没有了，阿远爷爷也不讲故事了，他只呆呆地坐在断桥的桥墩上大口喝茶。但是，让孩子们欣喜万分的是，美丽的蓝婷姑姑依然做了好吃的月饼，孩子们分到月饼后的欢笑声，似乎将萦绕在鹤渡村上空这几日的愁云，冲淡了许多。

蓝卯也分到了蓝婷做的月饼。他觉得简直不可思议：如今这样的年代了，还有人纯手工用独特的食材做月饼。这位神仙一样的妹妹蓝婷，到底用的是怎样的灵性和巧手，才能做出这么好吃的月饼？

拿着吃了一半的月饼，蓝卯远远地望着哄蓝念远吃饼的蓝婷。蓝卯忽然觉得心中有一股非同寻常的暖意升了上来，他觉得不远处的蓝婷身上罩着一圈温暖的光环，很像自己已经西去的母亲。安澜桥的垮塌，蓝卯似乎觉得自己回乡的梦想也被冲垮，他心中的绝望，不亚于蓝念远。他不知道自己接下来该怎么办，此刻，他只想自己要对蓝婷说点什么，他张口叫唤了一声："蓝婷……"

蓝婷闻声，回头看了他一眼，笑了一笑，但那笑容很淡，然后，她就转身走了。

蓝卯怅然若失，但是又不知道自己失的是什么。天色渐暗，他放心不下还坐在桥墩上的蓝念远，于是，拿着那吃了半块的月饼，在三棵红豆杉下面蓝婷放下的竹床上，靠了下来。

迷迷糊糊中，忽然，一个身形奇特的人站在了他的面前。蓝卯吃了一惊：只见对面是一个精干瘦小的男子身形，但是，却有半张脸是镂空的，一只手和半条腿是悬空的，就像被剪纸艺人剪空了的那个样子。但就是这个半空人，忽然开口对他说话了：

"嘿，兄弟，不用害怕，更不用奇怪。我是仙界的酿酒神，因过失，又遭仙界千足大仙的算计，被西天王母娘娘贬谪下凡。心中怨气难消，不愿意投胎转世，暂时寄身在曲家的破曲房里。这一千年来，我一直在修炼、一直在等待，等待度人度己的有缘人。今天，我终于等到你了！你我一样，不管在仙界还是在红尘，我们都深陷在解不开的痛苦深渊之中。我们的心中却都如此不甘，我们一直在寻找解脱的办法。你看，你从大洋彼岸来找解脱，我从仙界来红尘找办法，大千世界，恰巧此时此刻相逢在此穷乡僻壤之间，这不是冥冥之中安排好的奇缘是什么？"

蓝卯听了大吃一惊："既然你我有缘，你又非俗间肉身，为何不自救？也救我？"

红曲酒神无奈："你不看见了吗？我这修的仙，还缺胳膊少腿啊。我需要你助力，你需要我点化，咱俩只有合力，才能共渡劫难！"

蓝卯很不解："我们来自两个不同的世界，怎么才能合力？"

红曲酒神哈哈一笑："你且放心，我的红尘肉身就在你的身边，你只要守口如瓶，与他一起完成一件大事即可。你不远万里回乡，不是奔着心中最大的欲念吗？不就是要找寻能重筑大宋汴梁彩虹桥的奇巧绝技吗？可是就凭你，哪怕找得到，也解不了那密码呀。"

蓝卯听了更加惊讶，急切地问："那谁能解密码？"

"远在天边、近在眼前，就是你那半痴癫的老父亲啊！如今这个世上只有他，能解锁那千年彩虹桥的造桥密码。那造桥密码价值几何，你心里比我更清楚吧。如果真找到了，那么，接下来的事情，你就不用我多说了吧。赶紧想办法吧，年轻人，让你的老父亲去找筑桥密码！"

蓝卯半信半疑："我的父亲神志不清，到哪里去寻找呢？"

蓝卯正打算拉住那个"镂空人"问个明白，但是一伸手却抓了个空，远处传来了他的回答："没那么容易，时间不等你了！"

"喂喂，你等等，你回来，你给我讲清楚！"蓝卯喊着，想追上他，但是刚一迈步，便一头栽倒。他赶紧爬了起来，拍了拍自己身上的土，一个激灵，睁开了眼：原来，刚才是南柯一梦！

他正懊恼地坐回竹床，忽然一阵浓郁的酒香飘来。远处，只见曲胜拎着一个黝黑锃亮的酒埕晃晃悠悠地朝他这边走来。忽然，蓝卯有了一个重大的发现：这曲胜的身形、样貌，甚至声音，都与刚才梦中的那个自称红曲酒神的"镂空人"极其相似，而且，他单单姓"曲"。

蓝卯被自己这个非同寻常的发现吓了一跳："怎么可能，我刚才只是做了一个梦而已。"

但是，想不到，接下来的事情更让蓝卯吓了一大跳。

曲胜打开那个盛满陈酿的乌衣红曲酒埕，一杯又一杯地与蓝卯对饮，接下来，他所有的言语，几乎与刚才梦中的红曲酒神与他说的一模一样。

难道？难道？

酒精在蓝卯的身体里沸腾，但是，他并未迷失，他的大脑在快速运转：从小到大，除了对金钱感兴趣外，他还特别痴迷科幻，甚至痴迷母亲一直给他和妹妹讲述的中国的神话故事。他坚信宇宙无穷之大，肯定还有科学到达不了的灵异世界。甚至在他成年之后，他都还有一些奇奇怪怪的念头。比如他坐飞机的时候，就经常望着舷窗外翻滚的云朵，心想：那云朵之外，是否就有外星生物在窥探我们呢？或者，那些云是不是《西游记》里的神仙们施了障眼法，让我们看不见天外天呢？

这个中国农历八月十八的夜晚，让蓝卯第一次真正见识到故乡的佳酿有多么强大的魔力。浓香馥郁的乌衣红曲酒，吸引着在安澜断桥半片桥墩上谁也哄不下来的蓝念远。无需蓝卯多少言语，无需曲胜多少诱惑，一埕陈酿下肚，蓝念远自己就开始絮絮叨叨，而这些外人听起来没头没脑、不成篇章的话语，在蓝卯和曲胜听来，简直句句价值千金。

"哈哈，这世界上还有比酒更好的东西吗？没有！哦，不，有。虹桥比酒好！哦，不，酒和桥一样都好，好得不得了！什么？这世上已经没有虹桥了？哦，也是！嗯，不对，不去找找咋知道有没有？老祖先留下那么好的东西，怎么能说没就没了呢？什么？密码？筑桥密码？哪有什么密码？哈哈哈，哦，不，师父说过有的哦！那密码……哈哈，密码，对，有啊！哪只有一桥密码？多着呢！有多少？一年有几个节气？多少个？是，一年有几个节气,就有多少密码呀!什么?筑桥密码在哪?我咋知道!哈哈哈,我知道,我知道!我想想啊,我得想一百年才能想得起来吧……哦哦,想起来了,在蜈蚣桥上,对对,密码都在蜈蚣桥上。什么?去找?找到就天天哈酒?你们说的哈,我可记住了,哈酒哈酒!走走走,好好好,同去同去,找去找去!蓝卯,小子,还愣着干吗?快起来走啊!"

蓝卯没有想到,这世上的机缘,真是不可言传。原来以为回乡见到安澜桥,已经惊叹命运的厚待。原本以为能很快从父亲那里得知筑桥的绝技,想不到见到的是这样的父亲!原本以为大水冲毁了安澜桥,自己寻找密码的梦想破碎,对未来正一筹莫展心生绝望,想不到忽然做了一个奇梦,一埕陈酿就让稀里糊涂的父亲愿意起程再找千年虹桥。

蓝卯仰天长叹一声:天不绝我啊!

但是,蓝卯没有想到,天不绝他,而有人却不让他们踏上这非凡的"寻桥"之路……

这个中秋节,是乔巧来到清凉世界鹤渡村后,第一次感觉到燠热。这种不寻常的燠热让她顿生烦躁,感受到周遭不一样的气氛,感到一阵阵莫名的不安和恐惧。

当她以"乔巧"的身份第一次踏入这个古老的村庄时,她甚至怀疑这里到底是不是红尘俗世。因为这里如此安静、如此祥和,似乎全然没有红尘世界的纷纷扰扰、嘈嘈杂杂。哪怕急于见到凤神,她也不忍心惊动这个安静的世界。可她的心还是澎湃的、无法安宁的。因为自己来到这里,注定不可能安宁。

有时候,风刮过的气味、池塘中水的颜色,甚至天空中飘过的云彩,她都觉得非常熟悉,那种熟悉和亲切的感觉,让她恍惚觉得自己似曾在千年之前就认识它、见过它,或者自己曾经来过这里。

她在这个安静的村子里漫无目的地走着,想要理一理这些日子以来纷乱的思绪。村子仍然很寂静,人也很少,但是人间生活的烟火在这里弥散着，岁月的光芒也在这里闪烁着，她觉得这是喧嚣世界的另一面，这里一定还隐藏着许许多多外人所不知的东西，也许很美好，也许又很罪恶。这一切，都值得她慢慢地去探究、去发现。更重要的是，这里有她的梦，有她的使命，有她紧紧跟随的凤神哥哥。

在踏入鹤渡村见到安澜桥之前，乔巧真的很担心自己会不会跟仙界断了联系。但是，一踏上安澜桥，她的心中就有一种不可言喻的安全感，因为那黯然默立的安澜桥就是她在仙界与新世界之间的通灵连接体。可是这个中秋节，这神奇的连接体却被一场莫名其妙的狂风暴雨给摧毁了。

这一切，让乔巧猝不及防。

看着蓝念远痴癫入魔般地坐在安澜断桥的桥墩上暴晒自己，而蓝桦一方面为安澜桥痛心疾首，另一方面又拿执拗疯魔的父亲没有办法。乔巧知道，蓝桦为桥痛心，也为父亲爱桥痴心而心疼，这种痛让蓝桦心力交瘁。这种痛虽然只是深深埋在蓝桦紧锁的眉头、苍白的脸色里，但是却深深刺痛在乔巧的心里。

乔巧想，自己为凤神而来，是因为心中极爱，但如今他毫无感觉，眼睁睁看着他痛苦，却不能为他做任何事情、分担他丝毫的苦痛烦恼，那我在仙俗两界折腾有何意义？虽然蓝念远早已失去爱人，但是他为情痴绝、执迷不悟，红尘肉身可以做到如此，让自己何等感动又羡慕啊！万事皆有缘由，也皆有结果，而如今像我这般，仙俗两界不通，何时有个结果呢？

乔巧黯然神伤，但转念又想：既然凤神哥哥是因桥而坠落红尘，如今，他的肉身在红尘又是因桥而苦、因桥而痛，那么自己能帮他的，也就是由桥入手。可是怎么做呢？如何才能让他与自己心灵相通呢？

乔巧思前想后，还是想不明白。她抬头看了看天，再看了看残断的安澜桥，蓝桦忧郁沉重的身影在她面前挥之不去。乔巧心头一紧，抖了抖身子便恢复了凰仙样貌，双脚一点地，飞身上了一朵祥云，彩翅一展，不消片刻工夫，又腾空飞回了九重天之上。

可是，这回她没有找到青鸟姐姐。凰仙心中何等焦急：这天上人间，时间不等人呢！她顾不了这么多了，一咬牙一跺脚，收了长长的彩翅，直闯瑶池西王母的游宫殿。

青鸟见状，来不及寒暄，连忙拉住凰仙："妹妹，看你这神情，定不是什么好事。此刻娘娘因玉皇大帝飞身东海，在海神公主的温柔乡里乐不知返，正在火头上呢，你可别惹事，给自己招麻烦。"

凰仙根本听不进去，一路飞奔，到了娘娘殿前，扑通一声跪下："娘娘，您不是相信天地有真情吗？那您何苦折磨有情人呢？仙班即便有过，为何动不动就谪仙下凡。我在凡间见到了我的凤神哥哥，可是他根本认不得我。您知道这种苦痛，有多无奈？"

见王母娘娘一脸愕然，青鸟赶紧暗示不要在这个时候鲁莽行事，但是此刻的凰仙什么也不顾了："娘娘，您就发发善心，让凤神回到天庭来弥补他的过失，我甘愿陪他一起受惩罚，只要我们在一起，只要他和我心心相通，您怎么惩罚，我都接受！"

西王母听了，恨恨地说："就是因为你们这些痴情种，才让这天上人间无端生出那么多的痴怨来。都说'痴情女子负心郎'，还真是的！就是因为你们这般痴情，这天地间才越来越多那些个薄情郎。你不想想，天上也好，红尘也罢，到头来多情不总是被无情误？痴情不总是被薄情伤？盘古开天地以来，哪有你说的两情相悦的真情在？"

"不，娘娘，人间自有真情在！"凰仙一脸倔强。

王母娘娘的脸上渐渐起了愠怒之色："你若真的相信人间有真情，付出代价，让我眼见为实。"

凰仙听了，即刻答道："娘娘，我相信天地之间一定有真情。为了追求这真情，付出怎样的代价，我都愿意！"

王母娘娘呵呵一声冷笑："还真遇到了个执拗的痴情种儿了！你不是说如今不能与你的凤神哥哥两界相通吗？但我仙界立下的'有过即谪仙入凡尘'的规矩不能破，既然你要两界相通，那只能你自己付出代价做出牺牲了。你可听好了：你可愿意舍去自己这天界三千年的修行，换成一个普普通通的凡胎肉身,也如凤神一样到红尘去走一遭?这样,你就能与他同在一个世界,身心相通。这样,就可去寻找你所说的人间真情,如何?"

青鸟一听,急得也扑通一声跪在娘娘面前:"娘娘,这小凤仙是被情所困,昏了头脑了。您且饶她!"回过头来拉着凤仙的彩羽,焦急万分:"妹妹你可别犯傻了,我们这天界三千年的修行来得容易吗?凤神犯了错,娘娘按照天律罚他,是必须的,但所谓天律惩罚,也是定时定数,时数一到,自然得到娘娘宽恕,可返回天界。你再等等就是了。何况,这人世间到处充满艰难险阻,人生之路可不是你想的一路平坦,那么多坎坷、那么多沟壑,没了神力,你如何能够走得过去?只为一个'情'字,你真的要付出自己的所有吗?"

凤仙听了,想了想,握住青鸟的手:"姐姐,你是最懂我的。我平日里虽柔弱,但并非没有主心骨。我认定的事,是不会改变的。我真的想让娘娘看看,这人世间到底有没有真情。娘娘,我愿意!"

西王母听了,心中暗自苦痛,但是,她只好心中一硬:"你如此不知好歹,不听劝慰,那也别怪我无情无义了。这可是你自己心甘情愿自己选择的,既然如此,那我就成全你吧。太上老君,炼丹炉伺候!"

青鸟听了,双眼泪涌:"娘娘,使不得!凤仙妹妹不能和当年那皮实顽劣的猴王相比啊!凤仙的七彩羽毛哪经得起炼丹炉的烈火焚烧?要烧她这在天界修炼了三千年的凤羽,会让她痛不欲生!"

王母娘娘又一声冷笑:"不涅槃,何来重生!"

不消片刻,太上老君的炼丹炉已经明晃晃摆在大殿之上。

凤仙面无惧色,她拉着青鸟的手说:"姐姐,别为我担心,心中有爱,眼里有情,就不会害怕!我一定会让我的凤神哥哥重新认识我,爱上我!你就等着看吧:人间自有真情在!"

说罢,就纵身一跃,跳进了太上老君的炼丹炉。刹那间,只见炼丹炉放射出万道霞光,七彩祥云铺满了西天,照得天地大放异彩。

第十章
丹心不毁

  对于孩子们来说，鹤渡村最吸引他们的地方有两个，一个是村头五棵红豆杉下的安澜桥，另外一个就是竹婆婆神秘又古旧的竹子厝。

  安澜桥吸引孩子们的地方，除了在安澜桥上可以乘凉、撒欢儿、玩闹之外，就是从阿远爷爷白胡子里不断冒出来的那些好玩、惊奇，又极具吸引力的梦故事。

  而竹婆婆的竹子厝最吸引他们的是有着数不清的神奇的瓶瓶罐罐，还有竹婆婆神奇的絮絮叨叨。

  孩子们喜欢在廊桥上听阿远爷爷讲故事，他们也喜欢在阿远爷爷讲完故事后那一段安静的时刻。那个时候，孩子们还沉浸在阿远爷爷的梦故事里，会发现爷爷的那双眼里，并没有大人们所说的痴癫狂妄，那里似乎深如大海：有安静，也有数不清的过往；有很多天真，更有许多忧伤。阿远爷爷的眼睛里，掩藏着一些别人没办法看得透的很深很深的东西。它们既温和又犀利，既和蔼又深刻。那双眼睛，看着孩子们，也看着外面的世界。当然，更多的时候，它们是呆滞的，除了讲故事前后的那些时光。

  但是在竹婆婆那里，孩子们对她的眼睛不感兴趣，因为他们更看不清，更摸不透。

  每个在鹤渡村长大的孩子，童年几乎都和竹婆婆有关。孩子们对竹婆婆真是又爱又怕，因为几乎每一个孩子都在竹婆婆那里吃过药、扎过针。他们在病痛的时候，母亲必定会带他们到竹子厝里来，贴的，抹的，喝的，扎的，几乎每个孩子都领教过竹婆婆的厉害。

竹婆婆全白的头发，在后脑勺挽了一个很大的发髻，发髻一侧插着一支银簪子，银簪子有一个小孔，下面挂着两朵玉雕的很细小的不常见的竹子花。她的两只眼睛虽然小，但却闪烁着明锐的灵光。竹婆婆脚很小，脚上踩着千层底的布鞋，穿着一身老式的对襟的布棉袄，走起路来一颠一颠，发髻上的玉雕竹子花也跟着一摇一摇。

每次到竹婆婆的竹子厝，孩子们就像进入了一个神秘世界：那间古旧的竹房子外面有一个大院子，院子里种着各种各样的草药。穿过草药地，竹子厝的大房间里，有很多土陶做的瓶瓶罐罐，几乎每一个陶罐子下面都放着一个土陶的炉子，里面加了木炭，于是，陶罐子咕噜咕噜地冒着水汽，里面发出混合着菜油、老姜和土草药味的奇怪气味。

那些土陶罐，那些气味，那些被竹婆婆扎针后的狂哭声，所有的一切都带着一股特别的温暖又诡异的气息，陪伴一代又一代鹤渡村的孩子们健康成长。

对于鹤渡村的村民们来说，竹婆婆就是一个神一样的存在。她孤身一人住在竹子厝，但有人说她有十二个子女。她到底多大年纪？到底从哪里来？她将会到哪里去？谁也不知道。求子的人说她是送子观音派来的，求药的人说她是地藏王菩萨派来的，求智的人说她是文殊菩萨派来的……说法很多，但谁也搞不清楚真相是什么。但是，竹婆婆的存在，让鹤渡村所有的人感到安心、感到温暖、感到踏实，那么，至于那些问题，久而久之，就不是问题了。

世人是智慧的，因为他们知道竹婆婆非同寻常。但是，世人又是混沌的，因为他们不能明晰辨识到竹婆婆身上的神力——是的，神奇的竹婆婆身上，有着一种超乎寻常的能力，竹婆婆能够在仙界、俗界以及地界三界之中神奇通灵。

这种神奇的能量从哪里来，竹婆婆自己也未必说得清楚，她只知道天生就有。她也从来没有对别人提及过，太多年过去了，竹婆婆太忙了，忙得连她自己都差点忘了用这种通灵之力了，直到这个农历八月十八的那一天。

　　农历八月十八那一日，竹婆婆正全神贯注地在院子里各种各样的草药丛中挑选药材，打算熬出一种神汤，给还傻坐在桥墩上的蓝念远喝下去，引导他回到正常的世界里来。正念念有词，突然之间，西天霞光万道，一抹青绿的豪光忽然落进了草药院子，照亮了整个竹子屋。

　　那道光亮，让竹婆婆费了好大的劲才睁开自己的双眼，只见眼前站着一个浑身披着绚丽绿衣的美人，她的背后，一双闪着绿色荧光的翅膀还一张一合。

　　竹婆婆虽然惊愕，但还是非常淡定地问道："远道而来的贵客，请问你穿越天际，来到滚滚红尘，再到这冷乡僻壤，找我老婆子有何贵干？"

　　只见对方上前给竹婆婆深深地施了一个礼。竹婆婆大吃一惊："你，定是上天来的仙子！"对方开了口说："是的，没错，竹婆婆，我是西天瑶池王母娘娘跟前的青鸟，我跟天上的凤、凰都是极好的朋友，我们心心相印，但是天地风云际会，凤和凰他们如今坠落红尘，遇到了大难。作为仙界三千年的挚友，今日我下凡来，特意恳请竹婆婆能够替代我通灵那一双凤与凰，一起想办法帮助他们渡过难关。"

　　竹婆婆连忙点头，于是青鸟简洁又快速地将凤神和凰仙之前在仙界和红尘的遭遇说了一通。

　　"婆婆，凰仙浴火重生，如今已无仙力，她已经成为那个叫'乔巧'的凡胎肉身，她的眼里心中只有蓝桦，忘却了前世所有事情。这乔巧姑娘的人生旅程将会很坎坷，会遇到重重困难。因为王母娘娘希望她在人间处处碰壁，让她对所向往的'人间真情'心灰意冷，那么，在明年七夕节牛郎织女'千年鹊桥会'时，就能如娘娘所愿，乖乖回仙界搭鹊桥。为此，娘娘已从今年七夕节她擅自追随凤神逃离天庭开始，按照二十四个节气给她设置了二十四道障碍。那可是一道道天大的难关啊！"

竹婆婆一听急了："如今已过中秋，那么这位凰仙下凡，按娘娘的二十四节气算，已经过了处暑和白露两个节气，那她是怎样躲过这两个节气的大坎坷的？"

青鸟说："这真是算她运气了，她不是两次返回西天找我了吗？第一次没让娘娘知道躲过了一难，这第二次，婆婆，刚才我跟您讲过，她为寻真爱，抛却了天界三千年的道行，浴火焚身换了凡胎肉身，您说这样的难，还不够大吗？"

婆婆听了难过又敬佩："难得啊难得，这天地间还真有赴汤蹈火的痴情女子！如今一年中两个节气过去了，离明年的七夕节，还剩二十二个，那凤神和凰仙，哦，不，蓝榫和乔巧姑娘，我们有什么办法帮他们闯过那剩下来的二十二道难关吗？"

青鸟长叹一声："婆婆，这正是我担忧又焦虑之处。小青鸟我不是救苦救难的观世音菩萨，我只能尽自己所能，帮她和凤神化解三次大难。如果闯得过那些难关，那是他们的福分，如果闯不过，那就凶多吉少了。"

竹婆婆听了，点点头，但是心中忧虑却陡然而起："他俩在凡尘的情分因桥而起，那么也会为桥而续，到最后能否在二十二个节气中，重新筑桥、圆桥，那可真是悬啊！"

青鸟说："婆婆，我背着娘娘偷偷溜下凡尘，不能久留。凤神和凰仙的人生之路，就仰仗婆婆指引了。小青鸟我去了……"

说罢，青羽展翅，腾空而去……

那一天，在曲胜的一埕乌衣红曲陈酿酒的召唤下，蓝卯看见父亲从安澜断桥的桥墩上蹦了起来，眉宇之间的那种欢喜，就像一个孩子忽然可以去拿自己心爱的玩具一样。

那一刻，蓝卯心中忽然掠过一阵从未有过的感觉。

说实在的，在他还未踏上南中国畲乡鹤渡这片土地的时候，他对故乡、对蓝念远这位生身父亲所有的概念来自母亲蔡虹的描述。对于父亲，他并没有多少感觉，直到他踏进鹤渡，第一次见到母亲口中的那个绝世巧匠，那个风流倜傥、才情卓绝的男人，他发现父亲原来就是一个须发花白、神志不清、语无伦次的乡村半老头子的时候，他忽然觉得极为失落。蓝卯心中一股怨气油然而生：我不管你和母亲的感情到底出了什么问题以至于天各一方遗憾终生，但是，自我出生以来，你从未承担过父亲的责任和义务，是乔爸爸给了我所有的一切，他才是我的父亲。如今，我的债务一团糟，不管你是痴是癫，要是能帮我找到千年虹桥的筑桥密码，也算你作为父亲还我这么多年欠我的吧。

这么多天、这么多人，都无法说服蓝念远走出安澜桥的破桥墩，而曲胜的一埕老酒就成功了，这让蓝卯不得不相信自己梦境中的那个"空心人"，不得不相信宇宙之大的各种可能。在酒精的驱使下，他的心越跳越快，他似乎看到了冥冥之中有一股神奇的力量在召唤他，他大喊一声："天不绝我！"他马上就能和红曲酒神的外化形象——那个精干黝黑的曲胜，一同走向那个"无价之宝"了。当乌衣红曲酒以一股不可描摹的神奇魔力，引导父亲一点一点描绘出寻找那些传说中的古虹桥的基本路径时，蓝卯热血沸腾：快、快、马上、立刻，一刻也不能再耽误，马上带着父亲踏上这伟大的"寻宝之路"。

趁着夜色，蓝卯和心中同样狂跳的曲胜带着蓝念远抬脚走出鹤渡村，朝蓝念远所指的方向狂奔时，却在筱竹峰的山脚下，遇到了月夜下正提着食盒给蓝念远送饭的蓝婷。他们不出所料地受到了蓝婷的质疑和阻拦。

蓝卯不知道如何向蓝婷解释他们夜奔的理由，曲胜却非常圆滑地编了好几个理由，让蓝婷相信是蓝念远犯痴非要夜奔出走，此刻正是蓝卯和曲胜好心陪伴。蓝婷将信将疑，蓝念远却在一旁像个任性的孩子，吵着闹着。就在蓝婷好生哄劝养父不要胡闹，跟她回村的时候，曲胜贴近蓝卯对他耳语："你这老父亲，一时糊涂一时清醒、性情不定、情绪难稳，最怕他没走几步耍性子说不走就不走，那时候，咱们这'寻宝之路'可就半途而废了。

你老爸最听蓝婷的话,平日里不管怎么胡闹,蓝婷有一'魔法',很快就能让他安静下来。"

蓝卯很奇怪:"是什么魔法?"

曲胜指了指蓝婷的食盒:"别忘了你这个义妹,有一手做美食的绝活。你的老爹贪杯,更爱美食,美酒美食是绝配,明白了吗?"

蓝卯一想,老爸这半痴癫的性情确实在未来的路途上不可捉摸。对,应该立刻带上蓝婷一起走。

蓝卯和曲胜左右夹攻,很快,看着养父那个样子,蓝婷心想:且先陪父亲走上一段,就当他是一个不懂事耍赖的孩子,明天过了这份胡闹的情绪,自然就好了,到时候再带他回头也不迟。于是,就答应了他们,四人一同上路。

善良的蓝婷哪里知道,这一走,她就踏上了一段充满艰难险阻的魔幻之旅。

就在美丽单纯的畲乡采茶姑娘蓝婷被动加入一个充满邪恶欲望的计划,踏上魔幻之旅的同时,另一个美好的生命刚刚开始了她非同寻常的人生之路。

天刚蒙蒙亮,乔巧在竹婆婆古早昏暗的竹子厝里醒来了。

周遭弥漫着各种各样奇奇怪怪的草药的味道,许许多多的陶罐里,发出咕噜咕噜的谜一样的声音。乔巧从一张奇怪的木床上坐了起来,恍惚间,她以为自己身处在一个吉卜赛女巫的城堡里。

她满怀困惑:"竹婆婆,我生病了吗?"

想起青鸟仙子的嘱托,看着这个刚刚受尽磨难、浴火重生的美丽生命,竹婆婆心中非常感慨:可怜的孩子,你舍弃天界三千年的苦修道行到红尘走一遭,在我看来,真不知是好是坏。

一般的世间常人,人生短短几十个春秋,是苦是甜,走到头了,到孟婆那里爽爽快快喝下那碗汤,前世的恩怨情仇、酸甜苦辣都忘得干干净净,来世投胎做人做神、做牛做马,反正从头再来,倒也罢了。而你倒好,辛辛苦苦修行三千年，非要为情到红尘来走这一遭，何苦来哉？

唉，真要来红尘走一遭，安安稳稳来、安安稳稳去，也行，可你选择的这是什么样的人生路啊！等待你的可是一个又一个人生的大坎坷啊！

你跳进太上老君的炼丹炉，别的都烧尽了，唯有对爱人的那一颗丹心烧不毁、熔不掉，非得留下那份情，带着那份爱来红尘走这一遭呢！你可知道，人生在世，什么最苦？情最苦啊！什么最难？爱最难啊！人生万千烦恼心，最大的苦、最大的痛，最舍不下、最放不掉的，不就是那一份真情吗？你何苦来受这份人间最大的苦痛呢？

姑娘，婆婆也算是阅尽天上人间悲欢离合了，可你这番赤子真心，还真感动了婆婆呢！那这样吧，婆婆暗暗助你一臂之力，让你在关键时刻，记起自己前世的仙身，或许能圆你感天动地的那份情缘呢。阿弥陀佛、阿弥陀佛，菩萨慈悲，赐我神力，让我通灵这个可怜又可敬的姑娘吧……

竹婆婆一边想一边摇着头，她那花白大发髻上的银簪子也跟着摇。

乔巧看了，惊讶地说："婆婆，您这银簪子真的很好看哦。神奇的是，我以前在美国的时候，在一家博物馆见过一支和您这个一模一样的，听说那是一个华人留给他爱人的爱情信物。现在没有人能做出这样的银簪子了吧？咱们畲乡还有这样的巧匠吗？我好希望我以后嫁给蓝桦的时候，蓝桦也能给我这样的一个爱情信物呢！"

说着，乔巧的脸上泛起了红晕。

果然，眼前这个新生的乔巧，已经忘却了自己曾在九重天上有过天界三千年的道行，忘了自己曾作为凰仙的所有一切，却唯独牢牢记住了一样东西——自己的真爱。

看着这个新生命，竹婆婆感动了：人间最可宝贵的，不就是天下儿女情吗？看来我得倾我所能，来呵护这个天生痴情的情种。

竹婆婆慈爱地把乔巧拉了起来，陪她迈出老厝说："你没有病，只是换了点心思而已。来，到厝外天底下晒晒太阳，去去身上的霉气就好了。"

看着竹婆婆厝外满园的草药，乔巧满怀好奇，正跟着婆婆一样一样辨识、学习那些在她看来奥妙无穷的植物时，忽然听见外面传来一阵急促的脚步声。乔巧刚抬起头，蓝桦迎面而来，焦急地问："竹婆婆，看见我爸爸了吗？"

竹婆婆一听，也着急了："我没有看见啊！晚上不都是蓝婷陪他的吗？"

"是啊，这几日都是姐姐在红豆杉的竹床上陪夜的，所以昨晚我也回大厝里休息了。可是一早起来去红豆杉下，发现爸爸不见了，连蓝卯哥哥和蓝婷姐姐都不见了！"

"不好！怎么来得这么快！"竹婆婆脱口而出。

已经完全忘却自己前世身世的乔巧和蓝桦，他们都不知道，在竹婆婆的这一声"不好"中，等待他们的，是一场充满艰难险阻的红尘之旅……

乔巧没有想到，她的人生旅程就这样跟随着蓝桦焦灼的脚步正式开启了。

他们一刻也不敢停歇，一路向北，跨过"太平洋"上长长的石碇步时，一对喜鹊从头顶飞过，停留在浅滩上，似乎充满关爱地远远地看着他们。乔巧和蓝桦走得快，它们也飞得快，走得慢，它们也飞得慢，一路不离不弃，紧紧相随。

蓝桦觉得有点奇怪：在安泰山乡的溪流上，盘旋的多是白鹭，很少见到喜鹊，而且是这么一对紧紧跟人走的小喜鹊。

但是，乔巧却觉得它们异常亲切。似乎有一股神奇的引力，过了"太平洋"上的石碇步，小喜鹊引导着蓝桦和乔巧一直向天开顶深处前进。一路脚步匆匆，在乔巧看来，溪流、古道、茶园、瀑布简直美得不可思议啊！她觉得，如此自然的乡土，与此刻她肩负着的追寻的重任，是多么的不协调。她应该慢下脚步，好好体会母亲人生旅程中最精彩的地方。还没来得及细细思考，转过一个山弯，远远地，一座古旧的老房子兀然耸立在眼前。只听蓝桦自言自语："难道传说中的'白露祠'真的存在？"

他回头问乔巧："你懂中国的节气吗？"

乔巧点了点头："我妈妈就是研究中国民俗的专家，我当然也知道啊。今天就是中国农历二十四节气中的白露！"

乔巧只听得蓝桦又喃喃了一声："巧了！你看，前面就是传说中的白露祠，它居然真的存在！走，进去看看。"

推开白露祠的大门，乔巧看见里面有一条长长的石径，一直通往宗祠正堂。石径的两边很潮湿，长满了野草，旁边是裸露的山石和枯木，有一种说不出的荒凉感，同时另有一种强大的肃穆感。乔巧不敢大声说话，她感觉到这里有一种不能用语言来形容的"场"，这种"场"能带给人别样的能量。

蓝桦和乔巧一样，认真打量着这座在山间横空出世的老建筑。

这是一座土木结构的老祠，这种土木近乎原始，墙体下面的部分先用垒石砌成，上面是青砖。全部用卵石和青砖砌造的猫拱背山墙，顶上铺瓦，显得别致又带狡黠。他俩走过石径，踏上十一级青石台阶，上了堂门楼。忽然，乔巧觉得眼前一震，只见高高的门楣上，雕刻着一对栩栩如生的凤凰。凤凰的下面，凌空悬着一块大大的匾额，上面写了四个遒劲的大字：日拥祥云。

看见那一对活灵活现的木雕凤凰，蓝桦忽然感觉到自己的心跳得比平时剧烈了许多。他正纳闷，忽然听到一阵叽叽喳喳，刚才在"太平洋"上的那一对小喜鹊此刻居然立在匾额上，像一对啄木鸟似的使劲地狂啄匾额。

蓝桦看了一眼乔巧："哪来的小喜鹊？如此狂啄，那老旧的匾额非被啄破不可，那应该是几百年的文物了。"

正说着，忽然从后堂传来几声咳嗽，随即，只见一位衣着干净、面容清瘦的老尼姑缓缓走了出来，她手中拿着一支雪白的拂尘，见了他们，也不惊讶，淡淡地说："喜鹊叫，应该是贵客到。果然，我等候多时的贵客到了。这不是几百年的文物，应该还要古早得多哦，至于古早多少年，我也记不清了！那匾额后面有一个古旧之物，我的师祖吩咐下来，说是等到一只长着长尾巴、一只长着短尾巴的喜鹊引来贵人的时候，就可以拿下来转交了。你们看,那两只小喜鹊可真是一只长尾、一只短尾呢。来吧,我等这么多年了,师祖叫我转交的东西可以拿下来了。"

说罢,只见那老尼姑顺手就拿过恰巧立在边上的一把木梯子,对乔巧说了一句:"姑娘,你帮着扶好梯子,让这小伙子上去。"

蓝桦正纳闷,伸手想驱赶那对小喜鹊,不想那对喜鹊飞下来啄住他的衣袖,一直往上拉。蓝桦也不再多想,噌噌噌地飞身上了梯子,顺势伸手往匾额背面一摸,出乎意料地摸到了一个卷轴。他赶紧将那卷轴拿了出来,下了木梯子,将那个卷轴递给了老尼姑。老尼姑朝他们笑笑:"这卷轴是为你们留的,你们打开吧!"

乔巧探过身子,两个人一脸不解地打开了这个神奇的卷轴。

卷轴一开,乔巧和蓝桦大吃一惊!只见上面有二十四座简笔画勾勒出来的廊桥,简单到只有几根线条。但就是这寥寥几笔,已经让二十四座廊桥跃然纸上、各具神韵,甚至呼之欲出了。

乔巧忍不住叫出了声:"上帝啊!难道这就是汴梁河上彩虹桥的前世今生吗?"

蓝桦即刻纠正:"不对,这形制,应该是咱们安泰崇山峻岭里的千年古廊桥。婆婆,难道您知道我们畲乡的大山深处,真的还留存着彩虹古桥?"

那老尼姑依然脸色淡然,慢悠悠地说:"我并不知情,只是依照古训,一直守在这白露祠里等候小喜鹊引路来的有缘人。如今等到了,我的任务也就完成了。对了,之前匆匆来过四人,一女三男,有一位看似已经上了年纪,另外三位是年轻人。我还以为他们就是我等的有缘人,但是发现并不是长短尾小喜鹊带来的,我差点就等错人了。"

乔巧一把抓住了老尼姑的手:"婆婆,你说那四人才刚路过?他们去往哪里了,给您留下什么话了吗?赶紧告诉我!"

见老尼姑惊讶,蓝桦赶紧补充:"那些是我的亲人,我们这样匆匆赶路,正是追寻他们的。求婆婆指点!"

老尼姑上下打量了蓝桦一番:"嗯,看你这小哥的脸面,确实与前面两位很相似。他们遇见我时，一个劲儿向我打听古廊桥。我看不是小喜鹊带来的客人，所以也就没有过多跟他们说什么。但是，看他们也是寻桥心切，我就指引了一下方向，能否找得到那遗世的千年古桥，就得靠造化了，因为我也不知道具体的地方呢。不过，你们就不同了，你们手中的卷轴会让你们开悟的。如今卷轴交到你们手中了，我也可以走了。"

乔巧一听，赶紧拉住老尼姑手中的拂尘，急急问道："婆婆，这卷轴上的桥，太抽象了，也没地图，我们怎么看得懂呢？"

老尼姑抽回了手中的拂尘，说："我的先祖跟我说过，上仙在这深山峻岭里筑桥，是按照二十四节气来建的。这地方叫'白露祠'，那么白露祠不远处应该会有一座'白露桥'。但是，很蹊跷的是，具体在哪里，我到现在也没见着，只知道一路向东。因为百川汇大海，所有高山溪涧，当然也是一路向东流的。大概应了那句话吧：只等有缘人。你们一路向东追寻，一定能找到。之前，我也是这么跟你们的亲人说的，想必他们已经往东寻桥去了。"

乔巧还想问什么，只听蓝桦指着手中的卷轴说："乔巧，你看这。"

顺着蓝桦的手，乔巧仿佛看到那一幅幅简笔的桥形画灵动鲜活了起来，山间风光跃然纸上，那一座座穿插在山水间的廊桥更是奇绝灵动。它们仿佛让乔巧瞬间感受到了千百年时光里曾发生的点点滴滴。这一切，源于卷轴里还藏着一段非同寻常的话……

第十一章
白露桥立

如果不是千斤的重担压在肩头,这一路过来,蓝卯甚至愿意就留在这深山老林之中,永不回大洋彼岸。但是,他知道,这不可能,因为他不能迷失在美如仙境的大山深处,而不管不顾身陷危境之中,对他恩重如山、视他如己出的乔爸爸。

此刻,看着眼前这个蓄着花白山羊胡子、神情怪异的中国老头,说实在的,蓝卯怎么也找不到父子之间的那种感觉。在这里的时间越久,他越发牵挂和思念乔爸爸。从小到大,是乔爸爸带着他穿越加州柯克伍德的滑雪秘境,是乔爸爸带他在澳洲亚珀斯的大海中乘风破浪,是乔爸爸带他去北极圈里探索极光的奥秘……乔爸爸几乎帮他实现了年少时代探索世界的所有梦想。在这个世界上,乔爸爸是最好的爸爸,哪怕他只是养父。

如今蓝卯踏上了出生地,几乎整日与亲生父亲蓝念远在一起,但他的心仍然无时无刻不牵挂着孤身一人远在波士顿那所白房子里的乔爸爸的安危。那种强烈的危机感和使命感,促使蓝卯不断提醒自己:快点、再快点,快点找到,快点回去!

但是,撇开之前的一切,从自己带着父亲跟随曲胜踏上这寻桥之路那一刻开始,蓝卯被故乡不为外人所识的一种别样的中国美深深震撼了。

这里除了古道,没有任何其他的交通设施。古道沿途,有各种奇岩,蓝婷会给那些奇形怪状的巨岩起各种各样的名字，就像一个可爱的小姑娘给自己的宠物取名一样：老鹰岩、母猪岩、蛤蟆岩、大象石……看着蓝婷可爱纯真的样子，一股别样的欢喜在蓝卯心中翻腾：如今这世界上，竟然还有这样如山泉一般纯净的姑娘。

在古道上行走，时常会遇到瀑布。蓝卯惊讶地发现，瀑布下面的溪流中，常常是独木架成桥，到底是谁架桥、谁过桥？他们从何而来？要去到哪里？这一切，让蓝卯如置身于小时候看过的《西游记》和《山海经》的那些神奇场景之中。

此刻，转过一道山弯，前面又是一条悬垂的山瀑。瀑布飞流直下，下面的溪水清澈透明，可以清楚地看到溪底的沙石和快活自在的小鱼。溪潭就像一面大镜子，阳光照射在水面上，闪烁着耀眼的光。顺着溪流看去，溪水从高崖上奔流到遥远的地方，时急时缓。溪滩上的乱石，奇形怪状。溪流的两旁，有几处陡峭的绝壁，别说人无法攀登而上，就连鸟儿也难以立脚。

"蓝卯蓝婷，这些怪石头有什么好研究的。你俩快点跟上，你爹平日里喝了酒昏昏沉沉反应够迟钝的，这一刻反倒跑得像山猴子，哪里还有老人的样子，咱快点跟上，不然把他丢了就完了！"

曲胜正在前面催促蓝卯和蓝婷，忽然，只听得蓝念远在古道的拐角处大喊了一声："桥！桥！桥！"

三个年轻人加快脚步往古道又一个拐角赶去。就像一道闪电，劈开了狭隘的山谷，他们的眼前豁然开朗。宽阔的溪面上，一座古意盎然的木拱廊桥赫然耸立在两山之间。

蓝卯简直不敢相信自己的眼睛：难道，难道，难道这么快就找到我们要找的廊桥了？

在蓝念远的惊叹声中，和蓝卯一样，曲胜努力把自己的一双小眼睛瞪得圆圆的。

只见眼前，一条石拱木廊桥，拱券青石筑砌，呈丰月状。桥面上廊屋七间，阁楼三层。屋顶重檐悬山式，屋脊的葫芦状顶占据中央最高的位置，屋檐上，以葫芦顶为中心的屋檐依次向外延伸，每层屋檐都有形状各异的翘角，错落有致。廊桥周围翠柏、古松、香樟树枝悬空伸展，郁郁葱葱，将古朴的廊桥雄姿隐蔽其中，极为壮观！

四个人傻傻地立在原地，看了好一会儿。忽然，蓝卯不顾一切，抬脚就打算往桥上冲。但是不想，眼看就要冲到桥墩了，他才发现自己根本无法上桥，因为就在自己站立的这一端的桥墩前，根本没有桥柱和桥板连接桥身，那座古桥就这样神奇地在蓝卯脚下一丈之处，半悬而立。

蓝卯连连后退，只听父亲蓝念远指着远处结结巴巴地说："蛇山、龟山！龟山、蛇山！"

曲胜赶紧手搭凉棚，放眼望去："哇，还真有蛇山和龟山啊！"

接下来，蓝婷给蓝卯讲了一个她和曲胜从小就听蓝念远讲过的神话：

很久很久以前的鹤渡村，家家户户还没有用洋火引火烧饭，村民们每天都要在灶火膛里埋火种，等来日天亮再取火烧水煮饭。世代如此，火种不灭。但是，那一年白露节气的那一天，大家发现夜里掩埋在灶火膛的火种莫名其妙受潮熄灭了，灶膛里还浸了水，乡人们第二天都没有火种取火烧水做饭了，连忙想办法好不容易再取了火种，第二日又受潮熄灭了。一连数日，燃了灭、灭了燃，到最后，乡民们只能吃生食度日了。

大家都没有办法，只好请了一位阴阳先生来到鹤渡村尾溪谷最狭窄的地方用罗盘来测地貌。阴阳先生测了后，对大家说：流经鹤渡村的这条溪水，是天开顶外深山里的大水支流流下的，天开顶大山里，东面是蛇山，与之隔溪相望的是龟山，这龟蛇都属昼伏夜出之神物，每当夜深人静之后，龟蛇便在溪流的中井潭交会。当龟蛇交会之时，溪流被阻截，水位升高，溪水就会渗到鹤渡村来，殃及鹤渡的灶膛火种，村人埋的火种自然就被熄灭了。若要镇住龟蛇交会，必须在天开顶的深山里那个龟蛇交会的中井潭的潭头建一座桥，让它们归位蛰伏，不再兴风作浪，保佑全村人太平兴旺。

蓝婷的故事还没讲完，曲胜已经按捺不住了，他急切地拉住蓝念远说：

"叔，这就是咱们要找的蜈蚣桥？"

蓝念远往后再退几步，远远地眯着眼睛，盯着眼前一半悬空的奇桥，看了很久，忽然放声大喊："白露桥！白露桥！原来你真在这里啊！"

蓝念远一声高喊，如穿山利箭，嗖嗖嗖地穿越了大山深处，震惊了这山间沉睡了多年的神灵，一股寒气渐渐从地底向上升腾……

而此刻，研究世界桥梁建筑史的年轻学者乔巧，正跟随蓝桦一边赶路，一边不断地和她眼前的这位中国古建博士探讨着世界上那些著名的廊桥。她深情地向蓝桦描绘自己最痴迷的美国电影《廊桥遗梦》，她一而再、再而三地诉说那座曾经矗立在美国麦迪逊县境内的罗斯曼廊桥。虽然自己亲眼看着它毁于那场大火，但是，那座朱红色的廊桥永远活在她的心里，因为那里上演了最热烈却又最短暂的爱情。乔巧毫不避讳地问蓝桦："罗斯曼廊桥因其穹顶给情侣们提供了很好的私人空间，因此罗斯曼廊桥也被称为接吻桥。那么，我们的安澜桥，也是接吻桥吗？"

蓝桦径直往前走，似乎没有听见乔巧的问话，乔巧不甘心，紧紧追上他，再一次问："我们的安澜桥是接吻桥吗？"

蓝桦看了乔巧一眼，正想回答，忽然，那一对小喜鹊紧紧跟随而来，它俩上下翻飞，蓝桦一眼就看出了那两双翅膀里扇动的焦灼……

古人说，知子莫若父。当蓝卯不顾一切抬脚就往那悬空而立、离他一丈之远的白露桥残桥上冲的时候，他的父亲蓝念远，紧跟着他，也想和儿子一起冲上那座在梦中见过很多次的古廊桥。

但是，就在他的脚往悬空的悬崖峭壁迈出去的那一刻，他忽然感觉到脚被什么东西扯住了，抬头一望，结结巴巴地说："蛇山……龟山……"

这一声喊叫惊得蓝卯立刻止住了脚，连连后退。蓝念远望着两溪之间的蛇山和龟山，中了邪似的再一次抬起脚往前冲，以为腾空一步就能跳到白露桥上去。正在千钧一发的时候，只见蓝桦从远处赶过来，一把抓住了自己父亲后背的衣裳，把父亲揪回了岸边。但是，连同蓝桦在内，所有人都没有想到，就在蓝桦悬空救回父亲的那一刻，紧跟在他后面的乔巧，却像刹车失灵的一辆小摩托车，冲下了溪涧。

那一刻，正值日落，当乔巧跌落悬空的白露桥这一段溪涧的瞬间，本来慢慢暗下来的天，忽然就像电灯一样，开关吧嗒一声全然暗将下来。

"乔巧！乔巧！"所有人惊呼，并且将头探下深不见底的溪谷。呼叫声回荡在整个山谷，但就是没有乔巧的回应……

就在大家都快绝望的时候，忽然，只听得溪涧的谷底传来乔巧的声音："我在这，我在这！有什么东西挡住了我，没事，我会游泳。我找到桥的立柱了，等下我就沿着这根大柱子爬上去，爬到桥身里去。"

蓝念远听了，开心得手舞足蹈："太好了，你抱住的那柱子是'将军柱'，你不用害怕了，那'将军柱'威风得很！"

乔巧在溪涧底下气喘吁吁地说："我不害怕，我抱住将军柱往上爬了。"

蓝念远又喊道："好啊好啊，爬上去，你就在桥上安心睡觉，我们在这边也安心睡喽。好累！"

蓝婷在这边听了，哭笑不得："蓝爸，都什么时候了，您还叫人安心睡，你真睡得着啊！"

蓝婷话还没说完，身旁的蓝念远已经发出了呼噜声。

蓝婷和蓝家兄弟，包括曲胜在内，谁也不知道，此刻鼾声如雷的蓝念远已经进入了一个他熟悉又遥远的梦境——

时光在蓝念远的梦境里飞速穿越，回到了他先祖的时代。

那一日，阳光灿烂，是蓝家先祖为白露桥选桥址的日子。蓝先祖在阴阳先生的带领下，带着一班徒弟，辗转迂回，经过九曲十八瀑之后，终于在此处找到了能镇住龟蛇两神物的风水宝地。拿着罗盘的阴阳先生说："就是此处了，此处上接鹤渡村的水尾，两岸山脉威仪，跨度狭窄，在此建桥，既能够镇住神蛇和神龟作乱，又能够把鹤渡村的龙脉结在一起。"

蓝先祖连连点头，接下来就招呼徒弟们开始在阴阳先生选定的地方，开砌第一块桥台。

一切是多么的熟悉：徒弟们在师傅的带领下从溪涧的浅滩处，源源不断地搬来大块的鹅卵石，沿着两岸的山势不断垒砌，很快，两岸就各自建成了一个扎实的桥台。

两岸桥台筑成了，但是怎么样才能知道两边桥台是否呈一样的水平高度呢？不急，先祖有办法：蓝家的先祖让徒弟们砍来毛竹，把毛竹劈成两爿，去掉中间的竹节，用支架把毛竹爿撑住，连成一条直线，竹排与竹排的连接处用泥巴堵好，然后在竹盘内盛水，让竹盘内的水来测试、调整两岸桥台的水平高度。

"妙啊！"蓝念远拍手叫绝的同时，牢牢记住了这种能将廊桥桥台建筑得如水平整的好办法叫"竹爿水平法"。

一觉醒来，天已大亮，蓝念远急着叫唤蓝桦："儿啊，我知道怎么将白露桥悬空的桥台补起来了。"可发现身边空无一人。正着急，只见蓝桦带着曲胜和蓝婷从别处匆匆赶来。他揉着眼睛奇怪地问："你们去哪儿了？不睡觉吗？"

曲胜兴奋地说："叔，我们找到帮手了！"

原来昨夜，当蓝念远沉醉在他熟悉而遥远的建筑桥台的梦中而叫不醒的时候，蓝桦对蓝卯、蓝婷和曲胜说：就凭他们几个赤手空拳，架不起白露桥的悬断之处，得找帮手来。于是，四人沿着古道连夜前行。行至半夜，忽闻前方有山中人家的狗吠，欣喜若狂，连忙前往急叩柴扉。果然，一老翁披衣相应，开门听得来意，便招呼家中妻儿起身，一边让儿子出门找人，一边以盆火温酒招呼。几人借碗举酒，围炉畅叙，听老人讲山中岁月，不觉东方渐渐放白。正说话间，只听得外面老翁的儿子回来，领了一班身强力壮的汉子，手里带着筑桥木作的各色工具。蓝桦一看，欣喜不已，那些都是他熟悉的钟爱之物：斧头、角尺、墨斗、手刨、水杆……

在蓝桦兴奋于这些家伙物什的时刻，蓝婷向老翁家的老妇人说明还有两位留在原地，老妇人欣然给了蓝婷许多食材。之后，一众人跟着蓝桦离开这山中人家，蓝桦一边走，一边回头张望，只见这山中老屋，旧宅石墙，独立细雨迷蒙的山之腰,天空近在眼前。那两扇柴扉之上,有一对门联,上面写着:三重漈畔候机缘,太史峰前迎故人。横批:断桥重启。

接下来的一切,让孤悬在白露桥那一头的乔巧大开眼界,原来鹤渡山乡的巧匠是如此这般修筑桥台的。不消几日,那不知道悬空挺立了多少岁月的白露桥终于接通了鹤渡水尾的龙脉,蓝念远觉得自己还在梦中,因为这个过程,与他梦中的一切别无二致。

虽然专业并不全然相同,但是万变不离其宗,作为专业技术人士,经过这一番历程,古桥如何选址、桥台如何建筑,蓝念远和蓝桦、乔巧三个人已经了然于胸了。

当所有人为白露"断桥"悬而不断、重获"新生"而欢呼的时候,蓝卯更急切地想知道这神奇的古"断桥"上到底有没有自己想要的秘密。

他还没问父亲,乔巧已经极为兴奋地对蓝桦说:"哇哦,太惊喜了,太不可思议了!我有一个重大发现,这古桥是一座唐桥。你们快看我手里的是什么宝物?"

乔巧的手里捧着一张瓦,那张瓦片此刻就像闪耀着金光,瞬间照亮了蓝桦的双眼。乔巧得意地说:"这是我在那一端将军柱顶上发现的,你们看,上面的铭文是唐贞观年间。"

蓝卯不解:"妹妹,仅凭一片瓦就能断定这是一座唐桥?"

乔巧笑了笑:"我正寻找线索呢,你们看这里,不是我说唐桥就是唐桥,而是有字为据呢!"

众人顺着乔巧手指的方向,发现廊屋一旁,立着一块石碑,虽然年月经久,但字迹依然清晰可见。原来白露桥重建于清道光二十三年,为叠梁拱式木廊桥。桥长26.63米,宽4米,离水面高10米,桥屋十一间,明间五架柱梁,柱头有蝶形莲花瓣头拱座。单檐如弓,状如飞虹。道光间重建时曾发现唐贞观旧瓦,是本地文献记载历史最早的桥梁。

蓝桦紧紧抓住了乔巧的双手:"真想不到,太意外了!这片唐瓦居然历经千年,居然到了你的手中。这是世界桥梁的瑰宝啊!"

乔巧说:"还有你更想不到的呢,还有比这更宝贵的呢!"

在白露桥的那一头,蓝卯、蓝婷和曲胜听了,齐刷刷地跑过来,齐声问:"还有什么宝物呀?"

如果不是那一片唐瓦、不是那一块石碑,乔巧知道蓝榉绝不会如此忘情地紧紧抓住她的手不放的。

她发现那一双手大而柔软,非常温暖,那一刻,她是多么希望自己的双手能在那一双大手里多一点时间,再多一点,让自己真真切切地感受一下那个一直以来对她冷冷的蓝榉的热血。

然而,这是奢望!

蓝榉很快放下了紧握乔巧的双手,他的所有注意力都在乔巧指引给他们看的那一块桥屋的木栏板上,那上面题了一首无名氏的《点绛唇》。蓝榉正紧紧盯着细看时,蓝婷已经轻声读了出来:

  常忆五月,与君依依解笑趣。山青水碧,人面何处去? 人自多情,吟吟水边立,千万缕,溪水难寄,任是东流去。

乔巧惊叹:"天哪,原来这里还藏着这么一段神奇而隐秘的千年爱情故事,太浪漫了!到底是谁能有这么浪漫的情思啊?"

蓝婷抬起头,好奇地问:"巧妹妹,你有大学问,懂得很多。我只是很好奇,这样的情诗,到底是男士写给女士,还是女士写给男士的呢?"

蓝卯看着一脸纯真的蓝婷,心想,我也算历经人间风月、阅人无数了,却从来没有见过这样纯净的眼睛。要是被这样的姑娘爱上,那是怎样的一种感觉?是不是就像满身的泥垢,被一股清流瞬间冲刷干净呢?如今,我不正是满身泥垢难以洗刷吗?上天送我回故乡,是不是也要送我一份特别的感情呢?

蓝卯想到自己回乡第一次在茶园里见到蓝婷后,就感觉如沐春风、如饮甘泉，心中的烦躁忽然像被水洗过一般。以后，每次见到她，自己焦灼的心，总会平静很多。此刻，看着这个并未见过世面的山乡姑娘一脸懵懂又娇憨的样子，蓝卯的心怎么也控制不住了：她与我并没有血缘关系，我就是爱上她，又怎样呢！

然而，蓝卯忽然发现，自己想错了。

乔巧有意无意正呵呵笑着对蓝婷解释："婷姐，你知道这世上最激发一个人去爱的原动力是什么？"

蓝婷笑了笑："我对茶知道得多，对吃的也知道不少，但这个，我还真不知道呢！"

乔巧听了又是哈哈一声："我婷姐是个恋爱小白吧！以我中西结合的经验告诉你，那就是对心中那个人强烈的好奇心和天生的温暖感！"

蓝婷听了若有所思，却还只是笑笑："妹妹学问高、见识广，想得也特别。在我看来，喜欢一个人，就是把自己所有最好的都想尽一切办法给到心中的那个人吧！"

蓝卯在一旁听了即刻接话："哈哈，你要什么，我这边都有！"

然而，他发现蓝婷根本没有在意他的话，因为此刻，蓝婷所有的注意力都在白露桥的桥头，那里，挺立着蓝榫那个俊逸挺拔的背影，那是一个多么年轻的背影，但那又是一个多么沉郁的背影。

蓝婷轻轻地走到乔巧的身边，挽住了她的胳膊说："妹妹，我知道了，这白露桥桥屋上的那一首词，一定是一位有情有义的男子写给他心上人的。如果人真的有三生，你说，这首词会不会就是蓝榫前辈子在这桥屋栏板上写给他的凤仙子的，只不过他一千年以后才读到罢了！"

乔巧听了，惊讶地回头看了看蓝婷，此刻，在蓝婷的眼睛里，她读到的是满满的内容：是爱，是心疼，是怜惜，是遗憾……

蓝婷的这一番话和她眼睛里的所有一切，让乔巧心中生出了一股说不清道不明的滋味。她奇怪自己离开大洋彼岸繁花似锦的生活，来到这个偏僻的山乡，似乎得了失忆症，以往所历经的所有感情，都已记忆模糊了。

她只记得父母在男女情感上对她的教育非常中国化，非常严格。但是，出于对世上男女情感的强烈的好奇，叛逆的乔巧曾经交往过不同国家、不同肤色的男朋友，但是，那些经历过的感情，几乎没能满足她的好奇心：真爱到底是什么？

每一次恋爱，每一次寻找，又每一次失望。乔巧似乎一直在寻找那种激发自己爱情原动力的神秘力量，而这种自己一直寻寻觅觅的力量在她踏上鹤渡这个遗世独立的中国小山村那一刻，她的直觉告诉她：找到了！在见到蓝榫的第一眼开始，那种神秘的力量让她忽略了自己以前所有的情感历程。一种强烈而神秘的力量，使得她有一股强烈的认知：爱上蓝榫，就是她此生寻找的生命真谛。其他的一切，在这份爱的使命面前，已经没有什么意义了。

当所有人在为那一首无名氏题的《点绛唇》而感慨万千的时候，曲胜根本没有机会参与这一场风花雪月的讨论与体会。此刻，他正坐在白露桥的藻井下打盹，迷糊之中，他正在接受红曲酒神严厉的教训。

正当白露桥下的龟蛇交会要再次兴风作浪祸害生灵时，乔巧失足跌下深涧坏了龟蛇交会的好事，红曲酒神知道那不是歪打正着，那是天意，不可违背！

他气恼的是蓝念远在指挥众工匠重筑桥台的时候，曲胜没有抓住机会让他清醒过来，让他在接通悬空断桥的那一刻刺激他想起自己是千足大仙。而白露桥桥台一修复完成，蓝念远立马又陷入了稀里糊涂的境地。见曲胜的任务几乎没有一丝进展，红曲酒神气急败坏，闯进了曲胜的梦里，训斥了他一番。

想不到曲胜也很犟，他一扭头就甩给红曲酒神几句话："你和他斗的是气，我追的可是要我命的钱呢，我难道不比你更着急啊！我还不是巴不得他快点醒来？亏得你还是个神，你不知道像他这样千年的痴病，难道一两座桥就能够治得好的？恐怕这白露桥，还只是个开始呢！"

红曲酒神看着自己残缺不全的身形，又气恼又无可奈何。他拿曲胜没有法子，留下一句话："你给我催着，快点就是！"然后气哼哼地走了。

曲胜一睁眼，发现蓝念远正在身边仰头盯着桥身正中央的天花藻井一动不动。曲胜见机，赶紧在他耳旁叫了两声："千足大仙、千足大仙，你看什么这么入神呢？"

蓝念远并不理会曲胜，自顾自眯着眼喃喃地说："这藻井，实在是妙啊！一般蜈蚣桥的藻井只做平板篷轩，顶多也只做卷篷轩，都不过分装饰。华丽的藻井通常只做在戏台或者亭榭中。这个可不得了，你看，这白露桥里的藻井最上层是圆藻井盖，各个枋间覆盖的是斜板，中间绘的是二龙戏珠，四周绘的是花鸟、山水。枋木采用的是卷草状华拱，那刻工好精致，那曲线好流畅！你看看，每跳下贯覆盖的是莲梢，层层出挑啊！你再看看，藻井正中央，那浮雕的五只蝙蝠，'五福临门'啊！"

看着蓝念远如此痴迷于头顶的藻井，曲胜把叫唤声放大了许多："说得好啊，千足大仙！"

蓝念远根本没有反应，倒是叫醒了正因无名氏的《点绛唇》而引起无限哀思的蓝桦。他转过身，对乔巧说："廿四节气，廿四古桥，明白这白露桥的含义了吗？"

乔巧听了，忽然心头一震，随即心领神会："哦，原来这是第一座，明白！"

"时不我待，走，在秋分时节，我们要找到下一座。"

蓝天白云下，蓝念远回头再一次深深地看了一眼无言的白露桥，跟着这支神奇的寻桥队伍，再一次出发了。

第十二章
秋分桥上

自从带上父亲蓝念远走上寻桥之路，这一路，蓝卯觉得自己睡得很不好。

虽然这深谷畲乡是他的出生之地，但这里的一切，对他来说太陌生了。虽然蓝念远是自己的生身父亲，但是，在他身上，根本找不到乔爸爸所给予自己的那种真实又无私的父爱。这些日子在崇山峻岭间的沿途所遇，更是让自己叹为观止。

如果不是亲身所历，蓝卯根本想象不出人世间还有与大洋彼岸车水马龙、摩天高楼的现代社会有着天壤之别的一个尘外之地。

这一路，云雾缥缈，烟霞缭绕；壑深谷静，松涛阵阵；古道石阶，乌亮如墨；奇花异草，空谷冷香。

一路行来，蓝卯不断地问妹妹乔巧：这里是不是不食人间烟火的精灵的故乡。妹妹打趣道："我们的故乡有神仙，西方童话里才有精灵呢，哈哈哈！"

当然，这一路寄宿在云岭人家，让习惯了在凶险的生意场摸爬滚打，在法律的夹缝里求生的蓝卯惊讶不已，他惊讶于在故土的山乡，会有如此温暖的人情、感人的信任。

当他们一行人在夜晚投宿山里人家时，之前完全陌生的山农便热情笑迎，以盆火热茶、好酒好肉招待，一众人就像老朋友似的围炉畅叙，听山农讲山中岁月。柴扉外，有连绵的山峰、迤逦的农田、潺潺的小溪、充满畲族风情的农舍……难道，这就是母亲生前时常提起的"山中桃源"？蓝卯忽然觉得自己非常需要彻底逃离聒噪的城市，非常需要一块静谧的人间净土，永世不再回去。可是，一想起海外身处险境的乔爸爸，蓝卯就如坐针毡。

心事重重的蓝卯几乎夜夜不能安睡。昨夜，他又是一夜多梦。

恍惚中，他梦见了两只精灵般的小喜鹊，一只长尾、一只短尾，一早就在他的窗外叽叽喳喳唱歌。蓝卯不耐烦地要起身哄它俩走，刚到窗下，听得那俩小喜鹊张口说话："长哥哥，你尾巴长，飞得这么快，我都快赶不上你，差点要掉海里淹死呢！"

另一只喜鹊说："短妹妹，你还说我，哥哥我叼着千足大仙给我的白露悬鱼飞这么远的路，快要累死了，你也不帮帮我！幸好咱俩都安全飞到宝岛，把白露悬鱼妥妥地安放好了！"

短尾巴喜鹊听了开心地拍了拍翅膀："对对，长哥哥，你真有本事，能认出蓝念远大师傅就是千足大仙。"

长尾巴喜鹊昂起胸脯："你现在才知道你哥的厉害呀！哥哥我还知道那白露悬鱼上刻着筑桥的第一条密码呢！"

短尾巴喜鹊有点不屑："你知道又怎样，你又不认识字！"

长尾巴喜鹊："呃，这个……我不认识字有啥关系啊，咱俩替千足大仙把宝贝藏好就行，将来自有高人破解造桥密码。来来，妹妹，不要偷懒，咱俩好好锻炼身体，接下来还有伟大、艰巨而光荣的任务呢！身体练好，飞越宝岛海峡就轻松了。"

短尾巴喜鹊连连点头："哥，你说得有道理！一想到咱俩还能这么有用，好激动，激动得我灵感都来了。我要唱歌了，哥哥听好啦！"

小喜鹊会说话，让站在窗下的蓝卯瞠目结舌。他正想叫唤这一对神奇的小喜鹊，听听它们刚才一番话里，到底藏着怎样的一个大秘密。

蓝卯一扬手想张嘴，只听得短尾巴喜鹊站在树梢摇头摆尾地唱了起来：

"旧时歌，眼前景，如梦如幻空世情。筱村岭，泗溪岭，小岭便道众路亭。廊桥旧，廊桥新，难找奇桥焚焦心。密有码，码有印，海峡两岸能相应……"

"哎哎，小喜鹊，小喜鹊。"蓝卯激动得大声叫唤，不想这一叫，把自己叫醒了，原来是大梦一场！

蓝卯懊恼地摸了摸自己的脑袋，愣了好一会儿，翻身坐了起来。在床沿坐了好一会儿，正想起身，忽然听得窗外叽叽喳喳一阵喜鹊的鸣叫声。蓝卯连鞋子也来不及穿，从床上蹦下来直奔窗前，只见两只小喜鹊在窗外的枝头欢叫跳跃，一只长尾巴，另一只短尾巴。

蓝卯的心嗵嗵嗵跳得厉害，他不顾一切朝它们呼唤着："长哥哥，短妹妹！快说快说，什么悬鱼？什么宝岛？短妹妹，长哥哥！快说快说啊！"

但是，任凭蓝卯如何叫唤，那两只喜鹊愣头愣脑地停在树枝上，没有任何反应，与平常见到的喜鹊毫无二致。蓝卯着急地向它俩扬手，再一次急切地呼唤它们，但是，只见它们被自己惊扰到了，慌张地张开翅膀，追云而去……

蓝卯颓然地一屁股坐回到床前，重重地敲了敲自己的脑袋："唉，哪来的悬鱼，哪来的海峡宝岛，刚才不过就是一个梦呀！可是，那可是真真切切的两只小喜鹊，一只长尾巴，一只短尾巴啊！"

正思忖着，只听得蓝念远在屋外吵吵嚷嚷："不地道，不地道！阿婷，他们做的仙草鸭不地道，骗人的！"

蓝卯起身推门出来，只见堂前檐下，蓝婷匆匆而来，哄着蓝念远说："蓝爸，不着急啊，我这就给您准备地道的仙草鸭。等下就好哦！"

紧跟着蓝婷，乔巧端着一个不大的簸箩，里面放着几块黄灿灿的生姜，生姜旁边是一大把青翠欲滴的山草叶子。

蓝卯很奇怪，问乔巧："嗨，你知道这些草叫什么？能吃的？"

乔巧说："我从婷姐那里学到了，这叫'木大青'，和鸭子一起炖，那鸭子就变成'神仙鸭子',说是对身体很好的哦!"

没多久,当一大罐"神仙鸭子"放在餐桌上的时候,蓝卯看见自己的父亲蓝念远就像一个孩子得到久违的巧克力、冰激凌那样激动,甚至直接动手,掰了一只大鸭腿就往嘴里塞。

蓝婷赶紧舀了一大勺鸭汤,递到蓝念远前面:"蓝爸,不着急吃鸭肉,来,先喝汤,败火又大补呢!"

眼看着父亲乖乖放下鸭腿先喝汤,蓝卯却迟迟不敢动手舀汤,因为那被叫作'神仙鸭子'的汤黑乎乎的。他看了看妹妹乔巧,乔巧回头笑了:"哥哥,你忘了妈妈以前给我们讲的畲乡人爱喝的山草药汤吗?"

蓝卯想起来了:母亲常说安泰畲乡虽地处山区,但是离东海不远,常年多雨,湿气很大,又容易上火,于是,山间的各种祛湿、败火的草药和鸡鸭野兔炖着吃,便成了最有效的药膳。母亲一遍又一遍地怀念"神仙鸭子",但是,苦于在大洋彼岸,不可能找到中国畲乡的那些山间"神仙草",母亲一直抱憾在心。今天,终于有机会替母亲尝到了,蓝卯鼓足勇气舀了一大勺,想不到,一口下去,他觉得那美味,简直好得要升天了!

"婷,你是厨神吗?怎么做出这样的美味来!"

蓝婷淡淡一笑:"没啥神奇,只不过用大青叶炖鸭子的时候,再加上本地黄姜。当然,最重要的就是不用一滴水,拿曲胜家的曲种酿出来的乌衣红曲酒当水炖鸭子,然后,就是这种味道了。"

蓝卯一边喝,一边"哇哇"地叫着。曲胜仰起头说:"瞧瞧,还是我家的曲种厉害吧!"

蓝桦一直没有说话,用心品尝这不一般的鸭汤:既无腥气也无膻气,浓浓的红曲酒的香气中,渗透着淡淡的山草药气,这味道,确实妙不可言!

神奇的"神仙鸭子"的草药红曲酒汤,就像迷幻药一般,当它们进入不胜酒力的蓝卯的身体内,没有多久,蓝卯又一头栽进了梦乡。梦中,那两只小喜鹊又不唤自来,在他的窗前叽叽喳喳:"秋分到,秋分到,秋分来到秋分桥。小喜鹊,梳羽毛,再送奇巧到宝岛……"

梦中的蓝卯，努力想睁开眼，抓住这一对长短尾的小喜鹊问个究竟，可是，不管他如何努力，也醒不过来。他不知道，这一觉醒来，已是中国农历的秋分，崇山深处，那座秋分桥已经在远处等着他们。当然，另一枚神秘的悬鱼也在秋分桥上等候着他们。

如果不是这一次非凡的旅程，乔巧想自己是万不可能遇见这里的秋天的。用她并不丰富的中文词语来表达，面对眼前的景色，她能想得出的也就是"震撼"和"不可思议"了！

这些日子，乔巧已经习惯清晨一上路，山岚扑面而来，雾气弥漫在山间的情形，她觉得自己已经深深体会到"人间仙境"的真实样子了。但是，这个清晨却不同，乔巧发现了这片山野非同寻常的金色秋天。

起先，她紧紧跟随着走在前头的蓝桦的脚步，目光一直没有离开过那个矫健而俊秀的背影。但是，每当转过一个山弯，一番别样的景致，就像有一股强大的力量，让她的目光从那个深深吸引她的背影上"飞"了出去……

眼前，出现了一大片开阔的梯田。这不奇怪，但是，浓浓的山岚中，点点金黄从山脚蔓延到山间，那点点黄金吸引着乔巧的目光顺势而上，再向上，忽然，巨大的朝阳从山岗一跃而出，顿时，阳光迎面而来，是铺天盖地的一片金黄。

"哇！"乔巧大叫一声，揉了揉眼睛，冲上前去，抓住了蓝桦的手，指着前面喊道，"看看看，你快看，梯田，一整座山的梯田！一整座山的稻谷！"

蓝桦回头看了她一眼，乔巧顿时觉得有一种灼热的电流穿身而过。因为此刻蓝桦的眼中，有一团乔巧从未见过的光，不，那是一团火。

但那团火在乔巧的脸上只停留了两秒钟，乔巧就被蓝桦拽着，飞奔向那金灿灿的梯田。一口气奔了上来，停下脚步一看，乔巧又开心地大叫："哇，这是'稻谷悬崖'！"

蓝桦一听笑了，这熟悉的梯田，从来没有人这样别致地形容过，但确实，金黄色的梯田占满了一整座山，而每一层梯田的田埂，淹没在浓密的稻秆下，乍一看，可不就是"稻谷悬崖"吗？

看着像个孩子般沉浸在欢乐中的乔巧，蓝桦又一次侧着脸仔细看着并肩站在身边的这个姑娘：她分明是自己那个已经远去的凤仙子！可她又明明不是自己的凤仙子啊！她的外形，几乎与凤仙子是同胞双生子，可是，她的个性就如这阳光般通透明丽，率性又热烈，她的才情就如这满山的稻穗，饱满而又引人入胜……

蓝桦沉思着，目光不由自主地追随着在梯田田埂的稻秆间笨拙又努力前行的乔巧。那个美好的样子像磁铁一般紧紧地吸引他，可他又强行将目光收了回来。他的心中被无数个问号充斥着：我这是怎么啦？

忽然，乔巧在前方一处弧度很大的"稻田悬崖"的拐角处又大叫了一声："哇！"

蓝桦心中一惊，用最快的速度冲到乔巧身边。"看看看，你快看，这是魔幻电影吗？那是外星人运来的吗？"

顺着乔巧的手，蓝桦的目光投向了梯田山脚下：真的就像魔幻电影一样，远方也是一大片的稻田，这还不足以让蓝桦惊讶，但是，就在那一大片金黄灿烂的稻田中央，兀然耸立着一座黑瓦红身的古廊桥。

站在这一头的"稻田悬崖"上，并不能看见桥下潺潺的流水，整座桥身被一片金黄的稻浪簇拥着，明媚的阳光下，这未知名的廊桥似乎"向阳而生"，如果大地是一幅油画，那么那座梦幻般的廊桥就是那一片"金黄海洋"中的神来之笔。

虽然自己以为对这片土地相当熟悉，但是此刻，蓝桦忽然感觉到自己的故乡还是如此神秘，还是有如此多未知的世界等待他探寻。

乔巧在身旁不再大呼小叫，她双手捧住自己的脸颊，有点语无伦次地喃喃着："灿烂、明媚、奇幻……触手可及，超震撼！藏不住啦，妥妥的大片！"

说着说着，放下手，拉起蓝桦，像一只燕子似的从那些"稻田悬崖"往山下飞奔而去，直奔那座在稻田里闪闪发光的"天外来桥"。

刚踏上桥身，他们发现蓝念远早已在桥上，眯着眼睛仔细研究这座古桥独特的木作。

一见儿子踏上桥身，蓝念远也高兴得手舞足蹈："快来看，'檐廊隔扇窗'，我找得好苦啊！这里，这里都齐了，太爽了！"

乔巧和蓝桦相视一笑，因为刚在山上，作为专业研究桥梁的学者，他俩已经发现了这座"天外古桥"外形的与众不同，因为它不是与安澜桥那样常规的只有上盖的木作廊桥，而是通体在两侧加了"隔扇窗"。这些"隔扇窗"打开，便能见桥外风景；闭上，便能遮风挡雨。

蓝桦惊喜地对乔巧解释说："安泰山区乡土建筑的小木装修，主要分为外檐与内檐两大类。外檐装修主要是门窗隔扇，内檐装修主要是太师壁和神龛。这座桥，应该都涵盖了，所以老爸才这么兴奋。"

乔巧打趣说："什么叫'老爸兴奋'，难道你不兴奋吗？我可早已经兴奋得不行了！"

蓝桦心中又是偷偷一笑，这边蓝念远已经拉住蓝桦的手，急急地说："你快瞧瞧，它们是不是'直棂窗'呢？这雕工，啧啧啧！"

乔巧已经听明白了，蓝念远口中的"直棂窗"，是一种古老的木窗形式，在中国有着超过千年的历史。但是乔巧想不到这些日子在畲乡一路行来，山间民居里，直棂窗还在广泛使用：住宅的背面、山墙面，甚至住宅的正面都随处可见，风格古拙而淳朴。

"父亲，您看，'格心麒麟窗'。"蓝念远跳了过来，乔巧发现他已经完全清醒，此刻乔巧眼中的蓝念远就像自己在世界顶级大学当教授的父亲乔木一样，专注地开始给两个优秀的学生授课：

"蓝桦的观察很到位。格心是隔扇和槛窗最富装饰意义的部分，它是由断面大约2.5厘米乘3厘米的细木条拼镶成各色透空的格心笼子。整片格心笼子可以拆卸，它与门窗扇之间用竹钉固定。我们乡土建筑的窗户格心朴实素雅，不见奢华。细木条多为平棂，向外的一面作外凸的微弧，相互间用榫卯咬合，做工细致。格心常常被拼成各式各样的图案，也常做成'福、禄、寿、喜'等吉祥字符。隔扇窗的另一个重点装饰位置在格心上方的绦环板。绦环板上的浮雕装饰题材非常丰富，有传统题材，也有劳动生活题材，涉及戏曲小说和传说的人物、动物、植物、器物、自然山水、几何图案以及建筑中的亭台楼阁，都包含着祥和吉庆的意义，表现出我们老百姓的理想和追求。另外，住宅的隔扇装饰中也有较多的笔、墨、纸、砚、琴、棋、书、画和渔、耕、樵、读等。而此桥隔扇窗下绦环板的图案是麒麟，寓意麒麟献瑞，也叫'格心麒麟窗'。"

蓝念远话音刚落，那边传来了一阵热烈的掌声："哇哦，老爸，您是中国乡土建筑的大教授啊！和我的乔爸爸有得一拼，太精彩了！"

蓝卯一边鼓掌，一边和曲胜、蓝婷大踏步往蓝念远这边走来。

走到一半，蓝婷的脚步被桥身中央的佛龛吸引住了，这里的佛龛并不是单个菩萨，而是同时排列着四大金刚。

蓝婷见了，双手合十，虔诚下跪："感谢四大金刚，护佑我们风调雨顺！"

乔巧一见，也学样赶紧跪在蓝婷身旁，一个劲儿磕头："原来有四大金刚护佑，怪不得这里有这么震撼的金秋大片，感谢感谢，真诚感谢！"

蓝卯看了哈哈大笑："真是巧了，我有重大发现，这座神奇的古廊桥，名字就叫'秋分桥'。金秋时节，稻浪成金，绝了！"

当所有人都在为这座如金子般可贵的梦幻廊桥喝彩时，唯独一个人把所有的注意力放在了蓝念远身上，因为此刻，他听见一个沉闷的声音正在焦灼地叫唤他的名字……

正午时分，虽然外面阳光灿烂，但是酒曲房里依旧是灰暗氤氲。

本来此刻，正是红曲酒神最迷糊混沌的时候，他会把自己残缺的身子蜷缩在那个大大的黝黑发亮的酒埕子里打盹，一直到日落。第一颗星星出来的时候，他便精神焕发了。

可是这个中午，他却从酒埕子里跳了出来，坐立不安，在曲房里来回踱步。因为就在刚才，他的耳朵敏感地捕捉到一阵非同寻常的声音，有两只小喜鹊从远处飞来，落在曲房的瓦背上歇脚。它俩叽叽喳喳说着话，红曲酒神侧耳一听，大吃一惊：它俩不就是从南天门出逃的搭千年鹊桥的两只小仙鹊嘛！

那只短尾喜鹊在后面气喘吁吁地说："长哥哥，可累死我了，这秋分桥的悬鱼像那梯田里的稻谷金灿灿的，不会是金子做的吧，这么沉，累死妹妹我了！"

另一只长尾喜鹊说："短妹妹，这回可是你自己要叼的。是你说要和我平分送悬鱼的光荣任务。这样以后论功请赏，可就有你的一半。"

"长哥哥你真是把我看扁了，好歹咱俩也是仙班，哪有这么低的思想境界！咱们俩是帮千足大仙和凤神凰仙完成他们的宏图大业。今日才送这'秋分桥'的第二只悬鱼，咱们还任重道远呢！"

曲房里的红曲酒神听得分明，不顾刺眼强烈的阳光，一个翻身从曲房狭小的直棱窗挤了出来，一脚登上瓦背，急急切切地朝它俩叫道："小鹊儿，快说你俩从哪儿冒出来的。你俩要帮那只蜈蚣精和凤凰干什么？"

短尾鹊赶紧用脚踩住了那块金色的悬鱼，并用翅膀紧紧护住，吓得脸色也变了："长长长哥哥，哪哪哪来的妖怪？"

长尾鹊倒是镇定许多，上前张开翅膀，护住了短尾鹊。红曲酒神懊恼地说："想当初我也是你们堂堂的红曲酒神，仙班里谁不喜欢我的神仙酒，只因如今这副面貌，你们两只小鹊儿，居然也对我如此不恭！"

长尾鹊认出来了："哦哦哦，原来是那个和千足大仙怄气打赌的红曲酒神啊。如今你这番模样也怨不得别人呀，谁叫你小肚鸡肠爱忌妒呢？你莫名其妙刁难别人，还调戏青鸟姐姐，千足大仙爱徒心切，还不是你坏心眼多，他俩才有这红尘历劫啊！"

短尾鹊也认出了红曲酒神："我又想骂你个黑脸鬼了。在西天瑶池，你总是教唆不懂事的小仙班喝酒误事，我凤神哥哥正直侠义，教训你们有错吗？"

红曲酒神一听，已经显形的半边脸更黑了："你们这两只不知天高地厚的小鹊儿！快说，短尾巴，你羽翼下护着的那块金灿灿的东西是什么？是不是蜈蚣精已经找到了我苦苦等了一千年的'定桥神器'？那可是好宝贝，你俩要是听我的，等我修回仙身，自然不会亏待你们！"

短尾鹊一听，赶紧收了收小翅膀，把那块金色的"秋分桥"悬鱼护得更紧了。

长尾鹊瞥了红曲酒神一眼，说："我俩虽是不起眼的小鹊儿，但这天地间的道理都是一样的，我俩分得清是非、辨得了善恶。我俩可是仙班里的好榜样，我们会选择站在正义和光明的那一边。你好自为之吧！短妹妹，走！"

看着长短尾仙鹊兄妹带着那块金灿灿的"宝物"直入云霄、远走高飞，红曲酒神气恼地将酒曲房上的黑瓦扫下了一大片。

在黑瓦稀里哗啦落地的一瞬间，他双脚腾空而起，直奔小仙鹊兄妹口中的"秋分桥"而去，哪知道力道还不够，他用尽法力，也只能到达离秋分桥还有一里地的稻田里。他懊恼不已，干脆将自己半显半隐的身子埋在了稻田里，用意念之力穿透一片稻田，把自己的话传到前方秋分桥上曲胜的耳中。

而就在那一刻，曲胜惊讶地发现，一直以来半痴半癫的蓝念远，此刻忽然变了一个人似的，当他在和蓝桦、乔巧这一中一洋两个博士认真讲桥的时候，哪是乡野一个造桥匠人，分明就是一个学富五车的世界顶尖级桥梁学学者教授。他的心中掠过一阵狂喜：他好了！他好了！

对，只要蓝念远好一点，他曲胜就能离自己的梦想近一步，红曲酒神答应的诺言就会实现得快一点。只要他还了钱，无债一身轻。他不管自己前世到底是不是仙界的酒葫芦，如果能自由自在地在人世凡尘逍遥一辈子也挺好，为什么非得管前世今生、得道成仙呢？今朝有酒今朝醉，何不逍遥？但是如今因为倒卖文物那摊子事还没料理清楚，又欠了外债，心头也是夜夜烦闷呢！尽早帮红曲酒神唤醒蓝念远，那自己的一堆烂摊子事儿也就迎刃而解了，他曲胜就可以继续逍遥红尘了。

正思忖着如何将刚刚看到的好消息传递给红曲酒神，想不到随着稻浪，红曲酒神已经将阴郁而威慑的声音传了过来："你跟了这一路，还不如两只小喜鹊，它俩已经将一枚金黄色的'定桥神器'给偷走了。你若再弄不到建桥秘笈，看我怎么收拾你！"

曲胜听了慌了神，他正思忖着如何找蓝念远问"定桥神器"的事，想不到刚才还神采飞扬、思路清晰地讲解秋分桥种种技巧的蓝念远，一旦停下来，闭上嘴巴，刚才眼中燃烧的火焰也随之暗淡下来。他，又成了众人眼中那个半痴癫的老头子。此刻，曲胜知道自己哪怕拿把锥子去扎他，也扎不醒重新陷入混沌的蓝念远，更别奢望从他嘴里能套出半句话来。

但是，曲胜不知道的是，蓝念远这种梦游的状态持续得并不会很久。当他们离开秋分桥，继续前行，走出被乔巧姑娘称为"稻田悬崖"的金色梯田后，蓝念远眼中的火焰又将被下一座叫作"寒露"的古桥瞬间点燃。

一行人带着遇见黄金稻田里遗世独立的秋分桥的兴奋，继续前行。踏过畲乡少有的那一片黄金平畴，他们又来到了崇山峻岭之间。眼前，又是另一番景致。

乔巧看着前方，回头对蓝榫说："这样的自然美景，要是在美国，早就成国家地质公园了。可惜这里人迹罕至，这是'养在深闺人未识'啊！"

蓝榫听了，心想："这洋姑娘中文功底不错，还知道借唐诗来抒情。"但他没有接话，继续埋头走山路。倒是一旁的蓝婷接了话说："我们这里没有什么'著名景点'，但又处处是景，四季如画。妹妹你看，春天，安澜桥前开满油菜花，色彩明丽；夏天，青山绿水，看一眼都觉得凉快。我们这里盛夏无暑，林海莽莽，是个天然氧吧。这满目葱绿，让人望着舒爽，心情也会跟着明朗起来呢。此刻的秋天，红枫古道层林尽染，整个山岭像一张大画布。最神奇的就是咱们这一路行来，山涧里的那些瀑布。冬天一到，冷空气一下来,山涧里一夜之间,瀑布的水柱子冻成了冰柱子,成了晶莹剔透的冰瀑,好像时间都被冻住了一样。"

乔巧正如痴如醉地听着蓝婷的描绘,不知不觉已经上了一个大石阶转盘,一直沉默的蓝桦忽然手指前方,朗声说道:"更神奇的瀑布就在你们前方!"

"哇,红岩双瀑!"乔巧脱口而出。

蓝桦不由得深深地看了她一眼。曲胜也觉得奇怪:"你一个小洋人从来没来过这里,咋知道那叫'红岩双瀑'?"

乔巧哈哈哈笑了:"这么巧?真的叫'红岩双瀑'?我蒙的,看来我叫'乔巧'没错了!"

乔巧说得没错,眼前这"养在深闺"的绝美瀑布真的就叫"红岩双瀑"。

乔巧抬眼望向远处,两条瀑布从几十米高的红色岩石上倾泻而下,畅快磅礴,水雾随风而起,又让周遭如仙境一般。

上游两条瀑头并行,跃下高约六十米的悬崖,形成"双龙"瀑布。到了下半部分,瀑布合二为一,猛烈冲击底下的巨石,非常壮观。

顺着这神奇的瀑布往下看,就在瀑布入潭的潭口不远处,水上居然横跨着一座不长但是起拱很高的古廊桥。

蓝桦眼尖,一眼看见了这座别致的古桥桥头立着一个与桥身并不相称的大石碑,石碑上刻着几个大字:寒露桥。

一听蓝桦念出"寒露桥",曲胜看见一路几乎半眯着眼梦游一般的蓝念远瞬间睁大了眼睛,把目光聚焦在那座拱桥上,幽幽地说了一句:"名为'寒露桥',实则是'连理桥'。"

众人正纳闷蓝念远为何叫这古拱桥为"连理桥"时,蓝婷一回头,发现不见了蓝卯,她掉头往回走,正到山岭的拐角处,传来了蓝卯几声惨叫……

第十三章
火热溪里

没有回到安泰之前,大洋彼岸,蓝卯生活的地方,四季也是分明的。但是此刻,秋天的山乡,在蓝卯眼里真的很神奇,山脚平野的树叶草木还是翠绿的,而沿着古道拾级而上,蓝卯第一次感觉这里的秋天真的就是一幅杰出的画作。植被像是被画家调成了由绿到黄、到金黄、浅红,再到深红的渐变色,最后调出了最温暖最贴近阳光的颜色。

沿着古岭越往上走,蓝卯越觉得自己犹如行走在舞动的红绸带之中,片片红叶如蝶翻飞,在山间轻盈地舞动,展现着柔曼的身姿,从树上慢慢地落到地上。当然,他不知道,一场声势浩大的"红叶南征"正悄然点燃畲乡,紧接着将宣告山间凛冬的来临。但这里却全然没有悲秋的感怀,肃杀的秋意却格外温柔。

蓝卯觉得自己被这一路的秋色深深打动,那些远在大洋彼岸的糟心事儿被统统抛到了脑后,此刻他甚至忘记了身处危险之中的乔爸爸。

再往上走,蓝卯忽然发现眼前的一片小林子与刚才那阳光调色盘般的景致大不相同:那是几棵不算高大的乔木,但是,已经没有了山脚的葱郁,树叶子凋零得很厉害,主干却遒劲有力,看起来已经有多年的树龄。眼前的这些乔木身上,仿佛有一种难以言表的轮回感与沧桑感。这些树干树枝的样貌,忽然让蓝卯很走神,以至于他徘徊在这一片不大的树林子里,根本没有听见走在前头的蓝桦、乔巧他们为"红岩双瀑"呐喊，为"连理桥"激动。不知为何，就像有一种魔力的牵引，他看着那些落叶的乔木入了神，忍不住伸手去摸，到最后，忍不住折了一根从老树身上横斜而长的小树枝。接下来，在号称世界上最现代化的城市成长起来的他，完全没有想到自己差点被这小小的枝条害死。

当蓝卯伸手折断那根枝条时，一股黏液往他手上脖子上喷了过来，霎时感觉火辣辣的。蓝卯用手一摸，黏液经过的地方，迅速红了皮，紧接着，头皮发麻，火辣辣的感觉自上而下，弥漫着向全身袭来。他四周看了看，发现别无他人，一阵恐惧，他开始大喊大叫起来。但是，想不到自己的喊声被山岭古道的拐弯挡住，还被"红岩双瀑"的轰鸣声掩盖了，根本没有人听得见他的惨叫。

正当蓝卯又跳又叫狼狈之时，蓝婷似乎从天而降，向他冲了过来，嘴里念道："不好，漆树咬人了！"

蓝婷口中的"漆树咬人"，是畲乡孩子们从小就从竹婆婆那里听过的最可怕的故事。原本以为是竹婆婆随口说着吓唬调皮孩子的，但是，当他们亲眼在竹婆婆那里看见那些遭遇过"漆树咬人"事件的当事人时，都不免头皮发麻、心有余悸。

刚才蓝卯伸手去折的是漆树，溅在手上身上的是生漆。其实，南方并不是盛产漆树的地方，它们一般生长在海拔较高的深山老林里。漆树的生漆虽无声无息，但却极具杀伤力，绝大多数人对它都没有抵抗力，基本一碰就遭大殃。蓝婷就在竹婆婆那里亲眼见到过有人折了漆树的树枝，碰到生漆，手和脸很快就肿了起来，被抬到竹婆婆的竹屋子里时，全身已经长满了硬硬的小疙瘩。竹婆婆说，如果不及时送来用药，整个人就会全身肿烂，到最后没有一块好皮。

长大后，蓝婷查医书，才知道这其实是一种过敏现象，而造成过敏的元凶是一种叫生漆漆酚的物质。接触这种过敏原以后到发病的时间长短不一，有的短短一分钟，有的长达几周，轻则皮肤出现各种问题，重则发烧、头昏、腹泻,生漆过敏还会导致肾衰竭,甚至引发精神疾病。

所以,畲乡的孩子都对这种看起来貌不惊人的落叶乔木敬而远之。此刻,见到蓝卯痛苦得又叫又跳,蓝婷二话不说,快步跑到蓝卯的跟前,抓住他的衣袖,打算直奔"红岩双瀑"入水的深潭去。想不到蓝卯毫无经验,在百爪挠心的情况下,他那已经起了疹子的双手紧紧抓住蓝婷的手臂,一边喊道:"什么鬼东西,快告诉我这是什么生化武器?难受啊,痒死我了,啊啊啊,痛死我了!"

这一抓,就像将瘟神传给了蓝婷,蓝婷的手臂即刻火辣一片。

"唉,你懂不懂啊,你害我了!快撒手,然后跟我来!快给我跑!"蓝婷一跺脚,带着蓝卯往"红岩双瀑"入水的深潭方向飞奔而去。

两个人的身影从蓝念远和曲胜的跟前闪过,从乔巧、蓝桦的眼前闪过。乔巧不知道发生了什么事,惊慌地高声问道:"婷姐姐,怎么啦?哥哥,你怎么啦?"

乔巧话音刚落,未听得蓝婷的回答,只看见蓝婷拉着蓝卯扑通一声跳进了深潭旁边一个小一些但是同样冒着水雾的深潭。她急得大叫起来:"天哪,婷姐姐,你们干什么?你这是要带着我哥哥自杀吗?这么冷的天,跳到深潭还有命吗?要冻死的!蓝桦你快点,快去救人!"

蓝桦反应过来,快步向下冲,打算跳进那个深潭去救人。但是,蓝念远却一把拉住了他,不慌不忙地说:"不着急,这是'火热溪',水不凉,是温泉,你们没看到水里正热气腾腾吗?"

跟着蓝桦飞奔到潭边的乔巧,忽然感觉到一阵热浪扑面而来。她此刻才发现,从这个角度仰头往上看,"红岩双瀑"从天而坠时,那随风而来的确实是一阵阵冰凉的水雾,但是,到了下面,双瀑二合为一跌落下来的地方是一个深潭,而一道天然石壁将这个深潭一分为二,旁边那个小小的深潭往上蒸腾出浓浓的雾气,那不是瀑布跌落的冰凉水珠,而是往上散发的一阵阵热浪。

乔巧怔住了:"这到底是怎么回事呢?"

蓝榫瞬间明白了父亲的镇定，他示意乔巧看看深潭旁的一块石碑，石碑上刻着依稀可辨的几个斑驳的阴刻文字：古眼氡泉，在阳涯火热溪旁，四时热如汤，秋冬日尤烈。

后面赶来的曲胜见了，哈哈大笑："蓝榫，亏得你还是咱们畲乡出来的博士高才生，这里就是我们爷爷的爷爷口里说的'阳涯氡泉火热溪'呀，看来你读书读得快忘本了！"

蓝榫笑了笑说："我没有忘记这里是氡泉，我也知道婷姐会游泳，我是不知道我哥会不会游泳。现在放心了，他俩都不是旱鸭子！"

乔巧看着蓝卯在温泉深潭里上下翻滚、左右扑腾，心生疑虑："氡泉？为什么叫'氡'，它不是一种化学元素吗？他俩莫名其妙扑进去干什么？"

这时候，蓝卯终于从热汤里冒出了头，向乔巧大喊了一句："我被一种强大的生化武器攻击了！"

当乔巧一脸问号的时候，曲胜却对这一切毫无兴趣，他只觉得红曲酒神那张半空的阴阳脸又闪现在他跟前："去，快去寒露桥找悬鱼！"

但是，在这座被蓝念远称之为"连理桥"的廊桥上，曲胜却从蓝念远那里发现了一个新秘密。

热气氤氲，在身体四周迷漫着。蓝卯将身体蠕动一下，再蠕动一下，将头斜靠在潭边的围石上，以最舒服的姿势在泉水浮力的托举下，打开双臂让身体沉浸在这神奇的"阳涯氡泉火热溪"之中。

蓝卯不知道什么时候天色已经完全暗了下来，但他清晰地看到月亮渐渐从山崖上升起来，羞答答地将银辉洒向了山岗古岭，洒向了"阳涯氡泉"，洒向了他和身边的蓝婷。

深潭的表面，层层白雾向夜空四散升腾。月光固执地穿过这浓郁的雾气，在温泉的表面泛起阵阵银光。蓝婷用双手不断地捧起泉水，那水顺着身体和手臂流淌下来，洒落下来时就像是一捧捧的碎银。蓝婷散开的长发在这银光中轻轻荡漾，她的纤纤玉手缓缓舒张撩动。蓝卯的心扑通扑通跳得很快,他只好将自己的双眼闭起来,强制让自己的思绪停滞下来,但是他还是分明感觉到,蓝婷的那一双手似乎是抚在他的每一寸肌肤上,将他一身的灼痛甚至一身的烦思都从中剥离开来,让它们融入泉水,流到目力所不能及的远方去,使身心都得到了无可名状的安宁。

然而蓝卯知道,这种安宁是片刻的,他的眼睛睁开来,目光不自觉地穿透迷漫的热气,不可自制地在这如诗的秘境之中,追寻月光下蓝婷成熟又曼妙的身姿,心跳一阵快似一阵。

然而,蓝婷似乎没有察觉到这一切,她在确认蓝卯的身体不再是百爪挠心的状态后,开始向他科普这上天给予安泰畲乡百姓独特的馈赠——温暖而神奇的"氡泉":

"听爷爷说,咱们安泰像这样的'氡泉火热溪'有好多个,越是深山里的,越是别致。以前我们不知道这水里含的物质是什么,只知道是温泉,先人们都叫它们'火热溪'。我太爷爷说是在1973年,省里的水文地质大队对汤泉进行水文地质调查,检测出来泉水中含有很多化学物质,说这些物质是高热优质的医疗矿泉水,对高血压、糖尿病、风湿病,还有很多皮肤病、过敏等都有疗效,说姑娘家常泡泡氡泉,皮肤会越来越美呢。他们叫这些温泉为'氡泉',从那时候起,这些火热溪就有正式的名字了。

"地质大队的人还说,我们这里的氡泉是典型的自涌型温泉。这些温泉水本来是地球表面的,但是它们经过了三十八年时间,一直流,一直流,流经地壳深处开始循环,再从热泉的泉眼喷出。科学家说咱们这里就是一条氡泉大峡谷,其实这些日子,咱们就沿着一条氡泉大峡谷一路走来呢。"

蓝卯努力让自己的思绪跟着蓝婷的话语走:"是吗,你还懂不少!"

蓝婷一听,就不好意思了:"没有啦,我只是记住了太爷爷的话罢了。这氡泉的水温最高的可以达到62摄氏度呢。竹婆婆的老厝里就有一眼氡泉,那些被生漆'咬'了的人,都赶紧抬到竹婆婆老厝里,扔进氡泉,没多久就好了!"

看着蓝婷一边往身上撩水,一边在身边呢喃,迷漫的热气化作如烟似雾的轻纱，悄悄地将这个精美得无与伦比的身姿包裹着。而自己沉浸在氡泉火热溪中，升腾起的白雾萦绕着，周边的群山若隐若现，朦朦胧胧……此刻的蓝卯觉得，如果这还称不上是仙境，那么哪里才是仙境呢？在如此的神仙地，不做一回神仙，那么何时才做神仙呢？

他似乎已经完全忘却了刚才"生漆咬人"惨痛的一幕，此刻身上的灼伤和刺痛也已经荡然无存。他的理智告诉他，不能靠近蓝婷，不能冒犯这个人间仙子一般的姑娘，但是，他的身体却全然不顾了，他一转身，一把紧紧抱住了蓝婷。

但是蓝卯没有想到，看似娇弱的蓝婷，在蓝卯这个猝不及防但是强有力的怀抱中，身体只做稍微扭动，便像泥鳅一样从他的腋下潜入水中，挣脱了。

蓝卯哪里甘心，荷尔蒙在他身体里就像温泉的泉眼猛烈往上翻滚，他张开他的长臂，奋力一游，一伸手把蓝婷娇柔的身躯再次搂进怀里，紧紧贴住她的耳朵，急切地说："蓝婷，婷，好美的婷，好喜欢你！"

蓝婷再将身子一扭，依然顺滑地从他的身下绕了出来。

正在这时候，月光下，传来了乔巧的呼唤声："婷姐姐，哥哥，你们可以上来了吗？我们找到借宿人家了，等你们吃晚饭呢！"

蓝卯抬头一看，只见岸上蓝桦抱着一堆衣物，后面紧紧跟着乔巧，他们一起向泉边走来。他忽然觉得很尴尬，正不知如何答应，只听得身旁的蓝婷脆生生地应答道："可以了可以了。咱们的氡泉火热溪果然名不虚传啊，浑身舒坦，一点也不痒了。你呢，蓝卯？"

"嗯嗯嗯，不痒了，不刺痛了！"蓝卯喏喏道。

蓝卯从氡泉里起身后，一眼瞥见月夜下蓝婷迷人的曲线，但是，此刻，他忽然感觉到自己之前所有的火辣辣的感觉不在身体的任何一处皮肤上，而全部集中在了脸上。

月夜下，乔巧也一眼瞥见了蓝卯动作迅捷地将毛毯轻柔地披在蓝婷的身上，并轻柔地帮她擦头发。那一瞬间，乔巧发现蓝婷仰头看蓝桦的那一双眼睛，就像夜空中的星星在发亮，那种光亮，甚至可以让月色瞬间暗淡。

乔巧将毛毯盖在哥哥身上，忽然觉得自己的身上有一股莫名的燥热。她扭头径自抬脚上了古道山岭，快步向半山腰借宿的山里人家走去。蓝卯紧紧跟在妹妹后面，也快步上了古道。

沿着山路走，忽然，蓝卯的目光被月夜下一个小小的亮光吸引住了。他定睛一看，就在脚边，一棵兰草，那晶莹剔透的亮光就是兰草上娇羞欲滴的露珠。他好纳闷：露珠不是清晨的吗？怎么这个时刻会有露珠？

他停住了脚步。哇，月色下那棵兰草细长的叶子，就如宋画里走出来的，婀娜文雅，又野趣横生。多像蓝婷，简直像极了！

正沉思着，蓝婷和蓝桦也追上来了。看着蓝卯盯着脚边发愣，蓝婷顺着他的目光，也发现了那种兰草。

蓝卯抬头看了看蓝婷，又低头看了看兰草，说："明早咱还回到这里的吧？我先做个记号，明早太阳升起来的时候，再采来献给你。"

蓝婷听了，不作声，只是笑了笑："赶紧走吧，夜深了，小心冻着！"

到了借宿的人家，山里人家依旧淳朴而热情。那一顿野味十足的晚餐，蓝卯分不出其他的味道，但是却觉得自己一辈子也不会忘记那一杯叫"小青"的神奇的茶。

刚放下饭碗，蓝婷便给他递来了一杯茶。看着茶水淡淡的绿色，他以为那是一杯山间常见的绿茶，但是喝了一口，发现味道与平时喝到的绿茶大相径庭：那是一种清新、一种爽朗，又是一种带着甘甜的青涩。正细细品着，蓝婷说："多喝点，这是一种山间的野草，清肺败火，对被生漆'咬'过的人有特效，它叫'小青'。"

蓝卯听了，一仰头，就干了一碗，接着，又喝了一碗。

那一个晚上，蓝卯望着窗外的月亮一点一点下沉，睡不着，白天的事情像电影镜头一样一帧一帧在他脑海里回放，他再一次细细回味氡泉里蓝婷细若凝脂的皮肤和柔弱无骨的身体。他急切盼着天快点亮起来，等太阳出来的时候，他就能采下那株空谷幽兰，送给蓝婷了。

但是，第二天，蓝卯没有想到，神奇的事情又发生了。

山间的清晨如此静谧，连山农家的小山羊也只是轻轻地叫唤着妈妈要奶吃。太阳刚刚上了山岗，蓝卯匆匆吃了早餐，就往"红岩双瀑"寒露桥的山岭上跑。

山风迎面吹过，空气如此清冽，但是蓝卯感觉到呼吸到嘴里的山岚都是甜丝丝的。

迈开自己的大长腿，蓝卯很快就到了昨天在月光下发现那株兰草的地方。为了自己能回头找得到，昨晚临走前蓝卯特意捡了五块石头，将兰草圈住。可是，此刻盯着那五块围成一个小圈的石头，蓝卯的眼睛发直了：兰草呢？

他的双眼急切地跳出石头圈子，在周边急急搜寻：没有！没有兰草了！他急得沿着山岭上上下下跑了好多个来回，每一处的山边都仔仔细细搜过，可就是不见兰草的踪影。

正着急，那边，蓝婷和乔巧手拉手来了，后面紧紧跟着蓝桦。见蓝卯像个猴子似的上蹿下跳，乔巧连忙问："哥哥你怎么啦？"

蓝婷也焦急："你身上是不是又痒了？越来越厉害了？"

"不不不，是兰草！那宋画里出来的兰草不见了！"蓝卯更着急了。

"哥哥你是不是被昨天的生漆'咬'糊涂了，一大早说什么兰草兰草的？"

蓝婷一听，却瞬间明白了，她拉着乔巧的手，抿嘴笑道："生漆倒没将你哥'咬'糊涂，是氡泉差点把他的脑袋烫坏了！"

"怎么可能呢，昨晚我把这兰草护得好好的，这荒山野岭，除了我们，深夜谁会路过呢？怎么就不见了呢？"蓝卯不死心，还是左顾右盼，上下寻找。

见蓝卯那焦虑的样子，蓝婷又抿嘴笑了："这空谷里的幽兰不是你想带走就带得走的。它可是仙草，有灵性哦，知道你要带走它，它就自己先跑了!"

蓝卯听她这么一说,傻傻地盯住蓝婷,眼里霎时写满失望、失落,甚至有点委屈。那样子,像极了一个孩子。

看着蓝卯那滑稽的样子,蓝婷忽然心中一动,伸手拉了蓝卯的衣袖:"别想那兰草了,你身上还有不舒服的地方吗?"

蓝卯半天才缓过神来,答非所问:"唉,咋会跑了呢?"

当年轻人到达"红岩双瀑"的时候,瀑布旁边,因为飞瀑水珠发光,那座古廊桥桥眉上"寒露桥"三个字正在东升的太阳下熠熠生辉。

"快看,快看,廊桥边的那道彩虹!"乔巧惊喜地叫了起来。

而在那道因飞瀑雾气水珠折射而成的彩虹里,廊屋屋顶双重飞檐,似盘龙卧虎,颇有吞云吐雾之势,翼角稍稍伸出,似游龙欲飞,远看就给整座廊桥增添了一份动感,有了飞扬之势。

看着看着,乔巧有点纳闷,她问身边的蓝桦:"博士,看着这寒露桥的材质,估计应该有不少年头了。嗯,你说在这样的深山空谷里,当年那筑桥的工匠们为什么将桥身的栏板涂上这样朱红的颜色?"

蓝桦眯眼仔细看了看,说:"那叫风雨板。这拱桥上的风雨板刷的是掺了纯净桐油和矿物质的红漆,能起到保护木板的作用。红色的大胆运用,使得整座拱桥主要色彩有别于周围呈绿色的自然环境,这样就突出了廊桥的主体地位,又能够与周围环境的斑斓色彩融合起来,相得益彰。你看,我们的巧匠之巧,巧就巧在既有科学又有哲理:即便百年无语,廊桥是人类活动的主体,当然也是这一方天地空间的自然之主,运用大面积的红色,就是一种征服自然的勇气和能力的宣告。"

乔巧听了,佩服地竖起大拇指:"哇哦,我的论文新主题已经在你那里产生了,绝妙的观点和角度。"

蓝桦接着乔巧的话说:"在我多年的研究中,我发现我们畲乡的廊桥,应该类型多样、风格迥异,它们在峰回山转、沟壑纵横之中构成了一道道美丽的风景。从结构上来看,突破了石拱桥因桥身沉重带来的许多问题。

其实，木拱桥和石拱桥，各自有不同的特色，但古代的造桥巧匠有时候将两种材质同时运用到一座廊桥上，将它们融为一体。来，你仔细看看眼前的这座寒露桥，就是一座典型的单孔石拱木廊桥。"

乔巧眯起眼睛，仔细上下打量："对哦，这桥身下面是石头，上面是木头，好混搭！"

蓝榫很专业地说："对，这座桥下面的石拱利用天然的石料加工结构。这样呢，这种木石结构就稳定耐久，材尽其用，十分合理。"

正当中西两个博士在专业而热烈地讨论筑桥的问题时，曲胜却已经早早在寒露桥的廊屋里，盯着正仰头痴痴望着天花藻井的蓝念远。

自从在秋分桥上见到蓝念远展示了罕见的正常思维后又瞬间返回到混沌的状态后，曲胜断定这一定和红曲酒神口中被小喜鹊偷走的那块"黄金悬鱼"有关系。于是，这一路上，他把蓝念远盯得更紧了，这个早晨，当所有人都还没起身的时候，蓝念远已经独自迎着启明星，踏上山岭直奔"红岩双瀑"边上横跨氡泉火热溪的那座寒露桥了，曲胜紧紧跟随而来。

看着蓝念远像一尊雕像一般仰头盯着藻井，曲胜在心里嘀咕："这老头的颈椎这么厉害，举头这么久了，颈椎居然受得了，这断不是常人啊！"

他一边嘀咕，一边也学着蓝念远抬头看了看头顶，一看，自己也吃了一惊：头顶的大梁上居然写着"大明弘治三年"。大明？难道这寒露桥是明代建造的？明代到现在几百年了？四百年？五百年？

曲胜觉得自己根本算不清楚，几个混沌的数字正在脑子里盘旋，忽然，只听得一阵鸟鸣声，飞来了两只小喜鹊，一只长尾、一只短尾。

随即，他听见蓝念远对着两只小喜鹊说道："奇迹啊奇迹，廊桥一般只建斗拱不做藻井，这寒露桥居然斗拱加这样的藻井。你俩飞进来仔细看看，仔细看看啊！"

话音刚落，那两只小喜鹊飞进了藻井内，只见藻井的正中有粗大的丁字形木斗拱，边上的彩绘图案已经色彩斑驳，但是这并不妨碍装饰藻井内的斗拱层层叠叠。这些雕刻精美的斗拱不用一颗钉子，完全是榫卯穿插而成。装饰简洁、粗壮有力，很有美感。

虽然其他彩绘已经看不清上面画了什么，但是，最上层的承圆藻井盖上，分明完整地画着五只蝙蝠，曲胜明白那是"五福临门"之意。

可曲胜很快又纳闷了：这桥上几乎所有的彩绘色彩斑驳，为何唯独这块藻井盖板却如此色彩鲜明，犹如新绘。忽然，他听见蓝念远对两只小喜鹊说："你俩快去啄那五只蝙蝠的眼睛。"

奇迹发生了。"笃笃笃、笃笃笃"，小喜鹊轻轻地啄着五蝠的眼睛，瞬时，五束金光从藻井射出，藻井的井盖"吧嗒"一声弹了出来。

蓝念远一见，就像一只猿猴，飞身顺着廊屋的木柱子往上爬。很快，他爬到了顶，脚踩一块伸突而出的"牛头"，一只手攀着瓦椽，伸长另一只手，从弹出的藻井盖子里摸出了一块小小的木雕，哈哈大笑："造桥先祖，你咋这么调皮，将寒露桥的悬鱼藏这么好，让我好生寻找！哈哈，难不倒我，找到了！找到了！"

小喜鹊在旁边也开心地拍着翅膀喳喳叫。曲胜在下面看了，惊讶地叫出了声："蓝伯，那是什么？快给我也看看！"

蓝念远被曲胜冷不丁的一声叫喊吓了一大跳，随手将手中的悬鱼扔给了长尾喜鹊，叫道："雀儿雀儿，快衔着，飞宝岛去！"

曲胜一见又大叫一声："不要！等等！"然后一个箭步往前冲。就在曲胜的叫喊中，蓝念远脚下一滑，整个身子向下倾倒了过去……

第十四章
霜降立冬

如果不是遇见这个叫"修竹"的小村庄，乔巧是无法真切体会到小时候母亲让她苦背那篇对她来说晦涩难懂的中文《桃花源记》里的真实场景。

可是今天，当藏在群山中的一片翠绿出现在她眼前的时候，她惊呆了：

这里有连绵的山峰、迤逦的农田、潺潺的小溪、充满畲族风情的房舍、田里劳作的村民、悠闲晒着太阳的老人……随处可见诗与远方的韵味，一切的一切都徐徐向她展开。母亲曾向她描绘的"世外桃源就在畲乡的山林田园之间"，原来是真的！

"修竹"，一个恰如其分的名字。蓝樺对她说，这个小村子森林资源丰富，毛竹林面积就达到二十多万亩，可以说是竹海山乡。

巧的是，他们投宿借住的一处老厝，据说是先人留下来的一处文礼书院，就叫"修竹书院"。

"修竹书院"建于一处群山环抱的缓坡之上，视野可及十数里。既有竹林环绕，又有小溪流经，门前更是一片无垠良田。"修竹书院"就位于溪流一侧，小院竹林环绕，石板、绿植、草地和水塘巧妙组合在一起，自然灵动，意趣盎然。"哎呀呀，几近完美！"乔巧不禁发出了感叹。

而借宿的房内，更让乔巧感叹自己是从古代穿越而来，堂前灶间，畲民生活中的一些木质器具、农具、畲服，被主人零散地存放着，耳畔时不时传来女主人哼的听不懂的畲乡民歌。

这边屋里屋外、前前后后,乔巧像孩子一般地逛来逛去。但是,"修竹书院"老厝的土灶间里,蓝婷却柳眉紧蹙,炖好鸡汤,分成两碗,小心翼翼地端到了东厢房里。

东厢房里,蓝桦正和曲胜说话:"这回多亏了你,不然在寒露桥那么高的地方跌下来,后果真是不堪设想,我老爹也真是老糊涂了,他忘记自己到底多大年纪了,还以为自己像年轻时候那样身手矫健能飞檐走壁呢。谢谢啊兄弟!不过话说也奇怪啊,老爹这一大清早的为什么爬到那么高的地方去掏藻井,那里又不是鸟窝,他到底想要干什么?"

曲胜一边喏喏地应着蓝桦:"哪里哪里,也是凑巧罢了,也就是咱们老爹命大。"一边却躲避着蓝桦的眼睛。他的思绪还在那两只小喜鹊身上:那一刻,他眼睁睁地看着小喜鹊叼着那一块闪亮的悬鱼向东飞去,那一刻他恨不得自己也生出一对翅膀,飞上天将那一块悬鱼抢回来。但是,当他看到蓝念远因为自己的狂叫而受惊,失足坠落的一刹那,他不假思索,一个箭步冲了上去,伸出双手,将跌落下来的蓝念远接到了怀里,两个人顺势在地上打了一个滚。这一滚的结果是:曲胜滚折了一只胳膊,而蓝念远又滚傻了,他又回到了完全魔怔的状态。

蓝婷的鸡汤一送进来,蓝桦就递给了曲胜:"兄弟快喝吧,加强营养,胳膊就愈合得快。"

但这边蓝念远却不愿意喝鸡汤,蓝婷像哄孩子一样地哄着也没用,蓝念远就是不张嘴。

蓝婷正犯愁,忽然听见外面蓝卯兴奋地推门进来:"哇哦,好香!有我的份吗?老爸您不喝啊,那我喝得了,我也要补补身体。"

一边说着,一边就从蓝婷手里接过了那碗鸡汤呼噜呼噜地喝了起来,还一边说:"你们知道吗?在村子的那头有一座别具风情的建筑,听老乡说,那个地方叫'竹里馆',里面有很多很多竹雕的东西,还有各种各样的根雕,看得我只想鼓掌,这地方的匠人那雕工太厉害了!"

听蓝卯这么一说,蓝念远忽然就像一个宿醉的酒徒酒醒了一样,拔脚就往外走,蓝婷在后面跟着出来:"先喝了鸡汤呀!您这要去哪里呀?"蓝念远边跑边喊:"竹里馆,竹里馆!"

就这样,蓝榫陪着蓝念远在那个充满着各种竹雕的"竹里馆"整整待了两天两夜。在那里,他们父子俩细细揣摩了浮雕、线刻、浅刻、竹简、木雕、竹根雕刻等雕刻手艺,就像见到了那些师出同门的匠人兄弟一般。

第三天,曲胜吊着一只胳膊,跟着大家再一次踏上了寻桥之旅。他的手臂还在隐隐作痛,但是,他的目光依旧紧紧地盯着蓝念远,生怕又一个造桥的密码在自己的眼皮底下溜走了。

一路上,红枫绿树在林中深浅交错,片片枫叶情,叠叠千重意。看着枫叶飞落,叶落归根,蓝卯的心头忽然升腾起一种别样的滋味,他想,这,也许就叫作"乡愁"吧。

蓝卯和曲胜各怀心思,而乔巧则眼睛一路不停地"探险",山岭石阶边,居然有冬笋已经冒头了。前方是"九曲岭"的岭头,海拔快到千米了,在这里可以俯瞰竹海。

这些日子,乔巧完全没有找到《廊桥遗梦》那廊桥的样子,但是她一直还梦想着,电影中那浪漫的故事会发生在她的身上,当然,男主人公就是走在前面那个宽宽肩膀的同道中人——蓝榫。

一抬头,前面是一条深涧,一座廊桥横跨在深涧之上,古朴又深沉。

乔巧还是那样的兴奋,她轻巧地跑到桥前,感觉自己就像来到一个高寿的长者面前:"哦,这桥叫'霜降桥'呀,桥头还刻着一副对联呢!看我能不能把这些汉字念对:'闲闲地餐风饮露,忙忙地耕云种月。'蓝博士,我念得对不对?"

蓝榫嗯了一声。乔巧有点失望,她原本以为蓝榫会表扬她的中文水平,但是她不知道蓝榫此刻的注意力已经完全聚集在桥身几处特别的设置上了。

蓝榫知道,从多年的史料考证来看,浙东南、闽西北的古廊桥,自古以来在桥中设神龛不足为奇,但神奇的是,这座"霜降桥"居然在桥头、桥尾、桥中各设了一个神龛。而桥身正中两边的木头柱子排列整齐，撑住廊檐，桥中间有一神龛，神龛上是八字形顶，上面依稀可见彩绘的图案，中间供奉的是"临水夫人陈十四"。

乔巧没有马上问"陈十四"是何方神圣，为何会成为这里的祭祀神灵，她更关注的是桥身通达的尽头，突兀地耸立着一座小殿，殿虽小，却肃穆端然。

那小殿里到底有什么？为何这座古廊桥短短的桥身之中设有三处神龛？为何距离此廊桥不到百步之处，还要另设一座小神庙？

这一切不仅引起乔巧的极大好奇，也吸引着蓝桦抬脚前往小殿一探究竟。

见他俩并肩往小殿走去，蓝婷也紧紧跟了上来。

推开小殿的门，只见里面并不萧索，正殿中央，干干净净，端坐着一位神姑，神姑前方，还供奉着瓜果、蜡烛、香。蓝婷一见，赶紧在神姑前的蒲团前跪了下来，双手合十，磕头祭拜。

乔巧也跪在蓝婷的身旁，等蓝婷拜完，悄声问："姐姐，你祭拜的是何方仙姑呀？"

蓝婷也悄声答道："陈十四娘娘呀！"

蓝桦一听，瞬间明白：相传这位陈十四娘娘俗名叫作陈靖姑，受仙人指点除害成仙，后来因为"求子灵应"显著，特别受山乡女子们的崇拜，很多村庄集镇都设有"娘娘宫"，求拜的就是这位"陈十四"。

蓝婷贴着乔巧的耳朵悄悄说："多拜拜，求娘娘多赐儿子给你。"

乔巧哈哈笑了，蓝婷迅速朝她嘘了一声："不骗你，很灵的哦。我们这里求子的善男信女来娘娘宫焚香祈祷，回去一准怀上孩子。到生孩子前，一定会供'娘娘像'在房间中，到孩子满月、周岁时，还要来还愿感谢娘娘赐子呢！"

乔巧听了，不自觉地俯下身子，朝娘娘拜了几拜，起身时俏皮地对蓝婷说："姐姐，我这是替你祈祷的哦，哈哈哈！"

这一边，蓝榫掏出笔记本，记下了这么一段文字：毗邻而建的临水殿、陈大仙姑宫和霜降桥桥内的神龛，形成一处祭祀中心。这种独特的双重祭祀中心，折射出乡民们祈盼美好的虔诚心理。

蓝榫收了笔，正打算和乔巧蓝婷退出"娘娘宫"，忽然，从前面"霜降桥"重檐的廊屋里传来蓝卯不安的声音："我的天，棺材！"

如果不是这神奇的寻桥之路，蓝卯心想自己永远也见不到父亲真实的样子。

当他踏上故土，第一次见到蓝念远的时候，感觉他是一个失落、酸涩、古怪，甚至有点愚昧猥琐的精神不正常的老头，就是一个一辈子也没有走出过大山，不知外面的世界是怎么样的一个过时的老工匠。

但是这一路上，每当蓝念远发现一座廊桥时，他的身上立马就燃起一团火光，随即那团火光给蓝念远笼罩上了一层神奇的光芒，使得他整个人闪闪发亮。特别是眼里的那种光芒瞬间让蓝念远变了个人。那些时刻，蓝卯总会想：这样的父亲与大洋彼岸做教授学者的乔爸爸又有什么区别呢？

每次看到从黯淡到瞬间发光的父亲，蓝卯的心中不断地闪现出一个词：变形金刚。"我的中国老父亲，难道您就是中国乡村版的'变形金刚'吗？哈哈，神奇的联想！哦，是的，一定是！那么，我也是变形金刚，我的身上一定也具有无穷的神力，一定会战胜困难，出人头地！既然我的身体里流淌着父亲的血液，那么自己能从他身上获得什么？学点什么呢？对，他是能工巧匠，那么，我得先从他的'匠心'开始细细解读他。"

于是，蓝卯暗下决心，对，就以这座古意盎然的"霜降桥"为起点。

当蓝榫和乔巧蓝婷他们在桥岸上那座娘娘宫祭拜神灵时，蓝卯紧紧地跟随着父亲。他尝试着学父亲的样子，他发现此刻父亲那发亮的眼睛就像是一台扫描仪，从廊桥古老桥身的木作上一点一点地扫射过去，然后，聚焦到几个点上，嘴里喃喃念叨："斗拱、斗拱……"

虽然自己学的是经济，但是原先在家里，乔爸爸和妹妹是研究东亚古建筑的专家学者，日常能从他们的嘴里不断听到东方古建筑的一些名词，所以，蓝卯对"斗拱"之类的名词并不陌生。

但是，蓝卯身边的曲胜却完全不同，虽然土生土长，但他几乎听不懂蓝念远口中的任何一个关于廊桥的专业名词。而此刻，他与蓝卯一样，也是寸步不离蓝念远的身边，因为他知道，从眼睛开始，浑身发光的蓝念远，一定会又发现新的筑桥密码。

果然，这时候，"密码"不断地从蓝念远的嘴里涌出："咱们安泰山乡民居的斗拱多考虑的是功能，实用、简洁，少有夸张，通常只在柱头上安一个坐斗，一般是圆的，或者是圆角海棠瓣的，很少用这种方形的坐斗，在檐廊里穿插枋，顶多也是在抱头梁上。在承接卷棚轩或井口轩的枋子或檩子的小构架上，才有这种方形的坐斗……嗯，你们看看，正心瓜拱和厢拱，只有宗祠、庙宇、戏台、亭阁上的斗拱才做得如此华丽，啧啧，这座'霜降桥'的先人师傅，是个讲究人！"

曲胜觉得自己一句也没有听懂，但是他还是目不转睛地盯着蓝念远手指之处仔细看着。

见他俩如此认真，蓝念远就好像是一个学富五车的博导，正在带自己的博士生做田野考察，他继续讲得兴致勃勃："你们再往这看：少有的圆角海棠瓣。还有这，这是一种斜撑拱，一头插入柱身，或立于丁头拱上，另一头置斗承枋传。这种斜撑拱其实与徽州盛行的斜撑同源。这类斜撑拱又称'牛腿'，成为装饰的重点，咱们畲乡民居建筑这类斜撑拱与福建永安、泰宁地区的这类构件极其相似，上端持斗，下端作卷曲水纹，雕刻精美……还有这这这，呀，这个可有个神奇的名字哦，叫'逐跳偷心插拱'，这在斗拱里是一种多层插拱的做法，这类插拱做法在江南极为罕见，听说在日本东大寺还能见到。我猜吧，那个日本的作法的渊源就来自宋代咱江浙一带的民间，或者就来自咱们畲乡，呵呵。曲胜啊，你没见着咱们老厝的宅门、村寨的溪门，以及牌坊上，不都有这种'逐跳偷心'吗？咱邻村的黄宅门楼和王家宗祠门楼，就是妥妥的这种'偷心造'！"

看着父亲滔滔不绝，蓝卯忽然心生感慨：也许这就是文化遗产的价值吧。

而一旁的曲胜更是听得一愣一愣的，他从来没有关注到身边的那些古老巧技竟有这么多的门门道道。他只觉得这些就是他生活的日常，老旧、沉闷，没有什么值得自己关注的。但是今天看蓝念远如此思路清晰，甚至用超乎常人的表达来细数这一切的时候，他才意识到诸如"斗拱"之类的东西也是宝贝无疑了。

蓝念远继续当他的"乡土博导"。不知不觉中，蓝卯的目光又开始跳脱了，他有了新发现，这座"寒露桥"的西桥头，有一个楼梯，他攀上了楼梯，发现居然是一座阁楼。

阁楼上只有一个小小的葫芦形窗户，里面光线昏暗。蓝卯刚弯腰进去的时候，眼睛还不太适应。可是，当他能看清重檐阁楼里的一切的时候，他吓得往后倒退了几步，大叫了一声："Oh, my god（我的天），棺材！这里有棺材啊！"

他掉头连滚带爬地狂奔下楼，迎面撞上了蓝桦。

蓝桦一把扶住了他，说："哥，不用惊慌，那只是本地村民的寿材，我们不直接称呼为'棺材'，而是尊重民俗，叫作'寿方'，有时候也简称为'方'。"

曲胜听了哈哈大笑："假洋鬼子毕竟是假洋鬼子啊，一口'方'的几块旧板就把你吓成这样了！来来来，过来看看这里！"

曲胜不由分说，就拉着蓝卯到了桥身中央偏左地方的一处木橱前。打开木橱，里面是一个黑金釉色的陶罐，发出时光里清幽的冷光。蓝卯又觉得后背一凉，往后退了一步："这是什么？"

蓝婷刚上前制止说："你别吓他！"曲胜已经脱口而出："这是先民的'金瓮罐'，里面存放着的是本地先民的尸骨！"

蓝卯一听，吓得扭头就要走，蓝桦又拉住了他："哥，莫怕，这只是我们本地的一种习俗而已。咱这里的一些地方和客家人有同样的一种丧葬风俗，叫作'捡骨葬'，捡取逝者的骸骨贮在罐中，选时间再葬，也叫'二次葬'。捡骨改葬之时用布把骨殖擦干净，又称'洗骨葬'。"

蓝卯听了还是连连后退："好恐怖！"

乔巧听了，却不以为然，一把挡住了蓝卯的后腰，不让他再往后退："哥哥，我们要尊重各民族的丧葬风俗，有什么好害怕的！我当年硕士研究生毕业论文，妈妈就建议过我做中国少数民族的丧葬风俗。生死轮回，很正常啊！我知道这种'捡骨葬'，就是浓厚的敬祖观念和多次迁徙的历史原因留下来的，很可贵的民俗，很有研究价值的。"

蓝卯听了，转回身悻悻地说："我可不相信什么轮回，我还是好好过好这一辈子，过好眼前吧。"说着，就往桥头走去。想不到，没走出几步，从桥头的陈十四娘娘宫里传出了悠扬的诵经声，蓝卯似乎闻到了那座不大但端庄的小庙里飘出的阵阵檀香。

蓝婷慢慢地跟着过来，站在他的身后，轻轻地说："那是谁家小妇人来娘娘宫求子，如愿以偿，过来烧香还愿、感谢神灵的。你看，生或死，去或留，就在这一桥之隔，这世间啊，真的没啥好争的呢……"

从蓝卯和蓝婷的头顶放眼望去，蓝桦发现"霜降桥"前面是两条岔路。蓝桦没有兴趣在此刻思考生死的问题，他在认真观察：接下来该走哪条路呢？

当山岭古道上的枫叶由绿转黄、从浅红到深红，再一片一片飘零，飞向深谷纵壑时，时光也随着这些大自然的颜色，在不断地向前推进。

从白露桥开始，蓝桦敏锐地感觉到冥冥之中，有一股神奇的力量，在指引着自己，他觉得前方的那条路虽然还是模糊的，但是，方向却异常准确。

他认真捕捉过那股神秘的力量，有时候觉得那股力量来自时而糊涂、时而魔怔的父亲，有时候又觉得来自可以与自己的挚爱凤仙子混淆的乔巧，有时候还觉得就是自己身体的某个隐秘角落对自己发出了神秘指引。他每次都能带领大家准确无误地找到下一座古廊桥,再下一座古廊桥,他们也由此走过了白露、秋分、寒露、霜降等各个节气。

但是,也有遇到岔路的时候。那一天,在走过"霜降桥"和"娘娘宫"的生死桥后,蓝桦发现自己的判断错了,他带着大家走了好长的一段弯路,越走越觉得不对劲。

那一夜,他们甚至找不到投宿的山里人家。终于,在大家又冷又饿的时候,山坳之处,一扇柴扉向他们敞开,一行人终于安顿了下来。

那一夜,蓝桦久久不能入眠。他觉得自己身上有一种莫名其妙的使命感,他不知道这种使命来自何方,他带领大家到底为何而来,又为何而去,仅仅是陪伴半痴半癫的父亲走一趟莫名其妙的旅行吗?

而这一路行来,他渐渐明白这一趟旅程似乎是早早就隐藏在自己内心深处的一个奢望,越往前走,藏在心灵深处的记忆似乎正慢慢苏醒。但是,他又不知道那个记忆到底是什么。他感觉到自己的内心很孤独,非常想念早已烟消云散的凤仙子。那一天在"寒露桥"发现了"金瓮罐",蓝桦的内心受到重重的一击:可怜凤仙子死不见尸,哪怕是能有一个"金瓮罐",为她做一回"捡骨葬",也好让自己的哀思有一个寄托之处。

这一路行来,他经常在恍惚之间觉得乔巧就是凤仙子。可每当自己贴近她,想确认她的时候,又发现她不是自己的凤仙子。那种感觉,真是又痛又爱却又无处可爱。尽管乔巧的开朗和阳光随时随刻感染着他、吸引着他,但是每一次,他还是强迫自己回避她。他时刻告诫自己:永远不要忘记凤仙子的爱!如今,在岔路上寻找正确的路径,才是自己的当务之急。可是,前方哪条才是正确之路呢?我是不是该停下来,是不是该带领父亲和大家回去?

恍惚间,他看见星星很明丽。星辉下,一个熟悉的声音进入了他的耳膜:"蓝桦,莫彷徨、莫犹豫,师傅才是引路人!"

"竹婆婆!"蓝桦睁大了眼睛,"是您吗?竹婆婆!这么远,您怎么来了?"

没错，依旧是白发银簪的竹婆婆，依旧是神秘的竹婆婆。

"孩子，人生在世，多走一些弯道不奇怪，不要灰心。虽说师傅领进门，修行在自身。但这天地间，此时他为师傅你为徒，一转身，彼时就你为师傅他为徒。谁是智者谁就是领路人。此刻你若糊涂，那就多问问你的师傅吧！"

蓝桦惊讶地听竹婆婆说了这么没头没脑的一番话，问道："竹婆婆，此刻我确实彷徨着、犹豫着呢！您说让我多问师傅，那么我的师傅是谁？又在哪儿呢？"

竹婆婆指了指在身边竹床上酣睡的蓝念远，悄声说："远在天边，近在眼前，他就是你的师傅呀！"

蓝桦听了哭笑不得："竹婆婆，我父亲混沌，您也糊涂呀，您大老远跑来，原来就是为了告诉我这样的糊涂话？看来人老了都免不了会糊涂的。"

竹婆婆也不分辩，一边走一边说："糊涂之中有真经呢！明早你问问他，你就明白了。"

说罢，竹婆婆的身影就消失在星辉之下，再也寻找不到。

蓝桦在后面追着："竹婆婆，您还没把话讲清楚呢！竹婆婆、竹婆婆！"

蓝桦就这样把自己叫醒了：原来是一场梦！

同时他发现，把父亲也叫醒了。

于是，父子俩干脆不睡，聊了起来。想不到父亲一张嘴，便说："徒弟啊，明天我们就往左走，沿着火热溪氡泉山谷的谷地走，一定不会错！"

蓝桦听了大吃一惊，他分明听见父亲叫自己"徒弟"。

"父亲，是我，您醒了吗？"蓝桦摇了摇父亲的手臂。蓝念远干脆起了身，说："徒弟，不早了，你也起身，给师傅我打洗脸水吧，这些日子你把这师徒的老规矩都快忘光了。"

蓝桦摇了摇头："唉，又犯魔怔了！"可父亲那一声"徒弟"却分明听来那么熟悉，似乎很早就听过……

这个星夜，同样心事重重的还有乔巧。

她盯着窗外,忽然,星辉下,竹婆婆向她迎面走来,不言不语,只朝她笑,手中拿着一块绣着凤凰的丝帕,郑重地交到她的手中,见乔巧很欢喜,这才开口说道:"好好收着,这叫'千斤帕',明天你将遇到一场畲家婚礼,你拿这丝帕和人家换一样宝贝来。"

"竹婆婆,什么婚礼?什么宝贝?"还没等乔巧把话说完,竹婆婆已经消失在星辉下。

乔巧一个激灵,醒了过来,原来与蓝桦一样,她也做了一个奇怪的梦。

她揉了揉眼睛,对自己笑笑:"这个梦好好玩啊!"说罢,转个身,继续睡了。万万没想到的是,第二天一早醒来,自己的枕边真的放着一块丝帕,上面一对丝绣的凤凰栩栩如生,似乎要飞出来。

天亮了,外面传来一阵热闹的吹打声,蓝念远大呼小叫起来:"徒弟,徒弟,快招呼大家出门左拐,跟上那支迎亲队伍。前面不远处,就是立冬桥了!"

话音刚落,蓝念远已经径直跑出门去。蓝桦只好带着大家出门向左跟了上去。

想不到没走出几里地,前方出现了一条窄窄的小溪涧,而一座小巧玲珑的古廊桥就俏皮地横跨在溪涧之上。

虽然桥下水量很小,但那潺潺的流水声非常美妙,特别是那个倒影很美,美得让乔巧觉得很不真实。但那又是如此真实,因为此刻,那支迎亲队伍,就停在这座名为"立冬桥"的小小桥身上,欢乐喜庆的气氛环绕着这座玲珑的小廊桥。

蓝婷拉着乔巧的手,欢快地往前跑,一边跟乔巧说:"一大早听见枝头喜鹊叫,原来今天是个好日子啊!"

乔巧问:"姐姐,迎亲队怎么要停在廊桥上呀?接了新娘子为什么不快点送到男方家去呢?"

蓝婷说:"遇到这样好事,咱们快到桥上沾沾喜气呀。这是我们畲乡的婚庆习俗,叫'拦路',可热闹了!"

忽然，一阵鞭炮声吓了乔巧一大跳，原来是媒人放的三只双响炮，表示迎亲队伍的来到。而早早等在桥上的新娘子一方也在桥口放了两只鞭炮，表示做好迎接。新娘子家的姨妈姑嫂拿着杉枝刺拦在桥口，要对方对歌，新郎那边立即做出了回应，用右手折了三枝杉枝刺向桥上抛去，并递过一个红包。蓝婷兴奋地对乔巧说："妹妹快看，接礼包了，姨妈姑嫂给过关了。"果然，桥口的女人们就拿掉杉枝刺放行了。

迎亲队伍上了桥，乔巧就在人群中看见了一个身穿红色礼服，头上戴着一个高高凤冠的新娘子满脸娇羞地坐在廊桥里。媒婆开始唱歌，虽然乔巧一句也没有听懂，但知道那肯定是非常快乐的祝福歌。

正当媒婆继续高声唱歌时，有人在新娘子面前的小木桌上摆上了一碗白花花的大米饭。蓝婷就像一个同声翻译，给一脸懵懂的乔巧和后面来的蓝卯、蓝桦，以及曲胜做着解说："看呢，新娘子要开始吃'千斤饭'了。"

蓝婷继续解说："新娘在离开娘家前，要吃这碗'千斤饭'。新娘一手拿一把筷子，交叉着递给站在身后的哥哥，哥哥接过筷子，从新娘腋下将筷子放回桌上。新娘接着要低头衔三口饭，用一块绣着凤凰的丝帕包起来，由哥哥收起放在新娘的口袋里，让她带到夫家去。这块丝帕就叫'千斤帕'。"

看着乔巧惊讶的目光，蓝婷笑了："新娘子衔去的这三口娘家饭，到夫家年年能养一头千斤的大肥猪，所以叫'千斤饭'呢！"

一番话说得乔巧越发好奇，她挤到人群里，想仔细看看新娘子头上漂亮的凤冠。刚挤上前去，忽然听见新娘子"呀"了一声，花容失色！

第十五章
巧换悬鱼

迎亲的唢呐吹得喜气洋洋，小巧玲珑的立冬桥那一头，新郎家人翘首以盼。可是此刻，桥上的新娘子却急得团团转，头上的那顶凤冠也颤颤悠悠。

新娘子的嫂子在一旁焦急地说："这真是奇了怪了，昨晚我明明放在你的妆奁盒里的，钥匙都还在我手里呢，你看看，我刚打开，现在妆奁盒里别的东西都在，唯独就那块'千斤帕'不见了！"

新娘子身边胖胖的二婶子说："这找不到了可怎么好，我家姑娘没有包'千斤饭'到夫家，彩头不好，会穷一辈子，还会被看不起的。"

新娘子急得快哭出了声。

"千斤帕"？站在一旁的乔巧忽然想起自己昨晚的梦，想起竹婆婆和她说的那番话，她把手伸进裤兜一摸，果然，那块竹婆婆拿给她的丝帕就在自己的手上。

见新娘子家乱成一团，乔巧来不及多想，就挤了过去，将丝帕给新娘子递了过去。梨花带雨的新娘子一看，惊喜地接了过去，破涕为笑。

媒婆见了，连忙问乔巧的名字，听了名字对新娘子说："撞巧更撞喜，这姑娘给你送千斤帕来，名字还叫'巧'，这是上天的安排，给新娘子带喜气带福来的。咱畲乡人有喜会分享、知恩能图报，新娘子，回个礼表谢意吧!"

新娘子的娘家人一听,众口一声:"对对对,散福福更多!"

新娘子听了,从身上摸出了一块小小的木悬鱼,对乔巧说:"真是巧了,昨晚梦见一位老婆婆对我说,让我把这块小悬鱼送给今天相遇的一个巧姑娘,原来就是你啊!这块小悬鱼是我小时候在这座'立冬桥'上捡的。今日你赠我'千斤帕',我回你小悬鱼,真算是一个巧缘分!"

接下来,新娘子欢天喜地衔来三口白米饭,小心翼翼地包在"千斤帕"里,跟着新郎一家吹吹打打地走了,走的时候,新娘子还不断回头看乔巧。乔巧跟着迎亲队伍跑出了很远,她目送着新娘子,心中对自己的未来也充满遐想,直到对方那高高的凤冠消失在前方的山道上。

喧闹过后,乔巧掉头折返立冬桥。站在远处,抬头仰望,她不禁停住了脚步:远远看去,眼前这座目测全长只有十来米、宽不到四米的小廊桥,麻雀虽小五脏俱全,楼、桥、亭三者合一,如意斗拱层层叠加,整座桥看起来就像一朵盛开的莲花,这种巧夺天工的美,真是独一无二。听桥下流水叮咚,再回望满山苍翠,乔巧觉得刚才的喧哗瞬间平静了下来。

乔巧觉得有点迷离:这氡泉溪流峡谷之地,既充满着人间烟火气,又能瞬间沉寂安静如尘外仙境,两种情境自然切换,毫无障碍。这一切,着实让乔巧觉得很魔幻。

虽然在国外出生成长,但是家中父母一直保持着中国传统的生活方式,讲中文、吃中餐。特别是研究东方地方文化和民俗的母亲,更是乡音不改,从小非常注重树立乔巧"中国之根"的理念,还有意识地让乔巧积累学习"乡土文化"。乔巧从小到大,阅读了大量关于中国传统文化和地方风俗的书籍,中国地方民俗民情的文化研究,成了乔巧大学的第二专业。她觉得研究建筑,不只是研究建筑本身,也应该研究建筑者赋予建筑物的人文和历史,甚至是故事。她学的是桥梁建筑学,当然,与桥梁有关的人、物、事,是她最关注的。

今天在桥上偶遇喜事,她在惊讶于昨晚那个离奇梦境的同时,另一种思绪在她心中升腾：是不是有一天，我也会在一座廊桥上，羞答答地拿出一块"千斤帕"，口含三口白米饭，小心包起来，等那个不善言辞的蓝榫来接我？然后，我也戴着那高高的凤冠，跟着他喜气洋洋地回到他的老厝去，恬淡地过我的下半辈子？

想到这里，乔巧看看自己手中的那块悬鱼，朝自己笑了：哈哈哈，好疯狂好魔幻的想法，太好玩了！嗯，这小东西倒是好精美啊，回去给那个迟钝的家伙看看。

当乔巧跑回这座还残留着烟花气息的小廊桥时，发现蓝念远正匍匐在桥上，仔细地研究什么，而蓝榫、蓝卯和蓝婷也蹲在他身边仔细听着，曲胜则叉腰站在一旁。

乔巧觉得蓝念远的样子很滑稽：只见他手里拿着一个小凿子，趴在地面上，努力地将一个地面原本有的小洞再向外凿开一点，等他觉得凿开的面积可以了，就弹起来，盘腿坐着，扭头对大家说："你们靠边点，让我徒弟靠近我，今天找到现成的廊桥地面，给我徒弟实地讲解更明白。"

"蓝伯，我不懂桥，蓝卯也不懂桥，蓝婷更不懂，乔巧和蓝榫可是大博士，还需要您教吗？谁是您徒弟啊？"曲胜调侃着。

蓝念远脸色一放，一本正经地说："还有谁，当然是蓝榫，他是我最得意的大弟子，想当初我们修南天门，玉皇大帝都竖起大拇指呢！"

曲胜听了，心中一动：呀，有了，这老头有那么点意思了。赶紧接话："对对对，你是上天第一大木头牌大老司（方言：领头老师傅），快说说当年你在南天门还建了啥？"

蓝卯听了哈哈大笑："老爸，原来你还真会一本正经说胡话！"

见蓝榫俯下身子，蓝念远指着桥身的地面说："徒弟，看见了吧，这桥面处理手法非常独特，又很合理。他们先在桥面上铺好一层板，把切好的'香糕砖'（一种细小的薄砖）码上去，然后在板上铺一层箬叶，再在箬叶上铺木灰、木炭、沙石料，这样桥面和桥板之间有箬叶和木炭相隔，就达到了防腐、防潮的目的，这桥面的木板就很难烂掉了。"

乔巧一听，举手说："蓝伯，我有问题。立冬桥这么小，为什么还在桥上建廊屋，不考虑小桥梁的承重吗？"

蓝桦在一旁听了，说："这个问题我来给你解答吧。木拱桥有很好的受压性能，只要两端固定，桥就能很好地承受向下的荷载。但是由于结构的特殊，桥还受到向上的反弹力，就很容易失稳遭受破坏，为此，记载中的木拱桥都采用廊屋与拱架结合的形式。桥上的廊屋非但不是负担，反而增加了桥的稳定性。因为建桥时，拱架和廊屋的连接部分采用桥两端的四根大木柱，从木拱架底再垫大木直通廊屋顶，使廊屋和拱架浑然一体，这样重心下移，桥体就更加稳固了。"

蓝卯听了直鼓掌："博士毕竟是博士，爸爸，您要谦虚一些，学些新知识，这方面蓝桦可是您的师傅呢！"

蓝念远回头瞪了蓝卯一眼，拍拍屁股上的灰，抬脚就要走，曲胜紧紧跟在了他的后面。

乔巧赶紧上去拉住了蓝念远："蓝伯您别走，帮我看看这是什么？就是刚才那位新娘子给我的，雕工好精美，好漂亮！"

当乔巧摊开自己一直紧握的手掌时，一道亮光从掌心射出。

曲胜脱口而出："悬鱼！"

蓝念远见了顿时舒展眉头："你们看我刚才趴地上撬地板作甚，我差不多将这座'立冬桥'翻了个遍，就是为了找这个宝贝啊！原来在你这里，天不负！"

曲胜一听，跳到乔巧跟前，伸手就来抢那块小小的木悬鱼。就在曲胜的指尖马上要触碰到那块木悬鱼时，意外发生了！

曲胜做梦也没有想到，又是那两只莫名其妙的小喜鹊，一只长尾，一只短尾。

那一刻，当那一块古拙的木悬鱼出现在乔巧掌心时，曲胜的心狂跳了起来，他以最快的速度贴近乔巧，就在碰到乔巧掌心的那一刹那，一道黑影盖住了曲胜的眼睛，等他睁开眼，两只小喜鹊从他眼前掠过，已经向远处飞去，而乔巧的掌心已经空空如也。

曲胜气得一脚踹在了身边的木柱上，不小心踢到了脚趾，疼得抱住脚直跳。一旁的蓝念远望着远去的小喜鹊，出人意料地吹了一声长长的口哨，那声口哨如此清脆，甚至有点俏皮……

曲胜回头盯了蓝念远一眼，发现口哨声落，蓝念远的眼神随即黯淡无光。在往后的日子里，曲胜更加关注他的眼神，生怕哪一刻他的眼神一清澈，又将有什么宝贝从自己的眼皮底下溜走。

走过立冬桥，乔巧感觉到自己和大家一起，径直向氡泉峡谷更深的冬天走去。

这一路，他们走上了一条唐宋古道。乔巧发现这条藏在深谷中的古道，路面是用不规则的块石砌筑而成的，两侧遍地是松树，还有一些根本叫不出名字的杂树，她只觉得苍翠葱茏，景色秀美。

路上，偶尔有几个古村孤独地矗立一旁，在蓝念远的嘴里，那几个村庄的名字后面，有一个共同的后缀，叫作"垟"，比如"富垟"。以专业的眼光来看，乔巧惊叹于这几个遗世独立的古村还保留着明清古风。几百年来，古村处在群山环抱、清泉绕流之中，那几座灵巧多变的三合院、四合院沿着山势，高低分台而建。在每座院子的大门前，都建有门楼。大院内的墙壁上，字画、古牌匾随处可见，乔巧由此想象着当年它们的热闹兴盛。而古村的周围河川纵横，土地肥沃，一派田园风光，秀丽迷人。

昨夜蓝榫还在迷茫：明早起身到底向左还是向右出发？早上一起身，蓝念远就拽着蓝榫神秘地说："徒弟，记得向左，你只要记得后面遇到所有岔路，一直向左就行。"

尽管还是半痴半癫地称呼自己为"徒弟"，但冥冥之中，蓝榫还是依照父亲的指点，带着大家一路向左前行。

左行，还是古道。再往左两里地，果然就有一座横跨在石子路交叉点上的古廊桥。蓝榫不得不再一次相信了父亲神奇的指引。

眼前这座廊桥东西跨径，溪流南北走向。上有桥屋十一间，走廊模式，单檐如弓，状如飞虹，形态古朴优美。

在山间行走多日，乔巧经常忘记了日子。此刻走近这座恢宏大气的古廊桥，一抬头，有了一个奇怪的发现。桥头的匾额上，刻着三个大字：小雪桥。

乔巧一见，扑哧一声笑了，扭头对蓝桦说："这么大块头的一座桥，居然有这么文气阴柔的名字。"

蓝桦接话说："你没发现，这一路行来，我们找到的廊桥，都是按照节气来命名的？"

乔巧恍然大悟："嗯嗯，对哦。"她抬起手腕，看了一下手表上的日历，发现了一个很有意思的数字：11月22日。哈哈，成双成对的好日子，不知道今天会有什么好事发生呢。

乔巧刚想抬脚迈上桥，只见蓝念远和蓝桦反倒向外走。原来，此桥形制宏大，只有走远了，才能端详全貌。

此刻，蓝念远的眼睛就像充足了电，已经重新发亮，而他的头脑简直就像是一台电脑，乔巧听他很快就计算出了整座古桥的柱桥梁："一共三十九根，三十九根大杉木分成上下两层，交错成人字架结构。"

乔巧向蓝念远竖起了大拇指，蓝念远指指她身后，乔巧转身一看，呀，身后山脚边，也建有一座小宫庙。这小宫庙的前方有一个石质香炉，挺大的。乔巧一眼瞥见蓝婷已经在那里点香。她很好奇，刚走到小香炉前，蓝婷就说："这是'天地炉'，传说凤凰的羽毛落在里面，烧不毁，越烧越美丽。你看，宫庙里就放着一个美丽的凤冠，老百姓都来祭拜呢！"

乔巧听了，忽然感觉一股灼热通遍全身，瞬间，浑身热流上涌，差点立不稳身体。

蓝婷见了，赶紧扶住了她："你怎么啦？"

乔巧摇了摇头，没说什么，回头直奔桥下，将双脚泡进了冰凉的溪水中。

古桥的下面，溪水清澈透明，可以清楚地看到溪底的沙石和快活自在的小鱼。阳光照射在水面上，闪烁着耀眼的光。乔巧觉得自己灼热的心瞬间冷静了下来，她举目顺着溪流看去，溪水从高崖奔流而下，溪流的两旁，有几处陡峭的绝壁，别说常人无法攀登而上，就连鸟儿恐怕也难以立脚。可是，她却分明看见了两只小喜鹊在山崖上欢快地翻飞。

"快把脚收起来，这么冷的天，你想感冒吗？"

桥上，蓝桦从护板上探出头来，朝乔巧低声吼了一句。乔巧听了，乖乖地收了脚，穿上鞋子往桥上跑去。她忽然发现蓝桦探头出来的那个廊桥小窗非常别致，是葫芦形的，旁边还有几个小窗，有六边形、圆形、三角形，各自不同。

乔巧飞奔上桥，她又有了一个惊喜的发现：这座古桥桥身的"风雨板"上，开的小窗形制各异，站在桥上，这些小窗就将窗外的风光分割成若干传统的画框形状。此刻，窗外的山光水色、云烟树影，就像是一幅幅写意与工笔混杂的古意盎然的中国画。

不知何时，蓝念远已经上了桥屋的重檐。

阳光斜斜地透过重檐桥屋的小窗，照在靠窗打盹的蓝念远身上。也许一路过来太累了，此刻的他，在暖阳下身体软了下来，开始了迷糊。

恍惚间，他看见了一个美好的身影向他走来，顷刻之间，他能感受到那是自己久未谋面的蔡虹。但是，眼前的她，却面目不清，特别是那一双眼睛是紧闭着的。

蓝念远努力睁大眼睛想看清蔡虹的面目，但是，怎么也看不清，他挣扎着……忽然，小木门吱呀一声，曲胜推门进来："原来您在这，让我好找！"

蓝念远一睁眼，发现自己刚才只是做了一个梦而已。

蓝卯也紧跟而上，但是，当蓝卯一踏进小门后，被里面的景象吓了一大跳！

对面一张已经脱了漆的长条桌上，一排"人头"正对着他，睁眼直视。

蓝卯吓得扭头就跑，蓝念远却在一旁开心得像个孩子："啊呀呀啊呀呀，大戏要开场了！啊呀呀，我的牵线木偶头啊，你，你可回来了！"

他一边鼓掌，一边跳到那一长排的木质人偶头像跟前，手舞足蹈起来。

见父亲怪异又欢喜的样子，蓝卯也放下恐惧跟着凑上前去。他盯着这些木偶头看了半天，忽然，一个"陈十四娘娘"的人偶头跳入他视野，他的心似乎被这提线木偶紧紧地拉扯了一下，母亲蔡虹美好的脸庞，就重叠在那个美丽的"陈十四娘娘"的人偶头上，随即，母亲对木偶戏人偶头的痴迷，就轻声细语地响在蓝卯的耳畔：

"元宵节的夜晚，安澜桥开始不安宁了。月上柳梢头，桥头已经人头攒动，要知道村里能干的小伙子们早在东桥头搭了戏台，整座廊桥就变成戏园子了，大人小孩从家里带上小板凳来，就能看大戏了。

那可是安泰畲乡传承了几百年的牵线木偶戏呢！台上穿红着绿的小木偶能唱、念、做、打，可是要知道，那些都只是木偶呢！木偶戏和中国的其他戏曲是一样的，也有生旦净丑，各个角色要先做出很多个木偶。那些木偶由头、腹笼、四肢、线牌头等组成，人偶的脑袋是用纹质细腻的木头雕刻而成，艺人要给木偶们修坯、磨光、刷底色、上彩、开相，并制作服装、盔帽以及各种演出所需的道具。只有经过这么一整套复杂的制作工序，一个个形神兼备、精美绝伦的木偶才能活灵活现地诞生。它们既可以作为演戏之用，也是极具收藏价值的艺术品呢。"

蓝卯的视线渐渐模糊，他的眼前闪现出母亲在大洋彼岸白房子的客厅里，学着木偶戏的表演艺人表演的情景。她手口并用，提线、唱词，好像手中真的有一个木偶被她操控着。

蓝卯在一排木偶人头面前发呆，而蓝念远却兴奋得上蹿下跳。回头再看那一排木偶人头，曲胜似乎看见了什么。曲胜发现排列在最后一个的戴着一顶凤冠的木偶头像，眼睛还没有画好，就好像是开着两个深不见底的黑洞，里面深藏着什么东西。曲胜迟疑了好久，终于鼓足勇气，打算伸手去碰，忽然，暗处传来一声断喝："别动！"

刚刚入冬的暖阳,居然如此催人萌生困意。就在攀上重檐桥屋的那一刻,蓝念远已经做了一个梦。梦里,他分明看着蔡虹朝他迎面走来,但却是双目紧闭。

他大吃一惊,把自己给惊醒了。

当他睁开眼时,他与曲胜几乎在同一时间看见了那张漆色斑驳的旧樟木长条桌上,成双成对地摆着诸多提线木偶头,但是最后的那一个,却是形单影只,而且双目紧闭。

在那声断喝声中,曲胜听出了那是一个大婶的声音。那声音虽不大,但是充满了一种沧桑感,让曲胜刚刚伸向木偶头的手,不自觉地缩了回来。

可是蓝念远却对那个声音充耳不闻。他一脚跨过去抢在曲胜之前,就将那个闭眼人偶头抢了过来,抱在了怀里。

"快还给我!"随着又一声断喝,一个身材已经不算苗条的中年妇人不知从哪个角落里冒了出来,冲着蓝念远大吼一声,就要将那木偶头抢回去。

听见楼上的桥屋里有这么大的动静,蓝桦和蓝婷匆匆地上楼,乔巧也咚咚咚抬脚跟了上去。

那一刻,蓝念远和那中年女子就像在玩老鹰抓小鸡,一个要抢人偶头,一个不给。重檐上廊屋狭小,磕磕绊绊中,那长条桌上的其他人偶头不断地被碰落在地。蓝卯不断地伸手去接,而曲胜在旁边也跟着团团转,不知道要帮蓝念远还是帮那个气急败坏的大婶。

看着这混乱而又滑稽的场面,乔巧不知所措。正慌乱中,蓝桦逮住了机会,张开长长的手臂,拦在了两个人中间:"别闹了,别抢了,有话好好说!"

就像乱涌的水流被某股力量瞬间拦腰截住,蓝念远和那位中年妇人就地立住了。但是那妇人嘴并没有停,依然指着蓝念远手中的人偶头大声喊道:"为什么抢我的宝贝?快还我!"

蓝念远却抱得更紧了,不服气地大声回话:"谁说是你的宝贝,那是我的宝贝!"

乔巧这才看清楚他们争抢的是什么。但是,当她看到那个未曾开眼的木偶人头时,心里也不免一颤:难道是妈妈的雕像?

乔巧对提线木偶人头像并不陌生,因为母亲的卧室里,就有一个类似的,母亲极为珍视,说那是从故土带出来的传世宝物,乔巧理解母亲早已将畲乡鹤渡村当成了自己的中国故乡。乔巧选修研究课程时,在母亲的带领下,对这来自母亲故乡的"宝物"进行了专题研究。

根据母女俩和当地博物馆的悉心研究和鉴定,蔡虹的这件"木偶人头"被认定为中国元末明初的民间巧匠手作。

但是,乔巧和蓝卯并不知道,母亲珍视的这件"宝物"有一段特殊的来历。

当年蔡虹和蓝念远正在热恋之中,有一天两人偷跑外村,在畲乡一位姓薛的老农民家发现了六个稀有的木偶头像和三身完整的木偶。这几个木偶头像里,有一个生角、三个旦角、一个武生,一个包公。它们造型粗犷,刀法娴熟,油彩工艺细致讲究,人物形象呼之欲出。

见蔡虹对它们喜欢到痴迷的程度,又不好意思平白无故开口讨要,蓝念远就日夜赶工,偷偷地仿做了一个,到了可以以假乱真的程度。薛家老农那里的木偶头像被他调包了一个送给了蔡虹。

蔡虹如获至宝,一直带在身边。去国外定居,这个珍贵的木偶头像也跟着她漂洋过海。后来蔡虹在美国做东方民俗研究的课题,发现那个带出来的宝物被确定为中国明代彩绘木偶头像,为研究中国东南木偶戏的发展史提供了宝贵的实证。

可是,此刻,它们忽然出现在几乎湮灭在红尘视野中的"小雪桥"的重檐廊屋里,每个人都觉得不可思议。

听那位大婶说,她姓季,早年曾是一个提线木偶剧团的演员,她在雕刻木偶头像上特别有天分,后来木偶剧团莫名其妙解散了,那些头像统统被集中起来付之一炬。但她还是心系木偶头像,继续偷偷潜心雕木偶头像。

怕被人发现，就将雕好的木偶头像藏在了这里。有一天，一位白发银簪、仙风道骨的老婆婆来了，赞美她雕刻的木偶头像实在是世间巧物，只可惜那个还没最后完工的木偶头像形单影只，而且它们都还是实木实心，没有开窍。

季婶婶看着自己这么多的木偶头像，有点失落，又有点迷茫，但是白发银簪婆婆夸她这样坚持匠心匠艺，一定能感动上天。

临走前，婆婆再三吩咐道："千万不要擅自在那个'凤冠头偶'上雕刻眼睛。剩下来的交给时间，耐心守候，一定会遇见同具匠心的同道中人，替你刻画那双'慧眼'。那'慧眼'一开，必能点化这实木实心的巧物，你也才能真正为自己的匠心修得正道。切记切记！"

之后，这位巧手季婶婶就牢记了银簪白发奶奶的话，从来没有忘记自己是一个匠人，依然孤独而潜心地雕像。她悉心打磨那个未开眼的"凤冠头偶"，唯独那一双眼睛，她不敢动手，她留着，耐心等候那位"红尘同道"来点化木心，开窍通灵。

想不到自己等了这么多年，今天却遇见这么一位半痴癫的疯老头，不分青红皂白就将自己坚守多年不敢轻易开眼的这尊"凤冠头偶"给抢了去，这还了得，季婶婶当然要拼了命抢回来。

听着季婶婶气喘吁吁的诉说，看着她并不灵巧稍有点壮硕的身形和叙述时肉嘟嘟脸庞上的一本正经，乔巧觉得她好可爱，又自带一种莫名其妙的喜感，但是，内心却对她充满了敬意：在如此冷清的地方，居然有一位乡村大婶，勇敢地坚守着一门古老的艺术，实在令人肃然起敬。

乔巧只听母亲绘声绘色描绘过这种人、偶同台合演的特殊剧种，她去日本看过京都的人偶剧，但母亲说和日本的不一样。畲乡的这种"提线木偶剧"在中国宋代就有了，因为宋末元初的战乱，南宋时期杭州文人、艺人纷纷逃往浙南山区避难，同时也把木偶戏这种独特的艺术形式带入山区，这是"提线木偶戏"产生于宋末的外在动因。另外，历史上泉州移民曾几次大举迁入浙南，发展相对普及和成熟的泉州提线木偶艺术也随之进来，并且跟畲乡地区原有的提线木偶艺术交流融合，影响和促成了畲乡提线木偶艺术的成型。

乔巧好奇地问季妯妯现在还会不会演唱木偶戏，季妯妯一听眼里来了光："当然会！提线木偶戏里的乱弹、和调、永昆、高腔，现在还能张口就来呢！连台大本戏《封神榜》《七侠五义》《西游记》样样都不忘，那些折子戏《大补缸》《狼犬记》《十忠义》《刘海戏金蟾》，好多还牢记在心呢！今天被这糟老头子折腾得没时间也没心情，姑娘，如果我等来有缘人帮我开了这'凤冠头偶'的慧眼，要是咱俩能续奇缘，以后你嫁人做新娘子的时候，我愿意再上舞台好好给你演一出！"

乔巧哈哈哈笑了，回头看了蓝桦一眼，发现他面无表情。乔巧随即把蓝婷推到了季妯妯前面说："她她她，您还是先给我姐姐演吧，她比我大，一定她先成新娘子的。"

正说笑着，外面忽然传来一个熟悉的声音："呵呵，今天碰巧了，11月22日，我说怎么这么热闹，原来是成双成对的好日子！"

"竹婆婆！"随着大家惊喜的呼唤，竹婆婆已经站在了大家面前，依旧是白发银簪。

季妯妯惊喜又意外："您这是从天而降的吗？"

竹婆婆笑而不答，转身到蓝念远跟前，连哄带骗，蓝念远就将紧紧抱在怀里的"凤冠头偶"乖乖地交给了竹婆婆。

竹婆婆接过来对季妯妯说："时光不负你一片匠心啊！可是，要开这慧眼，通这'实木实心'的灵性，哪有那么容易呢？你今天算是遇到了那个能开慧眼的有缘人了！"

季妯妯一听张大了嘴巴："这个抢我木偶头像的糟老头子？不不不，婆婆，这我可不信您！"

竹婆婆笑了："当然不是。您看这两位！"

季妯妯抬头顺着竹婆婆所指：一位年轻后生，龙姿丰盈、气度沉稳；刚才那位说笑的姑娘则凤仪万态，玲珑卓绝。

"这还差不多！"季婶婶脸上分明写着"满意"二字。

竹婆婆点了点头，说："自古修炼得道，不是一朝一夕的事。这木心的木偶头像想有一个通窍的玲珑心，除了机缘巧合，还需要一样神物相助。"

"什么神物？"所有人都睁大了眼睛。

婆婆扫视了一下这座高大的"小雪桥"，神情严肃地说："巧物须得匠心换！"

"婆婆，您快说，这'巧物'是什么宝贝？"曲胜跳到竹婆婆跟前，急急地问。

蓝卯紧跟着："你小子干啥比谁都着急？"

竹婆婆不慌不忙地说："凡事讲个缘分。季婶婶你看，你做的这些提线木偶头像，几乎都成双成对，唯独未开眼的凤冠头偶，形单影只。要让她开眼通灵，那须得再刻一个'凰冠头偶'，凤与凰配成一对，才天地呈祥。只有他俩都得机缘巧合开了眼，四目相对，那时候自然就木心开窍、成道通灵了。"

季婶婶一听，接话道："唉，话说容易做起来难呢！这个未开眼的'凤冠头偶'来头不小，我寻了很多地方，恰巧遇到这座'小雪桥'当年做'牛头'多出来的一块上好木料，用那块料做的。如今上哪儿去找这样般配的'牛头'老料来为她配一只'凰冠头偶'呢？即便能找到'牛头'的料，要是时间不对，这凤与凰不也要在红尘擦肩而过吗？"

"牛头？什么是牛头？建一座桥还得找个牛的头来不成？"蓝卯听了，一脸懵懂。

第十六章
冬酿美酒

即便是从小在安泰山乡长大,因为年少时更多的时间在学校,蓝榫不知道沿着这条氤氲大峡谷,竟然会有这么多的古道。这些古道就像一条条时空隧道,带着他通往深邃的寻桥之路。

昨日听完季婶婶一番话,竹婆婆连哄带骗,将蓝念远死不撒手的"凤冠头偶"拿了回来,还给了季婶婶,一边问:"阿远,你是大师傅,给我们说说什么叫'牛头'。"

所有人的目光都投向了蓝念远,所有人都吃了一惊。

他刚才还活蹦乱跳和季婶婶老鹰抓小鸡似的又跑又跳,而此刻,他的目光暗淡了下来,就像被催眠了一样,又陷入了混沌的状态。

乔巧转身问蓝榫:"根据我对廊桥的研究,这'牛头',应该是廊桥的木梁之一吧?"

蓝榫应声答道:"对的,这个我也曾研究过。所有的桥梁构件中,栋梁木当然最重要,但是咱们的廊桥因为是木拱桥,另外一根大梁也非常重要,那就是所谓的'牛头'。这根大梁是拱桥'拱架'上横置的最大的木梁,拱架两边其他木梁'拱过来'的巨大力量,都由这根木梁顶住,受力巨大,就像一头大牛用巨大的牛角顶住了各种压力。所以这根木梁就被形象地称作'牛头'。栋梁当然重要,但是木拱廊桥对栋梁的选材倒不是很讲究,反倒是选'牛头'极为讲究,因为它在每一座廊桥的编梁拱架中位置特殊,所以'牛头'一定要找'老木',以'老松'最为理想。"

蓝卯一听,着急地说:"那咱们赶紧找'牛头'呀,找到了,就能做那个和'凤冠头偶'配对的'凰冠头偶'了,老爸自然也就好了!"

但是,说起来容易,做起来不易呀!这一夜,大家都难以入眠。可奇怪的是,这个夜晚,唯独蓝桦很快入了梦。他梦见自己置身在一扇精雕着"鹿衔花"图案的花窗下,耳边传来父亲的声音:"打开窗子,打开窗子!"

蓝桦推窗一看,眼前是一座古意盎然,却朴素到几乎没有过多装饰的古廊桥。

远远望去,那座古桥犹如一道长虹飞架在水面之上。廊屋也是两层重檐,廊屋的屋顶四周白镶边衬着青瓦,中间的二龙戏珠是廊屋顶唯一的点缀。每层翼角高高翘起,轻盈如一群少女在翩翩起舞。再往远处看去,是一个古村。这时村里袅袅炊烟正慢慢升起,东边山上树木郁郁葱葱,而山头白雾缭绕。农人们已经早早地戴上斗笠,穿上蓑衣,荷锄走向田间。

随着两只欢快的小喜鹊的身影,蓝桦觉得自己的目光被桥头北面一棵高大的古松吸引住了。但细看,这古松粗壮高大的树身上,却有着明显的被火烧过的痕迹……

"火烧松!"蓝桦的心头为之一震。

小时候,他就听父亲讲过,深山古道里,有一个差不多被世人遗忘的古村,村子里有一座朴素得像白雪那样无瑕的古廊桥,就叫作"小雪桥",旁边有一棵千年松。这小雪桥与众不同,桥身里并没有设神龛,古村的神龛设在这棵千年松的前面。有一年的小雪之夜,一场神秘的大火忽然在古桥的方向烧了起来,村民们以为是古桥着火了,敲锣警醒,肩挑手提,带着水桶来救火。想不到到了桥头,村民们惊讶地发现这棵老松引火上身,而小雪桥安然无恙。

从此,大家都知道了这一棵能保护古桥的神树,称这老松是小雪桥的保护神。本来大家都以为被火烧得伤痕累累的老松会枯死。想不到从小雪到惊蛰,才过去短短八个节气,老松又抽出了新枝。从此之后,四季常绿,巍然挺拔。

蓝榫梦醒。他知道自己已经找到新"牛头"的方向了。

第二天,他便按照父亲往常所指,遇岔路左拐,一直左拐,直到带领大家来到了又一条古意盎然的古山岭前。

古山岭紧挨着山根一条从上而下的水渠反向延伸。不远处也有瀑布,远望,就好像挂着一匹白色的绸缎,从七八米高的山涧泻入潭中,水珠飞溅,在阳光照射下,恰似串串珍珠散落水中。

行至半山腰,大家又遇到一条小山涧。前方一座不大不小的单孔石拱桥,横跨于山涧之上,通体墨黛,雄奇结实。石拱桥的石缝间杂树丛生,透出层层绿意。

乔巧站在这座古意盎然的石拱桥上,抬头望去,看见不远处有一个小石头亭子。那座精巧的小石亭,飞檐翘角,玲珑剔透。而小亭子东向的古道边,耸立着一棵古枫,树冠覆盖了整条古道。她看呆了,心想,难道我走进中国的宋画里来了?

学经济的蓝卯没有妹妹的诗意,但是,在这样的环境里,虽然不能诗意地表达,但他也惊呆了:哦,自己的故乡真的美如画!

他正不知道如何为这故乡美景去抒情,忽然一阵风来,觉得鼻子一冷。正伸手去摸,蓝婷咯咯咯地欢叫着:"快看,下雪了!"

蓝卯抬头一看,几片小小的雪花飞扬着,飘飘悠悠地跟随着那棵古枫金红的枫叶,一起飘向了他们。他伸手一摸,前额又粘上了几片雪花,瞬间化成雪水,顺着蓝卯的脸颊滑落到他的脖子里。蓝卯缩了缩脖子大叫:"妈呀,好冰,冻死我了!"

曲胜也觉得不可思议:"奇怪了,我也算是在安泰山乡活了几十年的人了,从来没见过雪下得这么早的。"

乔巧在一旁拍手:"下雪了,下雪了!"但是,很快,她就不再拍手,因为在南中国难得的雪花是积不起来的,一粘身子便化成冰水。不一会儿,雪花飘得密了起来。很快，身上就湿了一大片。大家赶紧抬脚飞奔到前方那个小亭去。

蓝卯一边跺脚，一边搓手："好冰好冰，冻死我了！可惜这石头亭子还四面漏风，更冷了，能有火就好了！"

他环视了一下亭子，只见这个小石亭紧靠山腰古道的内侧，坐北朝南，三面石墙，雕工精巧，亭内干净整洁，石头的条凳紧靠石墙，处处透着一种古朴的美。可这时，蓝卯心中已经完全没有了诗意，因为他穿着一件高领的毛衣，此刻只觉得顺着脖子滑下来的雪水将毛衣领子紧紧粘在脖子上，湿冷湿冷又黏黏糊糊，很难受。

忽然，蓝卯的眼睛一亮，他猛然发现紧靠着东边的石墙，堆着许多细细的圆木棍子。他开心大叫："上天送来现成的柴火呀！"

他飞起一脚，就将那些挤挤挨挨靠着的圆木棍子踢倒，那些圆木棍子一下子哗啦啦滚落在地，有好多根还咕噜咕噜地滚下了石亭的台阶。

蓝婷见蓝卯捡起亭子一角的一把干柴草，当成引火草，准备将那些圆木棍子点了烧。她一把按住蓝卯的手说："你看这些圆木棍子被削得精光滑溜，一定是有用的，是有人特意存在这亭子里的，可不能乱点火！"

蓝卯不以为然："不就是小木棍吗？我可不想在这前不巴村后不巴店的地方冻生病了！"

说也奇怪，在这样的湿冷雨雪天里，应该是很难生起火的，但是，想不到蓝卯手中的火苗一碰到小木棍，那些木棍就呼啦啦即刻着了火。更让人奇怪的是，空气中还弥散着一股浓浓的酒味。

所有人都吓了一大跳，大家赶紧往后猛退去避火。想不到那些小木棍像被施了魔法一样，瞬间烧得红红火火。

亭子外，雪花越飘越大，大家站在雪中，愣愣地看着石亭里通红一片。那烈火中，酒气越发浓郁。

正错愕间，忽然，远处传来一声断喝："哪里来的混账东西，竟敢烧我宝物，快快赔我！"

过了立冬，枫湾村的主妇们就更加忙碌了。因为她们要开始做枫湾村传了千年的一门老手艺——"冬酿"。

畲乡山民习惯把冬天酿乌衣红曲酒叫"做老酒"。每年立冬过后，枫湾村也就正式进入了"做老酒"的旺季，家家户户都开始酿酒，量大的人家窝几缸，量再小也要孵一缸。

这个清晨，枫湾村"做老酒"做得最好的主妇包家婶婶已经早早起身，给灶膛一次次加柴添火。

身边，昨天淘洗过的糯米浸了一天后，晶莹剔透，丰满得养眼，沥干后就该上笼蒸了。灶膛里，柴火熊熊，映得包婶婶满脸通红，蒸笼上腾腾冒着热气。一会儿，她又急急忙忙起身站在灶旁，手持锅铲，揭开笼盖，在逐渐蓬松起来的饭山上戳戳看看。周遭的空气里暖暖的，弥漫着糯米饭与干柴火散发的甜糯暖热的气息。一切都热气腾腾的样子，包家婶婶完全不知道外面已经下起了小雪。

枫湾村做老酒用的不是粳米，而是圆粒的糯米，糯米饭酿出的酒，很容易入口，但是后劲足，更易醉。

糯米饭出笼了，灶间里芳香浓郁，包婶婶像往常一样搓了两小团饭球，雪白的饭球捧在手里，粒粒光润、鲜亮饱满，闻着有阳光的暖香味，又暖手又馋人。

包婶婶把这些蒸熟的糯米饭叫"炊饭"，倒出来，让它自然晾凉，晾的时候，不能让炊饭太凉，也不能太热，因为她知道，太凉了倒在酒缸里不能发酵，太热了则发酵太快，酿不出好酒。

所有酿酒人都知道，做好酒除了好米，还得用好水。枫湾村的酒好，除了乌衣红曲用得恰到好处，还有一个秘方就是全村世代做酒用的水，是后山一个老水潭的纯净山泉水。

没到"做老酒"的日子，先把酒缸的水挑满，再看老皇历挑时辰下炊饭。这个时辰很重要，必须在潮落时辰把炊饭倒进酒缸去。等到涨潮时，酒缸里就会像烧开的稀饭一样，不断翻滚，往上翻泡泡。如果不懂门道，在涨潮时下炊饭，发酵太快，那酒缸里就要天翻地覆了，糯米炊饭会溢出酒缸，撒一地，这酒也就毁了。

从舀米、淘米、挑水、抱柴、烧灶、炊饭、下缸，所有这一切，都是大力气活儿。枫湾村，立冬后，男人们都会来帮忙，可唯独包婶婶家，这一切，都得她一个人完成，因为老公从来不伸手帮她的忙。

每到这时候，包婶婶总是一边忙活，一边嘟囔：累死命不好啊！其实，枫湾人都知道，倒不是包婶婶真的命不好，而是她的老公是个纸伞匠人，除了痴迷做自己的"油纸伞"外，家里其他事，纯粹是个"甩手掌柜"，人称"包纸伞"。

包婶婶一直想不明白，虽说当年她是因为看上丈夫做伞的好手艺才嫁过来的，但那是二三十年前的事儿了。

那时候，距离安泰几十公里的东瓯城是个有名的"纸伞城"，听说一年能做五百多万把油纸伞，城里的百里西路还有纸伞一条街。她老公做的油纸伞，年年被东瓯城里的纸伞合作社收空，供不应求。她老公做的油纸伞，采的是氡泉峡谷里的漆树生漆，用那会吃人的生漆熬的桐油，一遍一遍刷伞面。而伞骨都是用山岭古道里的老树枝一根一根削出来的，所以他做的油纸伞特别受欢迎。但是，如今连枫湾这个藏在深山里的小村庄，大姑娘小媳妇都用上钢骨布伞了，谁还稀罕那桐油木骨的油纸伞呀，生意自然一落千丈，幸亏包婶婶还有一手做老酒的好手艺，可以养活全家。可是这位"包纸伞"说这是祖宗传给他的老手艺，不能在他手里断了，虽然找他买伞的人越来越少，但是他还是依旧不管不顾，继续做伞。包婶婶见他除了伞，啥事都不管，气得不许他在家搬木料削伞骨做纸伞。这伞匠也是个拗脾气，干脆住在山上了，半山岭的石亭里，就存着他很多做油纸伞的宝贝。包婶婶又没法让丈夫回头帮她做老酒，心里郁闷得慌。

这一天，想不到自己辛辛苦苦削了好多天的伞骨棍，被一群来路不明的人一把火点着了，这差点让"包纸伞"冲过去和那个点火的年轻人拼命。

但是,"包纸伞"万万没有想到的是,枫湾古村他家中那个酒气浓郁的酿酒房里,昨天深夜,来了一位不速之客!

包婶婶的炊饭才出锅,她费劲地端着这一大簸箩炊饭走向存酒缸的小酒房。氤氲雾气里,一个黑魃魃的身影吓了她一大跳。这包婶婶既是做老酒的好手,也是喝老酒的高手,方圆几十里,几个汉子加起来的酒量也没她高,但是,此刻,她刚迈进自己熟悉的小酒房,一股陈酿酒气飘过来,她就开始晕晕乎乎。

忽然,她看见一个黑黑的半脸半身的"镂空人",正俯身从她陈年老酒的大酒缸里往外舀酒,包婶婶费力睁开眼大叫一声:"哪来的半脸古怪人,为何偷我的陈酿好酒!"

包婶婶话音刚落,那位玄衣黑脸的"镂空人"已经提着装满陈酿的大皮囊,夺门而走,一边走一边扔下几句话给包婶婶:"上千年我都供你做好酒,今日要你一皮囊陈酿有何不可?不服气跟我来,我帮你烧了你丈夫的做伞梦!"

包婶婶一听,大吃一惊:"你,你,你就是先人们说的红曲酒神?你可不能烧他的命根子,那是匠人匠心,烧不得!"

包婶婶一路跟着红曲酒神狂奔,当她奔上石亭的时候,发现石亭已经火光一片。

看着"包纸伞"操着一把柴刀,正要和蓝卯拼命,包婶婶奔上前,紧紧抱住了丈夫:"你住手,快住手啊!不是他,是红曲酒神偷我的好酒,烧了你的命根子!"

夫妻俩正争执着,闻到浓浓酒气的蓝念远忽然清醒了,他指着包婶婶叫道:"包老酒,你给我带好酒来了?"

听到这个声音,包婶婶惊得猛回头,她永远也不会忘记这个声音。一看是蓝念远,她惊喜地对"包纸伞"说:"你看,那是谁?"

"包纸伞"一看,扔下手中的柴刀,跑到蓝念远跟前,扑通一声就跪了下来:"恩人呢,总算见到你了!"

看着这充满戏剧性的一幕，所有人都愣住了。只有远处荫翳的树梢上，看着这一切的红曲酒神心中窃喜："呵呵，这一招果然奏效。蜈蚣精，你快给我醒来！咱们的事儿，还没了呢！"

暗自笑罢，红曲酒神隐身下树，附在曲胜的耳旁，悄声说："你个不知好歹的小葫芦，只知道看热闹，忘了你的任务了？你还想不想回太上老君的身边？"

曲胜猛一激灵，乖乖地随着红曲酒神到了石亭北石墙的后面，确认避人耳目后，问道："这个做伞的、酿酒的夫妻和蓝念远到底什么关系？怎么成恩人了？"

红曲酒神敲了敲曲胜的脑袋："你这酒葫芦不装酒，还真是个空脑袋！这些哪里是你要管的！二十多年前的一个冬天，有一次蓝念远听说枫湾村包家有好酒，就赶远路到包家买酒。路过枫湾村前的小雪桥时，恰巧'包纸伞'身怀六甲的老婆经过，不慎从桥上跌进了深深的桥下溪中。'包纸伞'是个旱鸭子，正在桥上呼天抢地，前来买酒的蓝念远跳下去将'包纸伞'的老婆救了上来，不然可就是一尸两命了！'包纸伞'不知道怎么感谢蓝念远救了自己家的两条命，而蓝念远喝饱了包家的乌衣红曲陈酿酒，就犯了迷糊，没讲清楚自己的姓名和住址，就稀里糊涂地走了。从此，一个只记得包家的美酒，一个只记得救命的恩情，再无相见。"

曲胜听了，说："这还真是无巧不成书了！那红曲酒神您今日费尽周折，弄那么一出，到底是为了什么呢？"

入夜，屋外的雪似乎越下越大。

灶膛前的炉火依旧热烈地噼啪作响。堂前的八仙桌上，除了那些山乡特有的美味佳肴，一把装酒的锡壶，空了再温，温了又空。

乔巧不记得包家婶婶给自己倒了几盅乌衣红曲酒了。每当她端起那个不小的古窑酒盅时，蓝婷都要提醒她一次："别看这酒好入口，后劲可猛了，你可要悠着点啊！"

而此刻，乔巧却不愿意放下酒盅，因为美酒下肚，一种奇妙的感觉从心中升腾而起，甜蜜又烧心。

这热气腾腾的红曲酒，色泽鲜红，清亮透明，口感醇厚，余味悠长，乔巧不知道拿什么去形容这样的好物入口下肚时的那种感觉，她侧身看了一眼坐在自己身边的蓝桦，忽然明白了，这种感觉唯有一个字最能形容：爱！

不是吗？不就是这种"甜蜜又烧心"的感觉吗？

她端起酒盅，将酒倒进嘴里，并不咽下，而是含在嘴里，她想细细品尝"甜蜜和烧心"到底会让自己怎么样。

于是，一盅接一盅，她来者不拒。

当然，她只是连续喝了三盅，因为后面的酒递过来的时候，都有另一只手顺势接过去，替她喝了："你这样，真的会把自己喝醉的！"

那个声音来自蓝桦，而这个甜蜜又烧心的声音，让乔巧更加沉醉了。

确实，三个大古盅下来，乔巧已经开始眼神迷离。

而酒桌上，包家婶婶和蓝念远喝得正欢。让人意外的是，"包纸伞"笑嘻嘻地在灶前灶后忙得不亦乐乎，与白天火光冲天的石亭前那个提刀要拼命的大男人判若两人，此刻，他和包婶婶就像是换了身份，他低眉顺眼、安静敦厚地在一旁添酒加菜，而包婶婶撸起袖子，面对蓝念远、曲胜和蓝卯、蓝桦兄弟，端起酒盅，面不改色心不跳，每一盅酒下肚，都要大喝一声，就如猛张飞断喝当阳桥。

这架势让一直安安静静在一旁夹菜细嚼慢咽的蓝婷忍俊不禁，她笑呵呵地起身说："今天时辰也不早了，再这样喝下去，大家都要醉了。婶婶，有幸第一次见到这么海量的女人，佩服啊！"

"不行不行，还有好多菜呢，哪能就这么歇了！二十几年才遇到恩人，和你们相聚，这哪是几盅酒就能了的好缘分啊！"

谁也想不到，"包纸伞"那双削伞骨的手，竟然还是操菜刀的一把好手！在他的菜刀下，一道道山珍野味，变戏法似的端上了古旧的八仙桌。

与弟弟相比,蓝卯那点酒量根本不叫"量",他满脸通红,一边吃一边啧啧问乔巧:"这就是咱妈说的畲乡的神仙美味吗?可是每一道菜到我嘴里,为什么都是酒味?"

蓝婷笑了:"曲胜讲得没错,你呀,就是个'假洋鬼子'!当然啊,畲乡人的乌衣红曲酒,早已经入了生活百味:红酒荷包蛋,那是待客上品;红酒炖鸡,那是地道的滋补品。一缸红酒就是一年的好时光,招待客人是它,过年过节是它,炖鸡煮鸭是它,烹鱼煮肉也是它……哪样美味离得了它!"

一直和包婶婶喝酒的蓝念远忽然停了下来,说了一句:"你漏了最重要的一样了:女人生孩子补身子,最离不了的就是这乌衣红曲酒啊!"

包婶婶听了打趣道:"蓝恩人还知道这个呀,你们家夫人可真是有福分哦!"

想不到一句话,让蓝念远眼中的光亮瞬间黯淡了下来。他脑袋一歪,就趴在了桌子上,没一会儿,就传出了他的鼾声。

迷糊间,蓝念远发现自己的双脚已经离开了酒桌,径直向雪夜奔去。雪花飘落在他身上,他丝毫没有感觉到任何寒气,他只觉得自己跑得飞快。

他的身后,紧紧地跟着蓝桦。蓝桦发现今夜的父亲似乎不止有一双腿,雪夜下,无数双腿在父亲身上,轮换奔跑,奔得如风似电。而自己跑着跑着,忽然身生双翅,头长凤冠,飞了起来。

此刻,他内心有一个强大的声音在告诉他:我是天上下凡的凤神!而前面,那不是父亲,是自己的师傅千足大仙!师傅也在飞翔。

忽然,眼前出现了一座古廊桥,桥眉上"小雪桥"三个大字闪着寒气,师傅止步停留在桥上。

刚想呼唤师傅,就听得一个奇怪的声音传来:"常言道,千足蜈蚣也只走得了一条道。想不到你这条道还真是一走到底了,还走得挺快!"

那声音陌生又熟悉。

"凤神小哥,好久不见,想不到今日以这种方式见上一面,还真得仰仗乌衣红曲酒的神力,上千年来,咱们终于可以当面说个话了!"

随着那个奇怪又熟悉的声音由远而近,眼前来了一位半身半脸的镂空人。后面紧紧跟着的分明是曲胜,而曲胜的身上,背着一个巨大的酒葫芦。

曲胜开口了:"太上老君确实是神算,说某年某月的第一个雪夜,在畲乡的小雪桥上,我们四个会有一次千年会面,还真是啊!风神哥哥、千足大仙,你俩到底醒还是没醒?你们在天庭借酒生风,要闹就闹你们自己的,我可是无辜的啊,稀里糊涂被太上老君随手扔下凡间,让我在这里如此惶恐过人世,何时是个头啊!"说着,就张口大哭了起来。

"你个没出息的酒葫芦,你给我住嘴,要哭也轮不到你哭!"红曲酒神绕过曲胜,转身说:"风神小哥,这样的神仙酒都不能唤醒你们师徒俩,看来你俩的红尘缘实在太过深重。暂且不论是孽缘还是良缘,我只是想不明白,同样是贬谪入红尘,偏偏你们师徒俩都能享受一番红尘真情,遍尝人间酸甜苦辣各种滋味,也总算没有白来一趟。而我呢,却闷在酒曲房里九百九十九年,除了孤独,还是孤独,根本不知道人间五味是个啥滋味。在西天,我总比不过你们,想不到下到红尘,还是比不过你们。我的皇天啊,为啥我红曲酒神就是命苦啊!"

他说着说着,也张嘴大哭了起来。

见他们俩一个比一个哭得伤心,只听得千足大仙一声断喝,他俩哭声戛然而止:"别哭了!好歹还是修行千年的仙班,在人世间哭成这般模样,你俩丢不丢脸?"千足大仙继续训斥:"红曲酒神,在西天,你不是借酒生风找茬,就是一肚子花心思调戏小青鸟。这些顽劣之性都还能改改,而你心中的嫉妒之心,是你不管在天上还是人间永远痛苦的根本。你说自己在酒曲房修行了九百九十九年,我看你要是不想办法去掉嫉妒的心魔,就是再修行一千年,也回不了天庭!"

红曲酒神一听,不服气:"你徒儿是个桥痴,还是个情痴,他红尘缘深醒不过来,不奇怪。你当师傅的,修行比他久,道行比他深,为何你还装傻!你快快醒来,将那座遗失千年的彩虹桥修好,咱们都能早点回天庭!"

千足大仙不屑道:"所谓修道,没有捷径,只有诚心、潜心和耐心,才能修得天道!像你这般只知道用歪心思得道的家伙,到哪儿都是自欺欺人,都是祸害!"

红曲酒神恼了:"我看你就是故意不醒来,决意与我为敌。当年若不是你,我至于被王母娘娘责罚沦落到这个地步吗?你若再不醒来,我就与你不共戴天!先拿你这已经没有了仙力的徒儿开刀!"

说着,红曲酒神蹿上前来,一把掐住了蓝桦的脖子。蓝桦顿时觉得自己透不过气来。千足大师奋起准备从酒曲神手中夺回爱徒,无奈发现自己已经不具法力,根本扳不动红曲酒神的一根手指头。

千足大仙回头朝曲胜大喊:"小葫芦,你快帮忙!"

"不关我事,不关我事,我只是一个小葫芦。"

而红曲酒神那一边,眼看掐着爱徒的手指关节咔咔在响,千足大仙心焦如焚。

正在此时,忽然,小雪桥外的"火烧松"飒飒作响,一个声音从天而降:"收!"

第十七章
"大雪"无雪

　　灶膛里的火还很旺,此刻乔巧娇俏的脸就像灶膛火一样红。她觉得自己心中也有一团火,一直在烧,她想浇灭这团火,可又渴望它烧得更旺。

　　三盅红曲酒下肚,乔巧开始脚下腾云。

　　醉眼蒙眬间,耳畔忽然传来一阵一阵的歌声。她猛抬眼,发现男人们都已经不在八仙桌前了,只有蓝婷依偎着包婶婶,坐在灶火前,那动听又神秘的歌声,就是从她们那里飘出来的。

　　只听包婶婶学着男声唱道:"眼看凰妹真漂亮,怎叫凤哥不要想。嘴中又抿橄榄核,吐了又想心肝痛。"

　　蓝婷马上接唱:"有心打石石会开,有心想妹妹会来。郎哪有情妹有义,万里青山寻郎来。"

　　包婶婶唱下一句:"情义合好又上心,又怕妹有两样心。几多生人交不熟,熟人越交越变心。"

　　蓝婷又接上:"情义要交有情人,没情阿哥没良心。要交有情有义仔,千年万年不变心。"

　　……

　　听着包婶婶和蓝婷一来一往,歌声不停,乔巧呆住了:她知道,那是畲乡独有的对歌。可是当真正亲耳听到时,乔巧的心还是震了一震:我还没说什么,她们怎么已经把我心里的话唱出来了呢?

包婶婶一回头,看见乔巧在身后发呆,赶紧起身拉她坐在灶膛的火焰前,随手又递给了她一盅满满的红曲酒:"来,妹子,干了这一盅,有话你就唱出来!"

"心里有话,我就唱出来?"看着乔巧迷糊的样子,蓝婷笑了:"巧啊,咱们畲族人,叫自己是'山哈',就是山里的客人。这山隔着那山远,凡是能说出来的,都能拿来唱成歌。不管你看见的、听见的,特别是心里想的,都可以唱出来呀。千百年来,我们山哈无论婚丧节庆还是待客会友,都能即兴编唱,张嘴就来!"

包婶婶在一旁听了哈哈笑:"对啊,当年我就是和你包大叔对唱了两夜没重复一句歌词,就这样,我们把自己唱成了夫妻呢!"

蓝婷也惊讶了:"婶婶,唱畲歌原来您也是头魁啊!真是厉害!乔巧从很远的地方来,来替她妈妈寻根的,你就给她唱咱们畲族最有名的祖先歌——《高皇歌》吧!"

"好嘞,听着!"随着包婶婶爽快的一声应答,嘹亮而高亢的歌声应声而起:

> 盘古开天到如今,世上人何几样心;
> 何人心好照直讲,何人心歹会骗人。
> 盘古开天到如今,一重山背一重人;
> 一朝江水一朝鱼,一朝天子一朝臣。
> 说山便说山乾坤,说水便说水根源;
> 说人便说世上事,三皇五帝定乾坤。
> ……
> 高辛皇上养三娘,三个公主一个样;
> 第三公主巧伶俐,嫁给龙麒做妻房。
> 龙麒三子女一名,带上王朝去求姓;

大子盘装便姓盘，二子清秀便姓蓝。
　　第三细子正一岁，王朝殿里讨姓来；
　　凑看雷公刚打响，朱笔落纸便姓雷。
　　……

　　包婶婶唱着唱着，忽然停了下来，盯着蓝婷和乔巧看了好久："呀，越唱我怎么越觉得你俩是我前世见过的旧时友呢？"

　　看着乔巧手中还一直端着那一盅红曲酒，包婶婶给自己和蓝婷也倒了一盅："来，妹子们，今朝有酒今朝醉，咱娘几个萍水相逢，先干了这眼前酒，再细细想想前世今生事，不慌不忙来得及！"

　　乔巧闭上眼睛，仰头就将那一大盅的红曲酒喝了下去，当她再一次睁开眼时，发现自己已经脚下腾云生风，飘移出了包婶婶那一间古意盎然的老厝房，房外，已经是一片银装素裹。

　　雪地上，衣袂飘飘，前方两个身影，一个丰满、一个苗条，乔巧定睛一看，前面分明就是包婶婶和蓝婷："婶婶、蓝婷，你们等等我！"

　　包婶婶转身等乔巧赶上来，对她说："我本上天鲁班大师的伙房姑娘，善烹饪，能酿酒，与鲁班师傅一位姓包的小徒儿相恋成亲。我们家小包师傅心灵手巧，深得鲁班大师喜爱。但也因为这太过喜欢，被鲁班大师派到凡尘，要做几件大事。"

　　乔巧一把抓住包婶婶的双手："婶婶，什么大事，快说来听听！"

　　"世人都知道鲁班是木匠的祖师爷，但你们可曾知道他也是制伞的祖师爷？原来大师得道成仙之前，人世间并无雨伞，一遇雨雪天，行路之人只有到廊桥、路亭躲雨。但是人世间能造廊桥、造路亭的巧匠太少，鲁班祖师爷就教会很多凡人造廊桥、造路亭。可是，造廊桥、造路亭供人躲雨，可不是一件简单之事，于是，我家老包就帮鲁班大师想办法，怎么样让世人能在雨雪天行路又不会湿身。他想啊想啊，不断尝试，都快痴迷了，终于想出了一个好东西……"

"雨伞?"乔巧脱口而出。

"对,就是雨伞!"包婶婶面露自豪之色,"鲁班大师见到我们雨伞的雏形,又略加点拨修改,于是,能给世人遮风挡雨的好东西就这样造出来了!鲁班大师就派我们下凡来给世人做雨伞。我是包家人,当然只得跟着他下凡来,哪里想到到了凡间,吃了很多苦,心中难免有怨气,原来以为鲁班大师大概事务繁忙,把我们夫妻忘在凡间,因此我对老包也有埋怨。但近日老包告诉我,鲁班大师让我们下凡,不仅是给人世间做伞,还有一件更重要的事情。话说这制伞容易,造廊桥难啊!"

乔巧一听明白了:"原来你们是来红尘等造桥巧匠的?蓝家人便是!"

一直在旁边笑而不语的蓝婷上前来,轻声叫了一声:"凰仙妹妹!"

乔巧一阵惊喜:"你是青鸟姐姐!你怎么也在这里呢?"

不等蓝婷回答,包婶婶拉起乔巧的手:"巧匠们在小雪桥遇到点麻烦事了,咱们快去!"

乔巧直觉脚下生风,三人如有羽翼,一眨眼工夫,便轻巧地落在了小雪桥上。还没落稳脚,只听得"包纸伞"一声大喝:"收!"那边,一个半身镂空的玄衣黑面的男子腾空而起,落荒而逃。

惊愕之间,只见"包纸伞"手撑一把大伞,正要追赶那个男子,蓝念远上前阻拦:"包师傅且先不急收他。只有让他在凡间再好好修炼,去除他心中深重执拗的嫉妒之心,方能帮他重拾仙身。此番就让他去吧!"

包婶婶对惊呆在一旁的乔巧说:"所谓'伞',讲的就是一个'收'字。天地之间,人性劣根,除了'贪、嗔、痴、慢、疑'之外,还有一颗可耻心,那就是'妒'。这镂空人'妒'心太重,导致烧身烧心、难修半边。因此,我家老包想收了他。但是你看,千足大仙讲得更有道理,且先放过他这一回吧。"

这边包婶婶话音刚落,那边"包纸伞"手一抖,只见一块精雕的小悬鱼从那把大伞中滑出。"包纸伞"将那块小悬鱼递到蓝念远手中说:"千足大仙,这一路,你们辛苦啊!我们修为不够深,仙力不够,只能等候在半路助你一臂之力，这块小悬鱼是我用打伞骨的余料雕刻而成的，仅仅只有造桥的一条密码，余下的还得有劳大仙，继续寻找。等待你们师徒找到所有密码，只要需要，我们随时恭候，随叫随到。"

说完，包氏夫妻抬脚就要起身，忽然来了两只小喜鹊，咋咋呼呼："哎呀，我俩睡过头了，是错过了刚才的一场大戏了吗？千足大仙、包师傅，我们小兄妹可没有忘记送小悬鱼的任务呢，到时候得给我俩报功呀！来喽，包师傅，我俩衔好了，今天雪过天晴，海风正顺，走喽……"

包师傅向小喜鹊扬了扬手，回头对蓝念远说："大仙，你看看前方，你徒儿已经找到那雕刻'凰冠头偶'的好料了！"

众人走出小雪桥，看向那棵"火烧松"。

乔巧也放眼望去，她感到刚才因为乌衣红曲酒让自己心生灼热的那团火霎时又升腾了上来，她朝那棵"火烧松"狂奔了过去，但是，她又猛地站住了。"火烧松"下，那个蓝榫既是蓝榫，又不是蓝榫。那分明是一个峨冠博带、胁下生双翼的翩翩仙家美公子。

乔巧抬头看了看那棵高大的"火烧松"，她不知道这棵古松在这里已经站立了多少年，但她知道这样的古树见惯世事沧桑，它不动声色地看着这一切，一定知道所有的秘密。乔巧对着"火烧松"大声问道："老松老松，你快告诉我，我是不是凰仙妹妹？那位可是我苦苦追寻的凤神哥哥？"

松风阵阵，"火烧松"言道："有话你就唱出来，有话你就唱出来！"

"凤神哥哥，凤神哥哥！"

一阵急呼，乔巧把自己叫醒了！

原来是南柯一梦！可乔巧的手中，分明紧紧握着那翠绿的松针。

虽然行走多日，但是对于氡泉峡谷的天气，乔巧觉得自己怎么也没有琢磨透。

那一日在那条山岭古道第一眼见到小雪桥的时候，听蓝婷说，往年的畲乡阳历十一月，远远还未到入冬的时候，但是那一天却大雪纷飞。而明日，就是廿四节气中的"大雪"时节，氡泉峡谷应该到了万物肃杀的时候，但这时却暖阳如春。

自那一日在枫湾村喝多了包家婶婶的乌衣红曲酒，做了那个奇梦后，这一路上，乔巧跟在蓝念远、蓝桦和蓝婷的身后，总是不时地要看看他们的脚下和胁下，生怕一走眼，就会看见蓝念远的脚下生出很多双脚，而蓝桦、蓝婷的胁下忽然就长出翅膀来。

有时候，她又笑自己：酒真是个神奇的东西，能让人生出那么多的奇思妙想，让人发现自己有无穷的想象力。

这一日的暖阳下，乔巧跟着大家继续行路。但是，今日，蓝桦带领大家走的不是山岭古道，而是一路向左，来到了一片平畴。前方是一个小小的集镇，远远望去，与乡野小村一样，通往小镇的必经之路上，也有一条小溪横亘，但是那里没有"枯藤老树昏鸦，小桥流水人家"的僻静和悠然，因为溪上并无廊桥，只有双排的石平桥架在溪上。双排石平桥上，一边的石桥高出另一边石桥大概半尺左右，老人孩子在高平桥上走，农人赶着牛羊从低平桥上走。

桥头的石碑上，刻着三个拙朴的古字：姊妹桥。

与那些飞檐翘角、雕梁画栋的木拱廊桥相比，这座造型奇特的石质平桥同样引起了乔巧极大的兴趣。

只见"姊妹桥"横跨在明亮细碎的溪河之上。它们屹立在那里不知多少个年头，沉默不语，但又似乎在向乔巧隐隐述说着旧时零星的时光碎片。

刚走过"姊妹桥"，乔巧发现蓝桦正在细读桥尾的另一块石碑，犹如在看一张密纹唱片，寻找它们无声播放着的昔日辉煌。

此刻，是小镇的午后。镇上的老人们坐在桥下的石板凳上，谈天说地，一边晒着冬日暖阳，一边热烈地讨论今年小雪下雪、大雪大暖的天气对来年农耕的作用。孩子们搬出象棋，围在桥下的长凳旁杀得好不热闹，双方横马跳卒，车攻炮轰，旁边的大人竟然跟着孩子们相争，脸红耳赤的。而远处的墙脚下，婶婶们娴熟地织着毛衣、拖鞋，一边说着家长里短。

乔巧忽然明白了，走过这一座"姊妹桥"，原来来到了母亲经常描绘的旧时光里的人间烟火。

但是，乔巧没有想到的是，跨过这座"姊妹桥"，等待他们的，是远比此刻还要深邃的时空，他们在那一个时光隧道里，见到了苦苦寻觅的"大雪桥"！

这一夜，在一位热心老人的指引下，一行人投宿在镇上一座大宅院里。

热心老人说，这大宅院祖上姓翁，始祖创业之初，筚路蓝缕。翁氏先人谨守耕读家风，一边开山辟田，营造家园，一边教育子孙知书达礼，修身养性。经过百余年的创业，到南宋时，已是家道殷实，人文蔚起，科甲肇兴，出了不少风流人物。

乔巧一边听老人诉说家史，一边仔细打量这座如今已经空置的老宅院。

老宅院坐东朝西，背面山峦叠起，绿树成荫，山与厝之间有一条蜿蜒的小溪由东向西北潺潺流过，前面是一块形似鲤鱼的水池。热心老人说，那是建房时为了形成背山面水格局，将门前的水田改成鲤鱼形状的池塘，寓意年年有余，期望子孙后代能"鲤鱼跳龙门"。

蓝卯一听，迈开大长腿三两步奔出门外，一会儿又奔了回来说："门外没有鲤鱼池，倒有鲤鱼田，晚上可以炖鱼吃。可是这厅是正的，为什么大门却歪着开呀？妹妹，你专业解读一下。哦，不，在这里，你不够专业，蓝桦才是正宗的，蓝博士请给哥哥做个专业解说吧。"

蓝桦听了，回应哥哥说："是该给你说一说，免得你经常忘了自己还是畲乡人。跟我来！"

虽然弟弟的话毫无抢白之意，蓝卯听了却觉得有点别扭，但他还是乖乖地跟着弟弟："这大宅院的建筑布局非常有讲究，你看，这边是中轴，以此中轴，层层递进，由外门楼、内门厅、左右仓楼、中厅、左右横房、正屋等四进构成，布局严谨，气势恢宏，做工和用材均十分讲究。刚才你说的'门歪'，就是大门并未开在院落的正中位置，意思就是'正厅歪门，藏风得水'。"

"嗯嗯,有水平有水平!巧,你哥我就因为不懂这些,所以就藏不住财喽!"蓝卯对乔巧感叹一句,也算是自嘲吧。

但是,此刻,乔巧没有理会蓝卯的话,她的注意力被院落天井里西北角一株高大的桂花树吸引了。这应该是她见过的最大的桂花树了。乔巧此刻无从猜测这棵桂花树历经了多少个春秋,只见它郁郁葱葱,树冠如盖。

这个夜晚,睡在大宅院空旷的绣房里,乔巧久久不能入眠,不知道为何,她的心思还在那棵大桂花树上,想象着年年岁岁冬去春来,这座大宅院,门前池水盈盈虚虚,门内桂花开开落落,时光却在它们面前匆匆而过。

乔巧的思绪一直在延续。蒙眬中,院子里传来一阵阵斫树声,一阵紧似一阵,就像有人有一肚子的怨气都要使在斧子上一般。紧接着,忽然传来蓝念远的怒斥声:"你这不成器的东西,居然逃到这里来斫树,快快回月宫好好给我斫神木去!"

乔巧好奇地披衣出门,正好看见一个壮汉从那棵高大的桂花树上跳了下来,直奔蓝念远眼前,一下子跪倒在地:"师傅,您终于来了!我等您等得好辛苦,您快快度我出苦海!如果您还不理我,那也休怪我会再做鲁莽之事!"

乔巧正觉诧异,那边蓝婷一袭青衣已经站在了蓝念远身边:"樵子,这么多年过去,难道你还不改鲁莽之气?按天规,你要修满一千年。如今还不到一半时间,你急什么!"

平时柔柔弱弱的蓝婷,此刻的语气中明显透出一股不怒自威的震慑力。

乔巧连忙上前,悄声问蓝婷是怎么回事,蓝婷有点诧异地看了乔巧一眼说:"这事你不记得了吗?就是那个帮吴刚砍树的樵子呀!"

"哪个吴刚?谁是樵子?"

蓝婷:"难道那乌衣红曲酒真这么厉害,都把你喝失忆了?好吧,我来拯救一下你的暂时性失忆:吴刚是西河人,决意学道修仙。炎帝之孙叫伯陵,趁吴刚离家三年学仙道,和吴刚的妻子私通,生下了三个孩子,吴刚知道后一怒之下杀了伯陵,因此惹怒太阳神炎帝,就把吴刚发配到月亮上,命令他砍伐不死之树——月桂。月桂高达五百丈，随砍即合，炎帝就是把这种永无休止的劳动作为对吴刚的惩罚。"

乔巧赶紧接话："这故事我知道啊，好像中国人都知道吧。"

蓝婷接着说："千足大仙和吴刚交情不错，特别同情他，为了帮吴刚，不让他太累，就派自己这个叫樵子的徒弟去帮吴刚砍树。可这樵子偷懒，不尊师道，非但不帮吴刚砍树，还打算炖了月桂树下那只白兔子吃。千足大仙知道后，给他上了一道仙咒，把他送到凡间来再斫一千年桂花树，以磨炼他的心性。想不到他不好好修炼，不知用了什么障眼法，消失在大仙的眼皮底下了。原来躲在这里，还真是巧了！"

两个人正窃窃私语着，那边那个樵子紧紧拉住蓝念远叫道："师傅，同样是您的徒弟，您一直偏心凤神，大事巧事好事都由他做，劈、锯、刨、钻这些下手的杂事都让我做。还无端让我去广寒宫帮吴刚砍那株砍了合合了砍的月桂树。谁不知道广寒宫又冷又无聊，谁待得住！"

蓝念远正色道："好师傅就要根据徒弟不同的天分、不同的资质因材施教，派你去广寒宫帮忙斫月桂，就是要修炼你的恒心和耐力。我让你选择继续在广寒宫斫树还是到红尘修炼，是你自己选择到红尘来修炼的。"

樵子一听，哀呼："我原本以为来到人世间可以享受红尘的繁华与逍遥，哪里知道您给我上了仙咒，我什么福也享不了。别的又不会做，又回不了西天，只好苦苦地到这里来斫树。今日总算等到您来了，求您快快给我解了这道仙咒，让我回九重天吧！"

蓝念远根本不为所动："守信守诺、坚定执着，是成事根本。你这般没有恒心和毅力，不再修炼千年，就算回到九重天，还是个废物！我万万不允！"

蓝念远话音刚落，那樵子忽然立直了身子，上前一把抓住蓝念远的衣襟，带着就跑："师傅您既不仁，休怪徒儿我不义。如今您已是谪仙，早无仙力，我毕竟还修炼了这么几百年。走，你就乖乖听我的，带我到你藏仙咒的地方去……"

樵子刚抓住蓝念远贴地起飞,这边蓝桦带着蓝卯、曲胜赶到:"师弟,不得鲁莽!快停下!"

就在蓝念远被樵子带走的一瞬间,一股神奇的力量让所有在场的人都腾空而起。让乔巧最为惊讶的是,半空中,她看见曲胜的身后,莫名其妙地背着一个酒葫芦,那样子着实滑稽。

当然,乔巧来不及研究曲胜背后那个酒葫芦了,因为前面出现的景致,让乔巧睁大了双眼。

明丽的阳光罩着远山近树,一切都是那么清晰,视线所及之处,都是满眼的苍翠。很快,乔巧他们绕过一座山,就看见了云海,向下俯视,乔巧叫了起来:"呀,这是多大的一个山谷呀!谷中聚积着云彩,我竟然在云的上面。哈哈哈,难道我成仙了吗?"

太阳渐渐地变得模糊了,然后竟然成了一个橘红色的小圆圈。紧接着,云雾渐散,一座别致的古桥在阳光下熠熠生辉。

只见它长虹卧波,气势磅礴,正中三间宫殿式廊楼,似乎在高高远眺。但是,整座桥没有墩台,只是用了粗木架成八字形伸臂木拱,直接支撑在溪水两岸坚实的岩壁上,岿然不动。这是多么罕见啊!

这一发现,深深地震撼了乔巧。

在这样的地方,竟然有这么一座桥,它与世无争,似乎为时间遗忘。它没有桥墩,却以别样的力量凌空支撑,彰显了造桥者无穷的智慧和力量。但是,此刻,这安详的古桥被一群不速之客打破了长久的宁静。

那个身材壮硕的樵子紧紧揪住蓝念远的衣领,跳上那座古桥。乔巧紧紧跟着蓝桦他们,快跑到桥头了,抬头一看,桥头挂着三个大字:大雪桥。

乔巧心想:大雪?艳阳高照,哪来的大雪呀?

乔巧刚立稳脚跟,只听得那个樵子对蓝念远急急说道:"师傅,我好歹也是您千年的徒儿,您无端让我去月宫砍桂树,何时是个头?我逃到红尘,想不到红尘也这么苦。我知道师傅当初给我施的仙咒就在大雪桥的悬鱼上,这么多年在滚滚红尘,我终于在这深山的大雪桥上找到了,可是,我看不懂啊!今日您终于来了,这太好了!师傅,就在这大雪桥山脊那一头的那块雕花小木头上。"

乔巧正惊讶,忽然飞来两只小喜鹊,停在了大雪桥廊屋的山脊上,叽叽喳喳叫道:"凤神凤神,你快去取那块悬鱼,这一回领路寻桥的活儿你师哥替你干了,嘻嘻嘻嘻……"

惊喜掠过了蓝桦的眼角,只见他双翅一振,飞身上了廊屋的山脊,轻巧地取得了那块木悬鱼。但脚还没落地,那边樵子夹住了蓝念远的喉咙,转身对蓝桦说:"师弟,快叫师傅解这木悬鱼上的仙咒,不然休怪我无情!"

蓝桦拿着木悬鱼,立在原地,进退两难。

正僵持着,忽然一声娇斥:"莽撞樵子,休得无礼!"

乔巧抬眼一看,只见天际飞来一仙子,蛾眉带秀。腰似弱柳迎风,面比夭桃。白绫氅罩着百花红袄,绣罗裙隐现双瓣金莲。风姿秀逸,体态轻盈。

乔巧看傻在一旁:天下还有比她更好看的人吗?

那一边听得蓝婷惊呼:"嫦娥姐姐,您怎么来了?"

嫦娥轻移莲步来到蓝念远眼前,玉手一点,只见那樵子紧紧卡住蓝念远脖子的手瞬间松开,他躬身垂手,立在嫦娥的面前。

蓝念远深舒了一口气,当胸抱拳:"感谢嫦娥仙姑及时解围!又给仙姑添了不少麻烦,有劳仙姑将愚徒带回月宫好好调教!"

嫦娥朱唇轻启:"大仙别来无恙,一路辛苦。你这徒弟调皮,趁我给玉兔喂草的时间,就溜下凡尘了。这就替您带回月宫,该斫的树,还得继续斫!"

两只小喜鹊飞上来,急急忙忙说:"嫦娥姐姐,嫦娥姐姐,您看我俩也很辛苦呢,今天这块悬鱼,又得我们兄妹俩翻山越海送到宝岛去呢!"

嫦娥回头朝小喜鹊嫣然一笑:"放心吧,大仙将来一定不忘给你们记功!"

说罢回头对蓝婷说:"小青鸟,你一向是最懂事的那一个,这一路,有劳你继续照顾大仙了。我着急回月宫,就不耽误你们的正事了。只是怎么觉着凤神和凰仙有点别扭呢?怕不是凤神在红尘移过情、别过恋吧!我是不是管得太宽了,这是你们俩自己的小情思,凰仙儿,用情太深会累,心烦时,闻闻桂花会舒畅很多的!"

一声娇俏的"后会有期"中,只见嫦娥广袖长舒,翩跹起飞,身后乖乖跟着那个垂头丧气的樵子。

乔巧见了,赶紧在后面呼唤:"嫦娥姐姐,什么'用情太深'?您把话讲明白呀!"

"嫦娥姐姐?哈哈哈,我有那么好看吗?"乔巧一睁眼,发现阳光下,蓝婷站在她眼前,拍着自己的脸做了个调皮的表情,"今天是走得太累了吧?也是啊,冬日暖阳特别容易犯困,我看你一上这大雪桥就在美人靠上迷糊睡着了!"

乔巧一听,跳了起来,拉着蓝婷前后左右看了一下,还摸了摸蓝婷的腋下:"你真的没有翅膀啊,刚才我只是做了一个梦?"但是,当她打开自己的手掌时,分明掉落了几簇金灿灿的桂花,瞬间,桂香飘满了整座大雪桥。

蓝婷摸了摸乔巧的额头:"山风大,没把你吹感冒受凉说胡话吧?我倒真的想要有一双翅膀,大家都有翅膀,早日找到那些古廊桥,早点让蓝爸修复那座安澜桥呢!那样,蓝爸的痴癫病也就好了!"

正说着,前方蓝念远在叫:"渴死了,我口渴!曲胜,快拿酒来!"

蓝婷上前哄道:"酒再好喝,也解不了您的渴呢。您等一会儿,我这就给您煮仙草汤喝。"

没有多久,蓝婷就给蓝念远端上了一壶别致的饮品。只见玻璃壶中,一整株植物立于水中,清澈碧绿,白色的草气根在水中似水袖一般,跟着叶子飞舞。乔巧几乎无法移开视线。

"我也要喝,这是什么神奇仙草?"

蓝卯顺手半路接过了蓝婷递给蓝念远的杯子，一口下去，觉得那不是茶，水中带着一缕淡淡的青草气息，有点涩，还有点泥土的味道。

他皱着眉头对蓝婷说："原来你也会吹牛，这种东西能叫'神仙草'？"

但话音刚落，立马觉得一股独特的气息在唇齿间弥漫，让人顿时觉得神清气爽，蓝卯似乎觉得所有的烦恼郁闷都瞬间化为乌有："咦，真的有点神奇，这叫什么草来着？"

蓝婷一边给蓝念远递水，一边说："白落地。"

"白落地？好别致的名字！"乔巧也感到神奇。

乔巧看到植物白色的气根，似乎也明白了几分。蓝婷很耐心地向他们兄妹介绍："白落地像一根丝带一样生长，喜欢生长在疏林中的潮湿地。生长时，它纤细的身体平卧地表，匍匐向前，每向前一步，白色气根便扎于土中，叶片也紧贴地面匍匐前进，乍一看，像铺在水面的浮萍。它的花很小，淡紫色的，很不起眼，像梦幻里的小星星一样，不细看，一准会以为是藤叶上长出了带着颜色的小绒毛。白落地具有祛风除湿、活血解毒的功效，所以我们叫它'神仙草'。可有一样事儿还是挺稀奇的……按理说，这'白落地'是每年春末夏初才生长的，怎么会在冬至降临的隆冬季节就出现了呢？"

曲胜过来接过蓝婷手中的茶壶，给每人随身的杯子里都倒了一杯："哪有那么多的讲究，大家赶路都渴了，都趁热喝一杯吧！"

接过来，大家都喝了一杯。想不到，喝了这"白落地"神仙汤，所有人都"落"了地，除了曲胜外。

第十八章
小寒桥上

风过大雪桥，一阵凛冽的寒风吹向了桥上昏睡的每一个人。

蓝卯第一个睁开了眼。他看了看依旧熟睡的蓝婷，轻轻地推了推她。当他接触到蓝婷身体的那一刻，瞬间觉得心中充满了奇异的感觉：对，没错，那是一种久违的，甚至已经找不到的让人幸福和安宁的感觉。

蓝卯坐起了身子，手掌轻轻滑过蓝婷那张白玉兰似的脸庞。那张脸上，有着母亲一般温暖又柔和的光芒，但那种光芒温柔却有力量，蓝卯觉得自己的内心忽然被照亮了：原来自己不远万里来到故乡，不是为寻找财富，而是来寻找内心深处的安宁和克服人生恐惧的力量。是的，这一路行来，这种感觉似有似无，但是，它明明存在啊，这种力量就在身边，原来就在蓝婷的身上啊。

之前自己有不确定，不确定自己对蓝婷到底是喜欢还是好奇，而此刻，蓝卯坚定地相信，自己确实已经认真爱上了这如畲乡清茶、如空谷幽兰一般的姑娘。

蓝卯为自己的确定感到无比兴奋，他想大声宣告：自己恋爱了！可是，他四顾周围，一切还是安安静静的，他完全不知道，这里，除了他之外，几乎所有人都因为一杯"落地白"，在自己的前世今生里，走过了一段神奇的历程……

当曲胜手中的茶壶空了的时候，看到大家喝了"落地白"纷纷倒地，随着一阵窸窸窣窣的声响，地上便冒出了一个绿帽白衣、头大身细的人形。

"落地小神，你还是那德行！见不得人的事，你自己不做，坏人都让我做，难怪你要在穷乡僻壤落地做一棵小草，几百年了还直不起腰杆来！"

双手扶着那细得可怜的落地小仙，曲胜没好气地抢白了他一顿。

"哼哼，我这德行，要是我能直得起腰杆来，我还要在这穷乡僻壤修行这么多年？我算什么，你这小葫芦又算什么？你要知道，这九重天上，因触犯了天规，被贬谪下凡的大神小仙有多少吗？咱俩算哪根葱？"落地小仙摇晃着他的大绿脑袋问曲胜。

曲胜没好气地回话："我又不是神算子，我咋知道有多少个谪仙！我只是为那还不成形的红曲酒神当个差而已，他许我成事后，立马带我回九重天。"

"你傻呀！"落地小仙啐了曲胜一口，"都说你这小葫芦只有一个嘴，缺心眼的，还真是！只知道闷着头一条道走到黑。你都不打听打听，现在被贬红尘的谪仙们，都得知这个大秘密了，你居然还不知道，你真是典型的灯下黑啊！"

曲胜赶紧抬头问："啥？我灯下黑？什么意思？"

落地小仙扭了扭他那白白的细腰杆，努力向上挺了挺："这千足大仙下凡来，不就是在帮他那宝贝徒弟凤神找一样神奇宝物悬鱼吗？我们虽然不知道那悬鱼到底有何用，但谪仙们分析那悬鱼肯定是非凡的宝物，不然那么聪明傲气的凤神为什么要那样苦苦寻找？现在谪仙界都已经传得沸沸扬扬了，说我们这些被贬红尘的谪仙们，谁若能得到一块他们师徒寻找的悬鱼，便不用再在红尘受苦受难、修炼千年后才能重返仙界，能立马回到九重天享福了呢！"

曲胜听了，恍然大悟："怪不得红曲酒神派我揽这一苦差事，原来是这样，还骗我说寻得悬鱼是为唤醒蜈蚣精，这红曲酒神太阴险了！"

落地小仙嘎嘎嘎地笑了："你个笨葫芦，红曲酒神的话大部分是骗你的，但是他想唤醒蜈蚣精却是真的，他们在天庭斗酒的恩怨还没了，如果蜈蚣精一直这么糊里糊涂连红曲酒神都认不得，那依红曲酒神骨子里的小肚鸡肠，怎么受得了？"

曲胜听了直点头："你的绿脑袋看来真的比我闷葫芦要聪明。那咱要是得到一块悬鱼就能回天，我以后就不回太上老君那里去了，天天给你当酒葫芦！"

"那自然是好啊！眼下所有的谪仙们都盼着能尽快得到一块悬鱼，谁若有一块，那就回天有力了！那可是咱们梦寐以求的，今日终于等到机会了！"

曲胜一把抓住了落地小仙细若无骨的手臂："快说快说，在哪？"

落地小仙扭了扭自己的细胳膊："你弄疼我了！远在天边，近在眼前！"

"大雪桥上的那一块不是已经被小喜鹊衔走了吗？你不是也看见了吗？"曲胜听了一头雾水。

落地小仙用他那细得只剩筋的手拍了曲胜一巴掌："你个笨葫芦，我在这里等了几百年，费尽心思酿了这'白落地'，让你哄他们喝下去，就是等你这句废话的吗？来，你看那儿……"

顺着落地小仙细丝般的手指，曲胜看见了远方一片竹林。

接着，时空跟随着这根细手指向畲乡深处的氡泉峡谷继续推进，越推越深，停止在一片竹海里。

清风扫过，前方的那一片竹林轻轻摇曳，发出有节奏的鸣响，就像美妙的乐音盈盈飘来。曲胜循声而去，只见竹海深处，一条小溪清幽畅快地在山涧流淌，涧上一座古桥默默独立。桥身已经被风霜侵蚀得看不出木质原来的颜色，只觉得与廊屋上的灰瓦浑然一色，整座桥给人一股"时光无言"的肃穆感觉。而唯独桥头三个大字"冬至桥"却是耀眼的朱红，分明是有人刚给桥名描了新漆。

"落地小仙，那是冬至桥！难道你要请大家来这桥上吃了汤圆再赠你一块悬鱼，好让你回天？"

"啪"一声,曲胜额头又挨了落地小神一巴掌,与其说是巴掌,还不如说是一根软软的丝线掠过曲胜的额头,划得曲胜痒痒的:"再骂你个笨葫芦,到底啥时候能开窍呀?都什么时候了,还想着吃的,下酒吗?引你到这冬至桥来,那是因为我用了几百年时间修炼,好不容易破了一个天机,这冬至桥上就有一块悬鱼,所以我才蛰伏在这里等你们呀。但是毕竟是凤神的悬鱼,如果不借凤神的巧手,谁也摘不下那块悬鱼来。"

"那还等什么,他们都还没醒来,赶紧把他们都弄过来呀!"

落地小仙笑了:"这回你个笨葫芦总算开窍了!"

说罢,只见落地小仙在地上一个飞旋,旋出了成千上万根"白落地",不一会儿,一阵狂风吹得曲胜睁不开眼,当他再次睁眼时,所有人都被一捆白落地的长藤缠绕着,送到冬至桥上来了。

当他们的身体一接触到桥身,白落地的长藤自然也就从他们身上消失。但是,他们依旧在酣睡之中。

曲胜眼前一亮,一把明晃晃的弯刀递到了他眼前:"来吧,这事儿得咱俩合力才能干得了。"

这会儿,曲胜忽然开了窍:"凭什么我要给你干?"

落地小仙扭了扭细若无骨的身子,指指冬至桥高高的重檐,说:"悬鱼高高在上,你那去了仙力的肉身这么沉重,怎么上得去取走呢?我毕竟还有这修了几百年的轻巧身骨,一纵身便是。可是我又没有气力拿这凤神的巧手,所以,我这几百年等啊等,终于等来了你。"

曲胜听了,斜了他一眼:"那事成了,我有什么好处?"

落地小仙说:"我给你一根'落地须',来,你拉着,你看,这根'落地须'系着我的心,一拉我便痛得要命。我以我命作保,你帮我事成后,我便告诉你下一块悬鱼在哪座古廊桥里!"

"不要啊,你不要给我看你那血淋淋的小心脏,我信你便是了。你先告诉我下一座古廊桥叫什么。"

落地小仙摘了那根"落地须",把一颗血淋淋的小心脏按回了瘦骨嶙峋的胸腔里，气喘吁吁地说："我也信你便是，下一个节气就是下一座古廊桥。你快动手吧！"

曲胜愣了一下，终于举起那把明晃晃的弯刀，对准蓝桦的右手，打算砍下去。

似乎空气都凝固了，四周死寂一片。

曲胜无论如何也没有想到，自己刚刚在心中狠念了三遍："凤神哥哥对不住了！"对着凤神的右手，举起弯刀，闭上眼睛，正打算狠狠剁下去的那一刻，"咣当"一声，一支竹箭从天而降，手中的弯刀应声而落。

随之传来一声怒喝："大胆白落地，快收起你的恶念，跟我回百草老厝老实修炼！"

这一箭一喝，惊醒了所有昏睡中的身体。蓝桦翻身而起，惊讶地叫了一声："竹婆婆！"

与蓝桦的起身相反，曲胜定睛一看，也叫了一声"竹婆婆"后，跌坐在地。

竹婆婆对曲胜怒目相向，脸上的怒气在白发银簪的映衬下，摄人心魄。

"竹婆婆，我我我……是落地小仙唆使我的，我我我，我一时糊涂。求婆婆原谅！"

曲胜吓得语无伦次。

竹婆婆怒气未消："老话说得好：心软坏事！当初没有收你当我的药葫芦，就是我一时心软，是我的错，一念之差让你成了酒葫芦，使得你整天昏昏沉沉、浑浑噩噩、糊里糊涂，成事不足，败事有余。唉，悔不当初啊！"

骂过了曲胜，竹婆婆转身对蓝桦说：

"这里的竹山是我的，因为担心长久没有回来，竹山的竹子要开花，所以我这个竹婆婆回来看看竹山。就那么一会儿，想不到就会出事。唉，都是我没有看好自己老厝的草药园子啊！"

大家都觉得诧异，听得竹婆婆娓娓道来才知道来龙去脉。

这落地小仙原是竹婆婆在鹤渡村草药园子里的一味草药，药名叫"白落地"，药性本不激烈，能凉血解毒。平日里村人们也常拿来当食材。唯独这株"白落地"多年来在竹婆婆的草药园子里，因为接了天地之灵气，修道成了小仙。本来已经升了天的，仗着自己从竹婆婆那里偷学了点本事，就凭三脚猫的药术，医死了二郎神哮天犬的一只犬子，哮天犬向二郎神告状，二郎神一怒之下，就将这一株"白落地"又扔回了竹婆婆的草药园子。想不到某一天他听说了在谪仙们之间流传的传言，就从竹婆婆的草药园子里溜了出来，到这冷僻的氡泉峡谷里避世修炼。仙力还没修回多少，就耐不住寂寞了，想尽办法让自己早日回到九重天去。所以，就在这里候着蓝念远一行，今天终于候着了，所以就想出了这么一出拙戏。

蓝念远听了，赶紧前来向竹婆婆深深鞠了一躬："想不到啊，危急时刻，是您救了我徒儿的巧手。您知道，对于匠人来说，这一双十指灵活的巧手是多么的重要，没有了手，还谈什么能工巧匠呢？徒儿，赶快来谢过婆婆！"

竹婆婆淡然一笑："我老婆子还能有什么用呢？只是赶巧罢了。你们师徒情谊深厚，匠心可贵。竹风送来天意，这冬至桥上的木雕悬鱼早些年毁坏了，如今，一位竹雕巧匠，已经在我的竹山寻到最有灵性的竹子，正在赶工补做悬鱼呢。你们赶紧去吧，就在下一个节气的廊桥上。"

蓝桦惊喜地问："竹婆婆，那可是小寒桥？"

竹婆婆笑着点了点头："难怪你师傅这么爱惜你，毕竟聪明，一点就通。你们赶紧去吧，在小寒桥上，那位竹雕师傅会一并为你们雕两块竹悬鱼。"

须臾之间，所有人起身要走，一切又回到了原来的模样……

蓝卯在后面匆匆赶来："我这么辛辛苦苦一个一个将你们叫醒，你们倒是等等我呀！"

等他赶上众人的时候，发现蓝婷拉着蓝桦停在路边，一双玉手抓起了蓝榇的大手，在他的手腕处左看右看，一边轻轻抚摸，一边抬头焦急地问道："疼吗？"那眼里，是心疼，是呵护，又是满满的关爱。

蓝卯心里一震，正不知道该说什么，只听得乔巧说："我的妈呀，他还是小宝宝吗？不就是刚才曲胜不小心砸了一下蓝博士的手腕吗？蓝婷，这位蓝博士有那么娇贵吗？我看他平时硬气得很哦。"

蓝卯听得出，乔巧那声音，分明也有一种别样的味道在里面。当然，他看蓝榇的眼光，也变得有些异样了起来。

竹风阵阵，送他们进入了更深的冬天。当掩映在群山中的一洼翠绿出现在他们眼前时，他们知道，那个叫竹溪的村子到了。

这里有连绵的山峰、迤逦的农田、潺潺的小溪、充满畲族风情的房舍、田里劳作的村民、悠闲晒着太阳的老人……蓝榇口中描绘过的"云上竹溪"，便向他们徐徐展开深邃而神秘的画卷。

进入竹溪畲村，看到借住的那家民房，虽然乔巧之前已经有过想象，但是，还是惊叹于那一种独特的美：与畲乡的石头木厝相比，这是一座畲乡少见的小竹楼，屋外既有竹林环绕，又有小溪流经，门前还有一片开阔的良田。只有穿越石碇步，才能进入那座小竹楼。除了小溪，小竹楼四周竹林环绕，石板、绿植、草地和水塘巧妙组合在一起，自然灵动又意趣盎然。

这一切，都还只是外在的一切。进入小楼，乔巧惊叹了：这是进入了一个竹雕博物馆吗？

跨入正厅，迎面就是两个竹雕的大条屏，上面刻着两行字：数百年旧家无非积德，第一件好事还是读书。

这一对条屏就像为大家打开了一扇竹雕的大门，走进去，里面竹根雕的人物、动物、山水、草木，应有尽有。以竹筒和竹片制成的笔筒、臂搁等文房用具满溢着书卷之气……

这边，蓝念远觉得自己的双眼已经不够用了，他一边摸着那些竹雕，一边喃喃自语："浮雕、线刻、浅刻、竹筒、木雕、竹根雕……起码上百种雕工，一片竹容纳苍生万象，一把刀凝结酸甜苦辣啊！"

蓝念远的感叹还没发完，一转身，眼前居然出现了"五百罗汉"。那五百个竹片雕刻而成的人物，外加一百多个怪兽，形态各异，栩栩如生。蓝念远暗暗叫出了声："金雕神手，这么多年不见，原来你藏在这里偷偷修炼啊！"

蓝念远心中正念叨着"金雕神手"，外面一阵浑厚的笑声传来。随着笑声，大步踏进来一个大胡子中年男子，面色红润，脚步稳健，一袭短打装扮，头上戴着一个齐肩的箬笠帽，更引人瞩目的是，腰上别着一只已经很少见到的长长的竹雕烟筒。

他一进门就朗声喊道："一早起来见到两只喜鹊在枝头叫喳喳，一只长尾巴，一只短尾巴。原来真有贵客盈门啊！"

笑声吸引了大家的目光。如果不是小竹楼里的徒弟叫了声"师傅您回来了"，乔巧还以为迎面而来的是一位隐世的武林高手。

乔巧更没有想到的是，这位"世外高手"，递给老朋友蓝念远的见面礼居然是一杆已经点燃了的长烟筒，里面装满了土制的烟丝，那深深的烟斗里，烟丝一闪一闪，亮着红光。刚递到蓝念远的跟前，想不到蓝念远砰的一声，迎面栽倒在地。

蓝桦抢前一步，一把扶住了父亲。

这一摔，把对面的"金雕神手"也摔怔住了："阿远，你晕烟？你居然晕烟？当年还是你教会我种的烟叶呢！"

当蓝念远被蓝桦蓝婷扶起坐正身板的时候，眼里已经全然没有了刚才细细揣摩满屋子根雕的那种光芒，他又完全陷入了迷糊的状态。

乔巧原本以为，这一回"金雕神手"师傅精雕细琢的竹悬鱼也会是在深山老林里的一座古廊桥上。她万万没有想到，那座叫"小寒"的廊桥，就如此充满烟火气地横跨在云山竹溪的村子中央。

出了金师傅那座藏着成百上千竹雕宝贝的小竹楼，踩过石碇步，再沿着水路向村子中央多走一些路，前面就逐渐热闹了起来。就在这人间烟火气中，一条古桥安详地伏在不宽的水面上。

乔巧抬眼望去，觉得用"古桥"来定义小寒桥似乎不是那么准确，因为虽然不知道历经了多少年的风雨侵蚀，但岁月似乎不能将这座桥身上的艳丽色彩全然抹去。那一刻，乔巧觉得那不仅仅是一座桥，而是上苍遗落在人间的一条彩练。

小寒桥让乔巧生出一种融入感。走在桥上，仿佛自己早已在这里生活了几百年。她一会儿觉得自己就是桥头那位浣纱的少女，一会儿又觉得自己是牵牛走过桥头石街的那个小牧童……怎么会有这种似曾相识的感觉呢？难道在自己的某个梦境当中曾经出现过？

一边想着，一边走过小寒桥。这时候，朝阳从远山探出头来，桥边民居的木窗打开了，木房子的屋顶上冒出了一缕缕炊烟。几个老乡在溪边用溪水来洗漱。虽然老人们近在咫尺，但是那些听不懂的古音从他们嘴里发出来，瞬间，那对话声就显得是那么的辽远，仿佛是从远古年代穿越而来。

乔巧觉得所有的一切，都恰到好处地融入廊桥的古韵当中。要不是远处公路上有车子开过，乔巧还真的以为是回到了从前那个属于廊桥的悠远的年代。

水上面沿着西岸还有一条小路，将人迎向桥头的村子。两株参天古树立于桥头，一株是古樟，另一株是乌桕，都有上千年的树龄了。大树的虬根牢牢抓住了桥基周围的土石，使得古桥历经数百年的风雨而无大碍。

乔巧收起了自己的抒情，她从专业的角度，仔细打量了横跨小溪之上的小寒桥：整体结构合理，气势如虹，灰瓦桥屋，红身飞檐，桥旁走兽，古树掩映，古树、古桥、古道、古民居以及青山绿水相互衬托，构成了一幅极为优美的画。

乔巧极力想让自己不抒情，但是，她怎么能控制得住呢？虽然已是深冬季节，但是桥头那两株大树枝繁叶茂、郁郁葱葱。有人说古村口的大树就是整个村子的灵魂，这句话当然不假，但是乔巧认为，这座桥更是这个村子灵魂的核心,因为这个红色的精灵,就是一个凝固的音符。

如果只有这些,也就罢了,发个赞叹抒个情,也许遇到下一座古桥,乔巧依旧会如此激动。但是,真正打动她的,是她在一座木质桥梁上,看到了人间最朴实又最动人的东西。

最热闹的地方,就是桥身中央了,山货、洋货随便摆了开来,物品非常丰富,乡人们的贸易正在自在地开展着。看来这里就是村中最繁华的地方了。

一切都是那么寻常自然,但是,那种具有拙朴之感的温馨气息,亲密地贴近了寻常世界日常人物的喜怒哀乐,抚慰了最寻常的凡心,鼓舞了与山川自然周旋应对的乐观和智慧,那些看似平凡的生命缀上了最不平凡的点点芳华,瞬间在乔巧的眼前发出了耀眼的光芒。

在按捺不住抒发了如此浓墨重彩的一段情后,乔巧在人群中忽然发现桥中央的贸易区里,蓝桦和蓝婷正与一个卖冬笋的老农在做交易。

一杆秤、一把锄头、一副竹藤的箩筐,里面装满了刚挖出来的新鲜冬笋,就是那个披着蓑衣的老山农的全部"家当"。蓝婷笑微微地和老农讲着价,随手翻着竹藤筐里还带着泥土的冬笋,掂量一下它们的分量。等一切和老山农谈妥后,蓝婷依旧笑意盈盈地望向蓝桦,只见蓝桦从衣兜里摸出了几张钞票,递给了老山农,一边还随手将蓝婷手上的泥土拍了拍。老山农也以一脸的皱纹回报了他们一个大大的笑容:"好般配的小两口啊!"

那一句话,就像一个铁锤,重重地敲在了乔巧的心上。

她扭身正打算走出廊桥,只听见身后蓝婷娇俏的呼唤:"巧,快来这边,我们买好冬笋、腊肉了,再去买一些别的,等蓝卯、曲胜带蓝爸来,咱就在这小雪桥的桥屋里做饭吃。金师傅已经在桥屋里摆好八仙桌了。"

当蓝卯和曲胜扶着目光呆滞的蓝念远迈上小寒桥三层高的廊屋时,大家惊讶地发现,蓝婷已经为大家精心烹制了一桌特色美食。

蓝卯在这一桌美食面前,已经感觉到完全词穷了。一个个陌生却似曾相识的菜名不断地涌入自己的耳膜:

"米面层"——薄薄的米面皮裹着香喷喷的菜馅成就了这道美味。

"婆饼"——一道香气四溢、叫人垂涎的薄饼原来需要众多工序。

"溪鱼干"——来自青山绿水环抱的飞云湖中的小鱼,生起炭火,放入竹米筛,于炭火上烤,烘去水分就成了佳肴。咬上一口,酥酥脆脆,满口鱼香。

"九层糕"——在千年古村遇上九层糕,别有情怀和意境。刚出锅的九层糕不断冒着热气,米香扑鼻而来。九层糕蘸着早已调制好的肉汤汁,轻轻咬上一口,软糯香滑。

"栀子蛋花"——栀子花和鸡蛋,两样看似完全不搭的食材相遇,既好看又好吃,芳香扑鼻,令人食指大动。

当然,当那道金灿灿的冬笋腊肉冒着油光和热气上桌的时候,乔巧埋头猛吃,她似乎要将那位老山农的"一锤重音"狠狠地随着这无敌的美味,咽下肚子去。

"无竹令人俗,无肉使人瘦。不俗也不瘦,餐餐笋煮肉。啊,冬笋,你是我百吃不厌的存在,鲜美得让人直流口水……哈哈哈,蓝婷,你做菜的手艺,好吃得让我这种斗大字不识两箩筐的人会背诗啦!蓝卯,你说神奇不神奇啊!"

看着曲胜手舞足蹈,蓝卯接话道:"你还是个做酒曲的呢,这么好的菜,没有酒,你不觉得辜负蓝婷的一手好厨艺吗?快弄酒去!"

"酒、酒!我喝、我喝,我要喝乌衣红曲酒!"一听"酒"字,一直迷糊的蓝念远忽然就醒来了。金师傅一听,变戏法似的拿出了一个黝黑锃亮的酒埕,朗声笑道:"阿远,还是那么贪杯,我早就给你准备好了。来来,大家都尝尝,我这可是珍藏了几十年的绝版陈酿啊!"

一桌地道的山乡美味、一埕陈酿美酒、一段陈年往事,就这样在小寒桥高高的三层桥屋里,像一本极有内涵的书,一页一页被大家翻读,从午后翻到日落,一直翻到夕阳西沉,夜星升空……

终于,金师傅拿下别在腰间的那管长长的竹烟筒,塞进了满满的一把土烟丝。点燃烟筒，烟丝瞬间一红一闪，那一阵阵袅袅的青烟慢慢腾空而起。渐渐地，就让所有人进入了一个混沌的世界。然后，一个袅娜又飘忽的身影出现了……

第十九章
古桥崩断

夜渐深，月亮已经高高地爬上了小寒桥的三重廊檐。

寒气凝结，一滴滴晶莹剔透的小水珠挂在重檐的瓦当上，反射出来，使得整座重檐的廊屋就像镶了一圈夜明珠，熠熠生辉。

"金雕神手"师傅那杆长长的竹烟筒里，一阵一阵的青烟袅袅往上飘，一个身形玲珑的女子也紧跟着从烟筒里飘了出来，落地长大，瞬间和常人无异。

只见她云髻高挽，鬓珠作衬，双眉妖媚，脂粉光彩能鉴人。眉心天生一颗花心痣，身形凹凸玲珑，所过之处，云鬟生香、沁人心脾，让人似醉非醉。

只见这"烟女"径直略过所有人，直奔蓝桦的跟前，用柔如无骨的纤纤玉指抚摩蓝桦的脸庞："何等俊俏的眉目啊！就是这张脸，害得我在天庭根本没有心思给太上老君的炼丹炉好好看火候。风神哥哥，这真的不能怪我，要怪也只能怪你自己，为何生得这般风姿俊秀。而你在九重天却独恋凰仙，让我们这些仰慕你入骨的痴情种一片痴心无处安放。还害得我因为你神魂颠倒，无心工作，没有管好太上老君的炼丹炉的火候，才让孙悟空那个泼猴没有被烧化掉，倒反还替他炼就了一双火眼金睛。风神哥哥，你说，太上老君为此贬谪我下红尘，到底是你的错，还是我的错？"

虽然"烟女"的话是那样的轻飘飘，但是，还是把刚才湮灭在那一缕土烟烟雾中的所有人拉了出来。

蓝桦冷冷地望着在他身边扭动身姿的"烟女"，毫无所动。但是，他身边的乔巧却被"烟女"唤醒了。

乔巧穿过眼前浓浓的一片烟雾，按捺不住心中的狂跳："那不是凤神吗？我的凤神，我的凤神哥哥！"

乔巧两大步就跨到了蓝桦面前，紧紧抓住了蓝桦的手："凤神哥哥，我是凰仙！我是你的凰仙啊，快看看我，我找你找得好辛苦！你来多久了？我怎么一直不见你啊！"

蓝桦看了看她，一开始还掠过惊喜，但很快便冷了："我不是你的凤神哥哥，你是凰仙？哦，不对，她不叫凰仙，她叫凤仙子。可惜，她已经尘归尘土归土，灰飞烟灭了！"

乔巧着急地摇着蓝桦的胳膊："凤神哥哥，你醒醒！你仔细看看我，是我！我是和你相爱相恋了九千九百九十九年的凰仙妹妹，不是你在红尘一时糊涂相识的那个凤仙子！"

"哈哈哈，凰仙姐姐！见过心眼实的，没见过心眼像你这么实诚的；见过痴心的，我也没见过像你这么痴心的！这天地之间，不管是人是神还是仙，花心用情是他们的天性，你还真以为你的凤神哥哥刚入红尘就爱上那位人间女子只是一时糊涂？哈哈！"

"你不要用你那花里胡哨的理论乱说话！"一声娇斥来自蓝婷。

乔巧一抬头，发现蓝婷又已经是一袭青衣，柳眉轻蹙，不满地看着正忸怩作态的"烟女"。

"烟女"不服气地回敬道："呵呵！在天庭时，你们凤与凰不也是琴瑟和鸣的典范楷模？哈哈，情分这东西，就怕分离，一旦分开，哪有什么洪荒之力来维系这细细的一根情丝？我自打来到红尘，天天蹲守烟火之地，人间烟火气，还有谁比我更了解的？凰仙儿，你再叫叫你的凤神哥哥，看他答不答应你？那只是你的一厢情愿，人家早已经是尘缘太深，难以自拔！"

还是让我和他玩两天，然后我会用红尘的那一套男欢女爱，叫他对我生了情义，随手赠我金大师的一对竹悬鱼，这一回可是有两个悬鱼啊，然后，我就可以和凤神哥哥手牵手一起回九重天了。"

乔巧一听，气得直跺脚："你……凤神哥哥会看上你这么妖媚厚脸皮的东西吗？你还是死了这条心吧！"

"烟女"扭身一笑："不信？不信你等着！"

只见她腾空而起，浑身笼起一阵浓浓的烟雾，左腾右挪，浓雾缠绕住蓝榫的全身，所有人都看不清浓雾里到底在发生着什么。乔巧想冲进迷雾，但似乎有一层铜墙铁壁罩着蓝榫和"烟女"，坚不可摧。

曲胜一看，感叹道："当年我在太上老君身边做酒葫芦的时候，她是炼丹炉旁边掌管火候的小烟仙，别的不会，见到好看的男子，就会纠缠缭绕。在炼丹炉边上熏陶了这么久，仙力毕竟比我们深啊。虽被贬，还是厉害的。这一回，那两块竹悬鱼恐怕真的要落入她的手中喽，你的凤神哥哥也经不住她这样的妖媚缠绕呀！"

乔巧急了，求助地看着蓝婷，蓝婷说："乔巧别担心，我就不信了，这天地间，只要有真情，就不怕纠缠诱惑。我们要坚信，凤神哥哥有力量的！"

蓝念远醒来，一见这种情形，也急了，拉着"金雕神手"师傅说："想当年我教你种烟叶、晒烟丝，你就拿这样的妖媚来报答我？快想办法，制止那'烟女'对我徒儿做鲁莽事，让蓝榫上廊屋的山脊拿了你的竹悬鱼就从那堆浓烟里出来。"

想不到"金雕神手"无奈地摇摇头："阿远，不是我不出手相帮，而是我也不曾想到这'烟女'在凡间这些年，因为饱食人间烟火，仙力修得比别的谪仙要更快、更厉害，我收不了她呀！"

乔巧听，就更着急了："金师傅，那难道我的凤神哥哥就这样坠入迷雾吗？你那一双精雕细琢的竹悬鱼就归'烟女'了？"

大家都焦急地望着"金雕神手"，忽然，只见"金雕神手"紧锁的眉头舒展了开来："有了，这'烟女'虽然仙道不错，但是，她毕竟是一缕青烟，她最怕的就是烟囱神，只有这烟囱神能收拾得了她。"

"那那那，快去找烟囱神呀！"乔巧又着急了。

正说着，三重廊屋屋檐下，传来一阵唱曲声："小立背秋千，空怅望、娉婷韵度……"

蓝婷惊喜叫道："廊厝北路戏！瓦当师傅来了！"

乔巧是何等冰雪聪明，一听就明白了：这"廊厝北路戏"是畲乡民间稀奇又独特的地方戏，孩子们特别喜欢。那瓦当师傅来了，就等于蓝榫的救星来了，因为建筑古廊桥，除了大木匠外，泥瓦匠也是不可或缺的巧匠，没有泥瓦匠，廊檐上就铺不了瓦片、挂不了水滴瓦当，那就不叫"风雨廊桥"。每一座廊桥的桥屋，除了泥瓦匠铺瓦挂水滴瓦当，还一定会修一条通天的烟囱。

果然，一阵唱曲声落，那一团缠绕蓝榫和"烟女"的迷雾就散去了。

蓝榫从烟雾中出来，俊朗的脸上挂了好几道烟灰，样子有点滑稽。

而那一头，廊屋山脊上，瓦当师傅手中拿着两块竹雕的悬鱼，高高在上，后边，垂手立着低眉顺眼的烟女，身上已经没有了妖媚之气。只听得那瓦当师傅开口道：

"同为匠人，一直听闻千足大师的天工巧技，这一回又亲眼见到大仙忠义护徒，着实感动。'烟女'无骨无心，只是一缕青烟罢了，哪懂天地之间这些重情重义的东西。大仙，今日冒犯你徒儿，好在他定力还足，'烟女'没有伤他秋毫。这两块竹雕悬鱼，我已帮你徒儿从这小寒桥廊屋的山脊上取下，听说那上面有筑桥密码，我们谁也看不懂，期待你们师徒有朝一日破解这密码，再造彩虹桥时，记得叫上我。毕竟我也很期盼能为再建彩虹桥出一点力啊！"

话音刚落，两块竹悬鱼已经落在了蓝榫的手中，随之，空中传来一句"后会有期"，一缕青烟和着一声古早的唱曲声，消失在天际……

乔巧仰望天际，心中有些感动，也有些失落，因为从浓雾中出来的蓝榫,还是没有想起她是谁。

正叹气着,忽然,小寒桥廊屋三重檐的窗外,传来了一阵阵轰隆隆的巨响。

窗外的轰鸣声惊醒了所有人,乔巧抬头一看,天已经大亮。这一桌美食,他们差不多吃了半天一夜。

乔巧有了一个很奇怪的发现:自己昨夜的这个奇梦中,所有人都在,只有哥哥蓝卯没有出现。

自从进了畲乡氡泉火热溪的峡谷,乔巧发现自己奇梦不断。这给了她启发:自己应该记录这些奇梦,到时候除了写《世界桥梁建筑之中国古廊桥田野调查》之外,说不定还可以写一部神话小说呢。

还没容她再思考神话故事的结构框架,外面再一次传来了轰隆隆的巨响。蓝榫探身一听,说:"这么乱放'岩炮',会出事的。走吧,去看看。"

"'岩炮'?那是什么?"蓝卯问了乔巧想问的问题。

曲胜说:"你跟来便知道了。"

然而,乔巧和蓝卯都没有想到的是,这声声巨响,不是近在咫尺,而是穿山而过从时空的隧道之中滚滚而来,曲胜说的"跟来便知道了",说得真是太轻巧了些,这一跟就跟了很远,一行人一直跟到了氡泉火热溪的一处时空深谷之中。

一路走来,人在山中行,山在身边移。乔巧觉得,除了山还是山。山间,各种各样的岩石,不断进入自己的视线。她根本无暇分辨和顾及那些造型各异的大石头,因为她得时刻注意脚下的古道。

当乔巧跟着大家沿着盘山的古岭一直往上走,走到那触手可及的白云深处的时候,前方,一棵树叶已经开始绯红的乌桕树映入眼帘。乌桕树下,一座古廊桥悬空而立。因为一端的桥墩上,一半的垒石被洪水冲塌了。

乔巧看得心里发紧。

她忽然感觉到刚柔相济的山川丽景有了一种让自己压抑的敬畏,很难想象当年畲乡的先人是如何跋山涉水来到这个与"蜀道难"有得一拼的地方，又是如何在这样山石嶙峋的地方修桥铺路的。

又是一阵"轰隆隆"的声音传来。

这一回，乔巧看明白了，就在这乌桕覆盖下的古廊桥不远的地方，有一处悬空的山崖。与其说是山崖，不如说那里是一个采石场，山崖的下面，就是一片乱石。随着"轰隆隆"再一次响起，岩石崩裂，乔巧瞬间明白了："开岩炮！"对，这就是"开岩炮"，是山间石匠用火药炸开悬崖，开采石块的地方。

正想着，忽然，久未开口的蓝念远一声大叫："快趴下！"

话音刚落，只听一声巨响，巨石炸裂。一块石头从悬崖飞出，直击乌桕树下那座古廊桥的桥眉，"啪"的一声，桥匾应声而落，上面写着的"大寒桥"三个字，也随之裂开。

曲胜一看，第一个飞奔上桥："我小时候听大寒悬空桥还以为是神话故事，想不到还真有啊！就是不知道那位护桥的大力石匠如今在何方呢？"

原来曲胜说的大寒悬空桥，在畲乡有一个民间故事，说是火热溪的一个大溪谷里，有一年发大水，大水所到之处，所有溪上的石碇步、桥梁都被冲毁。唯独到了大寒桥，一位叫"雷打石"的石匠搬来了大石块，死命顶住桥墩。洪水只冲毁了两边桥墩的一半石头，因为大力石匠，这大寒桥以半片桥墩傲立于世，不知过去了多少年岁。想不到那一声声轰隆隆的"岩炮"声，让它浮出了岁月的深潭，有缘与这群非凡的寻桥人得见一面。

大家趴在地上，久久不敢动。忽然，一个苍老的声音从远处传来："前方传来的足音告诉我时光的答案吧：敢问主墨师傅姓蓝？"

大家的脑袋都跟着蓝念远抬了起来。只见大雪桥的半片石桥墩上，突然出现了一位瘦如枯柴的老石匠。

"雷打石？"蓝念远眼里发出了光。可是他摇了摇头，依旧回到了混沌的状态。

但是，蓝念远口中这轻得别人似乎都听不见的"雷打石"三个字，却如一个响雷滚过了蓝桦的心头。

在安泰畲乡,雷打石是石匠界的神奇传说。

话说当年,安泰畲乡的先祖还能筑彩虹桥的时候,筑桥除了主墨木匠大老司外,还需要石匠、泥瓦匠、砖雕师傅、泥塑师傅、竹木雕师傅等各种能工巧匠的通力合作。其中,石匠的作用尤为重要。因为桥墩是筑桥开始的重头戏,选不好桥墩或者垒不好桥墩石,建筑彩虹桥就无从谈起。

而雷打石,就是畲乡最著名的石匠,据说畲乡二十四座"节气桥",没有哪一座的桥墩不是请雷打石的父亲带领子孙开山采石垒成的。

因为地形不同、山势各异、水路有别,这二十四座"节气桥"的桥墩,没有一座是相同的,这得有多少依山傍水垒石筑桥墩的功力啊。一开始,雷打石跟着父兄在旁边打下手,寂寂无名。他的出名,是因为二十四座"节气桥"修到这大寒桥时,包括雷打石父亲在内,所有的雷家石匠,在"圆桥"时,都被一块石头难住了。

平日里,不爱言辞的雷打石总是默默地跟着父兄专心致志地埋头打磨石头。其他的石匠一天就能打好几块垫桥墩用的"六牛石",而雷打石却好多天都只是盯着打磨一块"六牛石",为此,他没少挨父兄的责骂。可他依旧不管不顾,天天打磨他自己看中的那块"六牛石"。

小师兄也笑他:"师弟,你成天只打磨这样一块石头,你这是要将这块石头雕刻成一朵花不成?"雷打石听了就当耳旁风,边打还边自言自语道:"心是石,石是心。桥要砌成,此石当心!"

当所有人不懂他的时候,只有主墨的蓝家大老司认可他,鼓励他。

终于到了要圆桥祭桥神的时候,大家发现桥墩和桥木接头处的石缝无论怎么安排,就是缝合不上。石匠们找了好多块石头来接缝,不是短了就是长了。这时候,雷打石不紧不慢地说:"试试我天天打磨的那块吧。"

当大家抬来这块石头,放到接头处一试,发现严丝合缝,不差毫厘。这时大家才想起了雷打石说过的那句话——"心是石,石是心"。原来,他天天打磨的这块石头就是桥心。

蓝榫起身迎向了那个老石匠，问道："雷大师，如果我没有记错，您在这大寒桥上已经等了上千上万年，依您的石匠巧技，修复这半片的桥墩不是一件难事，为何您只等人，却不动手修垒桥墩呢？"

坐在半片桥墩上的雷打石长叹一声："这么多年来，看着这些廊桥一座一座衰败下去，倒的倒、塌的塌，世人只顾忙着开钱路，却丢了匠心。我一人独守匠义也孤掌难鸣，还有什么意义呢？"

乔巧听了，接话说："大师，您能耐住寂寞独守匠心匠艺，着实了不起，让人敬佩啊！"

"所以，我还不死心，心存一丝侥幸，一直枯守在此等候蓝姓的主墨再次到来。时光终究不负我，我等到了对吗？"雷打石枯涩的嗓音有了一丝润泽。

蓝卯也很好奇："你等我们做什么？"

"我等得太久了，也太累了，我得走了，我已无心无力再修桥墩，因此就将这垒石筑桥墩的技艺刻在大寒桥的悬鱼上。说来神奇，这木悬鱼一经挂上，连我自己也拿不下来，听说只有蓝家人才能动得了。如今你们来了，我也算功德圆满了，往后你们若再筑彩虹桥，垒桥墩的匠艺，那上面都记了，咱们就此红尘别过！"

老人的声音越来越缥缈，直至完全湮灭在时空里……

听了这番话，蓝卯心生欢喜："我不就是蓝家人吗？这神奇的小悬鱼就是等我来摘吗？"

他抬头看了看大寒桥的飞檐，果然，一块精雕的木悬鱼凌空悬垂。可是没过多久他便发现，想要摘那个小小的木悬鱼，比登天还难。

这一日，长尾短尾喜鹊兄妹飞到了东海的洛伽山岸边，因为它俩听说普陀山附近的大海中，有一尊"睡观音"，一直想来一看真假。于是，今日，它们站在普陀山紫竹林一株高高的紫竹上往远处一看，长尾哥哥不禁深深感叹："好美啊！"

只见远处海上,一尊"睡观音"安详地躺在莲花洋上,头、颈、胸、腹、脚都清晰可辨,形象逼真,很是壮观。短尾妹妹惊叹不已。

长尾哥哥说:"看你那没有见识的样子!这洛伽山怎能不美呢?这里就是观世音菩萨修行的圣地呀!"

洛伽山周围礁石嶙峋,五色珊瑚,千姿百态;山上林木葱郁,洞壑幽然;亭台楼阁,沐浴在朝霞中;绿荫夹道,古树参天,寺院塔影,交相生辉。

长尾哥哥又感叹了:"毕竟是观世音大士的宝地,此刻我怎么感觉自己回到了九重天一样呢!"

长尾哥哥感叹声才落,那边一阵风来,只见海边一条白龙正御风戏海,英姿飒爽,海天生辉。

短尾妹妹见了,大声呼喊:"白龙马、白龙马……"

那白龙终于听到了,回身飘然降落在喜鹊兄妹身边,问道:"你俩怎么会在这里?不是快到牛郎织女千年相会的时期了吗?你俩还不快回银河去搭那千年鹊桥?哈,我知道了,你俩故伎重演,一定又调皮逃出来玩了对不对?"

短尾妹妹按住自己的胸口说:"哇,我的白马王子,我终于和我的白马王子说上话了!要是在银河边,那么多只小仙鹊,哪儿轮得到我说话呀!长尾哥哥,咱们这次是跑对了,嘻嘻嘻嘻,我太开心了!"

长尾哥哥撇了妹妹一眼:"天上人间,你到哪儿都还是那个小花痴,看见长得好看的就找不到北了!别忘了咱俩偷偷下凡干吗来着!"

因为知道龙与凤是天生的好朋友,于是长尾哥哥将凤神凰仙的事情和这小白龙说了一番。小白龙一听,急了:"你怎么不早说啊,你们还是仙班里的一员吗?不知道'龙凤呈祥'?不知道我和凤凰他们是好朋友吗?嗯……不过还是得谢谢你们,我近来在观世音大士这边忙点事,久未见凤与凰了,想不到就出了这么一件大事啊,让凤神和凰仙受苦了!"

这白龙马本是西海龙王三太子,因不慎纵火烧了天庭殿上的夜明珠,被玉帝责罚，吊在半空中，打了三百长鞭之后，玉帝还打算杀了它。幸亏南海观世音菩萨出面说情，玉帝才免了它死罪，被贬到凡间蛇盘山鹰愁涧等待唐僧。无奈之前他不识唐僧和孙悟空，还一不小心把唐僧的坐骑白马给吃了。观世音菩萨再一次点化他，用杨柳枝蘸出甘露，为它锯角退鳞，变化成了白龙马，去西天取经路上，供唐僧坐骑，任劳任怨，历尽艰辛，功成后，终于修成正果。取经归来，超越了凡龙，还了个金身正果，被如来佛祖升为八部天龙之列的广力菩萨。

有了这些经历，小白龙非常感激观世音大士，经常到东海洛伽山看看观世音大士，帮忙做一些造化之事。想不到这一日，就遇到了喜鹊兄妹。但这一日，这对小喜鹊显然没有给他带来什么好消息。

一阵海风吹来，白龙马侧耳一听，变了脸色："不好，凤凰他们有事了！"

说罢，便腾空起飞，身后紧紧跟着喜鹊小兄妹。

东海的那阵风确实很大，穿山越岭，顺着畲乡氡泉火热溪的峡谷，一直吹到了大寒桥上寻桥的一行人身上。

蓝卯见站在桥头的蓝婷衣着单薄，大风让她衣袂飘飘，轻柔若仙。他赶紧脱了自己的外套，去给蓝婷披上。

回乡这么久了，蓝卯的心情极为复杂。

虽然他从小就知道，自己的根在南中国的畲乡，自己的身体里流淌着中国的血，但是，生活常常让他思维错乱：难道世界上真的存在母亲所描绘的那个世外桃源般的小山乡吗？

那里与纽约、波士顿到底有怎样的不同？一脉相承，我的父兄到底是怎样的存在？他们过得好吗？他们接纳我吗？如今的我，并不是如中国传统文化中所说的衣锦还乡、荣归故里，我是因为要自我救赎、要拯救因我卷入险境的养父，才狼狈回乡。这种隐秘的任务，应该是无耻的，因为我需要依靠父兄的双手，才能得到我想要的一切——巨大的财富。可是，这一路行来，故园如仙境，已经让自己觉得震撼又尴尬，更尴尬的是自己和父兄是那么的不同,甚至格格不入。

而这一路行来,到目前为止,尽管各种不适应、各种难受、各种紧迫和压力,但蓝卯还是觉得自己非常幸运,因为在这里,他遇见了蓝婷。这位气质若兰的姑娘,似乎就是命运安排好的,她在这里等他,给他力量、给他方向、给他前进的动力!此刻,他越来越体验到爱带给一个人的使命和力量。

然而,当他对蓝婷的爱越深入越能明显感觉到蓝婷也有浓浓的情思,但他感觉蓝婷的心思不在他身上,而是在蓝桦身上。

一开始,蓝卯感到很为难、很郁闷,他觉得那是自己的亲兄弟,自己应该成全自己最喜欢的姑娘,爱她所爱。可是,内心另一个声音却强烈地撕扯着他:人生苦短,要及时抓住自己想要的一切,不能放弃,哪怕是亲兄弟。

想想自己现在的处境,朝不保夕,万一这次返乡的"寻宝之行"失败,那么人生还有什么意义呢?既然真爱来到面前,有什么理由出让?这,不是我蓝卯的个性!不行,我要表现,要夺取,要及时享乐!

此刻,不就是一个好机会吗?那位神秘诡异的雷打石师傅说"蓝家人"可摘这大寒桥木悬鱼,不就是给我一个绝顶的好机会吗?这一路行来,谁都知道木悬鱼是宝物,可我却始终没见到,别说落入我的手了。想要父亲醒来,传说中的木悬鱼就是治病秘方啊,父亲病好了,我的计划才能实现。这一回我一定要抢到手,看看这传说到底是真是假。

蓝卯觉得瞬间想明白了这些一直困扰着自己的问题。他不顾一切,挽起袖子开始往大寒桥的重檐廊屋上攀登。但是,他没有想到,这次找到的这座大寒桥与以往的不同,它年久失修,早已风烛残年,再加上只有半片的桥墩石苦苦支撑了这么多年,雷打石师傅一声"红尘别过"后,整座桥就在寒风中开始摇晃。

风越来越大,当蓝卯正打算往重檐攀爬的时候,蓝桦扶住了身边的父亲,大叫一声:"大家小心,桥可能要塌了!"

只听"嚓"的一声,山上的黄土开始暴露,山体随之下滑。紧接着一阵浓烟腾起,就传来打雷一样的轰响,顿时,天摇地动,巨石翻滚,桥身在巨大的震动中,瑟瑟发抖。

"哈哈哈,吼吼吼!"山摇地动之间,靠山的半片桥墩上,似乎发出了一阵桀骜不驯的吼叫声,只见一道冲天的亮光一闪,那块"雷打石"打磨了多时、为大寒桥填缝的"六牛石"飞了出去,大寒桥应声而塌,所有人都顺着坍塌的古廊桥跌入了谷底。

第二十章
畲乡秘境

畲乡氡泉火热溪的峡谷之中,自开天辟地以来,也从没有过如此不可描述的弥天狂风。

就像一个大海的港湾,归航的帆船可以在海港避风一样,这早已干涸无水的大寒桥的深涧谷底,就是一个恰如其分的避风港,而堆积多年的松枝、松针,恰巧给谷底编织了一张松软的大席子。刚才狂风大作、飞沙走石,桥上一众人顺势跌入谷底,却能奇巧地避开那一刻的山崩地裂而安然无恙。

不知道过了多久,当一切归于平静之后,一个沉闷的声音在呜咽:

"有人说'无材可去补苍天,枉入红尘若许年',我才是枉入红尘许多年呢!呜呜呜……

"想当初,女娲娘娘在大荒山无稽崖炼石补天,炼三万六千五百零一块顽石补天后剩下一块,弃在了青埂峰下。我和他,大家都是石头啊,他就运气这么好,恰好被一僧一道两位仙人携入世间。同为石头,我怎么就运气这么差,被那个脑子一根筋的雷打石打了磨、磨了打,打了多少个年头,最终逃不了当一块塞缝石头的命运……"

呜咽声并没有要停止的意思,天边忽然传来一个清朗的声音:"'六牛石',你使命未完成,休想走!不是你的东西,你抢不走的,快把那块木悬鱼留下来!"

"六牛石"朝天回话："白龙马,你何苦为难我!我已经在人间苦了那么多年了,如今好不容易手握悬鱼有望升天,你就成全我吧!"

白龙马紧追不舍："你不是一块石头吗?看来还真是一块石头,修炼了那么多年,脑子就是不开窍!"

求饶的就是那块被雷打石打磨多年,后来填了缝的"六牛石"。此刻从天而降的正是白龙马,当他在普陀洛伽山听到畲乡氡泉火热溪峡谷里大寒桥摇摇欲坠的声音,赶紧掀起一股旋风,飞了过来。可还是稍晚一步,大寒桥已经塌了,而那块木悬鱼,已经被"六牛石"抢在怀里。

白龙马说："你都被打磨了几百年了,怎么还是不开窍?你虽只做了一块填缝的石头,但是你吸取天地之精华也有几百年了,有个词你还是没有悟透：自知之明。"

"六牛石"听了白龙马的话,心中更加难受："渺渺人间,真的只是梦一场。原以为忍心耐性,受住了千锤万磨,日久天长,便能通灵性,就能如孙行者一般,可大可小、来去自如。女娲娘娘炼的众石俱可补天,留下的那一颗,即便补不了天被留在青埂峰下,也有幸能到红尘大闹一场,然后离去,也算痛快。我却被塞在这桥缝里头,不得动弹这么多年。这一回好不容易等来了自由身,白龙马,我与你无冤无仇,何苦来为难我!"

"'六牛石',这不是有无冤仇的问题。为人也好,成仙也罢,都得先修德。俗人在世、仙班在天,谁不历经各种磨难,该承受的得先承受,该修炼的得先修炼,不能心比天高!"

"六牛石"接了白龙马的话："看在我被塞在这古桥这么多年的分上,您就发发善心,就让我拿住这大寒桥的木悬鱼,谪仙界谁不知道那是回天的通关令牌,您就放我回九重天吧!"

白龙马说："毕竟还是一块顽石啊,你给我听好了,你冒犯的不是我,而是当今天下第一筑桥巧匠师徒。他们肩负上天的使命,你却偷他们师徒苦苦寻找的人间筑桥密码。再说了,你有他们师徒的匠心和筑奇桥的匠艺吗？所以我说你没有自知之明吧。没有一技之长又没有匠心，你就是此刻得到了木悬鱼，又能有什么用呢？你再好好想想，我先去把我的凤神好兄弟从这谷底拉出来再说。"

又是一阵大风，乔巧觉得身下就像起了一条飞毯，轻巧地将他们所有人从谷底向上升腾、升腾……

"六牛石"只叹晦气，却心有不甘。

白龙马不愧是跟随唐僧西天取经得道的菩萨，道行、境界毕竟非同一般。他回头面对"六牛石"说了很长一通话。

他终于点化了那一块顽石。最后，"六牛石"从怀里掏出了那块木悬鱼，一脸悔意地对小白龙说："菩萨，您说得极是！可毕竟我修为还太浅，没有像孙行者那样能顿悟的能力。请菩萨继续点拨我，如今我把这大寒桥的木悬鱼交给凤神师徒，那么何时我才能得道升天呢？"

白龙马听了哈哈大笑："可塑之才，可塑之才啊！你且安心继续打磨自己，吸天地灵气，增加自己的修为。有朝一日，你悟得匠艺匠心之时，自然便能得道！"

"六牛石"还是不放心："我一块石头，毕竟愚钝，菩萨您看我都修炼了几百年了还开不了窍。求您再帮我，您不是说他们师徒是能工巧匠吗？那我往后能否跟随他们修炼，更快懂得匠心？"

白龙马听了沉吟了一下，说："你懂得匠心后，便能灵性大通。那时候，便能自去自来、可大可小、可伸可缩，你再也不用因为自己入选不了女娲补天的众石之列而自怨自愧、日夜悲哀、心生怨气了。如今既然你有此悟性，那我就遂你心愿吧！这样，我将他们师徒寻求匠心的天机线路镌刻在你心里，从今往后，你时刻跟随凤神师徒，替他们引路便是。下一站，你引导他们去寻找一座黑柱、红门、灰瓦的巨宅，那里面有玄机。"

"六牛石"一听，赶紧跪拜白龙马。

随即，白龙马便让"六牛石"跪拜刚刚从谷底回到地面的蓝念远。见蓝念远还是一身混沌，便转身对蓝桦说："凤神兄弟，看看你这师傅如此为你前世今生一路呵护，那大概也是天下独一份了。他为你不惜被贬谪，在凡尘混沌，这份师徒情谊着实可贵啊！如今你师傅尚未完全清醒，你们又有使命在肩，那么现在这块顽石，就先交给你了。我们就此暂别，来日方长！"

蓝榫听了，在后紧追几步，连声呼唤："白龙马，为何这么匆忙就走？我师傅还混沌着，帮帮忙，快点让他醒来。你知道再造彩虹桥并非易事，我师傅继续混沌，这传说中的廿四节气古廊桥，如今千辛万苦才刚寻找过半，后面另外一半还不知道在哪里呢！"

"六牛石"听了，长长叹了一口气说："唉，看来你还不知道，我之所以拼了命要大寒桥的木悬鱼，就是因为这大寒桥是人世间最后一座古廊桥了！"

"六牛石"此话一出，所有人都大吃一惊。蓝榫抬头迷惑地望着高高在上的白龙马。

白龙马点了点头，说："没错，廿四节气古廊桥，本来只存世了一半。自从那一半的悬鱼密码有了安身之处后，也悉数倒塌了。"

蓝榫一听，急火攻心："那怎么办，接下来我们何处再寻那剩下一半的悬鱼密码？"

白龙马一边掀起一股旋风，一边回答："混沌清醒，全在天数。时候到了，自然醒来。人世间能工巧匠卧虎藏龙，用心寻找，身边处处皆匠心。天机不可泄露，我只能帮你们到这里了。"

在这一阵急速的旋风里，乔巧睁开了眼：呀，原来又是一场奇梦！

但是，奇巧的是，他们的身后，那座大寒桥确实已经坍塌，而残存的桥墩上，蓝榫双目微闭，手中握着一块打磨光滑的奇石，在阳光的照耀下，异常耀眼。

也许是因为正迎头顶着那阵莫名其妙的旋风，一直身体健硕的蓝卯病了：高烧、发冷，水米不进……

蓝婷无时无刻不在照顾着他。但是，这一切，蓝卯并不是很清楚，因为他是在高烧迷糊之中，被大家带出了大寒桥的废墟，来到了一个传说中的"畲乡秘境"。

没有人告诉他们，在这氡泉火热溪峡谷深处的小村子里，竟然藏着这样一座深宅大院。

夕阳渐渐西下，蓝桦身上带着的那块"六牛石"暗自发光。那光亮如同指南针，指引着蓝桦带领大家一路向左。

不远处，一棵古樟树下，一位老者站在树下，手搭凉棚，一直往这边张望。等蓝婷他们走近了，老者心生欢喜，忽然从古樟树下快步迎了出来，对其他人视若不见，唯独对蓝婷毕恭毕敬地说："总算等到大小姐您回来了。快快快，大老司说他刻刀下的那尾鲤鱼今天要活了，果然是没错啊！我给大老司报喜去。"

见蓝婷一脸惊讶，老者自言自语道："也难怪，大小姐您走的时间实在太久了，您看看，当年生你时种下的这棵樟树苗，现在那树身几个人都抱不过来了呢！快回家吧！"

蓝婷说："老伯，您认错人了，谢谢您的盛情。不过，我们正好需要借宿，而且还有一个病号呢，那就不客气，到您府上打扰了！"

老者一听，看了一下蓝婷身边的其他人，有点不高兴："大小姐您怎么这么生分了呢，外人听了还以为我不懂规矩呢。来，跟萧伯回家，带上您的朋友们一起来，家里好长时间没有这么多客人光顾了，太好了，这回大老司也不冷清了，不用整天只有刻刀、斧子、凿子、刨子、锯条和墨斗陪他了。"

乔巧一见，开心地拍手："婷姐，这太好玩了！我妈妈说'人生如戏'，这回，可以实地领略一番了。原来这出戏里，你还是个千金大小姐啊！我们陪你一起玩！"

但是，当老者领着大家进入一个古村时，所有人和乔巧一样，还是吃了不小的一惊：眼前，一座与畲乡寻常人家居住的古厝风格差异很大的神秘大宅默然而立——黑柱、红门、灰瓦。

推门一看，大门没有正对主屋，而是往正西挪了二米。这和畲乡的很多老宅子并无二致，但是，进了门楼，宽阔的大院地面，是用一块块经过溪流常年打磨过的光滑的蛮石（形状比较大的卵石）铺就的，整齐又有气派。而让大家眼睛为之一亮的，是这个偌大的院子里树立着的精细的木刻作品。整个院落就是一个木雕的世界：百鸟鸣、百花开、百草长、百龙舞、百凤飞、百兽啸、百物静、梅兰竹菊、琴棋书画……

走过院子，从大厅到后院的四扇大门，门上分别依照"春、夏、秋、冬"的顺序，雕就"百鸟图"，那份灵动，似乎推门重一点，鸟儿们就要扑棱棱飞走。

细细看来，除了鸟，那四扇门还分别精雕了四季鲜花：第一扇大门以春天桃花为底，百鸟朝阳，中间雕刻了一出《桃花扇》；第二扇大门以夏天荷花为底，百鸟嬉戏其间，中间雕刻了一出《西厢记》；第三扇大门以秋天菊花为底，百鸟引吭高歌，中间雕刻着一出《牡丹亭》；第四扇大门以冬天梅花为底，百鸟飞雪迎春，中间雕刻着一出《长生殿》。

四扇大门的门槛金光闪闪，似乎是黄金镶嵌而成。

蓝婷却对这些美得不可方物的木雕没有太上心，她焦灼地问老者："老伯，哦，不，萧伯，快引我去房内吧，这边有个正发烧的病人呢，需要暖身的床被。"

老者看蓝婷指着身边无精打采的蓝卯，双手一拍："哦，这位小哥是叫卯还是叫榫？"

蓝婷很惊讶："萧伯，你这是什么意思？"

老人说："咱家西厢房的'帐檐庭床'空了多年了，好多根床档的卯榫都松了，我怎么推也推不进去，前几日来过一位白衣相士，那位白衣相士说，将会有叫'榫卯'的小哥路过，请他们帮忙就成。我年纪大了，没听清楚到底是叫'榫'还是叫'卯'。"

这边蓝卯听了，接话说："我就是我就是，床在哪儿，赶紧让我躺下歇会儿,头都快痛得裂开了!"

蓝婷也着急:"萧伯,快点吧!"

说话间,老者引他们到了西厢房,一张雕花大床静立当中,占据了几乎整整一间房。

"哇,大踏床!"蓝婷惊喜地叫了出来……

不知道睡了多久,当蓝卯醒来的时候,柔和的灯光下,他仔细打量了这一张神奇的雕花大床。

与其说这是一张雕花大木床,不如说这就是一个独立封闭的小小世界:床上有顶、顶下有檐,床身十二腿十柱,让整张大床看起来就如同一座大戏台。床前还有一脚高的地坪,两侧与后面雕刻着屏风二十五扇、天花板八扇。雕刻的内容多为葡萄、卷叶等吉祥图案和一些蓝卯根本看不懂的人物和戏曲内容。除此之外,整个床在空间上分成好几个部分,里面居然有一个梳妆台、一个衣柜、四张凳子和一个加了木盒子的马桶。

如此大体量的一张雕花大木床,蓝卯上下左右仔细看过,却没有发现床身有任何一枚铁钉,全是用榫卯结构制作而成。

蓝卯看惊呆了:"哇哦,这到底是床还是房啊?"

"你醒了呀!"只听得床外一声轻轻柔柔的问候。蓝婷掀开大床的帷帘,探进了身子,伸手温柔地摸了摸蓝卯的额头。瞬间,蓝卯觉得一股热流涌了上来。

在蓝卯的记忆里,关于母亲的记忆并没有多少温暖的感觉。小时候,母亲永远是忙碌的,没有多少时间陪伴在他身边。母亲工作时,白天在研究室,夜晚在书房。母亲给自己的印象是忧郁的、安静的,甚至是冷淡的。

蓝卯有时候甚至怀疑母亲是否有爱的能力。因为他一直感觉母亲对谁也没有表达过强烈的情感,相濡以沫的乔爸爸对母亲体贴入微,妹妹乔巧聪慧可爱,人见人爱,可在蓝卯的眼里,母亲对谁都是淡淡的,甚至是自己最亲的爱人和儿女。这让蓝卯一直到成年之后都觉得匪夷所思。

但是,在母亲弥留之际,蓝卯赶回母亲那白色的病床前时,惊讶地发现母亲居然会表达如此强烈而浓郁的情感。已经多日无语的母亲，忽然开口讲述她的青春，讲述南中国畲乡那个叫鹤渡古村里的人、事、物、景，那种讲述是多么生动鲜活！特别是讲述那座叫安澜桥的时候，母亲双颊绯红，两眼放光。

此刻，蓝卯忽然明白：爱，能使一个人对世界失去所有的兴趣，但是也能赋予一个人不灭的执念。当这种执念遇见对的人的时候，对于曾经失去所有兴趣的那个世界，又会瞬间充满激情。

在蓝卯的情感经历中，他遇见过各种肤色、各种背景的不同女性，曾经也倾心相爱过，但是，从来没有一位恋人像蓝婷那样，让他感受到从小渴望但是却未曾得到的母性的亲近感和稳定感，他越来越觉得在蓝婷身边，自己甚至会萌生出一种婴儿需要母亲的那种感觉。

此刻，这种感觉让他觉得喘不过气来，他觉得自己就像是一个极其需要母亲温暖的小小婴儿，他不顾一切，一伸手一把将蓝婷揽入了雕花大木床的帐帷之中。

而与此同时，在东厢房，一位老木匠手拿一把锋利的雕刀，正对着一对交尾的鲤鱼木深深地刻下去……

咚咚咚咚……咚咚咚咚……

黑柱、红门、灰瓦的老宅里，一阵阵凿打的声音从东厢房传了出来。

手拿凿子的是一位须发完全花白，但是容颜并不衰老的男人。他是畲乡氡泉火热溪峡谷里有名的木匠，以精妙绝伦的木刻雕工而名扬四方。恰好他姓"林"，人们都叫他"双木神雕"，因为技艺无人能比，也叫他"双木大老司"。但是，很少人知道他真实的大名。

传说双木大老司祖上并不是手艺人，而是远近闻名的"经商奇才"，家境非常富裕。祖上的大宅，人称"贡院"。林家有位先祖曾就读国子监，是太学生，在京城与各地才俊一起熟读四书五经，吟诗作赋，才华横溢。但他并无心思在京城继续求取功名，反倒学习宋代那个痴迷木工的皇帝，于是，返乡在安泰老家广造庄园。几十年经营下来，成了巨富。林家这位先祖有个外号叫"有金相"，意思是一看就是拥有很多钱的人。他不断地买入良田、山林，最终拥有三十六个田庄，广布闽浙多地。有人这样形容他的财富："老鹰飞三天，还没飞出'有金相'的田庄。"

时光荏苒，岁月变迁，到了"双木神雕"这一代，林家保留了这座黑柱、红门、灰瓦的大宅，其他财产在岁月中灰飞烟灭，幸运的是留住了林家传奇般的木雕手艺。这木雕的手艺，呈现在这座以精美绝伦的木雕闻名的"小姐楼"里。据说之所以叫"小姐楼"，是因为双木大老司极其珍爱的女儿莫名失踪，为了纪念女儿，他整日在"小姐楼"的东厢房里雕刻各种木雕来抒发思女之情。

那一日，当萧伯在村头的老樟树下欢天喜地迎来蓝婷的时候，双木大老司正在东厢房为女儿的新嫁床雕刻最后一朵老桩牡丹花。

这种工艺烦琐、极具匠心匠艺的雕花大木床，在畲乡当地被叫作"帐檐庭床"，北方人也叫作"拔步床"，是传统家具中体形最大的一种床。三退的帐檐庭床也是"拔步床"的一种，分为前后两部分，前部称为"踏步"，有雕花柱架、挂落、倚栏、飘檐花罩等；后半部是卧床本体，床三面围有拆装式的围板。外廊有一个平面叫地平，两侧放灯柜、马桶或梳妆台等。这种"屋中屋，房之房"的拔步床，是很多孩子童年最美好的"温柔乡"。

为了给自己的千金宝贝做一张全新的"帐檐庭床"，双木大老司在东厢房不知道忙碌了多少光阴。每天天一亮，东厢房就响起了各种敲打声。推敲、斟酌、开料、选料、开榫、做卯、组装……

今日，是他的大日子，因为这张不知道雕了多少年的雕花新嫁床，马上就要完成最后那一朵老桩上的新牡丹了。

只见他深深浅浅，左左右右，时而轻柔，时而用力。在那一双粗糙的手里，那小小的雕刀运转灵活。那朵老桩牡丹只剩最后几刀了，双木几乎憋住了呼吸，眼眸深处闪动着一种异样温和、慈爱的柔情……

东厢房里的刻刀声、凿子声，一声声传到了西厢房。就像是戏台上的鼓点，一开始是平和的、沉稳的，但紧接着越来越急、越来越快，等到那阵阵雕刻声快到不能再快的时候，也就是西厢房里，蓝卯火急火燎，一把将蓝婷拉入帐帷之中的那一刻。

东厢房"双木神雕"手下最后一朵老桩牡丹刚雕完，抽刀时，刀口划进了手指，一滴滚圆的血珠落下，刚好落在了牡丹旁边一只翠鸟的眼睛里，顿时，那只翠鸟似乎活了。

与此同时，西厢房那张三退重檐的雕花大踏床里，随着蓝婷的一声惊呼，大踏床周遭雕屏上的百鸟呼啦啦振翅欲飞，扑棱棱朝着蓝卯就要冲过来。

蓝卯哪里见过这样的阵势，他紧抓蓝婷的手松开的一瞬间，一块木雕悬鱼朝蓝卯的额头重重地砸了下来。蓝卯大叫一声，双眼泛白，身子重重地向后倒，直挺挺倒在了那张精雕细琢、花团锦簇的大踏床上，昏死了过去。

蓝婷也吓得大叫一声，从大踏床里退出身子，刚刚站稳，只见"双木神雕"从东厢房直奔过来，紧紧抱住了蓝婷："我的宝啊，你总算回来了！这些年你都去了哪里啊？"

蓝婷完全惊呆了，她立在一旁，不知所措。

忽然，只听门外一阵声响，竹婆婆带着蓝桦、乔巧他们推门而入。蓝婷直扑竹婆婆的怀中。竹婆婆抚着她的肩头安慰道："小婷莫怕！先让我看看蓝卯。"

过了一会儿，从大踏床的帐帷里退回身子，竹婆婆对大家说："这人世间的很多事，好好坏坏，夹杂在一起。很多事情急不来，若急，一条道走到头，也并不见得就能达到希望所在。蓝卯并无性命之忧，但是得静养许多时日。你们也不急着赶路，先在此地暂留，重新梳理一下这一路上所遭遇的困顿事。等蓝卯养好病，能从这大踏床上起身之时，就是你们继续行事之日。"

听说蓝卯没有性命之忧,其他人松了一口气,但乔巧还是焦急万分:"竹婆婆,那我哥哥什么时候才能从这大雕花床上起身呢?古桥才寻了一半,听说往后再没有古桥可寻,那我们在这里唯一的理由,就是等我哥哥养好病醒来吗?"

竹婆婆说:"春天种下去的问题,到了秋天,自然会给你答案。不着急,姑娘,所谓'答案',会在时间的每一处,只要你不忘初心,认真寻找,一定能找到。"

"婆婆,我是为了照顾蓝爸才跟他们上路的,乔巧是因为妈妈的嘱托而来寻找梦想的。我到现在也还没有弄清楚男人们这一路到底要找什么。"蓝婷更加不解了。

这时候,站在旁边的双木大老司听了哈哈大笑:"我的傻女儿,你有什么不明白的,你这一路是找到了回家的路了,你是回家了呀!"说罢转身对竹婆婆说:"明日开始,我要在这老厝里大摆酒席、大宴宾客,告诉大家我女儿回来了!老萧,快将我那封存在老樟树下的陈酿红曲酒抬出来,终于可以开怀畅饮了!"

"陈酿红曲酒?哪里,在哪里?快拿来我尝尝!"

只听得西厢房的大门吱呀一声,蓝念远步履匆匆推门进来。与"双木神雕"刚好四目相对。彼此一见,猛然拥抱在一起:"好兄弟,终于相见了!"

那一个夜晚,在一埕鲜红的陈酿红曲酒的映衬下,大家听"双木神雕"讲述着与蓝念远的过往交情。

许多年前,"双木神雕"经常游走于各个山头寻找适合精雕的秀木。有一年到了筱竹峰,寄居在筱竹峰的一户茶农家中,与这户茶农家的二妹相爱,在没有任何婚约的情况下,生下了一个粉雕玉砌般的女儿。一年前的同一天,这家茶农的大嫂已经生下了一个金玉一般的女儿。为了明媒正娶,当年"双木神雕"暂别二妹母女,说是不久就回来接她们。想不到他回到筱竹峰接母女的那一天,猛然间泥石流暴发,恰遇蓝念远拼死抢救,救下了相差一岁的两个姐妹。"双木神雕"死里逃生，蓝念远把女儿送还给他。"双木神雕"带着女儿离去，一别再无音信。

　　这久别的时光里，一个是时而醒时而混沌，一个是女儿养到豆蔻年华，忽然某一日不见了，从此把自己关在老厝为女儿雕嫁床以解思女之苦。

　　今日"双木神雕"还是坚信蓝婷就是自己走失的女儿，因为他发现蓝念远神志不清，讲不清楚蓝婷到底是谁的女儿。

　　乔巧就像听故事一样，一边听着这段传奇，一边打量着蓝婷与"双木神雕"是否有相像之处。正看着，忽然外面敲锣打鼓，一阵喧闹传进了安静的老宅里来……

第二十一章
碇步舞龙

夜色下,一阵别致的锣鼓唢呐吹打声传入了双木大老司的老厝里。双木大老司一声令下:"老萧,开门迎客!"大门打开,只见门外站着好多个精壮的男子,手里拿着吹弹敲打的乐器,合力演奏着乔巧听不懂但感觉无比欢快的乐曲。

乔巧觉得这支民间男子乐队演奏的乐曲,一扫之前的不快和阴郁。但是她不明白,又不是中国传统的年节,为何忽然有乐队上门演奏。

双木大老司喜悦地说:"为了庆祝我家宝贝回家,我打算邀请'琴桥龙'为我的宝贝舞一个专场,今日请来的都是舞龙高手,他们也是做碇步的巧匠,听说大名鼎鼎的蓝念远大老司来了,大家自愿吹吹打打,以表欢迎!"

"碇步?就是我们曾经走过的那个'太平洋'上的'琴桥'?可'琴桥龙'是什么意思?"

乔巧推了推身边的蓝榫,蓝榫回答:"这是双木大老司家的创举,了不起!"

自从走过"太平洋"的"琴桥"后,蓝榫已经给乔巧普及过:碇步属于简易的石桥,这一古老的筑桥技艺始于唐宋时期,是将方正的块石像巨大的牙齿那样扦插横列在平坦宽阔、水流平缓的水面上。每步由两块平整的长条块石砌成,平行分高、低两级。每一个地方的碇步都有自己的名字,而此地的长碇步,因于立春节气落成,因此就叫"立春琴桥"。

一听"碇步舞龙",蓝榫也有点兴奋:"在碇步琴桥上的舞龙,我只听说过,还没亲眼看过。我知道这里的琴桥龙,是因为双木大老司的祖上为庆祝宗祠落成,当年突发奇想首创在碇步上舞龙灯,以庆大典。我说得没错吧?"

双木大老司比蓝榫还兴奋:"我们祖上首创的碇步琴桥舞龙,已经传承了很多年。但是今年不巧的是,前些日子雨雪大,立春琴桥被冲毁了四块,一直找不到合适的石块来填补,因此,这舞龙也成了一句空话。那一日那位白衣相士上门来,我跟他说了这立春琴桥缺石的烦恼,他临走留下了两句话:'千金补琴键,榫卯立巧石。'说让我们按这两句话等有缘人,你们听听,'千金''榫卯''巧石',不就是你们吗?"

刚才吹打的师傅们停了手中的乐器,对蓝榫说:"小兄弟,既然人都到了,垒石是我们男人们的事情,明天就开干!"

果然,不出几日,蓝榫便和石匠师傅们找到了几块适合补修立春琴桥的石块,但奇怪的是,四块大方石,有三块在水中立端正了,另外一块左右摆不正。换个位置,还是一样。四个方位换遍,还是不行。

过去好多天,大家一筹莫展。忽然有一日,不知为何,原来那摆不正的大方石就稳稳当当扦插在水中了。

终于迎来立春那一日,乔巧见到了平生最奇特的一次舞龙。

只见河的那一头有一条裹着红绸的"长龙"。踩着"琴桥",石匠师傅们变身舞龙人,他们强壮的手臂有力地挥舞着,团队合作变换不同的造型。他们的步伐随着碇步的高低,错落有致地行走着,稳稳当当。

从最初的"开龙门"舞到最后的"关龙门",在这条刚刚补石修好的立春琴桥上,石匠们将那条长龙舞得活灵活现:搭龙坪、龙戏珠、龙舔珠、龙咬珠、排寿字、蹲马龙。在铿锵的鼓乐声中,矫健的舞步在狭窄的碇步上腾挪跳越,舞姿倒映在平静如镜的水面上,相映成趣。

岸上观龙的人群发出了一阵阵的掌声和喝彩声，突然之间，乔巧指着立春琴桥那四块新补的大方石对蓝榫叫道："快看，你的'六牛石'在里面！"

喧闹的欢呼声中，所有人的注意力都集中在立春琴桥上那条金红的长龙和舞龙的壮汉们。已经没有人再去仔细找寻那增补的四块大石块在哪里，只有乔巧和蓝榫发现其中的一块朝着他们熠熠闪光。

"哎，博士你看，那就是我和你说过的梦里在你手中的'六牛石'。可是那不是小小的一块吗？现在怎么变那么大了？"

蓝榫惊讶地看着乔巧，他发现她的眼神真实而认真。正打算说什么，忽然岸上传来一阵喧闹声，一人拿着劈得细细的竹篾丝追着曲胜打，口里喊着："你这有娘生没娘教的'赖仑'（方言：小流氓），小时候没吃够你娘的竹篾丝对不对，今天就再让你好好尝尝！叫你不懂装懂，坏了我的大篾席。"

曲胜跳着脚，边跑边说："不就是个篾匠吗？你那破篾席有啥金贵的，坏了就坏了，再打一领不就行了！你打我这么狠做什么？"

蓝榫和乔巧赶紧跟上曲胜："到底怎么回事？"

曲胜后面紧跟着一个身材矮小的中年男子，一把抓住曲胜，对蓝榫说："你们是一起的吧，你们来给看看，评评理，要不要他赔！"

跟着那个小个子男人，蓝榫和乔巧来到了离立春琴桥不远的一个小集市。这并非传统意义上常设的集市，而是跟随着"碇步舞龙"的人流随立随撤的小集市。

此刻，乔巧忽然觉得自己走进了一个华语电影里才看得到的场景里——

因为来看"碇步舞龙"，这个小村子聚集了来自四面八方的人。熙熙攘攘的人群中，各种手艺人在这里展现了自己的匠心匠艺：

那边三把长长的笞帚背靠背露天站立，就是一个买卖的活广告：这是一种古老的手艺——缚笞帚。做笞帚的师傅就地取材，先将水边的长芦苇砍来用水打湿，以增加韧性，然后晾干，等到凑上集市，就扛一把处理好的芦苇去人多的地方，三把芦苇笤帚露天一靠，就开始一边扎一边卖。因为这样的手艺人不是定期来，因此需要笤帚的人们都集中来一次，师傅的生意还挺忙。

扎笤帚师傅边上是一个货郎担，围着一大圈大姑娘小媳妇。因为山乡交通闭塞，货郎担几乎就是最新的时尚商业信息发布点，那里面虽然只有针头线脑、玩具糖果、纽扣头绳、发夹指甲刀、卫生球雪花膏等农村人常用的东西，但因为货品时新，深受欢迎。

与货郎担子的热闹相比较，旁边的磨刀担比较冷清，偶尔有几个奶奶带着孙子来磨那把已经用了很多年的老菜刀。

与琳琅满目的货郎担相比，磨刀担也非常简单：一条扁担，一头是一张绑了磨刀石的条凳，一头是他随身的零碎物什。生意来了，磨刀匠就接过老奶奶的老菜刀，利索地扎稳步、弓起腰，哧哧地磨将起来……没有生意时，就扯开嗓子吆喝，那一声带着浓重乡音的"磨刀磨剪子嘞——"余韵悠长……

再走几步，便看见一个锔匠在忙活。

乔巧对这些在国外几乎不存在的行当并不陌生，她知道"锔锅锔碗锔大缸"，就是把瓷器、陶器等破损的地方锔合在一起，她只是惊讶于锔匠这个古老的行当在中国都渐成绝学的时候，依然存活在这个人头攒动的小集市上。

矮小的篾匠师傅气呼呼地把曲胜扔在了一块破了一个大洞的还没完工的大篾席上，余怒未消："你们看看，俗语有言：'竹刀拿得起，不怕没柴米。'可今日，我的柴米就被这家伙硬生生弄没了。我让他赔钱，他说没有，有这么赖皮的'赖仑'吗？他说朋友那边有，那赔钱来！"

乔巧问："那要赔你多少钱？"

想不到那竹篾匠狮子开大口，开了一个谁也想不到的天价。

这么多年过去了，双木大老司做梦也没有想到今年会如此着急盼望着过年。

日思夜想的宝贝女儿回家来了，他一直没有想好如何庆祝。昨天他想好了，过了年，他想办一件大事情，来分享自己的幸福和快乐。

自从宝贝莫名离家后，他觉得人生已经如院子里的这些老木头一般，毫无生气了。唯一让他坚持下来的，是他感觉到那些自己凿出来的花鸟，有时候能活起来，仿佛对他说："再等等、再等等……"

终于，当那朵老桩牡丹绽放的时候，自己真的等到了。不仅如此，更让他欢喜的是，他还等来了蓝念远。不仅是因为当年蓝念远救出了自己的宝贝女儿，更因为蓝念远和自己一样，是远近闻名的手艺人中的大老司，虽然所从事的行当不同，但是，所有手艺人的心都是相通的，那份对万物的爱惜和创造，就像一根无形又坚韧的绳线，将他们紧紧捆绑，让他们惺惺相惜。

但是，让他想不到的是，当年聪慧如神仙的蓝念远，如今居然半痴半癫，搞不清楚他到底是清醒的还是糊涂的。好在跟随他的几个年轻人，除了那个酿酒曲的有点古怪外，其他的看来都是人中龙凤。他的两个儿子，和自家女儿也很是亲近，年纪也刚好相当，随便哪一位做东床女婿，都是自己前世修来的福分啊！

双木大老司又想，一定要留住他们。立春已过，除夕近在眼前。过完年，我必定重开"百家宴"，阿远不是最喜欢红曲老酒吗？那我现在就发出邀请，召来各地的能工巧匠来吃"百家宴"，一起想办法把他们留下来。反正阿远家的老大蓝卯还留在我家养病，好，就这样。

双木大老司正美美地思忖着，忽然，老萧急急忙忙从门外进来："大老司大老司，那个酿酒曲的小子在立春琴桥边的集市上闯祸了，正在外面闹着呢，您赶紧出去看看吧！"

大老司一听，跟着老萧直奔水边集市。只见买篾席的摊子，已经里三层外三层围了很多人。

大老司一看，原来是同道好友。这位篾席师傅是氡泉火热溪峡谷手最巧的打篾席的大老司，有个畲乡不常见的姓——边。篾席就是"编"的活儿，因此大家都叫他"老编老司"。

老编老司对自己编篾席的活儿，可不是一般的讲究，编一领席子，冬天就从山里砍竹子，从竹子剖篾开始，起早贪黑地做，十四五根竹子才编一领篾席，大概要剖七百根长细篾。开竹、拉篾、刮篾、编丝、锁口，这些活儿完工后，夏天就放在干燥通风的地方晾着。晾好后，用开水浇一遍又一遍，再在阴头里晾干，这样的篾席用起来才韧性足。老编不仅可以在篾席上编出花鸟虫鱼、狮子戏球、福禄寿喜等其他篾匠也能编的图案纹饰，更绝的活儿是他可以根据客人的要求，将定制的文字、人像活灵活现地编进篾席。因此，他的篾席，不是价格金贵，而是一席难求。

这会儿，他身边围了好多其他手艺人，其中一位高个的方脸师傅说："老编，你就别像你编篾席这般讲究计较了，年轻人做个莽撞事也是常有的。"

老编一听，回敬了一句："我这是精细活，不像你是大木老司头，眼神一对准，三板斧砍下去，凭你的老经验，大梁一准不会歪。"

周边的匠人们一听就明白了。畲乡的木匠可以细分很多种类，方木、圆木、大木等，这大木老司，一般是竖屋筑桥主攻大梁的。也巧了，这位氡泉火热溪峡谷里最有名的大木师傅刚好姓梁，人称"梁大木"。

"梁大木，隔行如隔山，咱们手艺人的辛苦，有几个能体谅。我七岁开始学敲铅皮（白铁），敲敲打打都是用巧劲，从七岁刚学那会儿开始，这满手的橡皮膏一辈子也没离开过。又辛苦又被人瞧不起，就像我的背，一辈子也直不起来哦！"

大家听了这位天生罗锅、敲洋白铁的巩师傅自嘲的话，哄堂大笑。

人群里有人喊："巩老司，你这背最有用了，听老人说，咱畲乡古时候做彩虹桥，桥拱的弯度尺寸就是按你们的背来量的呢！"

人群里再一次爆发出一阵笑声。

"你们别笑,我和这小哥的官司还没了呢!"老编话音刚落,有人就叫了:"让一让让一让,双木大老司来了!请双木大老司给你断公案吧!"

曲胜赶紧抓住了双木的手,结结巴巴地说:"这做篾席的明摆着讹我!不就是一张竹篾席吗?又不是金丝银线编的,居然开口要我一个一斤重的金元宝。您说说,这值一斤重的金子吗?何况都什么年代了,到哪里去弄金元宝,你们是活在唐朝还是宋代?睡个几百千把年,没睡醒吗?"

双木摸了摸胡子,笑笑说:"人在梦中、梦在心中,只要讲理讲道,从古到今,哪个朝代不一样?老编大老司要大金元宝,我相信他作为火热溪最有名的大篾匠,不会讹你,想必有值大金元宝这个价的理由。老编,说说你的理由吧!"

老编说:"我这不是一般的篾席,这张篾席我已经编了七七四十九年,就算编好了也不卖。如今编到快收边的地方了,我一直还想不出怎么收得天衣无缝。上次有个白衣相士托梦给我,叫我今日到立春琴桥边看碇步龙,说有龙的地方会有凤,我这是一领神奇的篾席,只有凤羽才能收好这'天衣无缝边'。今日我们都在立春琴桥看到龙了,你们可知我还看到了什么?"

"莫非你白日做梦看见了凤凰?"众工匠哈哈大笑。

想不到老编一脸认真地说:"信不信由你们。那碇步龙朝我这边舞过来的时候,中间那新补的长块石忽然有一道光照到我这篾席上,中间照出了两只活灵活现的凤凰,那凤羽刚好罩住了篾席的四个边,我的妈呀,什么叫'天衣无缝',我总算亲眼见识到了!想不到还没看明白,这个愣头小子就一脚踏进我的篾席,还踩破了中间刚才凤凰现身的那一大块。你们不信就看看。这,要不要他赔我一个金元宝?"

大家听了伸头一看,不禁啧啧称奇,那残缺的大篾席中间,分明是一对凤凰的身形。

乔巧和蓝桦见了,相互看了一眼,一股异样又熟悉的感觉在心中油然而生。

那边曲胜虽然也惊讶万分,但还是犟着头颈说:"要命有一条,要金元宝，我可没有！"

老编不依不饶："我要你这不值钱的小命干什么？你反正赔我就是！"

这时候，不知道从哪里冒出来了蓝念远，他眯着眼睛看了一圈。双木大老司看着他迷糊的双眼，本不指望什么，想不到蓝念远忽然张口，清清楚楚地说："曲胜，你家做乌衣红曲的曲种，晾的时候不也年年用得上篾席吗？俗话说艺多不压身，你既然没有大金元宝，我们也没有，那么你就跟着老编大老司学习编席的手艺吧。你人也精灵，一定学得快！"

双木大老司一听，哈哈大笑："这可真是两全其美啊，老编你白捡了个徒弟，小子你又多学了门手艺。手艺可是我们火热溪大峡谷安身立命之本，好，听阿远大老司的，就这么定了。咱们准备准备，过了年，正月十五，我双木家出资，重开'百家宴'，宴请氡泉火热溪峡谷上上下下所有的能工巧匠，咱们该热闹一番了！"

人群中爆发出一阵热烈的掌声："百家宴、百家宴！"

然而，老萧却在一旁暗自担心："百家宴"已经在氡泉火热溪断了不知道多少年了，真能顺利重启吗？

对于乔巧这样的海外华人孩子来说，从小立志像父母一样，成为一名学者专家，这很"中国"，但是，她的身上又有西方孩子的特性，除了学业，她选择走更远的路，结识更多的人，阅历更广阔的人间风物。母亲临终说给他们兄妹的遗嘱，乔巧感到震惊之余，觉得这是一趟"使命之旅"。对于这突如其来的旅行，乔巧很难想象自己将要去探知一个怎样未知的世界，因此，乔巧把它取名为"梦幻之旅"。

但是，这一路走来，她发现这是一个充满神秘和玄幻的，甚至很多时候不能用科学逻辑去解释的世界，这让乔巧激动不已：能有机会体验、感知这世界上自己本来不可触达的那一部分，也许就是上天对她进行这趟"梦幻之旅"的最好回馈吧！

作为一个学者，乔巧一直有记录旅行的习惯。对于这一场在南中国历

史悠久的"百家宴",当然也不例外,乔巧在她的"梦幻之旅"上记录下了这样的文字:

> 可惜哥哥还躺在那张精美的雕花大踏床上,这一切未能亲自参与,我真的替他感到非常遗憾。
>
> 这是我们来到中国山乡规模最为宏大的一场民间盛宴,这里的人们将"百家宴"称为"福宴",这是多么准确啊!因为每一处、每一个人脸上,都洋溢着幸福快乐的笑容。
>
> 他们也许不知道,离他们遥远的地方有一个组织是专门评估人类最珍贵的世界遗产的。这个组织记录在册的都是人类罕见的、无法替代的宝贵财富,是全人类公认的具有突出意义和普遍价值的文物古迹及自然景观。它们有的是物质遗产,有的是非物质文化遗产,还有的兼具这双重属性。可"世界遗产"这一概念,对于这一批淳朴的乡民来说,是多么陌生的词,他们不知道,他们坐拥了如此巨大的财富。
>
> 这一趟"梦幻之旅",让我越来越清晰地意识到:母亲至死不忘、终生牵挂的地方,原来是"世界遗产",是一个鲜为人知的重大宝库。这一点,蓝榫博士已经有很强烈的意识,这是多么幸运的事情。这个看似被世界忽略的山乡,就是我们研究中国"世界遗产"的聚宝盆和活化石啊!
>
> 先不赘述这一路寻桥的各种奇遇,单说停留在这个蓝婷被误认为失散多年的千金小姐的大厝祖屋里,我们过了一个纯中国的"年"。在我看来,这样的新年节气,涵盖了东方很多门类的"非物质文化遗产",而昨天的元宵"百家宴",似乎是一个高潮。因为它已经不仅仅是双木大老司主持的巧匠、宗亲相聚的一场单纯的宴请,更是地方民俗文化魅力的大载体和大平台。
>
> 第一次见识了"百桌连席、合村共乐、万人同饮"的壮观景象。第一次,那么多极具乡土气息的新名词进入我的视野,踩街祈福、提

线木偶、八宝灯舞等民俗表演一一呈现，实在是一场东方民间文化和传统文化的"盛宴"。这场"盛宴"由传统元宵习俗"做春福"发展而来，原本是一种在族人内部举行的祈祷仪式，其目的是"聚宗亲，商族事，祈丰收，保平安"。千里同风，百里共俗，营造喜庆祥和节日氛围，是世界非物质文化遗产的"活化石"和真实展现。

但愿这样的记录，有朝一日能展现在全世界的面前，让世界重新认识东方神秘又鲜活的"文化遗产"，重新认识中国文化遗产的真实价值。

一边记录，一边"百家宴"热闹的景象，像电影一样，一帧一帧重现在乔巧的眼前。

双木大老司原本摆满了各种精美木雕的大庭院，早两天之前，变魔术一般地变成了一个巨大的厨房。那扇高大的大门敞开，从庭院开始延伸到屋外的一条乡村主路，摆上了铺着红布的宴桌，一桌连着一桌。乔巧的耳朵里是各式各样熟悉和不熟悉的美食的名字：婆饼、腊兔肉、烂笋坛、刀豆干、米冻皮、白果糕、锅边糊、油糍、酥糕、甜粑，等等。

乔巧想：真是一方水土养一方人，畲乡人虽然生活得不是很精致，但是，在食物上，他们自有讲究和挑剔，那就是他们追求本色和原味，而这种本色和原味，又是何等的奢侈。

除了吃，乔巧惊讶地发现，"人生如戏"这一句话，通过畲乡独特的木偶戏展现得淋漓尽致，这种独有的"戏"，具有祈求合境平安的庄严性和神圣性。戏台上，"提线木偶"造型灵动，演绎着不一样的生旦净末丑，传递着暖暖的情意；"布袋木偶"在艺人的掌控下，各色历史人物粉墨登场，演绎世事变迁，阅尽人世繁华；"杖头傀儡木偶"，在艺人的操控下，活灵活现地做着人的表情动作，演唱着历史的沧海桑田。

哇，这些人间至美，就像一幅尘封在岁月里的古画，如此美好，却不被世界认知，太可惜、太遗憾了！

乔巧看着，转念一想：唉，这问题太深邃，也太重大了，容我好好捋一捋，思考思考，再好好和蓝榫聊聊。还是先吃这么多好吃的吧，对得起自己的口福，那是第一重要！

毕竟还是个年轻姑娘，面对琳琅满目的山乡美食，乔巧最为偏爱的是一种叫"米面层"的面食。

一层薄薄的米面皮裹着香喷喷的菜馅成就了这道美味。米面皮嫩滑有嚼劲，馅料则由四季豆、豇豆、萝卜丝、猪肉、笋衣等爆炒而成，出锅时便香气扑鼻。米面皮加入馅料，再根据自己的口味加入油渣、花生米或者辣椒酱，卷起一对折便可以吃了。

乔巧猛吃一气，忽然一瞥眼，发现蓝榫正略带惊讶地看着她，她才不好意思地问："我吃几个了？"

蓝榫笑笑："你喜欢就好！"

确实，蓝榫的注意力不在这些美食上，但是他也极为兴奋，因为这"百家宴"，双木大老司宴请的主宾，大部分是来自氡泉火热溪峡谷十里八乡最有名的各路巧匠，可以说是名副其实的"巧匠大会"。

美好的时光总是过得那么快，不一会儿，天色就暗了下来，该是彩灯上场的时候了。一阵喧闹传来，抽狮、舞龙、龙凤狮子灯悉数上场。

打前阵的是锣鼓队、舞狮队、马灯队、乌艚船和花灯队，一开场就气势宏大，热闹非凡。

接下来的舞龙是个大节目，只见一条篾身纸龙挪动着硕大的身躯，缓缓穿行在古老的石街上，造型华丽生动，仪表威武。龙分九段，意为"龙生九子"，龙头直径约五米，高达五米多，身长足足有九十米。龙角上挂有"国泰民安、风调雨顺"的条幅，龙身绘着精美的图画。龙头天庭的亭子里站着红脸的杨老爷，后面龙背上有"童子拜海""八仙过海""杨家将"等典故。巨球前后左右摇摆，龙首跟着急急忙忙抢彩球，引起龙身游走飞动，好不让人惊叹！

接下来上场的是"万排抽狮"，这是一项集杂技、戏曲、美术于一体的舞狮表演，表达一年来的丰收喜悦和对来年风调雨顺的祈望。狮子灯卧蹲、搔首、舔毛、伸足、依偎、逗引、顾盼、亲昵、互斗、跳跃、奔闯、翻滚、回旋，好不可爱！

后面赶来的叫"龙凤狮子灯"，有龙、凤、狮子各一对，分别与龙珠、花篮、狮球相配，代表着天、地、水之间的和谐。

乔巧觉得此刻自己进入了一个五光十色的神话世界，有点恍惚。但是，她的身边，蓝家父子和当地男人们豪迈的饮酒气概，又像另一个磁场，将乔巧拉回到眼前的世界。除了大家耳熟能详的木匠、石匠、泥瓦匠等，乔巧还结识了拥有竹编、草鞋编制、制作木杆老秤、米塑、制作绷鼓、制陶等各式各样独门巧技的大老司，她觉得此刻这里就是一个中国能工巧匠的活博物馆。

夜色下，龙身透亮，流光溢彩；酒桌上，觥筹交错，欢声笑语。忽然，一阵歌声如天籁般降临。顿时，所有的嘈杂都在那一刻，消失了……

第二十二章
天官赐福

"日月成双在半天，禾苗成双在稻田。雨水均匀禾苗壮，唱破喉咙庆丰年。鱼儿成双塘中游，人儿成双在田间。治穷致富靠双手，青天碧水映双脸。"

一阵歌声，让所有的喧闹霎时安静了下来。

只见双木大老司那黑柱、红门、灰瓦的大厝内，走出了一群盛装的姑娘，她们每个人的头上都戴着一个美丽高耸的冠饰，似乎是一群仙鸟从天而降。

姑娘们红头绳扎着长辫，高盘于头顶，身上精致的围裙和手巾上面，都用大红、桃红、杏黄以及金银丝线，裹绣出五彩缤纷的花边图案，就像是凤凰的颈项、腰身和羽毛。而那扎在腰后的金色腰带飘荡不定，银饰叮当作响，好似凤鸣。

她们一边向门外走着，一边欢歌："歌是畲家小文章，好歌谣你要着唱。我等谨怀感恩心，乌衣红曲敬祖上。发髻高挽着凤装，重礼仪来山歌唱，山哈一脉承祖训，薪火相传万年长！"

男人们一听，端起酒杯，跟着张嘴就来："你我相恋歌为媒，喜庆节日歌为贺。生活劳动歌传言，丧葬祭祀歌当哭。唱上一曲歌，献上一碗酒，客到畲乡来，就是好朋友！"

乔巧听陶醉了，但是她细心地发现，这些美女头上的发式并不完全一致。有的是用红色绒线与头发缠在一起，编成一条长辫子，盘在头上。而有的是用一根细小精致的竹管，外包红布帕，下悬一条一尺长、一寸宽的红绫。她们的发间还分别环束黑色、蓝色或红色等不同色彩的绒线。

乔巧正有点纳闷，忽然听得萧伯一声吆喝："千金小姐到！"只见众位美女分成两排，众人的目光聚焦在那条特意留出来的小道上，一个身穿领、袖、襟处都绣有花边的绚烂大襟衫的娉婷身影，袅娜地从大门那一头走出来，手中端着一个高高的头饰，正笑意盈盈地朝乔巧走来。乔巧惊喜地叫了一声："哇，婷姐，你是仙女吗？"

蓝婷手中的那个头饰插着一根银簪，两边竖着两支银钗，形成一个三角形，冠上钉了八串瓷珠，瓷珠垂过肩，每支末端拴着小银牌。最核心的是头冠上那一块闪闪发亮的圆银牌，圆银牌上再悬着三块小银牌，银光璀璨、夺人眼球。

蓝婷径直走过来将头冠戴在乔巧的头上，身边另几位姑娘马上再给乔巧佩戴上银项圈、银链、银手镯和银耳环，穿戴停当，只听得四周齐声欢呼："三公主！三公主！三公主！"

蓝婷凑近乔巧的耳朵说："今天你就是'三公主'，戴上'三公主'的凤冠吧！"

乔巧有点手足无措："你先告诉我那些姑娘的头饰为何不一样。"

蓝婷一边帮着她佩戴头饰，一边说："传说中，高辛帝把自己的三公主许配给斩犬戎首领头有功的盘瓠。三公主出嫁时就梳这样的'凤凰髻'。十六岁前的少女用红绒缠辫子，盘绕头上，额前留'刘海'的那种叫'布妮头'。那些后脑盘发髻的叫'山哈娜头'，是专门给已婚妇女盘的，你要'布妮头'还是'山哈娜头'呀？"

乔巧噗笑着，任由蓝婷和那些姑娘帮她打扮。她陶醉在这样的氛围里、情境里，仿佛自己正在参演一场神话舞台剧，仿佛自己就是那个神奇的"三公主"。

当蓝婷为乔巧穿戴完毕的那一刻,蓝桦端着酒杯的手,猛烈地抖了一抖,他脱口而出:"凤仙子!"

郎一山来妹一山,好比芙蓉配牡丹。郎儿好比梁山伯,姐儿好比祝英台,两人姻缘配拢来!

情义合好又上心,又怕妹有两样心。几多生人交不熟,熟人越交越变心。

情义要交有情人,没情阿哥没良心。要交有情有义仔,千年万年不变心。

阿哥真真不交情,千劝被妹劝上心。千练被妹练上手,铁锤被妹磨成针。山崩难留千年树,船开难等半路人。坐妹身边坐一坐,闲话被人说很多。没交妹情心不愿,交了妹情心正放!

蓝桦冲着乔巧连叫了三声"凤仙子",可是,那一串串欢快的对歌已经此起彼伏,乔巧和蓝婷也沉醉在热情似火的对歌里,谁也没有听到蓝桦叫了什么。

蓝桦想张口再叫,但是,一阵悲伤袭来,如鲠在喉,他把那一声深情的呼唤强咽了下去,端起桌上的酒壶,仰起脖子,一口不剩喝了下去。

这一次,蓝桦尝到了从来没有过的醉意。恍惚间,他觉得自己的身子飞腾了起来,不一会儿,眼前云蒸霞蔚。蒙眬间,他听见一声"凤神哥哥"的呼唤,一转身,只见云端站着一个仙女,身着华彩衣裳,头上戴着那高高的冠饰,分明就是刚才蓝婷亲手给乔巧戴上的那一顶光彩夺目的凤冠。

只听彩云里,一个幽怨而热切的声音飘然而至:"凤神哥哥,你离开我才须臾,就已然分不出自己的真心到底在哪里!为了帮你找回自己的真心,我不惜天火焚身,上天入地,找寻你、跟随你!可是,如今我们虽然近在咫尺,却又远在天边,根本不认得我。不是说如有真情,天地可鉴吗?我们曾经海誓山盟,为何你如此健忘?难道滚滚红尘,真的蒙蔽了你的双眼吗？"

蓝榫愕然，极力想看清楚对方的面目，可惜云雾缭绕，看不清楚。

"凤神哥哥，红尘多磨难，也多诱惑，你且放下执念，赶紧回到我身边吧！"

蓝榫还在琢磨前面几句话，但是，听到这里，他直摇头："那不可以，我平生的执念就是好好筑桥。都说人世间的桥梁绝技已经灰飞烟灭，我不信，我和师傅有匠心、有匠艺，凭什么不能修复出来？立下的目标，哪能半途而废！"

"唉，凤神哥哥，你是痴子，我也是痴子。只不过你痴在绝技匠艺，我痴在你的身心。那好吧，既然你心已定，那么我只好再陪你在红尘受苦，直到你完成痴念……"

那个身影说完转身飘然升腾，蓝榫仰头追问："快告诉我，你是谁？"只见头上祥光一片。

祥光之上，西天王母娘娘正注视着这一切，若有所思。身边的小青鸟轻声说道："娘娘，您也看见了，凤神虽然肉身沉重、凡根很深，但是他身上的那颗匠心依旧执着，诚然难得！凰仙虽然为爱全然不顾千年的七夕鹊桥，但也为爱不惜自焚仙身，勇敢又可贵！"

王母娘娘点了点头。小青鸟顺势接着说："他们这一路，也已经算是历经磨难。廿四座节气桥，他们也寻到了一半。可惜人世间终究还有那么多的糊涂家伙，不知珍惜他们自己的绝世珍宝。您看看，另外十二座节气桥也不知道爱护，就这么任由它们倒塌。我看，反正后面的十二座他们也寻不到了，娘娘您就开恩，看在凤神凰仙的真情意上，看在千足大仙的爱徒之心上，早点召他们回来吧！"

娘娘眉头稍微一皱，说："你怎么比菩萨还菩萨呢？修正错误都是辛苦困难的，当年唐玄奘取经也历经九九八十一难呢！你不觉得他们还需要修炼吗？"

小青鸟赶紧说："娘娘您说得对。可是我就是担心，没有后面的桥，他们怎么办呢?"

娘娘微微一笑:"都说你蕙质兰心,这会儿咋榆木脑袋了?人世间的匠心匠艺无处不在啊!"

小青鸟一听,跟着娘娘开心地笑了。这一笑,万道霞光洒向了大地。

"快看,快看,午夜霞光,开天眼了!"一阵欢呼声,响彻了"百家宴"的长街,也把蓝桦唤醒了。

只见众人高举酒杯,敬祝天神。

乔巧也高举酒杯,一边问蓝婷怎么回事,蓝婷说:"我们祖先告诉我们,正月十五这一天,是天和地最近的一天。午夜天眼现霞光,上元天官赐福来,真是个好兆头啊!"

这个清晨,乔巧是被窗外的一对小喜鹊唤醒的,她推窗一看,惊喜地发现,原来畲乡的春天,不是被上帝打翻的调色盘,而是上天用画笔画好的一幅美得不可方物的天地画作。

一夜之间,蛰伏了整个冬天的山野,被绚烂的色彩填满。这种色彩是有声音的,强烈地在呼唤着乔巧:"春天在这里,春天在这里……"

乔巧抓了一条白色的长围巾,披在肩上,飞奔了出去。刚一出门,就感觉到自己的心灵和眼睛瞬间被山乡春日最热烈的色彩给点亮了。

金黄的油菜花和翠绿的远山互相交融,花朵层层叠叠,形成一浪又一浪的花海。目光所及,金黄色的油菜花铺满层层梯田。春风吹黄了花田,花田浸香了春风。除了正在农田中忙碌劳作的山哈农民,当然还有蝴蝶和蜜蜂。目光再放远一些,远处村舍依稀可见、炊烟袅袅,春日的美好田园画卷徐徐展开,好不惬意。

风带着花香,空气中弥漫着浪漫的味道。无论是远眺还是近观,处处充满了万物生长的喜悦。

乔巧感到自己太幸运了,在这样一个遗世独立的山乡,除了参加那一场神奇的"百家宴"外,不经意之间,自己还加入到一个神话舞台剧的社团里,头戴凤冠,扮演了一回"三公主"。而此刻,又邂逅了一场春的盛宴。

她奔跑在田间,摘几朵花插在头发上,像个孩子般追赶着田里正在吃草的牛羊。阳光太纯粹了,天空湛蓝无垠,青翠的小草无处不在。过了橙黄的油菜花田,田垄成了色彩的调色板,从大块的黄色变成了一大片的紫色,仿佛是天上的紫霞落在了凡间,一丛丛一簇簇,春风吹起,就像吹皱了一幅巨大的紫绸缎面。

在这样的田野间,乔巧仰起头,任由春风将她的衣角吹起,飞扬着她白色的围巾,她很想呐喊,但是她不知道自己该喊什么。她打开双臂,正想喊点什么,田野的那一头,传来蓝婷清脆的呼唤:"乔巧,快来看,你在画里头呢!"

乔巧回头,目光穿越紫缎般的地面,发现远处蓝桦和蓝婷站在田野尽头。蓝桦站着,一只手拿着笔,一只手拿着一本速写本,那速写本的一头卡在他的腰间,正对着乔巧作画。

乔巧心想:尴尬了!我在他的画里头一定像个傻子!

蓝桦似乎也不愿意让乔巧看见自己的画作,但是,蓝婷早已将那幅素描递给了乔巧:"巧,这田间的紫云英,原本稀松平常,但我怎么能从蓝桦简单的几笔里面,感觉出来你就是一只降落在紫霞里的金凤鸟?可惜没有颜色呢!"

被两个姑娘看了自己的画作,蓝桦似乎有点不好意思,三个人打算回村吃早饭,不想转了一个田头,发现一个年过半百的农家婶婶坐在田埂上,也在作画。

乔巧大为好奇:"难道我们遇见乡村画家了吗?这在美国是很常见的事啊,想不到这里也有乡野高手!"他们走近一看,蓝婷不禁"哇"了一声:"乔巧,你快看,刚才我没说错吧!"

这位身穿畲族传统服装的婶婶的手中,一幅春天的画作浓墨重彩。画面上,绸缎般的紫云英中间,一只凤凰展翅欲飞。那身姿,几乎与蓝桦速写下的乔巧一般模样。

"神作啊！大婶，您是天才！可以将这幅画卖给我吗？"乔巧由衷地赞美那位大婶。大婶友善地朝她笑言："哈哈，我这是自己玩的，哪能卖？你要是喜欢，就送给你！"

大婶转身对蓝婷说："千金大小姐，不认识我了？我是竹婆婆的大女儿，叫雨水呀。你小时候都叫我'雨水婶婶'，成天跟着我学绣花织彩带呢！"

蓝婷也笑了："婶婶，您怎么不在家里绣花织彩带，跑到田头来画画呢？"

大婶将画笔指向前方的春花说："婶婶和你说过的呀，想要绣出最美的花样、织出最美的彩带，窝在家里，脑子要塞住的，手也是木的。到了这里，我只要对着这蓝天白云、青山花田描摹一下，回去时，脑子和手都活了，就能将春天绣在衣裳上、织进彩带里了，可灵了！"

乔巧听了，和蓝桦对视了一眼，两个人不由自主地点头赞叹："绝妙的民间艺术家！"

那一天，当乔巧跟着雨水婶婶到她家中，居然发现了一个"刺绣和彩带"的宝藏。那一次，她在自己的"梦幻之旅"是这样记录的：

> 雨水婶婶的刺绣和编织的彩带，保留了相当浓厚的图腾意味，穿上这些刺绣衣服、系上彩带，是否就意味着畲族妇女自我身份的觉醒？衣服的绣品和彩带的飞扬，是否意味着她们真的在潜意识当中觉得自己变成了凤鸟，拥有超能力飞回到遥远的族源所在呢？
>
> 在雨水婶婶的"绣品宝库"里，这些刺绣和彩带除了出现在衣服和服装饰品上，也大量出现在帐帘、枕套、围裙、肚兜、鞋面、童帽童鞋等生活用品上，这样就具有了强烈的象征含义。
>
> 这种刺绣是不是雨水婶婶她们在相对落后封闭的物质条件当中的自我展现呢？虽然不像畲歌那般扑朔迷离，具有强烈的叙事性和抒情

性，但是却可以用有形的图像去传达内心的想望，难怪她们会用如此强烈的对比色彩。让我叹服的是，原本刺绣和彩带，只是整体服装的附属物和装饰品，但她们能够用最经济的彩线绣出她们期待的景象，让装饰品成了整件衣服的主角，转化了衣服的实用性。比如那些令人印象深刻的彩带，狭长的带子上，内容包罗万象，有八卦、万字、童锁、云头、云勾、龙纹等各种各样的几何纹样。更让我惊叹的是，那些被排成了长条带状的几何图案构成的整体画面，充满了强烈的秩序之感。

这些简约的图腾被加以重组，暗喻构成了人世间最根本的秩序。这些彩带的秩序感和服装上的花鸟虫鱼、神兽植物等，所有一切图案让世界充满了生命的鲜活与和谐。那些吉祥的寓意、纯真的图案，似乎可以取代生命中的所有苦难，整体向外呈现出一种无言的吉祥喜气之感！

蓝婷看了半天，对乔巧说："你为什么要用这么深奥难懂的文字去记录呢？雨水婶婶的刺绣和彩带一看就懂，一看就让人心生欢喜！"

雨水婶婶却笑了："大小姐，这世界太大，每个人都有属于自己的表达方式。就像我有十二个兄弟姐妹，每个人都不同，但是每个人都有自己独特的巧技，用自己的方式来生活。"

蓝婷很惊喜："早听说竹婆婆有十二个孩子，都在不同的地方，都是各地的巧匠，我们从来没见过呢。雨水婶婶，你和你的兄弟姐妹们有相聚吗？"

雨水婶婶没有停下手中的针线活，抬头说："你不知道吗，你们双木大老司在元宵节那一天就发出了邀请，说是难得阿远大老司来了，都是匠人，就邀请我们十二兄妹一起来相聚呢！"

当蓝婷将这个消息转告给蓝桦时，蓝桦兴奋地跳了起来："有一句古诗说'今朝置酒来赏花'，曲胜曲胜，快找好酒去！咱们要开一场'春花奇才大宴席'。难得，实在太难得了，那传说中的十二巧匠就要聚齐了！"

一弯下弦月爬上了双木大老司大厝的瓦当上，折射回来，穿过木棱窗的缝隙，照在了曲胜的脸上。曲胜的双眼动了动，他觉得自己分明醒来了。

忽然，他看见灰色的瓦当上，那些从小熟悉的戏文里的人物，活了起来。这些灰色的瓦当，曲胜太熟悉了！

小时候，曲胜很顽皮，父亲除了做红曲，没有别的情感表达方式，唯一惩罚他的方式就是将他关进昏暗的曲房里。晚上，也不送灯烛给他，在无尽的黑夜里，只要有月亮的晚上，他就不会害怕，因为月亮照在曲房的滴水瓦当上，那上面有很多戏文里的人物，似乎在给他上演一出又一出生动的故事和传说。

曲胜知道，在畲乡，这些耳熟能详的戏曲人物、传奇故事，除了他们家的曲房屋檐之外，还悬挂在宗祠、庙宇、戏台、路亭和普通人家的檐头上。这些"形大、幅宽、框方"的花檐瓦当，左右密排，上下紧扣，严丝合缝，风雨难进。那些瓦当看多了，知道的戏文故事也多，小时候不做酒曲的空隙，曲胜还有一个任务就是放牛，春天里的小牧童曲胜，甚至能根据瓦当里的戏文，就地用树叶编成一只空碗顶在头上，唱一段《赵五娘吃糟糠》。

可是，这个夜晚，瓦当在下弦月的微光里，没有活灵活现出赵五娘，曲胜却看见了红曲酒神那奇怪的半镂空的脸和身子："你这样突然挂在瓦当上，你想吓死我呀？"

酒曲神呸了曲胜一口："你这不知好歹的小葫芦，没看紧你几天，就忘了自己几斤几两了是吧？明天这么要紧的事儿，你居然还不赶紧想出个辙儿来，让那蜈蚣精早点醒过来，我若不来，你还不呼呼大睡，睡到误了大事为止。"

曲胜回敬了过去："不就是双木大老司又要请客吗？我等着吃好吃的就行。"

红曲酒神从瓦当上跳下来，从窗棂挤进半镂空的身子，用那黝黑的细手指着曲胜的额头说：

"到底你还是那个笨葫芦呢！这一回双木大老司请来的是竹婆婆的十二个儿女。传说竹婆婆本来有二十四个儿女，有十二个跟了各路神仙不在凡间，剩下的这十二兄妹，按照廿四节气，老大叫'雨水'，是个绣匠。老二叫'惊蛰'、老三叫'春分'，都是石匠。跳过清明，老四叫'谷雨'，是个铁匠。老五叫'立夏'，是个油漆匠。老六叫'小满'，是个锡匠。老七叫'芒种'，是做秤的。老八叫'夏至'，是个教书匠。老九、老十当然就叫'小暑'和'大暑'，一个做砖、一个做瓦。十一叫'立秋'，箍桶的。第十二个叫'处暑'，做缸的。"

曲胜已经睡意全消："这么神奇的名字，真好玩！"

酒曲神又啐了他一口："你个笨葫芦，咱们是来念名字玩的吗？这十二兄妹个个身怀一门绝技，闻名氡泉火热溪整条山脉。双木大老司虽也是木匠，但是，他精工的是木雕。他平生有一个梦想，一直想和一个主墨的木匠大老司联手，造一座彩虹桥，让自己的木雕绝技千古流传。他等啊等，终于等到了与如今投胎叫蓝念远和蓝桦的凡人结缘。可这凤神凡心太重，蜈蚣精还是混沌一片，他们只能寻到一半印刻着重筑彩虹桥的悬鱼密码。于是，竹婆婆派了自己十二个儿女，这十二个儿女独具匠心匠艺，他们每个人都带着一个重筑彩虹桥的悬鱼密码。但是，他们谁也不知道这些悬鱼密码如何破解，就连竹婆婆也不知道。因此，竹婆婆就通灵双木大老司，让自己的十二个儿女帮助蜈蚣精师徒，让他们在惊蛰之时，重启筑桥之路。"

"为什么选在惊蛰？"曲胜有点纳闷。

红曲酒神点化他："你忘了惊蛰是雷震子敲天鼓，把人世间的万物都震醒的吗？竹婆婆真的有一手，借雷震子的天雷，好惊醒蜈蚣精师徒。可是在我看来，破解这筑桥的密码，姜还是老的辣，还得蜈蚣精来，那凤神……"

曲胜说："你瞎说，我这一路跟着过来，我比你清楚，徒弟比师傅厉害多了！"

红曲酒神不耐烦了："我好不容易在酒曲房里收拾了自己这半个身子，赶在天亮之前跑来，是和你吵架的吗？"

曲胜点头："也是哦，快说吧，让我怎么做？"

红曲酒神说："竹婆婆虽然能通灵，也很厉害，但是，她毕竟不是神，她不知道唤醒蜈蚣精到底要用多少的乌衣红曲酒。所以我这大半夜辛辛苦苦跑来，就是给你送来我那存了千年的'酒曲种'，让你明天将它们放在蜈蚣精喝的大酒盅里，让他喝下去，那样，他就能醒来，就知道解开悬鱼密码，筑新桥了。"

曲胜正惊讶，忽然只见天边电光一闪，红曲酒神变了脸色，急急忙忙说："雷震子要来打惊蛰雷了，我得赶紧回酒曲房躲进酒缸里，不然那惊蛰雷一响，我浑身的酒曲又要被震散，落在地上好难收拾起来啊！喏喏，这千年的'酒曲种'就给你，这是你我重返九重天千年一遇的好机会，你这个笨葫芦，这一回千万给我弄仔细了，别给我捅娄子！"

说罢，只见窗棂间一道黑影闪过，红曲酒神不见了踪影。

"哎，你不是说我笨吗，我还真不是搞得很明白啊，你等等……"

曲胜打开门，追了出去，却早已不见红曲酒神的身影，只剩下那弯下弦月照在戏文的瓦当上，闪出了一道道冷光。

"你等等，等等……"曲胜喊着喊着，就醒了。

他抬头看了看窗棂，都快晌午了。赶紧起床，推门一看，门口一个宽幅、方框的灰色大瓦当仰天躺在地上，里面分明盛放着一把鲜红的乌衣红曲。曲胜魂不守舍！

昨夜这个奇梦让他无所适从，他待在房内盯着那爿瓦当愣神。好不容易挨到午饭时间，忽然听得院子里热闹了起来，他犹豫了一下，抓起那把红酒曲，刚出了房门，呀，一阵阵美食香味袭来，院子里，已经摆开了一张大宴席，酒宴桌上的美食，都是他的最爱：槟榔芋、花香菇、米面层、泥鳅汤、腊兔肉、刀豆干。哇，那一大盘的烂笋坛，简直让他馋涎欲滴。这是畲乡的名物之一，每至新春多雨时节，上山采笋，去壳煮后，太阳晒干，然后加上腌芥菜，用天然香料文火煮几个小时才得的美味，风味独特、鲜爽脆嫩，咬上一口，满嘴清香。

但是，很快，曲胜的注意力从那些美食转移到院子里齐聚的一堆工具上，他认得那些东西：鲁班尺、角尺、墨斗、手锯、刨、凿，还有斧头和木马架。但是，唯独一样东西不认识。那叫"丈篙"，是木匠的宝贝，其实就是木匠建造房子或者桥梁的"施工图"。

正看着那些器物，只听得双木师傅一声招呼："恭请各位大师傅落座，恭请阿远大师傅坐头位！"

觥筹交错之间，曲胜紧紧握住那把乌衣红曲，不知道是否该偷偷放进蓝念远的酒杯之中。看着蓝念远一杯接一杯，脸颊渐渐绯红，眼神开始明亮，曲胜不知道，一个伟大的计划，也随着蓝念远的眼神开始渐渐明朗……

第二十三章
伐木择吉

在母亲的教育和自己后来的知识结构中，不管在世界的哪一个地方，春天都是以温和的态度缓缓而来的。但是，在自己的故乡，蓝卯第一次领略到春天可以以某种激烈的状态呼啸而来。

当他在双木大老司家的西厢房那张雕花大踏床上不知沉睡了多少个日夜后，忽然一声惊雷，震醒了他。他起身后，发现这里的春天以闪电和雷鸣般高调的方式展示着春天的浓墨重彩：田园里、山野里，桃花粉了，梨花白了，油菜花黄了，杜鹃花紫了……

他醒来后的第一件事情，就是急切地想见到蓝婷："蓝婷、蓝婷，你在哪里？"

当蓝婷来到他身边时，一种羞愧又猛然涌上心头，他对蓝婷喃喃道："我知道，我冒犯你了！可是，可是我……"

没等他把话讲完，蓝婷俯下身子，摸了摸他的额头，笑容淡淡："你醒了，累吗？头晕吗？想吃什么吗？我去给你做！"

蓝卯又急切地拉住了蓝婷的手臂，说："不，我好了，什么也不想吃，我，我只是好想我的母亲。"

他万万没有想到，蓝婷回答了他一句话，让他热泪盈眶："可以家乡，何必远方呀！"

在接下来的几天时间里，蓝卯实实在在体验到了什么叫最温暖的呵护。没过多久，他又生龙活虎了。

当他康复之后，蓝桦说父亲已经和那些巧匠们商议好，明日就起程返回鹤渡村。蓝卯不知道这是不是人生使命的召唤，当跟随着增加了十三位有着奇怪名字的工匠的寻桥队伍返回自己的出生地——鹤渡村的时候，他感觉恍若隔世。

蓝卯不知道在他醒来的前一个晚上，不知道到底是什么，让父亲忽然脑子清醒了很多。虽然大家未置可否，但是乔巧却坚定地告诉他，他的父亲喝了曲胜亲自给他调制的一杯乌衣红曲酒之后，忽然思路清晰了。但是，乔巧说，那种"思路清晰"，一定是局部的，是专门针对筑桥技术而言，因为除了能滔滔不绝说筑桥的事情外，其他的思维，依旧是混沌一片。

蓝卯还是不解，他问蓝桦："喝酒喝多了。醉倒是正常事儿，真没听说过越喝越清醒的。"

蓝桦反问他："你觉得清醒和醉的界限在哪里？"

蓝卯无言以对。但他知道，当他看见蓝婷的那一刻，自己就醉了。

然而，蓝婷对待他，依旧淡如水、柔似月。如果不是她的秀发在飞扬，也许谁也不知道大风从她身上强劲地吹过。那个蓝卯对她无礼的瞬间，对于蓝婷来说，就像碰巧粘上了一身灰，转身用手掸了掸衣裳，便什么也没有了。

蓝卯觉得蓝婷有一股神奇的魔力，而除蓝婷之外，如今昏睡一场的蓝卯醒来后，忽然觉得身边的其他人，似乎也都有某种超能力。但是，他自己始终没能弄明白。就像此刻，在竹婆婆的古厝里，面朝北斗七星，他们和父亲一起，举行了一场神圣的仪式，蓝卯看不明白，但是，他心里开始有一股力量渐渐升腾，他知道，某个时刻要开始了。

竹婆婆拿出了一个七彩丝线缝制而成的小袋子，对大家说，这是她巧手绣匠女儿雨水亲手绣制的，里面装了"金、银、铜、铁、米"等宝贝。袋子外面写有"八字"，这不是人的"八字"，而是专门为新桥而写的"八字"。袋子外面绣上了"风调雨顺,国泰民安"八个大字。

蓝念远恭恭敬敬地接过"七宝袋",竹婆婆庄严地问:"七宝袋子包吉祥,七星锤落北斗星,一锤化七,连绵不绝,连桥喽!"

所有人都跟着竹婆婆恭恭敬敬地向北斗七星鞠躬敬礼。

乔巧悄悄问蓝婷:"为何要讲究'七'这个数字?"

蓝婷说:"七上八下嘛!七是向上的吉数,所以要祭七。咱们畲乡,凡事商定要讲究风俗传统,祖祖辈辈一直到如今,生活在这块土地上,许多东西一脉相承,这样遵从古训古俗,心里头踏实安宁。"

第二日,天还没亮,鹤渡村还笼罩在一片雾岚之中,竹婆婆做石匠的二儿子和三儿子,就已经在安澜桥那只剩下半片的桥墩上开始忙碌了。

站在水边的乔巧拿出纸笔,记录下了那一天"梦幻之旅"的文字:

这是一个遗世而居的美丽小山村,自然风光优美,人文古迹丰富。他们拥有亘古绵长的千年古道,一千多株古树名木,几十幢明清时期的古民居,他们有提线木偶、舞龙灯、八仙灯等大量民间艺术。那些民间艺术蕴含着大量宝贵的资源,但是,他们唯独丢失了最能代表他们核心精神的象征——廊桥。今日,在排除万千艰难之后,他们终于要重启这个伟大工程了,而我,将有幸目睹这个伟大的历程!

在畲乡人民的心目当中,廊桥就是"风水桥",所以桥址一般选在乡村溪流的下游村庄水尾的地方,另外还要讲究周边的山形地势。按照当地民间的说法,廊桥建好之后,要能够把"龙脉"接在一起,因此桥墩的选址非常重要,既要考虑交通需要,又要考虑留住村庄的风水……

文字看似平静,但是这个早晨,乔巧的胸中如这畲乡的山岗,已经气象万千。终于,蓝家父子要开始他们的"筑梦之旅"了。

这一边,那两位叫"惊蛰"和"春分"的石匠在鹤渡村一群青壮年的帮助下，开始重筑安澜桥的桥墩。另一边，蓝念远开始筹备一件重要的事情——择吉选"牛头"木梁。

乔巧知道择吉就是选定吉日、吉时和方位，以避开凶神恶煞。

竹婆婆掐指算了算：青龙、明堂、金匮、天德、玉堂、司命等六辰都是吉神。六辰值日的日子，诸事皆宜，不避凶忌。竹婆婆算好了后，在那张鲜亮的红色吉日单上，庄严地写下了"择吉"的时辰，交给了蓝念远。第二日，在蓝桦的带领下，另一支人马包括双木师傅、蓝念远等在内，将前往天开顶，伐木寻栋梁了。

乔巧当然要紧紧跟随，她和蓝卯、曲胜也加入了这支队伍。

鹤渡村的清晨，放眼望去，四周山峰，云遮雾绕，若隐若现，又是一个曼妙的人间仙境。

大清早，村里的几个壮汉也一路相伴，背着工具一起上山了。攀高山，下幽谷，寻到人迹罕至的深山老林里去。

走着走着，明明看见采料的林子就在对面了，想不到走起来却要花上很久时间。乔巧想，这大概就是"遥闻前山相对语，跨绕溪谷数里程"吧。

在山林里，看着木匠们寻木的场景，乔巧忽然觉得仿佛时光乱了，不知今昔是何年。但是，她发现蓝念远一直双眉紧锁，双木师傅也眉头不展，他们找了好久，砍下来好几段木材，发现都不是适合做"牛头"的好木梁。这"牛头梁"实在太难寻了，因为"牛头梁"之材，必须长在"洁净"之地，除主干外，在根部还要有长势良好的嫩枝，代表此木"后代"兴旺。

但是，似乎一直没有找到合适的。正当他们一筹莫展的时候，双木大老司发现了一棵大树，主干遒劲有力，他欢天喜地地说"找着好家伙了"。但是蓝念远来到这大树跟前一看，眉头依旧没有展开，他说："这古树品种太稀有，确实是稀罕物。但人世间原本就稀罕的东西，我们还是得任由它自由自在、安详自得。我们匠人要尊重自然法道，实在砍不得！"

大家一听，觉得很有道理。于是，继续找，一直找。

乔巧也很想帮忙，此刻，她觉得自己像回到了中世纪欧洲的童话故事里，在绿野仙踪开始了她神秘的寻木之旅，但是，她东走西撞，不一会儿，就成了森林里迷路的一只小麋鹿。

耳边吹来了阵阵山风，吹起了乔巧的长发。

乔巧抬起头，只见天空被高大的树木枝条割成了一绺一绺的蓝绸缎，阳光像一缕缕金色的细沙，穿过层层叠叠的枝叶，撒落在林子的草地上。

乔巧似乎忘记了自己到底为什么跟随匠人们来到这深山，此刻，她完全沉醉在这个不一样的世界里：草地上盛开着各种各样数不清的野花，不时发出诱人的芳香，林中的鸟雀在欢快地飞翔着、鸣叫着，太阳已升到头顶，树叶的绿荫映在地上，千奇百怪，黑漆漆的。阳光从树叶的间隙钻进来，在地上绘出无数夺目的亮点……

森林里，青烟绿雾渐渐升腾，乔巧觉得身上开始发冷。她下意识地抱住了自己的身体，可是还是觉得发冷。转身想回去找蓝桦他们，可是茫然四顾，除了树还是树，她已经不知道怎么走出这一片茂密的林地。

眼看天色渐晚，蓝桦正在和父亲以及师傅们探讨如何解决"牛头梁"的问题，忽然一转身，发现乔巧不见了。

如果是往常工作中的蓝桦，他是不可能被任何事情干扰的，但是，此刻，不知为何，有一个声音在强烈地召唤他。他转身，向林子深处走去……

蓝桦也越走越深，一股清新又别样的气息迎面扑来，仔细闻一闻，那新鲜的空气中还散发着松脂的清香，蓝桦知道，这是森林流露出的特有的气味，但此刻却夹杂着一种淡淡的令人神清气爽的甜味。

一群叫不出名字的鸟儿愉快地在这片绿色的海洋中穿梭着，唧唧地叫着，一会儿从树梢俯冲向下，一会儿在树叶的缝隙间穿梭，一会儿在身边缠绕，它们像是在欢迎久别重逢的好友一样。

但是，周遭的大树却不言不语，哲人似的挺立着。大树的枝干上黑皮皲裂，挂满了苔丝。

"乔巧、乔巧，你在哪里？"

蓝桦焦灼的呼唤回荡在森林里，但传来的依旧是自己的回声。

蓝桦继续往森林深处走去，只见眼前一棵大树树影婆娑，被青烟绿雾笼罩着，那大树大得几乎已经独木成林，蓝桦根本无法猜得这棵大树到底有多大年纪，他只是惊奇地发现，这是一株畲乡深山里很罕见的老槐树。

老槐树遒劲的根植在地上弯了一个半开口的树弯，树弯里铺满了金黄的落叶，就像是一个温暖的怀抱。在这个不可思议的怀抱里，蓝桦惊讶地发现乔巧正在熟睡。

蓝桦快步上前来，摇了摇乔巧的手臂，说："到处找不到你，怎么一个人跑这里来了，还在这里睡着了，快起来，会着凉的！"

刚想拉她起身，只听得树身发出了呵呵一笑："不用担心，在我这里，只有好事！"

蓝桦大吃一惊，往后倒退两步，只听得那棵老槐树又开口了："凤神子，你忘了我是谁吗？"

蓝桦抬头细看，连忙躬身做了一个揖："难不成您是槐树老公公？您怎么会在这里？"

老槐树听了哈哈大笑："对的，我就是当年给董永和七仙女保媒的老槐树啊！只道是'缘分天地自然成，无有媒保难永恒'。我老槐树活了这么久，一心想给有情人玉成好事，可惜啊，毕竟老糊涂，好心办了坏事！"

蓝桦不解："槐树公公，谁不知道您为董永和七仙女做了一段'天仙配'，您是天上人间的第一大媒人啊！"

老槐树收了笑容，叹了一口气："世人只知道'天仙配'，却不知道当年我为西王母的小仙女做媒，实在太激动了，一不小心将'百年好合'说成了'百日好合'，使得七仙女和董永两人只有百日的缘分，好后悔啊！"

蓝桦问："还有这样的事情啊！原来那'一日夫妻百日恩'的典故就由此而来？"

"是啊是啊。为了弥补我的遗憾，我立在这里等候千年，为的是再等有缘人，再保一段旷世好姻缘。今日终于等来有缘人了，只是……"老槐树看着蓝桦欲言又止。

蓝桦忙问："只是什么？有缘人何在？"

老槐树的树枝在风中摇曳："远在天边，近在眼前。凤神和凰仙，你们天造一对、地设一双，只是你们俩，一个迷失在红尘，一个痴心于匠艺，都忘了真情的本真本意。自从我做了一段名不副实的'天仙配'之后，天上地下的有情人，纷纷来求我保媒。这几千年来，我见过这么多的姻缘，俗人也好、神仙也罢，到最后，能做到天地可鉴的真情，唯有历经磨难甚至相互迷失但终不忘初心。你们两个的真情，变幻莫测，是否还有大劫数在将来等着你们，就看你们的造化了。"

正说着，两只小喜鹊飞来，停在老槐树上，喳喳叫道："槐树公公，凤神和他师傅要重修彩虹桥了，我们小兄妹打了赌，短尾妹妹说不成功，我赌一定能成功，您站在我们兄妹俩哪一边呀？"

老槐树笑着对短尾妹妹说："这个巧了，我那一位在宝岛桃花源的老桃树妹子说，你俩把很多密码悬鱼都藏在她那里，就等凤神和师傅哪一日去解呢！"

长尾巴喜鹊有点沮丧："看来短尾妹妹要赌赢了，如今那二十四节气木廊桥，如今才寻得十一块密码悬鱼，还差一大截呢！"

小喜鹊急急忙忙对老槐树说："槐树公公，我不要打赌了，也不要找什么密码了，我就是想凤神哥哥快点和凰仙姐姐结良缘。这天底下大家不都是求个幸福快乐，有好姻缘才是最大的幸福快乐，您赶紧给他们做媒吧！"

老槐树点点头，问蓝桦："你若愿意放下你的痴迷巧技和红尘俗爱，那我现在就立刻唤醒凰仙，替你们保媒，助你们早日成就好姻缘，保证再不犯当年'天仙配'那个低级的错误！"

蓝桦看了看熟睡中的乔巧，又看了看老槐树和小喜鹊，想了好久，最后说："树公公，我觉得'懂'比'爱'更重要，'情'比'缘'更要修。我还是先重修彩虹桥吧。我这就叫她醒来，她若'懂'，一定会跟我在红尘继续修行的。"

小喜鹊听了,没有再说话。林子里,只听得一阵阵风吹过老槐树的树叶,飒飒作响……

"乔巧,你快醒醒,天快黑了,咱们得赶紧找牛头梁!"

乔巧翻了一个身,睁眼一看,"呀"了一声:"大白天我居然在林子里做了个好奇怪的梦!你刚才看见一棵老槐树了吗?"

蓝桦说:"我们畲乡很少见到槐树的。这个山谷,以樟、枫、松和苦槠树最多见,怎么忽然想到老槐树了?"

乔巧脸一红:"没,没什么,做了个怪梦而已。赶紧赶紧,赶紧找牛头梁!"

乔巧往前刚迈出几步,忽然脚下一绊,被一个几乎淹没在杂草中的大树段子给绊倒了。蓝桦第一时间伸手拉住了乔巧,大概力量过大,乔巧一下子被拉进了蓝桦的怀里,两个人一起倒在了草丛里。

乔巧身上独有的清香就像一丝蜜糖,沁入了蓝桦的鼻息,他的双手忽然用力拥抱了乔巧,就势在草地上翻滚了一下身子,想不到乔巧娇呼一声:"啊,我的背!"

蓝桦支起身子一看,长而粗壮的大松树的主干,刚好垫在乔巧的背后。

蓝桦赶紧将乔巧抱了起来,问乔巧有没有伤着,乔巧摇了摇头,两个人的目光一起注视在那一大段粗壮的松树上的时候,齐声欢呼了起来:"牛头梁!"

蓝桦很专业地判断:"这大树段应该是被台风吹倒的千年大松。"

后来,当乔巧看着这一大段老松的主干顺理成章成为雄起起气昂昂的牛头梁的时候,心想:这立了上千年的大树,难道等待的就是那一阵风?虽然在台风中倒了下来,那么如今是否算是以另一种方式延续它的生命?是它的宿命,还是它的因果?

古老畲乡鹤渡村的夜晚,静谧,又不失热闹。

按鹤渡村过往几百年的习惯，晚饭过后，村民们有事没事，都会往安澜桥上聚集。大家聚到一块，抽袋烟、喝口茶，老婆婆小媳妇讲讲家长里短，老爷爷大伯伯说说古今趣事。廊桥，不仅是他们的"剧场"，还是他们的"书场"甚至是"法院"，村规民约会贴在廊桥的风雨板上，甚至连"夜哭郎"的纸条也必须贴在廊屋古旧的木柱子上。

可是，自从安澜桥轰然倒塌后，鹤渡村的村民忽然感觉到，他们失去的不仅仅是一个聊天说话的场所、一个歇脚休息的地方，也不仅仅是没了一个自由集贸市场、信息发布中心、断案讲公道的民间法庭，而是失去了一个心灵的家园，甚至感觉似乎灵魂也无处安放了。

这一回，听说蓝念远和博士儿子回来了，还带来了一批各路的能工巧匠回来，大家齐心协力想办法一起重筑彩虹桥。这消息一传开来，所有人欢欣鼓舞，整个村子都沸腾了。

今日，大家聚集在蓝家那座安静了很久的老厝里，围着蓝念远他们刚刚抬回来的牛头梁，欢声笑语此起彼伏，大家的那份快乐和期盼都洋溢在脸上。院子里摆上了酒宴，大家畅聊，描绘着每一个人心目中的那座新桥。

只有蓝念远一个人在堂屋里，守着那个牛头梁一步也不愿意离开，连树段身上一根小小的野草也要拔掉。

竹婆婆进来了，手里端着香烛锡台。她的身后，跟进了修桥的各路重要人士。蓝桦招呼大家坐下抽烟喝茶，今晚，他们要开一个重要的会议，要建立"安澜桥董事会"，要推选出"主墨""桥董""缘首"等筑桥重要角色来，负责筑桥款项的募集、使用，筑桥的各项具体工作的分工落实。

当然，蓝念远没有悬念地当选了重筑安澜桥的"主墨"。

所有人欢天喜地地祝贺蓝念远当选"主墨"，竹婆婆将早已经准备好的一只全鸡摆到牛头梁的正中前方，点了三炷清香，高声唱诵：

此鸡不是平凡鸡，王母娘娘赐我报晓鸡；手把金鸡如凤凰，养得头高尾又长；头高人丁代代旺，尾长人丁万年长；金鸡放梁中，家家户户子孙红；金鸡放落地，子孙万代大吉大利！

众人跟着竹婆婆鞠躬。随后，竹婆婆对蓝念远说："阿远，接下来该你唱'拜梁词'了！"

但是，此刻的蓝念远神情专注地盯着那三炷香袅袅上升的青烟，根本听不见竹婆婆叫他，哪怕竹婆婆推他，他也没有反应。竹婆婆将蓝念远手中的"七星锤"移交到蓝桦的手中，并让蓝卯与蓝桦并肩站在了三炷清香的前面，竹婆婆继续高声唱诵道：

此梁不是非凡梁，南山请来一枕香，别人请你做别用，仙师请你做栋梁。梁头雕起金狮子，梁尾雕起玉凤凰，狮子吼声找百福，凤凰啼时进田庄，梁下儿孙百千万，福禄寿喜保安康！

众人再跟着鞠躬。

在竹婆婆的主持下，大家欢欢喜喜地走完了"择吉"的祭拜仪式，然后，在蓝家百年古厝里，乌衣红曲酒的酒香弥漫了开来，香遍了整个古村。

当蓝桦的"七星锤"一锤定音，蓝家古厝的大院子里，所有人端起酒杯，欢呼畅饮，想象着、憧憬着、谈论着有关即将重生的安澜桥的所有话题，蓝念远却在老厝内靠着牛头梁开始呼呼大睡。

忽然，只听得耳畔传来一阵不寻常的招呼声："阿远大老司，不，千足大仙，一别千年，别来可无恙？"

蓝念远努力睁眼一看，虽然那是半脸半身的一个镂空人形，但是蓝念远还是一眼看出是谁："你不好好在曲房修炼，找我来干什么？又要斗酒不成？"

红曲酒神冷笑一声："哼，我有酒也不请你喝！我就是不服气，在九重天时，我酿酒，你喝酒，从来都是我干活你享受。如今都是谪仙，你却能在红尘真正做了一回人，七情六欲、人情世故，凡胎该走的路你都走了一遭,也算没有白来红尘一趟。而我呢,浑身的酒曲散了一地,我花了九百九十九年才收拾了这半个身子,除了孤独,什么滋味也没有享受过、经历过。为什么你总是赢的那一方?你不过是一只蜈蚣精,就是脚比我多,凭什么你却成了凤神的师傅?"

蓝念远哈哈哈大笑:"古话说,千足蜈蚣只走一条路,你知道我赢在哪里吗?那是因为我有'三心二意':我有一颗专心、一颗忠心和一颗匠心,外加一股爱意和一股情意。做仙也好、为人也罢,我这'三心二意'都是你说的'赢'的法宝!可是,我从来没有想到赢不赢,我只想如何专心做自己能做的事,如何爱护自己身边的一切。你看看你,整天想到的是输赢、算计,累不累?再说了,猫都能成老虎的师傅,我成凤神的师傅有什么奇怪吗?哈哈,你说的'多足',凤神徒儿如果不认可我的'足智多谋',能甘心拜我为师吗?"

一顿话抢白,红曲酒神顿时语塞。

红曲酒神只好换了一种语气说:"就算你多足多谋,有本事你赶紧将我弄回九重天啊!"

蓝念远正色道:"我们贬谪人间,上天自有安排,你我都有自己的使命要完成。你修炼酒曲,将乌衣酒曲的'神种'修炼出来留给世人才能得道,我还得帮世人重修遗失的彩虹桥。如今你的酒曲'神种'还没修炼完毕,我的彩虹桥还没筑成,哪能偷工减料擅自回天?"

红曲酒神心头的火又升腾起来:"我最烦的就是你这种仗着自己能讲理,大道理一套一套的。你是自愿被贬,而我,你若不害我,我何苦要尝这千年暗无天日的时光?西王母娘娘最信任小青鸟的话,你只用托小青鸟的肉身、你在凡间的养女蓝婷一句话,我就能回天了!"

蓝念远的执拗劲儿也上来了:"你这叫执迷不悟!"

红曲酒神也变了脸色:"蜈蚣精,你不要敬酒不吃吃罚酒!你以为你找到了筑桥密码木悬鱼就可以筑桥了?还早着呢,你以为我不知道吗?二十四块你才找到十一块,后面的那些桥早塌了,我看你从哪里能变出剩下的十三块来？"

蓝念远说："这个不劳你操心，你不睁眼看看来帮我的那些巧匠吗？有匠心自然有秘诀！"

红曲酒神哈哈哈笑了："你别高兴得太早，就算他们都能给你加上他们各自掌握的密码，用你那一千只脚去算算，满打满算也还只有二十三条密码！那第二十四块木悬鱼何在？就算你足智多谋，缺了一条，我看到时候你也破不了重筑彩虹桥的密码，你会活活气死，到时候你来红尘一趟还不够，得从阎王爷那里走一遭喽！何况……"

蓝念远听了大吃一惊："何况什么？"

红曲酒神发出了沙哑又狡黠的笑声："呵呵呵，你还是痛快答应我，将那十二位巧匠手中的悬鱼快快搜集过来，咱们联手再一起想办法找第二十四块悬鱼。"

蓝念远不屑："巧匠的秘笈都刻在各自的手艺之中，凭什么说给我就给我，而我凭什么说给你就给你？你犯天规，就要照天章惩戒来修炼，差一天你也休想投机取巧！"

红曲酒神恨恨地说："看来你真是铁了心敬酒不吃吃罚酒了！咱们从天上打到地上，这一回，你再看看谁输谁赢！"

红曲酒神说完，转身就将那半个镂空的身子从窗棂上挤了出去，瞬间不见了踪影。

蓝念远赶紧起身，打开大门，边追边跑："你给我站住……"

第二十四章
廊桥密码

这是一个畲乡难得的欢乐夜,所有人都沉浸在即将动工重建安澜桥的憧憬和向往之中。忽然,蓝家堂屋的大门瞬间敞开,蓝念远从里面急急出来,众人一看,欢庆着将他拥进了古厝大院,为他举杯,为他欢呼。

蓝婷来到身边,关切地问:"蓝爸,刚才我看您还在牛头梁旁边睡得呼呼的,怎么一下子就醒了?我前脚出来,您后脚就跟出来了?还跑这么急,摔着了怎么办?明天大家还等您到桥墩去'架柴马'呢!"

蓝念远迷惑地看着蓝婷:"刚才我在睡觉?你没看见有其他的人从我房里出来吗?"

蓝婷笑了:"是啊,你还打呼噜呢!我看您睡得香,就没有叫您。没有别人,这时候您还能睡得香,真是服了您了!"

蓝念远抬头看了看窗棂,上面的蛛丝网在夜色下闪着一丝丝的冷光。

双木大老司一见蓝念远出来了,招呼大家安静:

"各位巧匠大老司,我们氡泉火热溪峡谷各村,有古道,有古树,有古厝,有古俗,如今只缺一座'古'廊桥了。如果能将'古'廊桥重建起来,那就恢复了'五古'。乡亲们登桥的那一日,登'五古',不就是'五谷丰登'吗?多亏阿远大老司能将筑桥的匠心牢牢记住,我们才有底气重筑廊桥啊!"

众人又是一阵欢呼。

蓝念远有点恍惚，他喃喃地对大家说："各位大老司，你们都知道，重筑廊桥，不是一件容易的事情。虽然我心中牢记祖上传下来的筑桥匠心，但是，单凭一个人的匠艺远远不够承担这没有一钉一卯的奇巧绝活，我的心里头还是七上八下的！"

这时候，竹婆婆走了出来，她指着自己身后的十二个儿女，对蓝念远说："世上无难事，只怕有心人。这么多巧匠手艺在手，还担心做不成？阿远，遇到难处，不是还有那句老话——'船到桥头自然直'嘛！明天你就放心'架柴马'，开工吧！"

"开工喽、开工喽！五谷丰登喽！"鹤渡村的夜，沸腾了。

第二日一早，鹤渡村全村男女老少都赶早聚集在安澜溪边。只见岸上早已摆好了香烛、茶酒和猪羊、糕点等祭祀品。看好时辰，竹婆婆开始唱念：

此处龙科是我插，二十四山听吾言：吾催山，山转运；吾催水，水回源。左边青龙转弯弯，荫出人丁做显贵；右边白虎转弯弯，荫出人丁做状元；前面朱雀起源峰，荫出人丁胜三公；后面玄武节节高，荫出人丁定封侯。时辰已到，发锤起拱！

顿时鞭炮齐鸣。在鞭炮声中，蓝念远将斗、灯、镜子、尺子、剪刀以及其他的物品一同摆在了案桌上，对着鲁班爷的像连连鞠了三躬。

竹婆婆在一边又开始唱念：

一不打天二不打地，三不打旁边房屋宫神庙。鲁班子弟发大锤，上头云头鲁班仙，白鹤仙翁云头见，鲁班子弟发大锤。发锤喽！

众人只见蓝念远抡起手中的七星锤，向空中连打三锤，然后在刚刚架好的"木架马"（做木工的大木架）上又连敲了三锤。然后，换上了蓝桦递上来的大斧头，大声唱念：

  一斧送你全村平安，二斧送你富贵双全，三斧送你三星高照，四斧送你四季发财！

他每唱一句，就在一根又大又直的栋梁木上砍下一斧头，连砍四斧头之后，把斧头递给了蓝桦。蓝桦接着把栋梁大木柱子推向了一边。这推木，很有讲究，倒下的梁木地下早早垫了树枝树皮，栋梁木不能沾土，要干干净净，倒下的方向刚好是朝着对面的高山。

接着，便用砍刀削去树皮，倒入溪中随流漂走。因为栋梁木有着不一般的尊贵身份，树皮是烧不得的。

再然后，将斧头换成锯子，蓝桦蓝卯和几个年轻的工匠，一起用锯子把刚刚朝山推倒的栋梁木锯成了主干、末端和顶端三大段。主干用作主栋梁，末端日后将制成"头梳付"，垫在栋梁下。顶端取三鲁班尺做"雀替"，安装在栋梁木两端的下方。在蓝念远的指导下，年轻人一气呵成。做完这些后，还要取几根顶端的枝条，绑在栋梁上。

人群中的乔巧看得热泪盈眶，她想：久居深山的大树，虽然被伐下山，做了栋梁木，却能以这样一种特殊的方式，重获新生。山乡之间的工程，因为这些习俗而增添了许多神秘的色彩，有这么多的讲究。这些民俗如珠玑般叮咚滚动，俯首拾捡，实在太珍贵了！

重筑安澜桥的开工仪式，在鹤渡村全体村民的高呼声中成功举行："风调雨顺，大吉大利！"

往后的日子，建桥工地上，一片繁忙，热闹异常。大溪两岸，每天挤挤挨挨，站满了氡泉火热溪峡谷各村赶来看场面的村民，因为这是他们共同的大事业。

每个人都在好奇：那不用一根钉子的大拱桥到底是怎样凌虚千尺飞架

两岸的？上面还要雕梁画栋，建起亭台楼阁！

乔巧每天带着她的笔记本，片刻不离现场。对于编梁木拱桥那富于巧思的构造，她觉得能形容的，只有四个字——叹为观止！

这一天，蓝榫跟随着父亲搭建的是一个拱架。作为一名桥梁建筑专业世界名校毕业的研究学者，乔巧第一次听到了许许多多新鲜的名词。比如"三节苗""五节苗""剪刀苗""桥板苗"……

今天的"三节苗"就是由二十七根木梁"编织"而成。乔巧发现，如果自己是站在高山上往这溪谷里看，这场面倒有点像一群人在玩搭积木。

说是"编织"，可不像编草帽那么简便。这一根根粗大的梁木，没有几个壮汉是抬不动它们的。梁木的榫头安置到牛头的卯位上去，得丝丝相扣、不差分毫才行。要是安装不到位，拱架就歪曲了，变了形，走了位，后续会出现一连串的大问题。

乔巧很惊讶的是，同样作为桥梁学的博士，此刻的蓝榫，头戴斗笠，在工地现场，俨然一位熟练的巧匠，指挥大家忙而不乱、有条不紊，一根根梁木顺利地完成了榫卯连接。而蓝念远在远处喝茶，遇到大的问题，蓝榫会跑过来，和父亲说上几句话，然后又开干。

但是，到了立"将军柱"的时候，蓝念远就没有那么悠闲了，只见他放下了手中的茶杯，径直走进了工地。

乔巧也跟着走了进来。在现场，她有了惊喜的发现：如果宋代汴河上的彩虹桥也属于"编梁木拱桥"的话，那么畲乡安澜桥就是世界木拱廊桥的活化石。而此刻，"将军柱"的竖立，就是一个响亮的实证！

因为"编梁木拱桥"无一例外都要立起四根"将军柱"。光从这个响亮的名字上看，就知道这"将军柱"在整座木拱廊桥筑桥中的重要性。

在几串响亮的鞭炮声中，六个壮汉分别将两根"将军柱"抬上了拱架，放到桥基的地梁上。用一根横梁将两根"将军柱"进行榫卯连接后，用白棕绳捆住两根"将军柱"，绳索的另一端由离桥头十几米开外的十几个汉子缓缓拉紧……原先躺在地上的柱子，偌大的"身躯"，徐徐地站了起来。

"哇!"随着乔巧的一声惊叹,安澜溪凌空之间,柱与梁形成了一个"H"形的梁柱构,它们屹立在桥头,岿然不动。乔巧跑过来,站在柱架下面抬头仰望,觉得那已经不是木头柱子,而是"大将军",威风凛凛、傲然挺立!

大家正热烈鼓掌,为"大将军"喝彩的时候,突然之间,天空乌云翻滚,雷声轰鸣。而刚刚竖起来的"大将军"似乎开始了震动,渐渐地,开始倾斜。蓝念远一声疾呼:"不好,有水虎,要翻身了!"

一连几日跟着父亲、弟弟和工匠们在筑桥工地上忙活,蓝卯觉得自己腰都快断了。这日,他偷了一个懒,大家都早早到工地上了,他还赖在床上不愿起身。

忽然,只见曲胜推门进来。今日的曲胜特别奇怪,背上背着一个硕大的酒葫芦,手里却拿着一封邮件。蓝卯一眼瞥见,那是一封国际邮件。他非常惊讶,在这山乡,怎么会有国际邮件?但是,曲胜贴近他的耳朵耳语了几句,蓝卯顿时脸色大变,一手拍床,大叫一声:

"他们不能动我的乔爸爸!"

而此刻,外面风雨大作。

蓝卯飞奔出门,曲胜紧紧跟在后面。

筑桥工地上,刚刚立起来的"大将军"忽然左右晃动。

安澜溪中,好似一锅烧开的沸水,上下翻滚。随着蓝念远一声"有水虎",岸边看场面的人群一哄而散。唯独留下蓝家父子、双木大老司和竹婆婆家的十二个巧匠儿女立在原地,纹丝不动。

乔巧本能地跟着人群想跑回村子躲风雨,忽然听见雨水姐姐在风雨中高声呼唤:"弟弟妹妹们站稳了,听大姐号令——"

"雨水"动"惊蛰","春分"来"谷雨";"立夏"水"小满","芒种"唤"夏至"。来呀,"小暑"做重砖,压!"大暑"做大瓦,盖！"立秋"箍神桶，紧！"处暑"，做神缸，收！全收！

说也奇怪，刚才一直乱摇晃的"将军柱"渐渐立稳了，安澜溪中，沸水似的溪面，也渐渐平稳了下来。

雨水姉姉有节奏的呼唤声还没有停止，蓝卯立住了脚，向工地那边张望，曲胜却紧紧拉着蓝卯："快走，你还想不想快点让蓝婷帮忙救你的乔爸爸！"

风雨中，他们奔跑。跑着跑着，蓝卯觉得曲胜的酒葫芦载着他们两个起飞了。一边飞跃千山万水，一边一个声音追随着他们："小葫芦！那没用的'水虎'依旧还是有勇无谋，依旧还是被那十二巧匠给收服了。这一回如果你再办不成事儿，你就别想再回九重天了！小葫芦，你给我记好了，这是你最后的机会！"

曲胜一边跑一边嘟哝："别啰唆了，红曲酒神，有本事你自己来！"

风雨终于停了，安澜溪归于平静。

筑桥工地上，蓝榫给父亲端来了一杯茶。蓝念远正打算喝口茶歇歇气，忽然，那边飞来喜鹊长尾哥哥和短尾妹妹，火急火燎地对蓝念远说："千足大仙，不好了！不好了！"

"慢慢说，怎么回事？"

长尾哥哥还在喘气，短尾妹妹结结巴巴地对蓝念远说："都是那个黑心肠的红曲酒神，他太黑了！他吓唬我们兄妹，如果不把千足大仙交给我们藏好的那十一块木悬鱼交给他，他就把蓝婷绑起来送到宝岛去！"

长尾哥哥终于把气喘平了，连忙接话说："大仙，这红曲酒神本性不改，他不地道，他不讲信用，他骗了我们！我们担心他真会绑你最疼爱的蓝婷姐姐，就告诉了他藏木悬鱼的地方，哪里知道他用镂空的半身半脸蒙蔽了我们，他的千年功力已经差不多修炼到家了，真的飞到宝岛就偷走了那十一块宝贝，还让酒葫芦教唆蓝卯绑架了蓝婷姐姐！"

乔巧一听，急得哭了："蓝榫、蓝伯，快快想办法，救蓝婷姐姐！"所有人都大吃一惊。

危急之中，只见竹婆婆来到工地，立在栋梁前，手执一把大酒壶，急急地将三杯酒洒向了已经分成三段的梁头木、梁中木和梁尾木，三段木梁就像长了翅膀，瞬间起飞。竹婆婆叫道："蓝桦，快带你父亲和乔巧上木梁。我们随后跟来！"

牛头梁上，骑着蓝桦、蓝念远和乔巧，其他的巧匠分别在后面的木梁上。长尾短尾兄妹在前面引路，瞬间起飞。

风在乔巧的耳旁呼呼直响，山川、河流"嗖嗖嗖"向身后飞去，她紧紧抱住了蓝桦，从梁头木上往下看，金色的阳光洒向了一片蔚蓝的海域，飞过这片海峡，再往东，就是海峡那一端的那个宝岛。

"哈哈哈，欢迎啊，千足大师！小仙我在宝岛已经恭候大师多时了！"

乔巧向下一望，一大片桃林。过了这一片桃林，他们降落在一大片梧桐林里。前方，一个玄衣黑面半身镂空的身形，正对着他们直挺挺地站在一棵硕大的梧桐树下。而他的身后，站着蓝卯。

乔巧惊呼一声"婷姐"！她分明看见曲胜背着一个硕大的酒葫芦，紧紧地抓住反扣着的绑了绳索的蓝婷的手臂。

"曲胜！你做什么？"

蓝念远跳到曲胜的身后，一把抓住蓝婷的手，打算强行推开曲胜，急急忙忙要解蓝婷手臂上的绳索。哪里知道蓝卯上前挡住了蓝念远。只听得红曲酒神对蓝卯厉声说道："还不快跟他讲清楚，我们为何要借蓝婷用几天！"

蓝卯上前一把拉住了蓝念远："父亲，我需要你帮我解困！"

蓝念远觉得更加不可思议，但他还是果断地对蓝卯说："什么废话也先别说，快解蓝婷的绳索！"

此刻的蓝卯却转身对蓝婷说："蓝婷，别怨我、别恨我，这一切都是为了我们的未来！你知道我爱你，为了能给你，哦，不，我们，为了我们能有一个未来，一个像鹤渡畲乡风光一般美好的未来，你先帮帮忙，就这一次！如果不委屈你，父亲是不会同意帮我的！"

然后转身对蓝念远急急地说："父亲，我急需您帮我拼齐重筑汴梁彩虹桥的密码！只要有了这一整套的密码，等我回大洋彼岸完成一件大事，我就能回到故乡，和蓝婷一起陪伴您共享天伦。如果您不帮我，您的儿子我只有死路一条！我的危险已经迫在眉睫，灾难马上就降临到我的头上，那边的乔爸爸已经在他们的手里，命悬一线。您快帮帮我！"

蓝榫听了，不由分说上前一把抓住蓝卯："先放蓝婷！"可是，只见一道黑光闪现，蓝榫一个趔趄，跌坐在地。红曲酒神嘿嘿笑道："凤神兄弟，你这么重的凡心，还能有什么神力去解救蓝婷呢？你还是先配合我，让你师傅将筑桥密码拼齐给了我们，我早点升天，回头也好早点提携你回九重天！"

说罢，他回头大声对众人说："你们都给我听好喽，我这里有一个惊天大秘密！我一直骗酒葫芦说，有了筑桥密码，千足大仙就能醒来再和我斗酒，然后带他回天。如今告诉你们吧，你们敬仰的千足大仙和我，其实骨子里是一样的，他和我都知道一个天机：银河上的千年鹊桥需要一个定桥神器，没有这定桥神器，即便凰仙带领万只小仙鹊把鹊桥搭起来，也依旧会塌。牛郎织女还是相会不了，王母娘娘以前允诺的'牛郎织女渡过千年鹊桥永浴爱河'那道懿旨就会成为天上人间最大的笑话。那时候，娘娘的脸面往哪里放！因此，你们的千足大仙来人间苦寻筑桥密码，其实就是想破解这定桥神器。我和他，谁先得，谁就能得娘娘器重。你们都被他蒙蔽了！"

红曲酒神话语一出，所有人都愣住了。

"红曲酒神，朗朗乾坤，天理昭昭，没有人会相信你的鬼话！"竹婆婆一声招呼，她的儿女们齐刷刷站了出来，每个人手中都拿着一枚发着豪光的木悬鱼。

红曲酒神一看，冷笑一声，只见他抖了抖身子，顿时，十一块木悬鱼都在他镂空的半边身子里。他哈哈笑道:"蜈蚣精、神婆子,你们有十二块又如何,我这里有十一块呢!就算我良心发现,都给了你们,你们还缺一块!蜈蚣精,你最心疼的干女儿她有本事。你们看看,我已经从前面的桃源里寻得一块好桃木了,能让精雕细琢的双木大老司现在就雕一枚木悬鱼,只要割开蓝婷的手,让她的血滴到新雕的木悬鱼上,定桥神器的一整套密码就能出现!"

双木大老司大喝一声,挡在了蓝婷前面:"看你们谁敢动我宝贝的一根汗毛!"

蓝念远面对前方,怒斥道:"红曲酒神,知道你阴险狡诈,哪里知道你还这么卑劣无耻!我堂堂天匠,凭匠心匠艺,来人间找寻失落的定桥密码,为的是搭好千年鹊桥,让天地洪荒为真情赞叹,让大家相信,只要坚守真情和爱,历经磨难,一定会终见彩虹!你这般无耻,蛊惑人心,是做不成你的美梦的!"

红曲酒神猛烈抖动着他身上的十一块木悬鱼,朝蓝榫高喊:"凤神兄弟,没有我帮你,你永远也筑不成千年彩虹桥!"

蓝榫一边护着父亲,一边正思索着下一步怎么办。忽然,长尾短尾喜鹊从天而降,载来了一位气度不凡的老人。乔巧一见,惊呼道:"爸爸,您怎么会来?"

蓝卯直奔过来,拥抱住老人:"乔爸爸,您没事吧?"

乔教授笑着说:"天地有灵,神力助我!瞧瞧,我给你们送来了什么?"

只见乔教授手里端着一座木拱桥的模型,桥模上,挂着一个闪闪发亮的木悬鱼:"这是我潜心研究半辈子,终于筑造出来的。本来已经打算捐给哈佛大学,但是这毕竟是模型,和真桥还有很大差距,因此,将第二十四条筑桥密码刻在了这传说中的木悬鱼上,今日遇上神鸟助力送过来,太幸运了!"

蓝念远接过了乔教授递过来的第二十四块木悬鱼,两个人四目相对,百感交集,久久不能语言,那一刻,仿佛时光凝固了!

正在万物无声之际，红曲酒神一声大叫："凤凰木偶头开眼了！"

只见他手中拿着那小雪桥上的一对凤冠头偶，口中的红曲酒变成了一道火焰，猛烈地喷向双目紧闭的木偶头。火光中，那一双凤冠头偶瞬间睁开了眼睛。

就在凤冠头偶睁眼的一瞬间，蓝榫和乔巧四目相对，火光崩裂。他们认出了彼此——"凤神哥哥！""凰仙妹妹！"

灼热的目光投向对方，两双手正当要紧握在一起的时候，红曲酒神向他们身上猛撒一把红酒曲。顿时，烈火冲天。

一阵红烟过后，蓝榫和乔巧满地打滚，不一会儿，背后都长出了一双彩凤羽翼。

红曲酒神抓住正痛得无力的蓝榫对乔巧说："哈哈哈，天助我啊！这里只有我修炼得道了，这二十四块密码悬鱼，就都要归我啦！凰仙，你的凤神哥哥动了凡心私情，你就对他死心吧。别相信什么真爱，我替你摘了他这对翅膀，让他永留人间！对不住了，且让我借他的彩凤羽翼一用！"

乔巧觉得身体又痛又沉，她艰难地抬起头，来到红曲酒神跟前，说："你要翅膀干什么？"

红曲酒神应答："我要升天啊！"

乔巧无力但语气很坚定："你若真想借羽翼升天，那就用我的。凤神哥哥使命在身，你不得伤他身心！让我留在凡间吧！"

"那可是你自己说的，我反正有翅膀就行，不管是你的还是凤神的！"红曲酒神说着，就狠命扯下了她的彩色大羽翼，插在了自己身后，在插上羽翼的那一瞬间，红曲酒神化身一只铁公鸡，朝蓝念远狠狠啄去。

乔巧和蓝念远都倒在了地上。

红曲酒神从蓝念远身上，抢走了那十二块悬鱼密码，拍拍五彩羽翼，正打算飞天，忽然，天空荫翳蔽日，一只大青鸟从云端直扑下来，两只爪子死死抓住了红曲酒神，瞬间拔下了插在他背后的一双彩凤羽翼。红曲酒神疼得大叫："青鸟神，您放过我！"

青鸟立定，张口说话："天地有正气，岂能容你胡作非为！因你私欲深重、戏辱匠心、不敬真情、不懂爱意，奉娘娘懿旨，责罚你在人间再修炼一千年，制作出佳酿酒曲，造福人间！"

红曲酒神一听，仰天一声长叹："苍天，既然你无情，休怪我无义！什么爱啊恨啊，有什么意义，都和悬鱼密码一起同归于尽吧！"

说罢，红曲酒神抖落修炼了一千年的全身酒曲，瞬间酒曲分崩离析，他用尽全身力气，和怀里的二十四块木悬鱼一起滚起了一团冲天的火球，瞬间火光冲天，点燃了整个梧桐林。

"木悬鱼！快救悬鱼密码！"

蓝榫、乔巧大叫着一起跳进了烈火。

"蓝榫、乔巧！"

……

一阵惊呼，蓝卯把自己叫醒了，原来是一场大梦。

蓝卯摸了摸自己的额头，一把冷汗。正打算起身，外面急急赶来曲胜："蓝卯，快，快，不好了，你爹不行了！"

紧紧跟随着曲胜来到筑桥工地，只见一众人围了一个圈，那个挤挤挨挨的圈子中，莫名其妙飞出了一只壮硕的大公鸡。

蓝卯想挤进人群，发现父亲躺在地上，竹婆婆手中的银针已经放了下来，脸色惨白，对蓝卯和蓝榫说："回天无力了！"

雨水婶婶一脸惋惜和不解："被公鸡啄一下就会把一个大人活生生给啄没了？这人呢，有时候弱起来真的就在那么一瞬间啊！"

……

日子在雨水婶婶的感叹声里飞快地过去了。

转眼到了农历六月初六，阳光开始灼热。这一日是畲乡历经梅雨季节之后，家家晒梅的时候。在空空荡荡的筑桥工地上，除了孤立的"将军柱"，只有蓝榫略显阴郁的背影在徘徊。

自从阿远师傅去世后，重筑安澜桥的工程也搁置了下来。大家把重筑廊桥"绳墨"的重任，转交给了蓝桦。

但是，蓝桦迟迟没有动作，除了每天在工地上转悠，一直不肯下令重新开工。所有人都在等待……蓝桦始终给出的一句话是："想要重立彩虹桥，就得想到万无一失的巧技。但是目前父亲留下的这些巧技，都还有各种各样的缺陷。匆忙上马，还会出现像上次'将军柱'摇晃的事故。再容我研究研究，找找那些传说中的密码。"

匠人们继续等，乡人们也继续等。乔巧将自己学到的关于古今中外桥梁建筑的知识全部搬出来，与蓝桦进行探讨。但是，他们还是觉得没有获得十全十美的方案，始终感觉到那套筑桥密码没有出现。

这一日，曲胜和蓝卯也来到桥头"将军柱"下的一堆木材前。筑桥一直没有进展，曲胜和蓝卯的争吵也在升级，没有人知道他们争吵的具体内容，但是，他们一定是在为某项约定而争吵，吵到激烈之处，只见曲胜将随身带的酒葫芦砸向了"将军柱"，瞬间，"将军柱"被点燃，大火迅速蔓延，蓝婷裹上了一条饱浸着三杯香清茶茶汤的毛毯，冲进桥来，用尽所有的力气，将蓝卯推出了火海。

建到了一半的安澜桥火光冲天。熊熊烈焰中，升腾起了一只酒葫芦，飘飘西去。紧跟着，一对火凤凰冲天而起，在廊桥上盘旋三周，腾空而去。

……

往后的每一日，蓝卯都来安澜桥被烧焦的残架子前独坐，就像当年他的父亲蓝念远一样，沉默不语。

终于有一日，一个熟悉的身影出现在他的眼前："乔爸爸！"

原来，智慧的乔木察觉到自己身处险境之后，胆大心细的他一边悄悄向警方报了警，一边悉心搜集这个要挟蓝卯的走私集团的犯罪证据，最后，配合警方将犯下走私大宗文物国际大案的团伙归案。他变卖了海外的家产，替蓝卯还清了债务，到夫人蔡虹长眠的墓地，向她做了告别，向自己所在的研究机构辞了职，安然回到了自己魂牵梦萦的畲乡古村。

一切都因为乔教授的回归，出现了神奇的转机。因为他的慷慨捐赠，安澜桥要重新启动了。

筑桥的一切流程一如当初，在竹婆婆的主持下，重新走了一遍。当然，筑桥的过程，又出现了各种各样的问题。

因为最后一块塞桥石不能塞得严丝合缝而扣不上最后一块栋梁木的榫卯时，几乎所有人都要绝望了，忽然那一日，那位曾经开天价要曲胜赔篾席的老编老司来了，他带着那位火热溪有名的"梁大木"、敲洋白铁的巩师傅来找双木大老司，说是乔教授来了，他们就能帮蓝榫算出重筑廊桥的"天衣无缝边"。

当四位大老司和乔教授站在一排的时候，所有人都恍然大悟：原来他们就是不折不扣的编梁木拱桥大师啊！

竹婆婆的十二个儿女也来了，各路巧匠也都来了，当他们汇聚在安澜溪前，蓝卯看着他们，恍然大悟："原来筑桥密码就在这里啊！"

尾声

　　仙界。

　　七月初七夜，天地之间九万里，祥云之上，那由"碧沉沉琉璃造就，明幌幌宝玉妆成"的离卦南天门，突然间金光万道滚红霓，瑞气千条喷紫雾。南天门鼓乐笙箫、鸣锣开道，数十个金甲神人，执戟悬鞭。天兵天将皆当胸抱拳、躬身俯首，因为诸神知道凌霄殿前，天帝起驾，但此番不同，天帝要和王母娘娘一起去天界银河，因为千年的鹊桥今日要圆桥了！

　　波光粼粼的银河边，由远而近，伴随阵阵凤鸣，弄玉笙箫悠悠传来，仿佛是穿越洪荒的亘古绝响。细听，又好似有和声相伴，余音美妙，游丝不断。

　　仙鹊儿成双成对源源不断从天际飞来，在银河边上下翻飞、一派欢腾。

　　忽然，一阵阵绚丽五彩火焰划破夜空，几乎照亮了整个天际。伴随着升腾，火焰渐渐褪去，露出了两个巨大又袅娜的身影，凤神和凰仙飞来了。只见他们彩翅舒展、头翎高昂，伴随着鼓瑟笙箫，在银河上翩翩起舞。

　　鼓乐声渐渐加快，只见凤神和凰仙分开两头，各自飞到银河两边立住，银河两头立起了两根彩光四射的鹊桥桥墩。在他们的指引下，仙鹊儿越聚越多。每一只小仙鹊的嘴里都衔着一枚合欢树的枝叶，挨个从银河的两头往中间聚集，当长尾哥哥和短尾妹妹口衔合欢树枝在银河的最中间聚合的那一刻，瞬间祥光普照，鼓乐齐鸣！

众仙欢腾之际，鹊桥的两头，等候已久的织女和牛郎向对方飞奔而去，紧紧相拥在鹊桥的最中央。刹那间，百花齐放，百鸟齐鸣。银河上那座牛郎织女等了一千年的鹊桥，终于圆桥了！仙班们惊喜地发现，这第一千次搭好的鹊桥，与以往的九百九十九年不同，它是一条廊桥，还有一座精美绝伦、精雕玉琢的重檐廊屋。从此，织女和牛郎就住在这廊屋里，有情人梦想成真，终于永浴爱河了！

须臾间，八龙驱动，站在"八景銮舆"的华盖下，见到这动人的一幕，王母娘娘也紧紧拉住玉帝的手，热泪长流，玉帝轻轻拍了拍王母的手，颔首微笑。

仙鹊们从银河上退去，凤神和凰仙绕桥三周，长鸣而去。

第二日，蟠桃园中的瑶池阁，张灯结彩、喜气冲天。王母娘娘兑现了之前的一个承诺，亲自主持，让历经磨难、浴火重生的凤神和凰仙喜结连理。

喜宴席上，千足大仙向从凡间辞别亲人、升天替班，为凰仙训练仙鹊搭桥的蔡虹频频敬酒："这些日子，多亏有你，不然我们师徒在红尘难得安心一路寻桥。没有你的启悟，我们也不知道如何再筑这千古编梁彩虹桥，还将它们搬到银河上来，真心感谢你！"

蔡虹惊喜还礼："你们师徒的匠心天地可鉴，可敬可仰！"

青鸟引来了新娘子凰仙，也向蔡虹道谢："多亏您情比金坚，才让我们有勇气上天入地，寻找天地真情！"

蔡虹拉住凰仙的手说："感谢你给了我们一段不平凡的红尘母女缘分。我愿意永做天地之间亲情、爱情、友情的守护天使！"

王母娘娘赏赐给各位九千年才结果的大蟠桃后，便带着小青鸟悄悄离了席。经过瑶池边，她看了一眼那曾经被凤神砍斫做了神桥的相思树的地方，惊喜地发现，一棵合欢树的新芽已经倔强又茁壮地冒了出来。

娘娘的凡心又动了一动，她带着小青鸟从瑶池宫腾空而出。南天门外的金光凌霄之上,凤銮舆中的娘娘目光如电,小青鸟帮她拨开云层,扫视凡界。

南中国的畲乡。

那个叫鹤渡的畲乡小村庄里,蓝家的古厝,已经成了廊桥博物馆,在这里,蓝卯早已经跟着他的乔爸爸和火热溪峡谷各村各乡的能工巧匠学得了一身筑桥的好手艺,成了远近闻名的廊桥主墨大老司。

在乔爸爸的帮助下,国内外著名的桥梁专家来畲乡考察,他们惊讶地发现类似宋朝张择端画作《清明上河图》中那座著名的贯木虹桥的实物,其实还在南中国的大地上遗世独立。

于是,有专家学者向世界发出了这样的宣告:"这无异于发掘出了一座中国古代科学技术史的'侏罗纪公园',尘封了九百多年的虹桥结构重现于天下"。

然后,这绝妙的中国木拱桥营造技艺就被列入了联合国教科文组织《急需保护的非物质文化遗产名录》,政府和当地民众采取了一系列保护措施,经过努力,古老的中国木拱桥传统营造技艺得以活态传承。在蓝卯的主墨下,畲乡就已经新建了十二座编梁木拱桥。

这一天,"非遗传承人"蓝卯拿到了一份《中国世界遗产预备清单》,上面将位于南中国七个县的廊桥群落以"浙闽木栱廊桥"的身份正式列入。巧匠蓝卯对他的徒弟们语重心长地说:"以往那'可怜地僻无人赏,抛掷深山乱木中'的廊桥,将成为中国桥梁文化的代表走向世界,成为世界桥梁遗产的中国表情!"

接着,他就和一大批热爱廊桥的人们成立了廊桥保护联盟,一起来做推进廊桥保护和申遗的各项事情。

畲乡的座座廊桥上,游客每天络绎不绝,人们领略美丽的山光水色,惊叹木桥楼的再显雄姿。走得口渴了,愿意品茶的,喝上三杯香茶清润心肺;愿意品酒的,一杯鲜红的乌衣红曲酒是他们的心头所好……一切都是如此美好!

看了很久，王母娘娘收了眼光频频感叹："这人间廊桥，不再只是一座没有生命的建筑，它凝结着人间智慧，承载着美好愿望，是经典、是技艺，更是不灭的精神啊，可敬可敬！"

正感叹着，耳边忽然传来一阵阵鸾凤和鸣。王母娘娘侧耳倾听，思忖一下，回头对小青鸟说："人间自有真情在，你若向往，我便恩准你下凡，与那依旧还孤身一人的蓝卯结一场百年之好，为他的廊桥之梦，助一臂之力吧！"

人间，畲乡鹤渡村。

碧水青山下，一座新建的编梁木拱桥正在圆桥。竹婆婆高举乌衣红曲酒，仰天唱诵："跨溪牵山，连村接道；遮风躲雨，挡阳避寒。云蒸霞蔚，鸟鸣水幽；融情透爱，系根连脉。圆桥喽！'蓬山此去无多路，青鸟殷勤为探看'！"

蓝卯接过竹婆婆递过来的乌衣红曲酒，正当鲜艳的红曲撒下天空的时候，只见一只大鸟从天空缓缓而降，通体青绿，羽翼振动。身后，金光万道、红霞满天……

图书在版编目(CIP)数据

廊桥梦密码/陈酿著.—杭州:浙江文艺出版社,
2022.3
ISBN 978-7-5339-6654-6

Ⅰ.①廊… Ⅱ.①陈… Ⅲ.①长篇小说—中国
—当代 Ⅳ.①I247.5

中国版本图书馆CIP数据核字(2021)第211755号

选题策划	柳明晔
责任编辑	张　雯
营销编辑	宋佳音
责任校对	唐　娇
廊桥摄影	钟晓波
廊桥绘画	麦　浪
封面设计	荆棘设计
责任印制	张丽敏

廊桥梦密码

陈　酿　著

出版发行	浙江文艺出版社
地　　址	杭州市体育场路347号
邮　　编	310006
电　　话	0571-85176953(总编办)
	0571-85152727(市场部)
制　　版	浙江新华图文制作有限公司
印　　刷	杭州杭新印务有限公司
开　　本	710毫米×1000毫米　1/16
字　　数	272千字
印　　张	19
插　　页	1
版　　次	2022年3月第1版
印　　次	2022年3月第1次印刷
书　　号	ISBN 978-7-5339-6654-6
定　　价	68.00元

版权所有　侵权必究
(如有印装质量问题,影响阅读,请与市场部联系调换)